范劲 著

从符号到系统:
跨文化观察的方法

From Signs to Systems: Methods of a Cross-Cultural Observation

复旦大学出版社

学术顾问：乐黛云　杨慧林　谢天振
　　　　　陈思和　陈跃红
主　　编：张　辉　宋炳辉

"比较文学与世界文学学术文库"总序

"比较文学与世界文学学术文库"终于将陆续与读者见面。从动议编辑这套文库到如今变成现实,其中真是颇多可感怀之处。

"风雨如晦,鸡鸣不已",这是"中生代"比较文学学人一次小小的集结;"虽不能至,然心向往之",这是我们献给自己师长们一份迟交的作业;"嘤其鸣矣,求其友声",这又是我们给各位同仁,乃至更年轻同行们发出的对话与批评的邀请。

多年的酝酿筹划、多年的协同努力,使我们逐步将自己的工作与更深远而广大的时间和空间背景联系了起来,并开始慢慢融入其中。作为从20世纪80年代开始接受系统学术训练的"新一代"比较文学学人,我们深深知道,自己的每一点成长与进步,都无不受惠于祖国的开放改革,受惠于师长们的谆谆教诲,受惠于同辈间的切磋琢磨。我们是这十五年、三十年乃至更长时段文化积淀的受益者,也是一批如饥似渴的学习者和无比幸运的历史见证者。我们也许注定是行色匆匆的"过客",但我们却也应是承先启后的"桥梁",必须发出属于我们自己的"声音"。而这里记录的正是我们探索行进的脚印,也是我们对自己所从事的学科一点微末的贡献。

百年中国文学"走向(进)世界"的历程,给了我们思考过去、筹划未来的"底气";新时期中国比较文学的复兴与发展,为我们准备了难能可贵的学术资源和不可或缺的学科建制。我们将这套丛书命名为"比较文学与世界文学学术文库",以之与我们所属的学科名称相呼应,因为我们有一个共同的默契:打破界限,超越学科、语言与文化的限制,乃是我们比较文学学人的使命乃至宿命。是的,我们无疑拥有不同的学术爱好、志趣和观点,但至少有一个基本的共识把我们联系在了一起——那就是,我们必须在世界的语境中,以比较的眼光,从多学科的视域,面对并尝试回答我们所浸润其中的文学与文化问题。

"德不孤,必有邻。"非常幸运的是,我们身处富于活力和学术追求的知识与精神共同体之中。我们的工作得到了中国比较文学学会许多老师和朋友的无私帮助;也得到了具有远见卓识的上海文化发展基金会以及复旦大学出版社的大力支持。在这里,我们要送上我们衷心的谢意。

同样值得高兴的是,与这套"文库"相呼应,《比较文学与世界文学》辑刊、"比较文学与世界文学讲座系列"等姊妹项目也已次第启动。

在"文库"陆续面世的这个特殊时刻,先贤们的声音似乎又一次在我们的耳畔响起。鲁迅先生说,中国文化的发展应"外之既不后于世界之思潮,内之仍弗失固有之血脉,取今复古,别立新宗";而陈寅恪先生则说,华夏文化的崛起须"取塞外野蛮精悍之血,注入中原文化颓废之躯,旧染既出,新机重启,扩大恢张,遂能别创空前之世局"。响应先贤的号召,集结这套文库,仅是我们的一种尝试。希望有更多的朋友加入到这"取今复古""扩大恢张"的行列中,贡献他们的智慧与力量;希望我们会有继续编辑以后各辑的荣幸。

是所望也,谨为序。

编　者

2013 年 5 月初稿

2014 年 4 月修订

目 录

序言:"空"的比较文学   1

上篇 方法和视角

影响概念的符号化和后现代时代的比较文学   3
为了一种新实证主义   22
中国空间的符号学意义   29
作为交往媒介的世界文学及其未来维度   50
外国文学研究的元方法论
——一个系统论的视角   68
"诗学"和先锋精神:模糊性的理论价值   110
作为后理论实践的诗学
——编选《西方现代诗学选读》引起的思考   123
诗学与系统性   149

下篇 跨文化观察的实践

冯至与里尔克   171

想象空间中的移位和认识的两难
　　——以德国对中国文化想象的结构性转变为重点　　187
形象与真相的悖论
　　——写在顾彬和《二十世纪中国文学史》"之间"　　200
上海犹太流亡杂志《论坛》中的文学文本与文化身份建构　　217
中国符号与荣格的整体性心理学
　　——以荣格的两个"中国"文本为例　　234
格里高尔的"抽象的法"：重读《变形记》　　251

序言:"空"的比较文学

记得 2004 年赴华东师大中文系比较文学与世界文学专业求职时,试讲被我弄成了一场虚张声势的方法论演讲,还引用了里尔克《新诗集续编》中写罗马墓道的著名十四行诗来概括我的中心意思。在绿原译本中,那首诗是这样的:

> 从拥挤不堪的城市(它宁可
> 睡去,好梦见豪华的温泉浴),
> 笔直的墓道伸向了狂热;
> 最后农庄的窗户
>
> 以怨毒的目光向它一瞅。
> 它则一向将这些窗户置诸脑后,
> 当它走了过去,或左或右地破坏着,
> 直到它在城外气咻咻恳求着
>
> 将它的寥廓举向了天国,
> 匆匆四顾,看有没有任何
> 窗户在窥探它。当它示意遥远
>
> 的水管桥迈步向前,
> 天空便向它回报了
> 自己的活得更久的寥廓。①

---

① 里尔克:《罗马郊野》,载于绿原译:《里尔克诗选》,人民文学出版社 1996 年版,第 385 页。

诗人绿原的翻译显然太本土化了，反而妨碍了读者的理解。里尔克诗中，"寥廓"的原文是"Leere"，也就是"空虚"。中心形象就是，通往墓地的大道向罗马郊原一路奔来，气喘吁吁，虔诚地将自身的空虚举向天空，天空随即回赠给它以另一个空虚。时间轮转中，这个空虚比象征人之死的墓道更耐久（die ihn überlebt），因为这是永恒的宇宙空虚。而死生的转换，就在空虚与空虚交融的一瞬间。移用到比较文学研究上，我想要借此阐明，看透了一切传统方法论的空虚，才可能进入真理场域，面对比较文学的事情本身。

事实上，"空"早就成了我的方法论思考的导引，我从"空"来思考比较文学的困境，也在"空"中寻找比较文学的出路，正类似于里尔克《罗马郊野》诗中的设想：走出人为的空虚，进入真正的宇宙空虚。在我看来，比较文学陷入困境的原因，是没有摆脱传统的文学认识，仍然以文学作为实体为出发点。殊不知，文学间关系乃是符号与符号的关系，而所谓世界文学、比较文学不过是一种普遍化的交流媒介——人们以世界文学、比较文学为名义去实现一种跨文化交流，完成一种共同意义的建构，也就是说，世界文学、比较文学存在于文本之前而非之后。世界是否为空，我不敢说，然而文学世界必为空，文学即符号世界，乃幻境而非实体。比较文学是处理文学关系的中介性机制，更不能等同于任何一种文学本身，换言之，其实体性还不如文学的符号世界。如果文学是幻境，比较文学就是幻境之幻境。按佛教观念，依缘而生，无实自体，即为空。《华严还原观》云："谓尘无自性，即空也。""良由幻色无体，必不异空。"在空幻处寻求实体，必然出现执迷。和实体的文学观相应，传统意义上的比较文学方法实际上只是从对象获取知识的技术，它足以从某个角度为求知者显示出对象的美丽，却终究不是真正的方法论，即实现知识在凝固化和去凝固化之间往复交替以至于无穷的机制。这一机制的缺失，对于比较文学是致命的。比较文学以跨界为学科特征，一次跨界就意味着一次技术的转换，故而比较文学总是和危机相伴，总是没有自己的方法论和研究对象。中外求知者在经验主义（个别作品）和理想主义（世界文学)之间彷徨,在无数文学镜像中迷惘,无所适从。

摆脱实体性、经验性文学思维的束缚,是我的一贯立场。由此出发,我写过《影响概念的符号化和后现代时代的比较文学》一文,试图将"文学影响"这一最实证的维度彻底虚无化。郭象注《庄子·德充符》所言"夫因其所异而异之,则天下莫不异"和"因其所同而同之,则天下莫不皆同",在我看来,实在妙不可言,轻易地刺破了一切"影响"的肥皂泡。也因此我批评美国学者达姆罗什的经验主义思维无法真正思考世界文学的问题,尽管他正确地提出,世界文学是一种流通和阅读的特殊模式,然而他的研究方式本身就是实体性的,因为他的方法针对的仍是具体文学,他心心念念的仍是独创性文本(为此他反对莫莱蒂的图式分析),而非流通和阅读的"抽象"模式。流通和阅读模式的提法,意味着世界文学的实质是一种交流机制。经验主义者的悲哀就在于,即便他说出了一句正确的话,也不知道自己在说什么。

然而一切知识都是实有,以实有的手段实现一个"空",绝非易事。自然的伟大空虚无疑包容了人类空虚,可是如何包容?回避这个问题的人,就是神秘主义者了。顺着"空"的线索,我在思路上经历了由多元性向整体性、由差异向系统的转变,其间有两个关键词频繁出现,那就是"符号"和"系统"。从符号学到系统论,意味着空虚的媒介发生了改变,从通过符号实现空虚到通过系统实现空虚。符号是空(不是现实),系统仍是空。两者本是相通的,符号是理解系统的基础,而系统可以视为一个大的符号,只是这一符号完全指向自身。

符号化成为打破实体幻象的第一步,其作用在于屏蔽现实,而由此才能触及文学的真相——文学就意味着和现实相区分。但这是另一种现实,即话语的现实。话语现实是新实证主义的出发点和诉求。在研究中外文学关系之始,我模仿福柯等人的做法,提出将符号学和比较文学相结合的"新实证主义"设想。自然,"新实证主义"优先考虑的,是差异和由差异导致的符号游戏的问题。它所要实证的,是符号关系,而索绪尔已经证明,符号关系不过是差异关系。

符号学这一头连接了结构主义、后结构主义旗下的种种理论。

由符号思维,很容易融入结构主义、后结构主义的问题域。由符号思维,也会对解构主义和后现代主义的诉求表示同情。解构主义重视修辞形象,意在打破一切逻辑的幻象,自然是"空"的理论表达。后现代视解构为既成的现实,可谓"空"的完成——"空"成了意识形态。

然而,空而复空,后现代以空的眼光看世界,同样会被人看出自身的空。奥地利的齐马(Peter Zima)教授是我尊敬的比较文学权威,他2014年来华师大授课,我执弟子礼,全程陪同。其间一位同学问他如何看待德里达,老先生不假思索就说,德里达说过许多聪明的话,但更多的是废话。后来我在他的书中看到,他认为德里达把差异本体化了,事实上,世界本身并非差异,差异是被看成的。我引申言之,在系统中才有差异,系统制造了差异关系。视一切为破碎的后现代,却是隐蔽的整体主义,正因为有了整体的背景,才能看出破碎。后现代主义者要么视野狭窄,看不见自身对于整体参照的依赖,要么是有意隐瞒这一世界整体,换言之,他要么被整体所利用,要么利用整体,不管哪种情况,都如荷尔德林所说,他享受上帝的盛宴,却不告诉世人。在荷尔德林的小说《许佩里翁》中,许佩里翁在和笛奥玛等的讨论中提到:

> 怀疑主义的潜意识乃是整体。"请相信我,怀疑者因此而在所有思想中只发现矛盾和缺陷,因为他认识完满的美的和谐,而这决不是思想所得出的。人的理性自以为是地递给他一块干面包,他蔑视它,是因为他悄悄地在享用神的宴席。"①

海德格尔讲得更直接,探讨虚无的人,自己绝不是虚无主义者。在《中国空间的符号学意义》中,我对波德里亚的后现代主义命题也提出了类似的批评:波德里亚对于系统封闭性的评判毋宁说是对于意义的哀求,须知,若真是完美的封闭系统,同样囿于系统之中的波德里亚又如何知道其封闭性?他从哪一个全知位置看到了其封闭?他

---

① 荷尔德林:《荷尔德林文集》,戴晖译,商务印书馆1999年版,第77页。

的怀疑精神并不彻底,毋宁说,他也是在以信念偷换理性,谈论虚无恰恰是要保护虚无。我意识到,后现代的真实目的是综合而非分割,后现代将经由虚无而走向整体。

2009年我赴德国访学,经由德国的后现代主义哲学家斯洛特戴克(Peter Sloterdijk),偶然地接触到了卢曼。斯洛特戴克当时如日中天,出现在各种电视节目上,成为老少皆宜的公共知识分子。读了他的《欧道主义》(*Eurotaoismus*)后,我也心向往之,一口气买了他几乎全部著作(幸亏畅销书总是便宜的)。我却听一个哲学系的中国学生讲起,斯洛特戴克的思想基础就是卢曼的系统论(我迄今也不知道这一论断是否准确),还不无夸张地说,哈贝马斯和卢曼相比就是一条死狗。很快,卢曼对于德国当代社会学和哲学的重要性又从不同朋友的口中得到了证实。卢曼的系统是一个以危机和悖论为本质的系统,换言之,系统构建的出发点其实是"空"。何等惊人的悖论!这对我产生了极大的诱惑。斯洛特戴克的书被推到了角落,取而代之的是卢曼的几十本枯燥而晦涩的著作,从《社会的社会》(2卷)、《社会的科学》、《社会系统》一直到6卷社会学论文集,囫囵啃了几部大部头,好歹也熟悉了他这一派的基本思路。

系统概念这一头连接了福柯、德勒兹、迈克尔·哈特等人的生命政治构想,也响应了新千年以来的"世界文学"和"全球化""全球治理"呼声。间接地经由卢曼,我意识到了德国早期浪漫派的当代意义。卢曼的话题包括科学、生态和风险社会,貌似一位纯粹的当代思想家,然而评论者都注意到他和德国早期浪漫派的深刻联系。事实上,德国早期浪漫派就是从系统的角度来理解灵魂、精神、上帝、自然这一类最为空灵的范畴的。弗·施勒格尔(Friedrich Schlegel)1793年8月28日致奥·威·施勒格尔(A. W. Schleger)的信中提到:"我们在作品、行动以及艺术作品中称之为灵魂(Seele)的(在诗歌中我更愿意称之为心[Herz]),在人之中称之为精神(Geist)和美德(sittliche Würde),在创世中称之为上帝——最生动的关联——的,在概念中就是系统。世上只有一个真正的系统——伟大的隐匿者,永恒的自然,或者真理。"①对这位早期浪漫派的灵魂人物来说,精神、自然、上帝都不过是系统的代名词。

"系统"赋予了空以新的意义,它不仅是领会世界的工具,对于比较文学操作也有实际的用处。我相信,系统概念会导致一种新的比较文学和现实世界的关系,导致比较文学转向一种特殊的世界治理。

比较文学一直有干预社会的热忱,如何干预,却是从来缺乏深究。多数人满足于一种混沌的想法,以为能够通过身份研究、族裔文学研究改变社会现实,实现社会正义,因为文学想来是可以改善世道人心的。系统论的基本原理,却是系统自治,这就排除了系统间直接干预的任何可能性。可在我看来,这才厘清了比较文学和社会现实的真实关系。何为比较文学?简单地说,比较文学是一个特殊的交流系统,凡进入这个系统的,不论文学或社会要素,皆为比较文学。同时,比较文学是自治的交流系统,和教育、经济、法律、道德等其他交流系统并列。这就解决了长期以来比较文学的两种矛盾立场:坚持社会干预,还是坚持文学性。比较文学通过自身的文学交流建立一个世界系统,实现系统的良性运作,这就是在干预社会,因为它为其他系统生产和储备了足够的复杂性。必须清楚的是,出现在比较文学系统中的所有外在因素,其实都是内在的。比较文学的所有外在兴趣,不过是引入新的参照,建立一个良性的文学系统本身——不引入新的偶然因素,文学系统会停滞、死亡。世界治理指的是世界文学系统的治理,因为文学的治理手段只能针对文学本身,并不能对文学外的教育、政治、法律、道德系统发生直接影响。

世界系统解决了动能问题,从而突破了比较文学方法论的困境。困境的本质为认知本身的悖论。举三个最常见的方法为例:影响研究旨在重现作为事实本身的影响,实际上是选择影响、建构影响(西

---

① Friedrich Schlegel, „Brief vom 28.8.1793 an A. W. Schlegel", *Friedrich Schlegels Briefe an seinen Bruder August Wilhelm*, Oskar F. Walzel, ed., Berlin: Speyer & Peters, 1890, p.111.

方文学对于中国文学的影响就是中国现代文学制造的最大神话);平行比较更是随意,因为万事万物都既是相同者又是差异者,平行比较唯一的效果是意识形态而非科学——制造了共同的文学性和共同人性的神话;形象学要发现的形象已经提前被发现了,真正的形象没有几个,或者说只有一个,即自我——诺瓦利斯的塞斯学徒揭开神像面纱后,发现的却是自己。

问题出在哪里?因为缺乏动能。正是一系列悖论,使研究者的努力沦为空虚。动能是解决悖论的关键(悖论只有在静态中才存在)。于是人们想到了差异,差异可以造成运动。但是差异的本义是世界系统,世界系统中才有差异。从世界系统的角度来看问题,比较文学的实质就清楚呈现了。一门缺乏严格科学性的学科还能生存至今,其秘密就揭开了。比较文学不过是世界系统建立世界文学关系,亦即世界文学系统自我展开的工具。影响研究就是构建影响,即建立单边关系,由此促进中心和边缘的交流;平行研究就是建立双边关系,是平等伙伴的互相印证;形象学的存在是为了交换自我形象,发明自我形象。这些操作都是世界文学系统自我治理、自我调节的方式,世界文学借此组织自身、实现自身、更新自身,没有比较文学研究,就没有世界文学系统。

在一个有机的系统中,空转化为有。空不能单独存在,否则,空的矛头会转而对准自身,空而复空,结果仍是有。空的实质是系统的自我腾空,腾空了才有新生,空只是系统展开自身的手段。

比较文学的任务将由单纯的求知转为一种框架建设,这一框架能包容空和有的循环。包容空和有的循环,才成其为真正意义上的世界框架。如果视世界为一个有机体,世界整体就不是静止的部分(有)之和,而是生生不息的演化过程,包含了无中生有的创造动机,故有和无的转换,才造成了世界的完整和无限。显然,完成这一世界建构的关键是想象力,而非认知,因为唯有想象力才能制造出空。故并非如通常所想象,不断在研究者个体的知识储备中增加新的文化要素(其主要标志是增加新的外语),或者在研究团队中加入尽可能多的不同国别文学的专家,从而带来新的认知可能性,就可以成就一种真正的世界文学。世界是无限,唯有想象力能达到无限,而一切知识都是有限,再多的有限也构不成一个世界,所有的文学经验相加也构不成世界文学。理解了这一点,就会明白,新的框架必然是理念性的、先于一切经验的,它将成为我们这个时代创造的新神话。

如何实现新整体性的框架?自然离不开既有的资源。受限于个人学术视野,我的主要启迪一方面来自中国,一方面来自德国。德国汉学家卫礼贤(Richard Wilhelm)对中国古代的整体性、变易性思想的重视,促使我关注符号游戏的框架问题,在后现代语境下思考整体性和人类共同体的问题。我又在卢曼的系统论中发现了《易经》的影子,卢曼的"系统/环境"的循环让我想到了《易经》的"一阴一阳"的转换。交替运用中德视角,我在最近几年尝试了如下理论实验。① 将《易经》引入文学和比较文学思考,尝试以易理解决文学史的框架问题。② 将卢曼的系统论引入比较文学和外国文学研究。我由系统论立场反思国际比较文学界热议的"世界文学"问题,将世界文学看成自行演变的交流系统,提出以"种子"模式代替歌德的"市场"隐喻重释世界文学机制。同时,我把外国文学的方法论看成自我观察程序,重审"失语症"话题和中国文化立场真正的位置。③ 提出以"生命的符号学"包容后现代的构想:"如果符号学能采用《易经》视角,所导致的混杂性将促成一种生命导向的新符号学,它能够包容和整理后现代时代的混乱。"[①]等等。这些尝试旨在思考一种新的世界文化框架,其特征是对文化(及文化观察者)的变易性的包容,《易经》、后现代理论、符号学和系统论都成为新整体性建构的备选工具。而我的黑塞论文《〈玻璃球游戏〉、〈易经〉和新浪漫主义理想》之为题,用意也昭然若揭,即借助一位德国诗人连接几种世界文化要素,呈现一种典型的新整体性框架。

---

① Jin Fan, "The Semiotic Significance of Chinese Space", *Neohelicon*, 2013(2), p.543.

新整体性必须是包含了"空"的整体性。在弗·施勒格尔看来，系统的实质并非明确性或科学性，毋宁说，这些只是系统的表面特征，系统的内在特征乃是"多"(Vielheit)、"一"(Einheit)、"全"(Allheit)。我大胆猜测，也许可以将弗·施勒格尔的系统三特性——多、一、全——置换为多、一、空。全就是空，空才能包容一切。空是偶然性的维度，这就意味着，新整体性在多元和整体之外，还要能包容偶然。这个偶然包括系统的偶然和人本身的偶然，系统的偶然表现为系统的不确定性或风险性，而人的偶然表现为人的创造性，两者相辅相成：系统的风险性从根本上源于人的创造性，也只有人的创造性才能平衡系统的风险性。

故需要超越方法。一种方法就是一种视角，也是一种限制。既要打破所有界限，也要尊重所有界限。没有界限，无法认知；不打破界限，就无法继续认知。要打破这一悖论，需要一个更宽阔的视野。在更宽阔的视野中，悖论变成了交替循环的生命演进。德国浪漫派的大视野是宗教，而我更喜欢中国的空观，空则无可无不可。但德国浪漫派的宗教也具有强烈的空的意味，因为宗教对他们而言，不过是无限的代名词。

德国浪漫派的整体主义理想深刻地影响了后来的德国思想，从里尔克的"世界内在空间"构想、荣格的整体心理学、黑塞的新浪漫主义到卢曼的系统论都带有德国浪漫派的烙印。但整体性也是中国特征，我曾经把中西思想比喻为小大之争。中国思想的优长在"大"，故而为大学，为统观、综合、包容，而西方思想的优长在"小"，故而为小学，为剖析、细分、辨伪，小学有效而常陷入僵化，大学灵活而常限于空疏。然而当今的许多问题必须借助"大"才可以解决，生态问题需要"大"，民族问题需要"大"，意识形态问题需要"大"，经济问题还是需要"大"。"大"就体现在，在必然之外为偶然留下空间，因为偶然由必然所导致，必然的范围愈大，偶然的范围也愈大，方法论愈多，不服从方法论的偶然也愈多，就愈需要"大"境界。而一旦获得整体维度，后现代就由"虚无"变为"崇高"。

有同事曾拿福柯来反对我的"普遍主义",在他看来,这一思维模式体现了德国的不良影响。的确,我倾向于普遍主义,也倾向于整体主义和形而上学,只是这种普遍主义、整体主义和形而上学的唯一目的,是保证个体的自由。波兰尼(Karl Polanyi)告诉我们,无形的市场之手并不存在,自由竞争、自我调节的市场环境是由人为干预创造出来的机制。这一发现足以提示人们,个体的高度自由离不开合理的框架设计,想象力的游戏依托于一个基本的参照体系。其实,福柯本人的宇宙主义倾向也很明显,他反对被称为结构主义者的理由就是,结构主义只是一种分析手段,而他关注一种远为宏大的结构,譬如说,不但要揭示疯人院出现的经济和社会动机,疯癫在现代社会的医学化的结构性背景,还要洞察这一切转型背后的宇宙性原因,即文明对于疯癫的依赖,或者说疯人的"宇宙性地位"。①

换言之,个体不但要获得绝对自由,还要让自由变得有意义,意义就是最终的框架。有意义的自由,才符合浪漫派将世界浪漫化——即赋予世界以意义——的原则。一个标准的后现代主义者会认为,意义是对绝对自由的束缚,是专制的萌芽;一个标准的整体主义者却认为,即便是绝对自由,也需要意义的框架,因为绝对自由本身已经是绝对专制(绝对自由意味着他者的消失)。这个意义框架不是规定的,而是自由的个体自己创造的。绝对的自由与多元,不过是人为的抽象状态,其实质为虚无主义。它之所以拒绝一切意义,是因为看不到意义。当代西方思想陷入以解构主义为代表的虚无泥沼,从根本上说,是没有一种有效的方式统观已变得极度复杂的现代世界——人的想象力暂时无法跟上理性发展的超快步伐。不过可以确信,从长远来说,理性的发展和想象力的成长是同步的,由现代技术催生出来的想象力自会解决新世界的框架问题,理性自会召唤出和自身匹配的新神话。由理性催生出想象力,又依赖于生命力本身,这

---

① Michel Foucault, "Madness and Society", *Aesthetics, Method, and Epistemology*, James D. Faubion, ed., New York: The New Press, 1998, p.338.

种生命力代表了一种更大的理性,一种始终以整体为目标的理性,只有最强劲的生命意志,能看到理性之外的黑暗领域。天行健,君子以自强不息,才是真的"空"。既然真空是不粘不着,进进不已,虚无主义执迷于"空",就是假空,这不过是生命力衰弱的表现。

细心的读者一定看得出来,啰唆这半天的真实目的,不过是打着序言的幌子,在努力地整理自己的思路,以便给有意阅读本书(或仅仅对序言稍作浏览)的读者留下一个美好的印象,或造成一种错觉:将落座开讲的作者是一个胸怀大志、思维连贯、自始至终在关注终极问题的学者。尽管事实与此大相径庭,相信读者们也会原谅我的意图,不但因为我的自知之明,也因为我的自嘲多少体现了一种反讽的态度。显然,自觉的反讽意识和"空"的比较文学精神是一致的,唯有它才能防止我的"普遍主义、整体主义和形而上学"不会变成专制的框架——应质疑的并非形而上学,而是我们满足形而上学的方式。然而,序言所要实现的交流功能,绝不止这一种,还是要借此场合,感谢所有值得我诚挚地表示谢意的人。感谢两位丛书主编——宋炳辉教授和张辉教授——给了出版本论文集的机会,也感谢支持我发表里面这些不成样子的习作的各位编辑——如王纪宴、范智红、刘保昌、魏策策、吴芳等。我是一个完全不会写文章,也不懂得比较文学专业规范的人,这里收录的文章,其实很多是命题作文,是在师长们的鞭策下才出笼的。感谢我素来尊敬的长者陈建华老师,不嫌我浅陋,让我在他主持的"新中国外国文学研究60年"重大项目内负责外国文学方法论一文,他善意的"逼迫",使我整整两年都在思考外国文学元理论的问题。感谢上海师大的刘耘华老师约我编写《西方现代诗学选编》(将出),这一超出我能力范围的任务,又让我差不多两年时间思考诗学和系统性的问题,还脑洞大开地提出要重新定义诗学。感谢上海外国语大学的查明建老师约我写世界文学的论文,我得以把卢曼的交流系统理论第一次和世界文学问题结合起来,这对我后来的思考和研究至关重要。就连这部论文集本身,也是炳辉兄的"逼迫"所致(当然他"逼迫"的对象包括这套比较文学丛书的所有作者)。

但如果说这些文章都是命题作文,文章本身就具有了一种更特别的意义,这就意味着,它们是所有这些师友的作品,进一步说,它们代表了中国比较文学的某种"集体无意识"。

  感谢责任编辑方尚芩女士为本书出版付出的辛苦劳动,她认真而负责的编辑工作,为本书增色许多。书中的缺点和不足,则由作者本人负责,也敬请读者诸君指正。

范 劲

2016 年 6 月 21 日于奉贤南桥

上 篇

方法和视角

- 影响概念的符号化和后现代时代的比较文学
- 为了一种新实证主义
- 中国空间的符号学意义
- 作为交往媒介的世界文学及其未来维度
- 外国文学研究的元方法论
- "诗学"和先锋精神：模糊性的理论价值
- 作为后理论实践的诗学
- 诗学与系统性

影响概念的符号化和后现代时代的比较文学

经典的比较文学项目譬如影响研究和比较诗学等,在方法论上常给人陈旧和虚弱的印象。但另一方面,当代人文科学最新的理论成果往往出自欧美的比较文学学者——如杰姆逊、霍米·巴巴等——之手,这一方面给人以鼓舞,另外也提醒我们,传统比较文学的框架早已被二战后涌现的种种新思潮冲溃逾越,甚至抛在脑后了。一些"前卫"理论家如德里达、福柯、拉康对于比较文学的影响远超过了比较文学的传统旗手如韦勒克等。这迫使我们重新考虑整个学科的方法论基础,为实现这一点,需要认真观察当代人文科学在思路上的变化轨迹,这种变化特别由"影响"概念在当代的命运折射出来。

一、福柯的挑战和相似性的结束

"影响"无疑是比较文学乃至所有人文学科中最重要,也是最不言自明的概念之一,可是这一概念遭到了福柯的沉重一击。福柯《知识考古学》的理论建构始于对传统历史学工作方式的批判,按他的说法,就是要摆脱那些以各自的方式变换连续性主题的概念游戏。属于这类概念游戏前列的就有"影响"(第一位则是"传统"),而他嘲讽性的描述甚至比所有比较文学教科书的说法还入木三分:

> 还有影响这个概念,它为那些传递和交流的事实提供了一个支点——这个支点如此神妙,以至难以对它加以分析;它把相

似或者重复的现象归于一个明显因果性的程序（这个程序既没有严格界定，也没有理论的定义）；它在一定距离中和通过时间——正如通过某种传播环境的中介那样——把诸如个体、作品、观念，或者理论这些被定义的单位联系起来。①

这里涉及影响的几个特征：一是信息传递和沟通作为研究的任务，以回应物质世界对理论的期待；二是对相似性的偏爱作为工作方法；三是时空联系的达成作为结果。第一和第三项其实是一切概念的本能冲动，只有第二项是实质性内涵，即"影响"将相似和重复加工为因果联系。但是这种联系本身只是话语的秩序，而这就意味着并非事物本然，"但是一下就会明了，这样的单位是某种操作的结果，远非天生就有的"。②

这一发难确实有它的道理。传统"影响"概念早就在困境中徘徊，从事比较文学研究的人大都在这方面经历过困惑。困境之所在并不难察觉，看两个例子就清楚了。

作为这种传统用法的代表，约瑟夫·T.肖的《文学借鉴与比较文学研究》精细地分辨了文学借鉴的种种术语：翻译、模仿、仿效、借用、出源、类同和影响，——加以明确定义，譬如"仿效"（stylization）就是"作家的风格和内容表现出别的作家、别的作品，甚或某一时期的风格特征"，"借用"（borrowing）就是"作家取用现成的素材或方法，特别是格言、意象、比喻、主题、情节成分等"。这些定义无一例外，都要由我们手头的作品来加以回答：

> 有意义的影响必须以内在的形式在文学作品内表现出来，它可以表现在文体、意象、人物形象、主题，或独特的手法风格上，它也可以表现在具体作品所反映出的内容、思想、意念，或总的世界观上。……为此，各种文献记载、引语、同代人的见证和

---

① Michel Foucault, *The Archaeology of Knowledge*, A. M. Sheridan Smith, trans., New York: Pantheon Books, 1972, p.21.

② Michel Foucault, *The Archaeology of Knowledge*, p.24.

作者的阅读书目等都必须加以运用。可是,最基本的证明又必须在作品的本身。具体的借用是否表现为影响,取决于它们在新作中的作用和重要程度……①

先不论这类概念细分究竟能做到多大程度的准确,关键是,通篇下来,被关注的重点实际上并不是影响作为事实传递过程本身,而只是影响后形成的结果,这类结果包括如模仿、仿效、借用、类同等现实文本形态。但认真讲来,影响后的结果作为作品的有机组织却只能属于作品,而不是任何外来的影响者,因为作品本身作为活体是不可拆卸的。严格意义上的影响只存在于过程中,存在于到达作品前的一刹那,随这一刹那的终结而自动终止。

于是他探测"影响"的著名公式依我们现在的眼光看来,完全缺乏操作的可能。他说:

> 一位作家和他的艺术作品,如果显示出某种外来的效果,而这种效果又是他的本国文学传统和他本人的发展无法解释的,那么,我们可以说这位作家受到了外国作家的影响。影响与模仿不同,被影响的作家的作品基本上是他本人的。影响并不局限于具体的细节、意象、借用、甚或出源——当然,这些都包括在内——而是一种渗透在艺术作品之中,成为艺术作品有机的组成部分、并通过艺术作品再现出来的东西。②

问题是,如何能将外来和传统影响明确区分开来?譬如,由于我在掌握传统文化上的缺陷,我并非从传统而确实是从外部获得了启发,这在移民者后代中不在少数;或者,传统因素虽已植根于我的潜意识中,但却是通过一个外来信号才唤醒了我的注意力;最后,还存在着既非传统亦非异质的"中间地带",譬如现代汉语语境里"革命"一词,既有古代"汤武革命"的渊源,又是带英语"Revolution"色彩的经日本

---

① 约瑟夫·T.肖:《文学借鉴与比较文学研究》,盛宁译,载于刘介民选编《比较文学译文选》,湖南人民出版社1984年版,第271页。

② 同上书,第270页。

转来的舶来词。本土/外来二分模式无法处理这些"例外",因为这种模式受制于僵化的"相似"原则——这种效果同本国传统不同,言外之意是它同外国传统相同,"变异"也不过是走了形的相似。

这种影响的定义应用于实践,后果可想而知。我们看一篇关于歌德对五四时期中国作家庐隐的影响的论文,文章说:

> 她的《或人的悲哀》……全篇主要为亚侠致友人KY(相当于《维特》中的威廉)的书简组成,仅在结尾加了一则"亚侠的表妹附书",使人想起《维特》中的"编者致读者";十二月二十五的最后一封信也如维特似的断断续续写了五天;书中也提到一位盲诗人,使人想起《维特》中的荷马。主人公亚侠同维特一样卓有才智,多愁善感,热爱自然,追求个性解放,厌恶社会的虚伪,因此也不容于社会,从日本回来后便绝望轻生,最后投身美丽的西子湖,结束了年轻的生命。把《或人》与《维特》对照起来读,可以发现就连文句也有某些相似之处。当然两者仍存在明显差别,如《或人》的篇幅小得多,情节未以爱情为主线,主人公亚侠乃是一位女性等等。但尽管如此,两者的亲缘关系仍一目了然。也许正因此,《或人的悲哀》一问世即为某些致力于中德文化交流的人士所瞩目,由汤元吉译成德文,与原文对照着连载在《德文月刊》第一卷第四至第九期上。要不然在众多的中国小说中,一般很难得译载中国作品的《德文月刊》怎么偏偏选中了《或人的悲哀》呢?须知这篇作品本身影响并不大。再则,或人的德文译名作 Ein Menschenleid,意为一个人的痛苦或一个人的烦恼,与《维特》的原名 Die Leiden des Jungen Werter 已有近似;而在《小说月报丛刊》第十八种后面的版权页上,编者为它译了个英文题名为 The Sorrows of a Certain Youth,这与《少年维特的烦恼》及其英译名 The Sorrows of Young Werther 可就更相近了啊。①

---

① 杨武能:《歌德与中国现代文学》,载于《读书》1982年第3期。

这里的关键词是"相当于""使人想起""同……一样""亲缘关系"等等。但透过这一大通话，给人印象仍然只是：庐隐的作品同《维特》从形式到情调甚至具体细节都很像，她的标题《或人的悲哀》如果改用英文书写则同《维特》连名字也难以区分。这从修辞运用上说，自然颇具有暗示性，但作为一个严格的结论，庐隐受到的歌德影响仍然没有得到确证。

关键在于相似性本身的性质。影响作为相像是直觉性的理解。就像孩子和父母外貌上的相似在很大程度上成为血缘保证一样，影响研究最初的激发就是来自于不同文本在主题、风格、技巧上的相似，如果这种相似发生于特定外部环境，比如碰巧两位作者有密切的私交，影响关系就顺势坐实。前面那篇谈庐隐的文章写于中国比较文学研究刚起步的 20 世纪 80 年代初，笼罩于这种初步直觉之中并不足怪。比这更高级的，我们会说，影响是精神和精神的相遇。营造直接联系的环境究竟十分稀罕，所以把影响看作精神联系，一方面是对狭隘的实证研究主题上的扩大，另一方面又是对漫汗无边的外部考察的限制与深化。它的潜在逻辑是，外部相似是偶然的，然而思想内部为人类共通。比较文学由法国学派到美国学派的演进就属此一理路，前者坚持直接的影响考证，以保存事实性来保障"科学性"，对后者来说，物质性事实相对于彻底的文学性不过是外部的东西，因此侧重于由平行比较达到对永恒的内在文学因素的认识。通俗地讲，后者就是以神似取代形似。新批评和平行研究也是同一的形式，即人性的同一（和个性的不同一）。具有反讽意味的是，正是基于此，出现了对"影响"的畏惧或者蔑视，同一些人津津乐道外国影响正相反，许多作家不愿头上被人轻易安上一个外国老师的记号，因为他们也把影响机械地理解成相似，而这无非是剽窃的代名词。

可是"相似"原则明确划分你我的要求经不起理论反思。古希腊人讲人不能踏进同一条河里，我们又怎能根据相同语词证明影响呢？何况哪里能找到相同的语词呢？同一句话在不同语境中也是截然不同的两个意义。所以德里达会说，同一语词"在法律面前"作为标题和开头语并不是同一意思。① 这正是郭象注《庄子·德充符》所言:"夫因其所异而异之,则天下莫不异。"②反过来,"相似"的方法也无法证明非影响。譬如,如果我把卡夫卡的《中国长城建造时》和马克斯·弗里施(Max Frisch)的《中国长城》作为德国文学受中国影响的范例,一定有人摇头。可这一命题为自己找到的辩护理由却绝不会少于对它的怀疑,至少可以这样说:长城作为一个隐喻表现了西方人对中国文化的集体想象,在这里中国文化不是实物而是作为神话在起作用。这又是郭象所谓:"因其所同而同之,则天下莫不皆同。"③个中奥妙是,任一语词中其实都回响着无数声音,来自不同文化空间的无数能指的共戏让人无法分辨何为主调——"中间地带"也许才是语言的常态。事实上,文学的模仿行动经常以偏离为前提——差异发挥着更活跃的连接作用。翻译中的音意译之争能清楚表明这一点:为什么"扬弃"能取代"奥伏赫变","意识形态"能取代"意德沃罗基"成为"Aufheben"和"Ideologie"的标准译法呢,为什么郭沫若泄漏了施笃姆小说朦胧气氛的"茵梦湖"能胜过地名"意门湖"呢,都是因为意译调动激活了原文背后的深层因素,为此付出的代价——背离原文语音结构——则显得微不足道。正是意识到了这一点,德里达将他全部理论建立在翻译不可能的基础上,由同音异形字的不可译出发,他将人类文明起源定在"巴别塔"——作为不可译的象征——和由此引发的"偿债"义务上。④ 而这一摆脱相似性的趋势又可以说始于本雅明,《译者的

---

① 参见德里达在"Before the Law"(*Acts of Literature*, New York, 1992)文中对于"在法律面前"这一短语在卡夫卡同名寓言中不同位置上的语义转换的精彩解读。

② 〔晋〕郭象注,〔唐〕成玄英疏,曹础基、黄兰发点校:《庄子注疏》,中华书局 2011 年版,第 105 页。

③ 同上书,第 105 页。

④ 参见德里达"What Is a 'Relevant' Translation", *Critical Inquiry*, 27(2001)。无论德里达还是德曼都同意这样一个观点,即翻译就是偿债,是语言向更高级的"纯语言"领域超越的内在需要,这个超越通过向别种语言转换而发生,但这个目的永远不可能真正实现,所以德曼把本雅明《翻译者的任务》故意读作"翻译者的失败"(德文"Aufgabe"可译为"任务",也可读成"放弃"),详见其"Conclusion: Walter Benjamin's 'The Task of the Translator'", *Yale French Studies*, 69(1985)。

任务》蕴含的革命性就在于,它越出了原文/译文的框架来思考问题,翻译不要复制原文,而是要实现其来世生命,帮助它向居于上帝的记忆王国的"纯语言"超越。我们应该清楚,原文和译文正是最纯粹意义上的影响和接受关系。

相似性的影响的困境,也即传统形而上学的困境。当代哲学和认识论其实是建立在"差异"原则上,不管是较早的能指的自由游戏,还是后来的后殖民主义强调的"中间空间"(in-between space)与"混杂性"(hybridity)原则,或是巴赫金铸造的"狂欢节"概念,以及女权主义者独特的反抗方式,都是这一精神的体现,更不用说利奥塔把差异(而非共识)当作科学的唯一追求和根本动能。相似原则其实就是形而上学的"符合"观念。原文可对应于形而上学的概念,译文就是释义,但并不像僵化的形而上学者想象的,得到了准确释义,就得到了本质,因为概念本身也不过是本质的象征或隐喻,释义最深层的目的应该是激活概念下面蕴蓄的深广象征资源。福柯针对的连续性也就是这种相似或同一性,他对堂吉诃德的阐释,可以算是当代理论对于相似性的质疑的总结。堂吉诃德是一个细长而孤独的流浪符号,"他在所有的相似性标记前面宿营。他是关于'同'的英雄"。这个符号希望在物的世界中得到印证,但不断被拒绝,被无情地抛回到自身的范围,因为它遵从传统实证主义的行动方式。堂吉诃德标志着相似性与符号的古老协定的结束:

> 他的整个旅程就是寻求种种相似性:最细小的类比也被当作昏睡的符号而引发(这些符号是必须被唤醒的,以使它们再次开口讲话)。以不可觉察的方式,即畜群、女仆和客栈类似于城堡、夫人和军队,因而畜群、女仆和客栈再次成了书本的语言。这是一个总是未能实现的相似性,因为它把所要寻求的证明变成了嘲讽,并使得书本的言语永远空洞无物。①

但仅知道同异的相对性,我们还没有越出古代辩者的水平,并没有

---

① 福柯:《词与物》,莫伟民译,上海三联书店 2001 年版,第 63 页。

知"道"。似和不似的确定本身毫无意义,作为人为建立的关系,似又如何? 不似又如何? 除非进入一个更开阔深远的空间,才能摆脱这一麻烦。传统影响研究引入美学之维来确定研究的意义:"在理解和评价一部作品时,不但要将它置于文学传统中,而且要给它下一个确切的定义,说明它要达到的目的,以及它的成功之处在哪里。要做到这些,直接的文学关系和文学借鉴的研究是必不可少的。"①这个说法其实没有实质内容,因为美不是靠解剖术发现的,什么作品是成功的,由作品本身已经决定了,比较文学的解剖并不能发现其中的秘密。这正是前面讲的"神似"的比较文学——平行研究——的软肋所在,它取消了实证主义者具体的对应,代之以"人性""文学性"作为抽象媒介,却没有增加任何实在的益处,因为文学作为人性的表达与共通只是过于自明的道理,而如何才能更人性(更文学),并不取决于某一学科的专业性要求。可是,它暗示了超越的需要。比较文学的注意力需要转向别处,也正是在那里,一个积极的影响概念将发现用武之地。

二、"影响"概念的再生和"差异"的比较文学

事实上影响的事实并未湮灭,并且始终是比较文学的核心竞争力所在——乌尔利希·魏斯坦因所谓"比较文艺学的关键概念"。② 谈及弗洛伊德对心理分析学科的作用时,福柯说,弗氏建立了一种话语模式,在他划定的场域上,盘绕他所铸造的基本参照构架,林林总总的心理分析话语得以滋生蔓延。③ 这不过是以另一种方式

---

① 约瑟夫·T.肖:《文学借鉴与比较文学研究》,第123页。
② Ulrich Weisstein, *Comparative Literature and Literary Theory*, William Riggan, trans., Bloomington & London: Indiana University Press, 1973, p.29.
③ Michel Foucault, „Was ist ein Autor?", Hermann Kocyba, trans, Michel Foucault, *Schriften zur Literatur*, Daniel Defert et al, eds., Frankfurt a. M.: Suhrkamp, 2003, p.252.

在描述影响。败坏这个概念的根本原因是我们忽略了"回应"之于"影响"的义务,我们把"接过"看成受影响,却把"回应"不看成受影响,从而错过了影响的本质,因为影响作为真理信息的发射,其命运只在于对回应的期待(尽管无处不感到失望)。这种回应最极端的形式就是走到影响者对立面,但对立并不等于拒绝。对于影响发射的信息"＋A",最极端的回应是其对极"－A",而非"非＋A"。"非＋A"乃是不回应和避开,而"－A"却是由"＋A"本身所引发,在否定意义上表达和延续了 A 的生命,也就是本雅明的"原作之来世生命"(Nachleben)。实际上,一个仅限于模仿的借鉴仍滞留于自我当中,接受不过是原来自我的顺延,真正影响正在于作品被摄入了他者的作用场,被逼迫着运用自己全部的认识资源去作交代。作家倍感欣慰的"摆脱了某某人影响",也许正意味着进入了深层次交流,化成血肉的影响周流于全身,以致失去了可分辨形态。这就如陈平原注意到的,五四一代天资聪明的大学生如傅斯年等,成名后都不愿谈及章太炎,却正是因为对其用力过深之故。[①] 这样理解来,"掌握"不过意味着扬弃,如拉康说的"你要与之作战的那人正是你最欣赏的。理想的自我就是……你须要杀死的",[②]父亲作为超我的影响只在肉身消失后,在对死者的追忆与葬礼的哀仪中才能显出。反之哈姆雷特担心一旦将猥琐的僭主克劳狄斯杀死,反而会造就一个强大的存在,虚拟的父亲颠倒成了真正的权威。所以说,描述影响需要引入否定的意识,比较文学亦应转向对差异互戏的关注。

差异原则的确立,其实是要为比较文学赢得更大的操作空间。在此空间中,它能更自由地采用各种新方法、视角和观念。更重要的,是在这一空间中,借外来的方法论工具,完成它迄今尚未实现的一个任务,即自身的科学化更新,而科学化对于像比较文学这样的人

[①] 陈平原:《知识生产与文学教育》,《文学评论丛刊》2006 年第 1 期(第 9 卷),第 25—26 页。

[②] Jacques Lacan, "Desire and the Interpretation of Desire in Hamlet", James Hulbert, trans., *Yale French Studies*, 55/56(1977), p.31.

文学科来说首先就是"结构化"——在结构中才谈得上科学认知,也才谈得上进入后现代的"后结构"乃至"解构"。比较文学错过了战后文艺理论勃兴的第一个契机,即以结构主义为代表的人文学科的科学化(它从中接受了启迪,但并没有随之转型)。于是,在战后西方文艺理论经历从结构主义到后结构主义各种思潮洗礼时,比较文学的主流仍无动于衷地自限于经验、灵感和旁征博引式的渊博,因为它同那些当代思想游戏存在信念上的距离。

具备了否定意识,就要引入游戏与符号的观念。维特根斯坦"语言游戏"的比喻表达了一种新的阐释原则。他的《哲学研究》一开始就是对奥古斯汀的反驳,说语词不光是一个命名或指称,不光是用来指外在事物的无谓称呼——这种指称观念正是"相似"的影响概念的基础。在传统语言观下,"每个词语都有一个意义。这个意义从属于该词语。它是该词语所负责的对象"。① 但是从语言游戏角度,意义只在于具体运用,某一意象、观念或人物形象的意义取决于在使用语境中的功能需要,而不存在一劳永逸的固定内涵即所谓本原意义。游戏思想作为跨文化转移和影响研究的指导原则,将迫使我们进入每一具体历史语境,考察影响发送者在具体场景下和其环境所发生的关系,探询这一次影响作为一个具体的、一次性的、不可逆的语言游戏的规则和目的,因为"专名并不是由某个指示性的姿态在运用的,而恰是通过它才得到解释"。②

这个原则又要同符号观念相结合。德语区比较文学特别重视的形象学(Imagologie)可说是对法国和美国学派某种程度上的综合,影像(Image)概念比实证的影响灵活(因为前者放任扭曲),但仍未摆脱经验表象的模糊和印象性(尽管人们也分析影像的结构)。另一方面,奥地利的齐马教授——他所在的克拉根福(Klagenfurt)大学比较

---

① Ludwig Wittgenstein, *Philosophical Investigations*, G. E. M. Anscombe, trans., Oxford: Blackwell, 1963, p.1.

② Ibid., p.45.

和总体文学研究所,在研究思路上以区别于传统比较文学为标榜——1992年首版的《比较文学》除了实现他文本社会学和意识形态批判的一贯思路外,还负有一项特殊使命,即同始自1960年代末,由法国结构主义引发的社会科学方法论多元化接轨。作为其中一个重要步骤,齐马向结构主义者特别是格雷马斯(A. J. Greimas)借来一系列概念性语汇。① 这反过来又凸显出比较文学在方法论和概念工具上的匮乏。符号的影响观同时接续了这两方面需要。霍米·巴巴在他对殖民主义话语的研究中提到,殖民者对被殖民者的影像是所谓的"陈套"(stereotype),而陈套又带有"偶像拜物"(fetish)的性质。② 如果将这里寓含的逻辑关系全部揭出,则无非影像就是人为的、有着特殊意味的符号,此符号的定义依具体使用环境和操作策略而定。而作为符号的影像不但本身已拥有一套现成术语称谓,在概念繁衍上也比单纯影像更有潜力。"符号"这个称呼也以最坦率的方式,把中国比较文学界近年来响起的众多革新呼声表达出来。无论是我们对"关系"还是"互文性"的关注的呼吁,③所通向的最终结果都将是以符号取代实证事实的浮面性"真确"(exactitude),因为最纯粹的"关系"乃是系统,而系统的核心是数理或语言结构,亦即符号系

---

① 参见 Peter Zima, *Komparatistik: Einführung in die vergleichende Literaturwissenschaft*, Tübingen: Francke, 1992。

② 参见 Homi Bhabha 的 *The Location of Culture* 第三章 "The Other Question: Stereotype, Discrimination and the Discourse of Colonialism", London & New York: Routledge, 1994。

③ 近年来,中国学者中要求超越传统影响观念的声音可谓不绝于耳。通过对20世纪中外文学关系的研究实践,许多人对于实证性影响研究在方法论上的有效性发生了怀疑,这由陈思和最充分地表现出来(《20世纪中外文学关系研究中的"世界性因素"的几点思考》,《中国比较文学》2001年第1期),而陈思和作为一个现当代文学研究者的身份,使他的观点更具有中立性。学界对于"世界性因素"(陈思和)或是"跨文化"(曹顺庆)的要求是走向一个更普遍层次的愿望,它暗含的命题自然是:在真理/文学的领域并没有你/我的二分,而只有混合与你我不分,所以无论基于"外"的影响,或基于"中"的接受转化都是片面的,重要的是其间的"世界性"或"跨文化"的关系。顺理成章地,由这种愿望生发了对于关系本身的关心(如田全金《超越比较,拯救关系》[《中国比较文学》2001年第2期]),这种关心为促成一种理论转型提供了动能与氛围。

统,亦即罗兰·巴特讲的作为符号体系的编码(code)。而符号则意味着:

1) 它不是经验事实,但又同经验事实相关;

2) 它由能指和所指构成;

3) 一方面所指不等于能指,另一方面所指和能指之间是相对而非固定的关系,所指和能指可以相互换位。这使得意义随时能越出自身之外;

4) 这种意义的不确定的、随时的溢出自身使符号运动成为一个想象性游戏。

这就决定性地推进了差异原则,因为符号在"游戏"意义上彻底割断了同原文的"现实"联系,从而解放了自身:所谓影响乃是在符号领域中发生,与现实作家文本并无因果性接触,现实作家文本的影响是通过符号发生的一个主体间相互作用。影响乃是符号的漫游,文本/符号的抵达作为一个新的参数与参考物,改变了现存符号结构的风景地貌,同时这个符号本身的意义也要依新的现实环境而定,根据同这个地貌中其他因素的差异关系取得其引申性状(connotation)。

影响作为符号,等于明确宣示同各种当代理论潮流站到了同一基础上(后现代哲学作为维特根斯坦所代表的语言观的产物,和符号概念有着普遍联系),有利于比较文学学科融入后现代理论语境。方法论上的收益不言而喻。譬如要深入描述影响双方的关系,就可以采用拉康的主体发生模式。符号性影响的深层心理机制是主体确认自身的需求,主体本身天然的匮乏感导致了对他者的欲望,它需要一个大写他者以实现自己的主体化/臣服(subjection),对于"影响"的内在需求油然而生——那是对符号的需求。而拉康的"镜像"说特别适宜于阐明文学影响中的交往机制,就像玛尔维(Laura Mulvey)在其著名论文《视觉愉悦与叙事电影》中所转述的:

镜像阶段发生于儿童的生理企图超出了其机械本能之时,

这导致他愉快地认出自身,因为他设想镜中的影像较之于他所体验到的自己的身体,要更全整,更完美。认识于是被叠加以误认识:被认出的影像被看作自我的被反映的身体,但这种自以为优越的误认又将此身体投射到自身之外,成为一个理想自我,即那个被异化的主体,这个主体又被反向地内投射为一个自我理想,引发了将来对于他人的认同。①

既然玛尔维能将拉康模型极成功地应用于她的电影交流行为研究,同样以交流过程为对象的比较文学自然也能从中得到启迪:在镜子/文本前发生的乃是双向投射过程,镜像首先给注视/阅读者以视觉上的愉悦,因为他发现一个比自身更完美的影像,这时双方间的距离是身体和理想、言说主体和言说中主体的差别,这对应于接受过程中接受者对于影响源头的掌握,这种掌握始终带有一种不满足感;而反过来,镜像又同时返回注视者自身与他合一,在注视者那里生成一个理想化的自我影像,助长了注视者的自恋意识,造成影响双方的认同(如"中国的歌德""中国的席勒"之类说法)。哈罗德·布鲁姆的"影响的焦虑"其实还是这种自恋的一部分——没有潜意识的认同,就不会有意识层面的反叛了。

通过在符号世界中获得的自由,在研究某一影响时,关注的就不是纯现象意义上传递两端的符合或变形,而进入一个生动的互动过程。譬如对歌德这一极"零散多变"的影响,我们就不再会为形态反复感到痛苦,徒劳地要求某一最准确的接受形式,以此作为新文学接受能力的证据,同时也将比较文学的效用自限于这种辨别与辩护上。夏瑞春曾尖锐地指出郭沫若对歌德的误读:

> 郭沫若忽略或是未能看到维特身上的所有负面因素。人们得到这一印象,他不愿看到心情不光呈现为幸福的源泉,而且被维特像一个病孩般护持着;自然不光是神的显现,还被描述成反

---

① Laura Mulvey, "Visual Pleasure and Narrative Cinema", *Screen*, Vol. 16, 3 (1975), pp.9-10.

昌的怪物,幼儿尽管被歌颂,同时又被比喻成只听命于饼干跟鞭子的小市民。而首先歌德绝不是把维特之自杀作为自我实现和最高道德来表现的。①

这里的观察其实已非常深入,但如果引入符号观念,就能更进一步。不光是郭沫若为什么会误读,而且是为什么会有误读现象本身。因为这里涉及的并非歌德自身,而是一个在两个文化空间间传递交换的纯粹能指,但这个空的能指却是主体构成中不能缺失的一环,具有对于主体的绝对优先性,主体的形成有赖于和它发生某种联系。所以我们的目光应移至接受者同能指发生的地形学关系上(游戏既然在接受者这边发生,就应将注意力放在此时此地的效果上!),接受者处理和接近目标的方式及期待值不同,构成了目标的符号性镜像——这个镜像无非是它和主体互相投射交换的结果,同时这个镜像又使主体自我理解得以形成。由这一角度,根据歌德镜像的几种主要显现方式,就可以把歌德这个符号目标分为:① 主情者的歌德,② 革命者的歌德,③ 沉思者的歌德,如此等等,从而获得科学分层带来的认识上的便利,准确地把握歌德影响在中国的历史性分布。即是说,作为符号结构的影像有许多典型层次,不是某一真实的歌德同其他歪曲了的影子的关系,而是不同几个歌德在接受者群体意识中竞争,与接受者发生不同关联。在能指的旅程中,这些具象又不断被扬弃置换,维特被浮士德取代,青年歌德又被老年歌德排挤,从宗白华的"你的一双大眼,／笼罩了全世界。／但是也隐隐的透出了／你婴孩的心"(《题歌德像》),到郑敏的"理性美丽的宫殿"(《歌德》)将热情收敛汇聚,相差何啻千里,甚至歌德本人也会被他先前的崇拜者放逐,可猛然间先前被遗弃的形象重又生意盎然。这一切皆出于主体追求同绝对者合一的自恋需要,因为"歌德"这一能指本身无论多么

---

① Adrian Hsia, „Zum Verständnis eines chinesischen Werther-Dramas", *Goethe und China-China und Goethe: Bericht des Heidelberger Symposions*, Günter Debon, Adrian Hsia, eds., Bern: Lang, 1985, p.187.

耀眼,仍然仅是一个"小客体"(objet petit a),因为偶然占据了大写的纯粹他者位置而成为主体欲望的对象,而这个纯粹他者就是终极理想,代表着被阉割的主体对于圆满的渴求,落实在中国新文学作为一个整体性欲望主体身上,就是对于现代化的理想主体的渴求,所以它也随时有被抛弃的危险,因为永远无法在一个具体他者身上找到绝对他者。但不管这个影像最后结局如何,既然它曾占据了那个对于主体来说性命攸关的大写他者的位置,就在主体错综复杂的形成史中发挥了重大作用,并成为这个主体的一部分。这样歌德这个符号就卷入了整个新文学主体的形成过程,无疑敞开了西方文学对于中国现代作家的深层意义。

另一个难题也随之得到解决,那就是怎样处理中国现代文学史中的歌德接受者们将大量精力用于讨论歌德生平这个现象。从《三叶集》的通信,到宗白华的《歌德的人生启示》,再到后来商章孙《少年维特之烦恼考》,歌德的人生(乃至他与众多女性的关系)占了特别显著的位置,这属于文学接受的范围吗?显然是。但这是一个作为文本符号的生平,分享与他的文学文本相同的符号特性,这不过是以激进方式在发挥本雅明早就注意到的事实:歌德的崇拜者们,譬如文学史家贡多尔夫(Gundolf),把歌德生平当作一个最重要的文本了。① 而福柯对传统作者概念的质疑,即如何处理作者同他的文学作品和日记以及译著之间的关系,这些不同体裁能说归属于同一作者吗?② 就得到了间接的回答:这些不同体裁与同一作者维持着不同的符号关系,是同一符号的不同语境。

而当我们研究另一类"不正规"的影响,譬如胡适在德国的影响时,由当时德国汉学界对于胡适零星的负面性评论,或是报刊上的浮面吹捧去寻求直接的踪迹,显然非常困难。但如果意识到胡适本身

---

① 参见 Walter Benjamin, *Gesammelte Schriften*, Bd. I, 1, Rolf Tiedemann, Hermann Schweppenhäuser, eds., Frankfurt a. M.: Suhrkamp, p.160。

② 参见 Michel Foucault, *The Archaeology of Knowledge*, pp.23-24。

不过是一个符号——既是向西方传输具体中国知识的媒介,又是整体性中国故事的叙述和组织者,同时又是中国对象本身,三重语义聚合在同一文化符码内——这个问题就显露出自身的复杂与丰富。因为胡适的功绩是中国哲学史的撰写,也就是中国自身精神历史的叙述。胡适以逻辑主线重组了中国这个结构,重新调配了"儒家"和"墨家"两大叙事要素的比例,所以他本身的符号意义乃是"中国"的现代性转换:墨家的"逻辑学"将替代伦理性儒家传统起引领作用。西方汉学不管从何角度来对这一中国符号加以驳斥,说胡适是美国实用精神的化身也好,科学主义的病灶也好,都多少有些怪异,就等于一个外来者对目标本身说:你并不是你自身。这就让我们无法忽略这背后的殖民主义文化政治意味。西方汉学不满胡适对中国传统的态度,不同意他对传统的描述,在话语层面则意味:谁更有资格呈现中国?谁的叙述策略更有效?中国是西方人想象中的传统,还是胡适讲的名家逻辑?说胡适是美国精神,意味着他和他所叙述的都不是真中国。这种激进的话语排斥表示了西方对胡适带来的中国结构调整的不适应,同时也是作为接受者的西方汉学为取得同胡适这一符号的位置关系所必然采取的试探性叩击。这种叩击其实是西方知识生产的必然程序,就专业汉学来说,它促成了一个重要后果:自身内部的话语再分配。因为围绕攻讦目标,德国汉学阵营内原有的和新的分化都在显现、展开,攻讦的意指除了压制对方,更是自身方法论的锤炼和问题域的确立。这样,胡适对早期西方汉学的巨大影响就凸显出来,这是一种话语方式和历史观在作为一种精神立场起作用,这种立场本身的意识形态锋芒,吸引了不同形式不同方向的话语群落在其周围麇集。影响的真实性就在于,作为符号的胡适构成了一个空间,这个空间使不同话语的滋生繁衍得以实现。换一面来看,这种影响象征了西方知识主体对于他者的依赖,西方汉学在同胡适的冲撞中确立自身的主体位置,从而将自己的工作从对异域文化的单纯知识性考证上升到精神层面,由此融入西方思想界激烈的意识形态竞争中,而在自身这种升华过程中同时将其参照体——胡适——转化成了一个象征性符码。话语建构和符码的生成表达了影响的实质性吁求。①

而将影响表述为符号游戏,其实还只是一种纯技术性考虑,它真正的意义在于将游戏各方导入真理场域。这正是拉康窥见的杜潘破案的秘诀,在执着于"准确性领域"(domain of exactitude)的巴黎警察手足无措时,杜潘却借助想象力径直进入了"真理辖域"(register of truth),②轻易地找出警察使尽手段,甚至用仪器将部长官邸每一寸量遍,也没能搜到的纯粹能指——被窃的信。这一点也由福柯本人的工作方式无意间泄漏出来。福柯把堂吉诃德这个人物形象化为符号,又将这个符号引向文本/虚构本身:堂吉诃德无法经由实证取得同现实的联系,最终转向了"魔法"(魔法师自然能把巨人变幻成风车,来搅乱凡人和世界的经验性关联),只有在魔法/真理的框架内,他和世界的游戏,以及这个游戏构成的文本——小说本身——才成为可能,由此拉曼却的落魄乡绅一脚踏入了现代文学的大门。③ 从本体论讲,影响就是真理作为交流的作用方式,这个在现实层面则以主体间互作用为前提和唯一内容的交流无所不在,异民族间的文学传递不过是最显眼的形式。之所以不能否认影响存在,是因为无法否认对联系的依赖,无法否认此在是被这个世界所塑造而随时随地"影响"着——此在就是"在世"(das In-der-Welt-sein)。海德格尔讲桥作为一个位置(Ort)为一系列子关系腾出和开启空间,由空间(Raum)、场所(Stelle)等最后直到高、宽、深三维的物理学关系等,④这种由本原到现实重重叠进式的关系的绽放就是影响的最本真形态。桥之所

---

① 参见拙文《二十世纪二三十年代德国汉学对胡适的接受》,《文艺理论研究》2006年第5期。

② Jacques Lacan, "Seminar on the 'Purloined Letter'", *Yale French Studies*, 48(1972), p.49.

③ 参见福柯《词与物》中《堂吉诃德》一节。

④ 参见 Martin Heidegger 的论文《筑·居·思》(*Vorträge und Aufsätze*, Pfullingen: Neske, 1954)第 155 到 157 页给出的世界由"原初"到"现代"的绽放过程的详细描述,在最后的关系维度中,那本原性的空间、地方和场所已经荡然无存。

以是独具方式的"物",因为它以那种为天、地、神、人四重体提供场所的方式聚集了四重体,以这种方式赠献空间,给筑造和栖居——筑和居自然包括了人类一切活动——以指令,使筑造和栖居成为可能。福柯在一个更实际的层面(就是说在"桥"作为本原"位置"以下其中一项子关系中),但其实也是在这个腾空的意义上谈论弗洛伊德这类话语创建人,这些处于"跨话语"(transdiskursiv)位置的作者"给那些事物以空间,它们不同于他们自身,但隶属于他们所建立的东西"。[1] 拉康的纯粹能指也是一个超级空间,因为主体的个别位置即主体性本身通过它得以成立,而它无处不使这种定位的要求得到满足。比较文学的任务,就是要进入这个放置纯粹能指或真理的"位置"——该位置显然居于经验性"准确领域"之上——以倾听神秘指令的来源。影响作为适应与翻译的形式,最终是真理在这个空间中运动的形式,后现代的差异原则并不是偏执于对差异的寻找,而是要进入由差异造成的运动过程(符号是由整个世界系统所决定的符号,无时无刻不在参与着整个系统的流动),这个运动不是后现代主义者的独出心裁,而是真理本身,所以它即使跟黑格尔式的传统表述方式也毫无抵触,如果将两个术语体系中的关键环节并排列出,由其间明显的平行关系,不难看出它们在精神实质方面的一致(见下表):

表① 符号流动与黑格尔的精神运动之平行关系

符 号 流 动	黑格尔的精神运动
影像/符号的造成	主体内的表象
正面的接受,对影像的认同	主体的客体化
互动的辩驳,对影像的摒弃	主体对于客体的改造扬弃
进入真理辖域	向绝对精神超越

形而上地说,影响作为运动是主客体的相互改造,而真理的本义就是

---

[1] Michel Foucault, "Was ist ein Autor?", p.253.

不可能对可能、无限对有限、普遍对个体的影响。说到底符号不过是另一种空虚,但是因为突出了虚无性本身,由此我们摆脱了幻觉中的现实联系,可以进行一些更大胆的操作,去触及被忽略的许多方面。可这种空虚又可以说是思维唯一能把握的实在,因为日常所讲的现实其实是想象性的现实,真正的现实只是拉康讲的实在界或康德的物自体,而那是彻底的无意识深渊。也就是说,也许只有通过悖论性反语("我不要真实")才能说出真实。正言若反,符号说亦只是思想自我否定,即否定经验表象的虚幻真实的一个隐喻,符号的空虚乃是无休止地融入真正的寥廓造成的印象。

* * *

如果说影响作为语词/信息的流转翻译决定于真理的运动,那么福柯的攻击就没有真正的威胁,因为他针对的"影响"也仅是他那一种语境中被固定下来的语词而已,并非比较文学内心中追随的精神,而福柯本人的描述方法本身,就寓含了比较文学方法论在后现代时代的一种演进路线。

(原载《中国比较文学》2007年第4期)

为了一种新实证主义

理论是人的映射和延伸。理论的基本品格是求实,求实即模拟现实,这种模拟其实又意味着创造现实。理论永远是一种亦虚亦实的"仿像"。

孔德、丹纳式旧实证主义在比较文学领域根深蒂固,从早期的布吕纳蒂耶(F. Brunetière)、戴克斯特(J. Texte)、巴尔登斯伯格(F. Baldensperger)直至二战后的卡雷(J. M. Carré),始终坚持"比较文学是文学史的一个分支:它是对于跨国界精神关系的研究,即存在于拜伦和普希金、歌德和卡莱尔、瓦尔特·司各特和维尼之间,存在于分属不同民族文学的作家的作品、灵感、甚至生平经历之间的事实关系(rapports de fait)"。[①] 它对"事实"的拜物狂最终导致法国学派僵化的影响研究一度声誉扫地。但我相信,这种以生物学、社会学研究范式为导向的简单实证主义仍然蕴含一种可贵的科学精神,我在不同场合提出"新实证主义",即是要重拾这种科学精神,不懈地反思实证主义者自身的立场,模拟新的世界形势。

传统实证主义以文学关系为对象,这并没有错。抛掉一切理论外衣,比较文学的核心要务即文学交流——文学间相互影响和对话——的事实。这一事实在传统学者眼中呈现为两种典型模态:① 实证事实;② 精神现象本身,分别代表了法国实证主义和美国新批评这两阶段。如果说比较文学出现了危机,只能说是面对文

[①] 参见卡雷为基亚(M. F. Guyard)1951年版《比较文学》(*La littérature comparée*)撰写的前言,转引自 Peter Zima, *Komparatistik: Einführung in die vergleichende Literaturwissenschaft*, Tübingen: Francke, 1992, p.26。

学现实的乏力。现实即实际的生活形态,生活从来不是纯粹的,旧实证主义正是在此处跌入了机械物质主义的陷阱,美国学派则等于退回内心,而把问题关在门外。新实证主义更愿意和后现代思潮保持一致,把文学事实看成一种亦虚亦实、亦内亦外的中间状态(后现代的"既是……又是""中间空间"不过是对生活本身的隐喻),所针对的既非纯粹历史事实(对单纯的事实无话可说),亦不是纯粹思想形态(思想只存在于思想史而非生活中)。理论的第一参照系实为语言,一切事实均为发生于语言介质中的事实,语言要素"构成"社会现实,于是后者在描写/叙述的意义上成了第二维度——第一维度的事实是描写/叙述,即语言本身。

新实证主义者把眼光首先投向这第一维度,故广义的语言学即符号学成为其方法论基础。符号学不应仅仅让人联想起结构主义和后结构主义的黄金时代,毋宁说那是符号学经历的结构主义和后结构主义阶段。语言学是人文学者建构的、人文科学中的自然科学。唯有对自然科学现象才谈得上实证,人文科学中的实证也唯有针对人文科学中的"语言学"成分,比喻、神话中可考的仅是比喻、神话作为符号的语体构成和变迁,意义的最终流向无法预知。

文学、思潮的交流乃是语言交往,是来自不同符号圈(Semiosphere)的语用学的协商。考察文学或理论现象,就是探索一种意识方式,但意识方式不可说,可说的只是言语姿态。一时代有一时代的风格,一时代有一时代的话语规则,这就是新实证主义者眼中的历史,符号运动的历史成为社会历史的本义。这意味着,人类文明不仅是物质和技术,也是心智运用、语言交往和艺术创作的精神过程。如此一来,就不能说历史是进步的,而只能说是变易的(《易经》宇宙观对新实证主义来说有强烈借鉴意义!),"进步"只是变易的一种特别形式,专用于描述文明的物质生产一方面。新实证主义的历史不再是达尔文、斯宾塞式进化的历史,而涉及包括了进化论在内各种历史想象的具体方式,这种种方式不过是符号的排列组合形式。

包容既为新实证主义的理论追求,也是当代思想界的整体走势。

话语、叙事、文本之类批评概念之所以流行一时,乃因为体现了兼容趋向。"文本"几乎取代了"作品"的说法,因为比之于"作品"所突出的天才创造者,它还包含了结构性规则在造成文化产品中的重要性。"话语"则比"文本"还具有包容性,因为它的规则不仅是语言性的,还是社会性、历史性的。这一切都是在模拟生活的包容特性,也呼应着荣格的教训:片面性即野蛮。故新实证主义不排斥隐在、无意识,恰相反,新实证主义尤重视弦外之音,重视外围对于思想形态的塑造作用。中外文学交流中作出最大贡献的并非专门家,而林纾对于外国文学天马行空的改写,郭沫若对于歌德片面而主观的译介,甚至新时期中国现当代文学研究界对于鲁迅和卡夫卡极勉强的拉郎配,倒使我们获得了一个亲切的异域视野,这当中的符号交换简直匠心独具、花样百出,可谓真正的"文学"。理论要有能力处理"不伦不类"的文化转移,专业研究者要敢于面对疯子、小偷、庸众的地下世界——须知:隐和显、意识和无意识才是最基本的二元结构,任何排斥都是理性自身贫乏的表现!

为达成模拟生活的愿景,新实证主义在实践上有一些自身特点,其中几个关键词可略述一二:

话语事实。对于文学交流现象,考证的依据是肉眼可见的文本形态、话语的确实联系,而非经过想象、冥思过滤的"历史事实"。面对格林童话,你说你受了它怎样怎样激励和影响是没有用的,这个说法里唯一对研究者有用的是,你在谈论格林童话,你通过谈论格林童话以达到某种意图。找出一部小说怎样呈现了格林童话的思想不啻缘木求鱼,但如果该小说使用了白雪公主、灰姑娘这些名词,我们就有了研究的唯一根据,即小说文本在玩弄格林童话的形象元素,在利用这些形象元素所蕴藏的文化记忆。残雪有中国的卡夫卡之称,她的小说《黄泥街》一般认为受了卡夫卡深刻影响,这位女作家也乐于采纳卡夫卡的主题,《不详的呼喊声》叙述一个人变猿的故事,完全可以看成卡夫卡《致科学院的报告》中猿变人主题的延续,种种相似处对于研究者自然有极大诱惑力。可如果严格依循话语事实,则残雪的卡夫卡阐释才是唯一可靠的切入口,因为这一阐释正是她本人创造的同卡夫卡的主体间关系。许多评论文乐于提到残雪和卡夫卡在风格上的近似,或者是卡夫卡手法在残雪那里得到了出色应用,或者是残雪的主题如何同卡夫卡相像,这本身其实又是一个新的话语事实,表明了归化外来符码的需要——对于特别重要的文学符码,人们有必要为它创造一个特别响亮的换喻名称(如"中国的卡夫卡"),借修辞术来缩短主体间距离。

如此拘泥于语言事实,是否大大缩小了研究范围呢?是否比旧实证主义更加僵化呢?否。以语言表现为第一指涉并非不顾外在社会环境和内在心理世界,恰相反,由一个可靠的简单事实,可追溯它背后各个层次的内容。譬如,新时期中国学者对卡夫卡的接受过程就体现在"异化"和"虚无"两词的使用上,语词的出现本身就意味着深层的意识转换。现代派作家卡夫卡代表"异化"还是"虚无",不仅为说话者的个人理解,更是和政治大环境相关的意识形态:"异化"说把卡夫卡当成控诉符号,以外部的压力和压迫为指涉目标;"虚无"则是内在且永恒的异化,周而复始,万劫不复。卡夫卡也因此从奥地利官僚制度或资本主义社会的批判者一变为尼采式怀疑者,看到异化的无往不在、人类生存的无意义。

分层。文学研究是科学化思维的产物,科学性意味着结构和分层。事实有不同层面,一个被暂定为静止对象的事实如属于语言范畴,而又具有若干特定层面,那么它实际上已被假定为了一个符号结构。符号具有音素、词符素、意素、内涵等层面,这种给语言学带来好处的结构观念还可运用到其他方面,离比较文学最近的大约是洛特曼(Yuri Lotman)的文化符号学——文化也不过是一整套符号活动,任一单个事件都要在符号网络中获得其现实意义。分层观念在后结构主义时代似乎失了宠,因为后结构主义偏爱的动态角度会让一切分层自行解体,对话仅在于对话过程本身。但我们大不必将动态和静态看成一对矛盾,符号可理解为一个指向(Zeichen),其中寓含的指示动作(zeigen)才是符号的本义,而解构不过提示了静态结构的虚拟性。

不仅单个作家可以作为符号来分层探讨，甚至整个文学生产体制都可当成符号来作结构化分层探讨，赋予其个体性的心理结构，这能从集体无意识层面解决一般读者接受与专家研究以及创造性的自由联想之间的关系问题，对于文化交流和接受现象有莫大的理论效益。1940年代中国现代派诗人中流行"咏罗丹"，"文革"后的新时期诗歌又描出一系列中国化的卡夫卡形象。这却是相当棘手的文学交流主题，一种常见而乏味的做法，是拿它去和专门的罗丹或卡夫卡研究相比较，把它视为不忠实的、随意的接受方式，权当接受研究中比较次要的例证。可我们不妨略微转换思维，把整个文学主体看成也具有如个体那样的心理结构，则一般读者的看法感想就好比是表层的显意识，专门的文学研究和翻译者代表了深一层的较理性层面，作家的借鉴和转述又代表了更深一层结构，而诗中的自由联想不啻为这个集体心理结构中的潜意识层，则这一系列形象就仿佛是意识底部的、全然不自觉的符号交换的结果，恰恰最忠实地保存了群体的想象方式。

由此又产生了具体的结构性及一系列对于文学交流研究来说极重要的问题。绝无笼统的中或外的文学，只有民族的文学，国家的文学，期刊中的文学，地区的文学；绝无笼统的中外文学交流，只有某个层面上的文学交流，如上海的文学交流，新月派的文学交流，或圣约翰大学的文学交流，各有其自身的符号运动规律。消息、故事和广告等文本放在一份刊物里，就要受此一具体的生态空间制约，和它们在其他结构如小说、档案中的命运截然不同。地域文学又不同于民族文学，它从地区发展中汲取活力，融于地区的社会文化语境。上海的犹太移民文化，洋泾浜英语，租界的文化生活，传教士报刊与出版事业，早已成为研究热点，可如果一味从中外文学交流层面来俯瞰问题，上海的文化混杂就成了总体文学交流的一个范例，上海的地域文化特性就得不到充分反映。德勒兹和瓜塔里曾提出"小文学"观，其实就是要凸显这种具体而微的结构性，但在国内比较文学界尚未得到充分讨论。

新实证主义的核心原则可暂归结为三点,这也是对于理性本身的重新表述:① 理性和想象须臾不可分,故新实证主义既是实证,又是想象。唯有实证能将知识暂时固定,给科学认识以支点;唯有想象才能创造神话,催生文化新质。结构——就其虚拟性而言——本身就是想象,想象为实证考察提供框架。② 理性的效能有限,故新实证追求局部的结构性。既是认知活动,就应严格限制在可行范围内,限制在对于自己的建构手段确有把握的程度内,这意味着:清醒地意识到主体立场和目标的永恒距离。③ 理性是多元而非普遍唯一的,故新实证主义强调在符号学基础上的价值与方法论多元化。多元化的实质是摆脱意识形态束缚,旧实证主义以"事实"代替意识形态,新实证主义追溯至更原初的符号运动状态,以求最大限度的包容:不仅"事实"由符号运动造成,连所谓"无意识""虚无""实在界"也是一种符号排列形式(它们是被"叙述"出来的)。

这种思路在我的《德语文学符码和现代中国作家的自我问题》中已有一定体现。书中描述了一系列具有神话意义的德语作家——歌德、尼采、里尔克、卡夫卡、荷尔德林等——和现代中国作家的主体间关系,但不是按旧实证做法考察中国作家在创作风格、思想内容上所受的影响,而是把这些外国作家看作一系列文化符码,探讨其在现代中国文学主体发展中的作用。这样一个描述过程当然不是传统意义上编年性的接受史,而是符号游戏的历史,是自我以不同形式同纯粹能指发生的一次次主体间关系。实证的对象即符号关系,此关系网络异常复杂,关系套关系,关系内复有关系,包括:自我与符号的关系,符号与符号的关系,符号与他者的关系,自我经由符号与他者的关系,符号中各层次间的关系,各层次分别与他者和自我的关系,等等。说到底,无论"自我"或"西方"都是历史性的符号运动的产物,这种符号运动又以对于自我和他者的陈述、想象为最根本内容,相互投射的两方向的不对称性,导致了精神运动推陈出新和西方文学符码在中国语境中沉浮交替,这种充满不确定性和新生可能的符号运动却正是现代性的真实体现。影响乃是对于初始符码的发展,相当于作家在创作过程中,从一个简单象征出发,发展出一段完整叙述。接受者从自身目的出发,将影响作为神话而转述、传播,但当神话的作用发挥到极致,朦胧的符码演成具体情节之际,也是自我解体之时。譬如当尼采成了中国的民族复兴神话,而歌德沦为多情者的浪漫故事时,也就释尽了自身的语义内涵,必将为下一个符号所代替。外国作家本身就仿佛是一个初级代码系统,如同一些散乱色块呈现于中国话语场上,拼合这些色块的过程不仅表达了自身的历史性的表意(signifying)方式,并且造就了这些作家的具体意义(significance),使他们真正成为可理解、可用于交流的语言表达。

对中外文学交流现象的考察,是为了造就一个容纳符号互动过程的空间。世界文学不是虚幻的蓝花,而是辩证、具体的比较文学研究史,正如文学史创造了"文学",有了或隐或显的比较文学研究才有世界文学意识。比较文学专注于文学空间之间的"中间空间",由此成为新人文科学的模范。新实证主义在意识形态上针对源于西方的传统文化秩序,欲伸张一种更为实际、多元的理性,正是与之相适应的方法论工具。

(原载《跨文化对话》2010 年第 27 辑)

中国空间的符号学意义

人类世界乃是符号世界。符号学并不仅仅具有方法论的纯形式意义,它就是西方世界的仿像,意识世界的潜意识部分。诗人有五官感觉和思想互通的奇妙经历,理论世界也有其"通感"现象:形式即内容,方法即目的本身,体用不二。意识到这一点,则一个理念性"中国"空间的想象,也同样具有方法论上的技术含义。事实上,中国观念下的框架建构和行为实践的确具有自身的特殊性,这能给符号科学带来什么启示呢?能否为后现代——后现代以解构符号学所代表的稳固世界图像为己任——之后人类信念的重建作出贡献呢?

一、作为思维模型的中国空间

在西方知识界,存在着许多对于"中国"的叙述方式,或者说对于一个绝对的界外空间的想象方式。

在实证主义者高延的名著《宇宙主义:中国宗教、伦理、国体和科学的基础》中,中国呈现出异常整齐有序的状态,这是典型的汉学家的中国空间:

> 它被一道砖砌的墙围住,墙的四个立面正是朝罗盘四个中心点的方向;笔直的南面被视为至尊,因为南方乃至尊天域;东西面同样为笔直,完全等长;北面向外凸出成一道圆弧,其中点大概在下面要谈到的圆丘的中心。这道外垣总长1 987.5工部丈,亦即6.7公里;墙厚6尺,高1.15古丈或大约3.15米。在此

须注意,1丈合10尺,1尺合10寸,丈的长度为3.35—3.40米,而古时尺寸为工部尺寸的0.81倍……①

正如对北京天坛的这段描述所体现的,此和彼,先和后,各有其固定位置,每一局部都可以由精细到小数点的具体尺寸表达出来,供任何科学头脑以任何国度的度量衡标准加以再检验。不过,这种秩序安排却于不经意间和书名"宇宙主义"——高延对中国文化体下的著名定义——起了抵牾,因为宇宙主义意味着道的贯通、界限的模糊、层面的交融。

在杰姆逊引述的诗歌《中国》中,中国的凌乱不堪则体现在诗行的互不连缀上,读者可以随心所欲地玩味每一诗行传达的鲜活的片段印象,而不能对其有任何总体认识。这又是典型的后现代话语场中的中国,一个莫明其妙的"第三号"。

我们生活在太阳那边的第三世界。第三号。
    谁也不告诉我们该做什么。
那些曾教会我们计数的人们很和蔼。
总是该离开的时候。
如果下雨,你或许有一把雨伞,或许没有。
风吹掉了你帽子。
太阳照样升起。
我宁肯星星相互之间不描述我们;
    我情愿我们自己来描述。
跑到你的倒影的前面去。
十年之间总有一次指着天空的妹妹是个好妹妹。
风景被摩托化了。
……

---

① J. J. M. De Groot, *Universismus. Die Grundlage der Religion und Ethik, des Staatswesens und der Wissenschaften Chinas*, Berlin: Georg Reimer, 1918, p.142.

这首诗被杰姆逊的《后现代主义,或晚期资本主义的文化逻辑》——后现代理论的标志性作品——用作一个极为醒目的例子,以指代一种后现代的"末世性"符号存在状态,即符号在平面空间中共时性(失去了时间)的零散分布(失去了意义关联和区别范畴)。用杰姆逊的话说,其根本美学为"精神分裂式碎片化(Schizophrenic Fragmentation)"①。可曾记得,福柯在《词与物》导言中,同样是通过援引博尔赫斯笔下混乱的中国百科全书的寓言,强化了"中国"的这一特别的喻指功能。

卫礼贤的中国空间构成却异乎于他人。这位20世纪初的德国汉学家,迄今为止最著名的《易经》的西方译者,有一部关于中国近代历史文化变迁的《中国心灵》(1925)。其解释模型远远偏离了西方的科学传统,故这本著作始终是汉学史上的怪物。书中,作者试图以《易经》观念安排飘忽不定的历史和文化事件,融合对立的各个极端,以便让读者体会到沧桑巨变中一些不变的、深层的东西。我们也可以说,他将自己引入西方的《易经》运用到叙事实践上,造就了一种极为有趣的交流模式:

(1)时间纵轴上的交流循环。西方历史编撰对过去和未来有明确界定,而在中国观念中,过去和未来都不是绝对的实在物(换成符号学的说法,传统和现代只是符码排列的两种方式)。在同时代西方人心目中,中国就是注定无法走入现代的千年僵尸,一个永恒的"过去",卫礼贤却刻意呈现"过去"中朝向现代的趋势。他向我们展示,中国自始至终经历着生动变化,继周代以来不断有新的文化价值生成,近现代文化领域中的革命人物更是层出不穷。康有为是不让马克思和列宁的异端,《孔子改制考》把孔子塑造成耶稣般的革命家,又引发了现代中国的疑古风潮,《大同书》甚至主张废除家庭——中国

---

① Fredric Jameson, *Postmodernism, or, the Cultural Logic of Late Capitalism*, Durham: Duke University Press, 1991, pp.28-29.诗歌中译取自唐小兵译本《后现代主义与文化理论》(北京大学出版社2005年版)。

传统的核心。他的弟子梁启超将激进主义移至政治层面,鼓吹中国历史上从未有过的民族主义和共和观念。蔡元培则让中国传统儒教一变为大学的国学研究,使科学和宗教道德相分离,在他领导下,北大孕育了堪与欧洲文艺复兴比拟的五四文学革命。突出康、梁、蔡等当时尚不为欧洲人熟知的文化符码,意在呈现隐蔽的中国风景,揭示传统产生的新的语义流向。反过来,传统成为以当下为起点的逆向回溯、"现代"符号的真实所指。为了赋予新经验一个适宜的背景和基础,现代也"创造"自身的过去。如第七章的象征性游记《孔陵之旅和孔子子孙的婚礼》所示,源头的追寻贯穿了卫礼贤整个文化叙述。为了体验中国活力的奥秘,作者和他的中国学生组织了一次去曲阜孔陵的旅行。他发现,孔子身上真正深层的东西虽不着形迹,却经久不灭,那就是塑造人类的基本图式:文明和自然的谐和。与此相比,其他一切延续传统的作为都是人为的、暂时的。孔子第73代后裔的婚礼虽声势隆重,年轻的妻子却并没有为孔家带来所期望的子嗣,这既象征了孔教会之类复古喧嚣的无益,同时又寓含着一种灵活的、非线性的演变观,即因果关系并不就等同于简单的时间上的前后相继。

(2)此和彼、西和东在空间维度上的横向交融。近代新教传教士往往抱着浅薄的救世主心理,仿佛所有的福音、意义都只能由西方源头单向地流出,东方只是被动接受者。卫礼贤却缅怀明清时耶稣会士的沟通功绩,他们虚心学习儒家的精华,能在一个超越了物质器具的极深层次上,化除中西方的误解,让自身信念也得到异教徒承认。《青岛故人》一章是这一理想情境在当代的重现。辛亥革命后,大批前清官员、学者逃到德国殖民地青岛避难,青岛这座欧洲文化的桥头堡顿时成了中国旧文化的焦点,文化的双向流动就透过许多日常细节表现出来。一次酒席中的对话也是中西对话的缩影,客人们无意中发现,中西方对宇宙的终极态度竟如此酷似。犹太人以日落为白昼之始,这正合于中国的《易经》观念:盈不可久,阴霾最盛时也是其力量消减的开始。交流的地点落在中国,殊非偶然,因为卫礼贤断言,中国从不曾封闭自身(和大多数西方人的看法相反),且中国文化本身就是冲突融合的产物,它也将坦然接受这一次更伟大的交融,这次的东西融合将决定世界的未来走向。

(3) 道既然斡运于事物每一层面,周流无遗,一部历史就不能是单纯的政治史、经济史或哲学史,而应为道的全方位呈现。故卫礼贤营造的这一符号空间包容了中国文化内部各个层面,有正式的文化成就,也有民间的礼俗、节日,有上层的政治、文化生活,也有阴暗的小偷、帮会的角落。但并非杰姆逊的符号的肆意散布(它们没有真正的历史和意义依据,不过是一些游荡的仿像而已),也没有谁主谁次的问题,毋宁说,是中国精神这一基本符码在不同形势下的不同表达,正如《易经》卦符的含义要根据每一爻的阴阳属性及其所处位置而定。因而,卫礼贤和庄子一样相信,在乞丐、小偷和强盗的空间中也有固定的秩序,这种秩序使这些下贱行当也具有了生存的正当性,穷叫花子也懂得孝道,真正的暴徒只有在旧制度崩坏、新秩序未启的过渡阶段才会出现。

(4) 横向纵向上无处不在的周流往复,意味着在时空两个维度上互为能指与所指的传统和现代、东方和西方的永恒互动,其运行规则就是"易"的宇宙秩序。第八章《神山》位于叙事进程中点,其中明示了和《易经》的互文关系。这一章是去泰山的朝圣之旅,结尾处出现了一个醒目的卦象:"过了很久,你还能见到它云层笼罩的峰顶从众多山体中不时地冒出,仿佛透露了一件秘密。这秘密就是,生与死如何交融在那伟大的静止中,《易经》的《艮》卦已给出了这一静止的征象。"[1]《艮》的卦象为山,代表一切运动的终止和开始,"万物之所成终而所成始也"(《说卦》)。泰山保藏了旧的文化成果,又孕育新时代的萌芽,故为生与死的依归。易道周流,将零散的文化符号——由普通人心灵形态一直到体现宇宙秩序的节气——聚合成有机形态。第一章是心灵的门户,作者初识东方,却已在青岛的中国苦力身上看到活

---

[1] Richard Wilhelm, *Die Seele Chinas*, Frankfurt a. M.: Insel, 1980, p.163.

生生的交往对象——敏感的同类意识是进入宇宙进程的先决条件。倒数第二、三章是对节日、民俗和大众生活的描述,如流水账般地铺陈出来的如清明节、丧葬、宴饮、茶馆、戏园之类最为平常的事物,却是生命脉络于宇宙和社会两个维度上的最终表达,道的流程的圆满完成。最后一章《东方和西方》逸出了中国框架,却正如《易经》最后一卦是《未济》而非《既济》,代表着突破既成格局的动能和再出发的希望。卫礼贤的叙述绝不像表面看上去那样杂乱无章,而是隐含了一种阴阳的律动:对文化繁荣的铺叙和对阴暗的帮会世界的勾勒构成空间上的光影对照;中国表面的沉沦和真正中国精神的升起又是时间性的阴阳转换,义和团运动是谷底也是新起点,仇外情绪臻于极致,理解的希望也悄然而生。

这一宇宙框架涵容各个方向上的局部运动,保证了东和西、传统和现代、革命和保守、上层和下层、显和隐等对立项的交流互通,以及生活各层面的并行不悖。卫礼贤将"易"理解为变易、周流、不易三重含义,变易为一般的因果变化,周流为四季的循环,而这一切都体现了不易的宇宙秩序。宇宙秩序之"不易"的衬托,正是一切变化得以存在的前提。由符号学角度来看,这就是一套整理符号活动和语义流向的原则。

卫礼贤的描述未必最精确,但他力图在叙述方式上——而不光是在内容层面——模拟一种中国理念,以此来处理符号运动和总体空间的复杂关系。卫礼贤给人的启示是,以"易"为组织原则的中国空间在一定程度上弥合了汉学家的科学话语和后现代的异托邦想象。如果视建造中国空间的意识本身为一个总体事实,则后两者的关系,就类似于语言学上语言和言语的区别:汉学家试图给出语法规则,从中国材料中提取出一个超乎个人的抽象实体;理论家在中国客体上放任在其他客体上不可能做到的自由想象,以期在迷狂中闯入未知领域。除非引入一个全新框架,科学和想象,语言和言语将永远处于分离状态。

至此,我们所使用的"中国空间"概念的含义也逐渐清晰了:

① 它是主体试图向现存知识系统之外超越时获得的新视域[1]；② 我们是从西方的出发点——且借用了卫礼贤这一跳板——来谈论超越的,故可称之为"后西方"的界外空间；③ 此空间并非实体,而是一种中国理念("易"的观念)的空间化隐喻。它作为新的思维模型,旨在修正由符号到意义的一贯流程。

二、符号学的暧昧性：以罗兰·巴特为线索

上文无疑在暗示,中国空间和我们对符号活动的考察有所联系。具体在何种意义上可以这样说呢？

首先,卫礼贤为现代西方知识界引入的《易经》,不但是中国传统的宇宙论基础,本身也是一个自足的符号学系统。《易大传》说"易与天地准","范围天地之化而不过,曲成万物而不遗,通乎昼夜之道而知,故神无方而易无体",这并非虚夸易道功用,毋宁说揭示了其基本特性。《易经》六十四卦仿效天地万物的运作形状("象也者,像也","爻也者,效天下之动也"),象既是外在现象和内在意象,又是从二者抽象出来的、概念性的法象,[2]就是最原初的符号。整个卦爻体系即宇宙进程的高度符合化,和大宇宙是一种同构关系,其结构原则就是宇宙的韵律：在时空和类别上千差万别的事物,若分享同一韵律,就会采取同一运行轨迹,遭遇同一结果。

---

[1] 用西文(譬如英文 Chinese space)其实更能凸显"中国空间"概念和界外视域的天然联系,因为 Chinese 一词在西方语用中本来就含有怪异、遥远的义素。Chinese space 让人联想到层层叠叠如迷宫般的 Chinese box(中国匣),在不明就里的人眼里,就干脆是一个 Chinese puzzle(难解之谜)。由此意义来说,中国对新视域的指代功能就不是出于偶然了。当代理场中,最直接地启动这一隐喻潜力的大概要算 Robert Morris 的"中国房间"概念,见他的"The Idle Idol, or Why Abstract Art Ended up Looking Like a Chinese Room", *Critical Inquiry*, 3(2008)。

[2] 易"象"的现象、意象、法象三义,系依蒋伯潜《十三经概论》所释,上海古籍出版社 1983 年版。

其次，西方的符号学自有其局限，这是其语言学母体本身的抽象性造成的后遗症。首先是外缘方面。符号学作为万有的方法论，在帮助其他科学实现其价值的同时，也使自身升华为一种类似元语言学的纯粹形式科学，但这并不能保证它和社会意识形态绝缘（甚至它本身就是一种意识形态），保证不被后者所吸纳、同化而失去自身的独立性。其次是内部的黏合问题。能指和所指之间，即使有秋毫之微的缝隙，那也是一个无限距离，能指和所指间辩证的交流过程就被阻断了。实际上，两个问题是二而一的。

罗兰·巴特的《符号学原理》(Eléments de sémiologie, 1964) 是对这之前的符号学进展的一个小结，也是要为将来的符号学确定一些可靠的概念范畴。这个小结却充满犹疑，这和符号学的发展状况相关。尽管其历史并不长，人们就意识到，即使不出纯语言学范围，整齐的语言／言语结构也很难维持。言语通常意味着组合(syntagme)，语言通常意味着联想或聚合(paradigme)，可是索绪尔本人就发现，语言中早已包含了许多固定组合亦即套语。语言学家一度倾向于以符码／信息等同于语言／言语，可是雅各布森随之提出的"双重结构"使这一结构处境尴尬。"双重结构"意味着，符码／信息的流程中掺杂了大量倒流和交叉的特殊情形。故处处有建立中介层以为过渡的必要，这几乎构成了当代语言学的演化史（叶姆斯列夫用以代替"言语"的"使用"就是一个更宽泛而更有包容力的概念）。而当进入一些复合的或内涵化的系统时，能指和所指已无法区分了。罗兰·巴特所暗示的话语的语言学，其构成单位"不再是符素与音位，而是更长的话语片段，涉及在语言之下表意、但从不脱离语言表意的文伙或语段"①，毋宁说是要彻底地委身于暧昧区域。他的设想很快就得到了证实，中介性的话语概念在福柯那里演成核心原则。作为介于理性和非理性、语言和言语之间的模糊地带，话语代表了生活世界的实际状态。

---

① 罗兰·巴尔特：《符号学原理》，王东亮等译，三联书店1999年版，第3页。

在谨慎的理论话语背后,罗兰·巴特真正要说的是,符号学要从语言学脱胎而出,就必须对语言/言语结构做出重大修正。正如发生在时装中的三种情形:存在于时装杂志中的书写服装系统可能是无言语的纯粹语言;照片服装(穿在模特身上)可能是不具备任何组合自由的固定言语;而实际穿着尽管符合语言("成衣")和言语(个人穿着行为)之分,可是决定于某一少数集团的成衣业永远先于个人衣着,这又违背了言语先于语言的索绪尔原则。其原因不难推究,社会行为的大结构总是要超越纯粹语言学的局部结构,"个人创新就这样被(人数有限的集团的)社会制约超越了,而这些社会制约本身又指向一个具人类学性质的终极意义"①。进一步说,意指现象与其说决定于语法规则,不如说决定于其承载者即"实体"(杂志,照片,实际穿着者)。故在第一章结束时,他指出,符号学系统中实际上存在三个,而非语言学中的两个层面,即:物质(matière)、语言(langue)和使用(usage)。如"一条长或短的裙子"中,"裙子"就是服装语言的变体(长/短)的载体。② 可以想象,这个作为载体的实体层次将逐层扩展为物体、个人、社会等外部指涉,最终展现为心灵、宇宙这样绝对宏观的层次,正是它使语言/使用的语言学范畴得以维持(故它的语言才是真正的语言),但同时也使语言结构失去了自主性。

说到底,在语言学体系内,静止的点的连接(即非连续性)是意义生成的前提。交通灯唯有在红、绿、黄区分开来时才能实现表意功能。照片的实景图像为连续性组合,为了产生意义,就必须配以文字说明,即由分节言语赋予该系统其本身不具备的非连续性。③ 这正是悲剧性所在,意义反映的是被人工秩序所切分(所阉割)的现实,或者说就是这种切分方式本身。意义是建立在虚幻基础上的心像,意识到这一层,幻灭感油然而生。

---

① 罗兰·巴尔特:《符号学原理》,第22页。
② 同上书,第23页。
③ 同上书,第57页。

事实上,自从人们推出"分节"(Articulation)一词来代表语言本身,就启动了一个自我解构机制。"分节"是把双刃剑,因为脱节,故而需要"连接"亦即"表达"(Articulation),语言由此而呈现;但同时就预设了一种非连续的世界形势,这却违反了生活的连续性逻辑。故德里达还是结构主义的逻辑顺延,而非其背叛者。他之忠实于结构主义原则,在于对世界实体的整齐二元结构的继承。在其著名论文《人文科学中的结构、符号和游戏》(1966)中,他用繁琐程序证明"结构无中心"(la totalité *a son centre ailleurs*[整体之中心在他处]①)的惊人反论,挑战当时以列维-斯特劳斯(Claude Levi-Strauss)为代表的结构主义主潮。但他的操作本身就是一种人为切分,是从结构(被结构者)/中心(结构者)的二元对立前提展开来的。本来,单从中心的立场来看,则天下万物无不体现了中心;单从结构的立场来看,则无处不是结构,中心出自结构性的需要,自然就没有了某一实体意义上的中心。可是如果彻底转换思维方式,从世界一体的角度来看,则结构亦中心,中心亦结构。中心在万物之内而非之外,中心或结构都是同一世界本体的表达或功用(当世界表达其同一趋势时,为中心,表达其丰饶与复杂时,为个体性结构),则成者,毁也,毁者,成也。新儒家体用不二之说,熊十力常举的譬喻为,大海(系统、实体、中心)即众沤(现象、功用),众沤即大海,大海必然腾跃变动为众沤,众沤也不可能离开大海而存在,它们本为一体,并非谁决定谁,而是世界和其本身的关系。② 这样来理解世界,德里达的问题荡然无存,唯名主义(Nominalistic)的语言游戏仅凸显了能指和所指分离造成的认识论窘境。德里达的中心表面看来是一个点,在内在逻辑上却是整个场域的一半,是结构中的一个功能项(没有了对应的相关物,它本身就不存在了),绝不如德里达所说,既在结构中又超越结构,恰恰相反,它就等于结构。罗兰·巴特也曾强调,将语言和言语如何分离的

---

① Jacques Derrida, *L'écriture et la différence*, Paris: Seuil, 1967, p.410.
② 参见熊十力:《乾坤衍》,蔡尚思编:《十家论易》,上海人民出版社2006年版。

问题首先提出是没有意义的,因为分离本身就同时是建立意义的过程,分离本身,就是符号学和语言学的命脉所在。就是说,只要你提出"中心",你也就陷入了结构主义逻辑,因为你就同时说出了中心的对立面,也就建立了一个结构。

罗兰·巴特何尝意识不到自身立足点的暧昧。符号学在他看来,最终免不了要探讨自身作为一个符号所代表的切分现实,而这个探讨者就是将取符号学而代之的新的元语言。符号学的目标既是对意指活动的规则的广泛解读,就是试图规定能指和所指之间的语义流程。但它所确立的流程本身也是语言性的,从能指到所指是由语言的结构性动能所推动,故而是语言对语言的同义反复关系。在此意义上,罗兰·巴特赞同马拉美说的"一切方法皆虚构"。① 既为虚构,就免不了意识形态性。符号学者唯一信任的是纯形式化的语言即逻辑本身,以此元语言模拟一切语言。然而,主体小宇宙的全部丰富性能由一种元语言来指代吗?果真如此,则要么取消主体(故有"作者已死"的反论),要么反映了一种机械的、自动的主体结构。符号学作为一种交流模式,在宏观方面意味着,宇宙成为一个大符号,其中人和世界互为能指和所指。但这种分割本身机械而"任意"(能指和所指之间是一种无理据关系),语义流向因此始终由外力主导(由外力撕裂的,也只能借外力复合)而成为单向运动,缺少内在的"复"的维度。可是无"复"不足以成为生动的宇宙生命。历史成为一线性进程,必有终结之虞,要么终结于上帝,要么终结于终结本身(后现代则成为终结话语之集大成,"一种很节制的或温和的末世论"②)。理论思辨成为一直线推演,最终只能轰毁自身,而成为自我解构的弑

---

① 参见罗兰·巴特 1977 年的法兰西学院"文学符号学"教席就职演讲:Roland Barthes, "Lecture in Inauguration of the Chair of Literary Semiology, Collège de France, January 7, 1977", Richard Howard, trans., *October*, Vol.8, Spring 1979, pp.14-15.

② F. Jameson, *Postmodernism, or, the Cultural Logic of Late Capitalism*, p. XIV。杰姆逊将符号学视为后现代所反对的形而上学"深度模式"(depth model)的最新变种(F. Jameson, *Postmodernism*, p.12),这也是正确的,但在此必须加以强调,后现代无非是这种深度模式的逻辑后果的彻底展开。

父过程。语义流向的单向性又意味着,不再有抚平自身由切割所致的伤痕的机会,于是能指与所指间的裂隙成了永恒的生存印记,这又是西方的梦魇——"虚无"——之渊薮,这一神话和上帝的神话一样,都是为了填平裂隙而生。能指/所指二元论的人文主义版本或者说意识形态,就是以为主客体已然构成了完整世界(主客体为世界符号的两个相关项),对此极度抽象的理性主义程式,就有一个长期困扰人们的有关空间的疑问,即:主客体在何处相遇?如若不是在虚无中,岂不是在一个非主非客的动态的"中间"?至少在这个中间带,主体和客体、能指和所指交融不分。从这个动态"中间"的角度来看,主体和客体、能指和所指岂不成了派生出的两个末端?那么这个"中间"就是海德格尔意义上攸关命运的"地点"(Ort),它包裹主体和客体,既是外缘又是缝隙,它才是宇宙或世界本身。德里达的激进修正的合法性也正来自于此:中间带的强大引力使得任何结构都会随时失去自身的界限,融入这个诡谲的漩涡。德里达以各种夸张的文本重读所强调的,就是从符号到意义的实现过程中,由于无数不在场的相关因素的作用,总免不了滑移(Slippage)。滑移即符号的迷失,譬如说,后现代就是从主体(能指)到现代(所指)之间的滑移,杜尚(Marcel Duchamp)的反艺术就是从艺术品概念(能指)到艺术品(所指)之间的滑移,而在西方政治(能指)和它的所指"可预测性"之间,也可能楔入一个令西方人困惑的"中国特色"。霍米·巴巴称之为"时滞"(Time-Lag),即符号在抵达意义前经过的时间的滞留,这个时间差是本体性的裂隙——"这个问题是关于起源中的非一(Not-One)、负数,关于文化符号在一个不愿被扬弃为相似者的重影中的重复问题,那种身处现代之内又超出了现代的东西,就是这种意指的'切口'或时间上的中断……"[①]

罗兰·巴特和德里达这两个文本,相继发表于1960年代中期。这一硕果累累的高峰期,也是危机和激烈挑战乍现的历史时刻,故集

---

① Homi K. Bhabha, *The Location of Culture*, London: Routledge, 1994, p.245.

中投射了符号学的当代命运,即内在结构不断被潜在指涉所侵蚀乃至瓦解的过程。

故有了巴特向后结构主义的"转向"经历,但不如说,真正热衷于结构的人,自然洞悉结构的弱点。《文本的愉悦》(Le plaisir du texte)(1973)有一段写到,作者半睡半醒地坐在酒吧中,外边的种种言语活动在朦胧中进入听觉,语言和话语混合成同一声音:

> 词,小句段,零散的表达句式,都从我身上掠过,而且,没有一个句子得以形成,好像这就是言语活动的规律似的。这种极富文化又极为野蛮的言语主要是词汇性的,散在的;它借助于表面的丰富性在我身上构成难以确定的间断状态:这种非句子根本不是不能成为句子和在句子之前的某种东西;它是:永远而高贵地在句子之外的东西。①

这一刻让罗兰·巴特意识到,关注固定的词组句法的语言学瓦解了,完整句子的神圣光环褪色了,倒是"非语言的语言""非句子的句子"(即话语)更能代表语言的特性。霍米·巴巴简单地挖掉最后一句中"永远而高贵地"的修饰语,就获得了一个"在句子之外"的"非句子"概念,②也敞开了一个后现代的罗兰·巴特(现代与后现代本为同构)。非句子就是那本原性的"非一",句子和句子之间的隐藏背景,而句子不过是语法(逻辑)的抽象的产物。

三、生命的符号学/后现代

既然罗兰·巴特已预测,符号学终将与人类学融为一体(功能符号就必须从人类学角度来理解),则符号学和《易经》基于变化的人学解释学也完全有对接可能。

---

① 罗兰·巴特:《罗兰·巴特随笔选》,怀宇译,百花文艺出版社1995年版,第220页。法文本见 Roland Barthes, *Le plaisir du texte*, Paris: Seuil, 1973, pp.79-80。
② Homi K. Bhabha, *The Location of Culture*, p.180.

《易经》可以给西方符号学带来生命的一维。《易经》的能指和所指、卦象和意义之间不是任意的、纯约定性(机械)的关系(这种无理据性也象征了人和世界、存在者和存在者之间的割裂),而是一种相互渗透与契合,天垂象,圣人象之,就是契合,表意的根据在于宇宙性的同构,在于同为一种沉潜的道所贯穿从而具有了同一韵律节奏。正是这一内在理据支持了能指和所指的灵活换位,以及符号流向的往来反复。生活中何来繁琐的逻辑周转(如德里达所谓"增补"或"延异"程序),一切都是自然而然,变动不居乃是生命的表达。同样《易经》中的语义生成是一个有机的生命过程,卦符由六爻构成,但既不存在内部裂隙,也没有脱离外部世界,因为六爻表示与此符号相联系的主体的具体人生处境,同时又包含了宇宙中地、人、天三个位置。卦有卦名和总的卦辞,是这一符号所模拟的总的世界形势,在具体每一爻上又分别有不同意义:譬如《乾》为天是基本卦象,又引申出"健""君子"等引申义,以及从潜龙到飞龙所比拟的具有乾德的君子的各个处境(体现于从低到高的每一爻上)。这就给我们以足够的暗示,同一符号,根据所处位置和周围形势不同,实现的意义各异。而成于后来年代,解释和发挥卦爻辞的《彖》《象》和《文言》等也是不可分割的部分,它们根据人生实践活动的变换情景,将卦爻的初始意义不断往外缘推进。于是我们看到,每一意义中又敞开了同整个社会相交融的不同层面,有个体的,社会的,心理的,家庭婚嫁的,还有对未来发展的预防措施的指示。故可见,这不是僵死的符号体系,而是渗透了人文、生命因素的有机环境,含摄了向内外的种种发展可能,也容忍"延异"的种种形式和效果,这才是杰姆逊的"第三号"和福柯的中国百科全书之谜的真相。

切分是符号学的内在生命,也是符号学对世界的根本看法。当存在(小到字符,大到世界本身)被人为地分裂为能指和所指两部分时,符号就产生了,人和世界建立了最最基本的认识性关系,因为出现了一个最基本的二元结构。结构就是认识,人和世界、主体和客体的对立既是认识的前提,也是最基本的认识本身。索绪尔用最形式化的语言——语言学的元语言——塑造了这一基本模型,却等于缔造了一个裂变的自动机制,迫使以后的语言学家在他的基础上进一步细分。道理很明显,二元中任一元分别又含有二元,或者说,二元中间还应有过渡的一元,能指必须经过某个中间环节才能到达所指,而所指又必然不是终点,它还要在变更中融入另一意指系统。这样说来,索绪尔发动了一个世界,符号学的诞生、发展成了精神向现实世界逐级渗透的模拟。《易经》也有切分的简洁表达,即太极生两仪,两仪生四象,四象生八卦,就连六爻本身也可视为一种生活情境的细分。区别在于,符号学将自身局限于纯技术的认识论方面,而《易经》是生命力和意志的表达:太极生两仪是道的运行所致,是宇宙本体的功用,万物也同时在不停歇地返归于太极,即"原始反终"。符号学所欠缺的这一维,在当时是由海德格尔一线的存在哲学所探讨的。海德格尔意识到了世界本身的敞开性或者一体性,"此在中有着根本性的走近的趋势"(Im Dasein liegt eine wesenhafte Tendenz auf Nähe)①,而"让相遇"(Begegnenlassen)亦为此在之在世特性的基础。也许在他看来,符号学的模拟方式正好体现了技术时代对本真世界的扭曲。

　　从宏观角度说,《易经》所模拟的是本真的宇宙,其宇宙性最突出地体现在"复"的维度上。"复"即返本,恢复,复苏,再生,日往则月来,寒往则暑来,表达了生命周流无遗的特色,也构成了中国思想一个特有的范畴。老子的理想是"万物并作,吾以观复"。《易经》强调"无平不陂,无往不复"(《泰》九三爻),"无往不复"正是天地之际,而"反复其道,七日来复"体现了天道运行(《复》)。符号学之所以引发了解构风潮,正因为没有"复"的一维。从内部的辩证交流说,《易经》中从能指到所指表达的不是语言的形式逻辑,而是宇宙旋律的自然延伸。中国古人据卦体、卦德、卦变来考察卦义,照顾到了主客方面各自的性质以及变化情形。粗略地说,从卦符到其意义的流程中,要

---

① Martin Heidegger, *Sein und Zeit*, Tübingen: Niemeyer, 1967, p.105.

考虑的因素至少包括：1）上下两三划卦是否相应①；2）阴、阳爻是否得其位,是否得中得尊②；3）爻所处的天、人、地的位置,每一爻和其周围爻是否呼应与相承；4）一卦可能由另一卦变来,就必须考虑两卦在语义上的互文关系；5）卦和占问主体之间的关系③；6）一卦如去掉最下和最上爻,剩下五爻又可以生成两个交错的三划卦,它们的构成和相互关系也会影响意义生成④；等等。这就包容了语言连接中各种可能的滑移。

而这两方面,在《符号学原理》中其实都有所暗示。作为敏感的文字操弄者,罗兰·巴特很清楚,符号归属于一个远为深旷的空间,不过他没有用宇宙,而是用"意识形态"和"人类学"——社会科学话语中最宽泛的两个名词——来指代超越性的宏观系统。讲到符号学所指的延伸时,他相信,因为来自不同系统的所指相互重叠,需要考虑一个完全的、适用于同一共时段所有系统的意识形态描述。同时,不但同一词汇能在不同读者那里生成多种意义,多套词汇暨其所指也可并存于同一个人的意识中,造成深浅不同的阅读体验,皆因每个能指系统在所指层面上都连着一个复杂的实践和技术领域。⑤ 罗

---

① 譬如《否》卦,坤下乾上,乾性上升,坤性下坠,天地不交接,故所实现的意义为不利。

② 自下往上数,单数为阳位,偶数为阴位。二爻和五爻分别为上下两卦之中,五爻为全卦之尊。

③ 中国古人细释爻辞,会区分小人、君子或女子、丈夫等不同占者于同一爻所得的不同意义,如《观》初爻为"童观,小人无咎,君子吝",二爻为"窥观,利女贞"。荣格在他为卫礼贤《易经》的英译本所作的导言中,特别注意到占者和卦象间的心理学关系,即主体潜意识内容和符号意义间微妙的相互修正,而中国注疏者常提醒的"占者有其德则契其象也"也类似于此。

④ 对此中国古人称为"互体"的现象,卫礼贤曾举过一例。表示文饰的"贲"䷕,本身卦象为离下艮上。拿掉最上和最下两爻,则现出两个隐藏的三划卦,"震"☳和"坎"☵,震为上升,坎为下陷之势。在本卦中,这两个极活泼的卦为上下两条强健的阳爻所包围,就表示了艺术作品内在的紧张和节奏感。见 Richard Wilhelm, *Der Mensch und das Sein*, Jena: Diederichs, 1931, p.205。透过卫礼贤等西方人的概念化表述,更容易看出《易经》意指系统的运作程序,同时这种表述本身,就已是中西方符号体系初步融合的产物。

⑤ 罗兰·巴尔特:《符号学原理》,第37—38页。

兰·巴特也意识到,符号学若拓展到人类学的普遍范围,无理据性(语言契约、智性、非连续性)和类比性(自然、生命、连续性)之间最终将建立起一种循环往复。① 可见,巴特这位西方符号学的重要代表和古老《易经》系统之间不无对话可能。

加入中国空间的生命维度,实现语言逻辑和生命逻辑的结合,符号学才能承担时代赋予它的新任务,将后现代的混乱重新导入有序。传媒时代使社会现实彻底符号化,在后现代"超空间"(Hyperspace)中,现代人面对周围无休止地涌动的仿像、符征一筹莫展,恰如原始人在天象、灾异面前的情形,似乎现代的去神话化最终绕回了神话系统。这不但是当代人精神的最大障碍,也凸显出符号学的极端重要性来。然而,正统符号学作为典型的科学话语,所处理的是客观性、科学伦理、真理原则等范畴中的事物,一旦切入实践,则进入了波德里亚意义上非真非假的仿像世界,这里一切运动都遵循"不确定"模式。这种矛盾就是符号学在20世纪70年代后风光不再的原因:它无法处理后现代的非确定性命题②。

但后现代也没有能力包容,相反,它最渴望受到包容,因为它拒绝历史、深度和参照,从而放弃了自身内的一切依据。遵循单线的符号思维,后现代推进得再远,最终也只能证明无论现代(其对立面)的时间范畴和后现代(自身)的空间范畴都是人为虚构。③ 这就导致了对于新框架的内在渴求,即容许时间和空间均成为乌有的框架,即便时空失去了定位功能,历史已然终结,甚至西方文化体本身也被消

---

① 罗兰·巴尔特:《符号学原理》,第45页。
② 之所以称为"命题",因为在我看来,后现代所坚执的世界的非确定性也是一种语言叙事——非确定仅意味着超出了现有符号系统的整合能力。
③ 这正是杰姆逊在他2003年发表的论文《时间性的终结》中所做的。通过援引托马斯·曼小说《魔山》和对一部当代动作片的文化分析,他证明据称取代了现代的时间范畴的后现代的空间范畴本身的虚构性。这位后现代旗手的思索无疑耐人寻味,因为他意在揭示后现代内部的疲态,以及潜在框架对于自称消灭了一切意义、深度而仅剩下"身体"本身的后现代叙事的支撑。见:F. Jameson, "The End of Temporality", *Critical Inquiry* 29, 4(2003)。

融(这一文化传统是后现代"终结"话语的真正产床,但在全球化浪潮日复一日的侵蚀下,这一文化价值的特殊生成模式也可能失效),也仍然存在并起到支撑和包容作用的框架,这就是中国空间所象征的变易的生命框架。后现代理论自始就隐含的疲态透露了其先天缺陷,因为无原因的结果在道理上说不通,无原因的信念更令人怀疑,换言之,为游戏而游戏的虚无[①]从理论上讲纯属推论,从社会伦理上讲则消极有害。要说明这一点,社会学家波德里亚是一个好例子。在他的后现代空间中,德里达式无目的的符号游戏的后果昭然若揭。后工业社会成了一个没有希望的仿像系统,仿像即无原作的仿作、无实际能指的符号,只能在内爆中无休止的变换运作程序,却不能催生任何生命。突破这一无所不在的系统霸权的,只有恐怖分子对于死亡的盲目冲动。如"九一一"事件般的恐怖行动之所以能担此"超越"的任务[②],无非因为其体现了双重的盲目性:一是它的成功实施建立在精确掌握系统技术的基础上,即模拟了工具理性的盲目(机器的使命即在复制中维持系统运转);二是它融合了极端信仰,即模拟了生命的盲目(盲目的生命唯一超越盲目的技术之处,是它能自我毁灭)。这是多么黯淡的图景!然而波德里亚对系统封闭性的评判毋宁说是对于意义的哀求,须知,若真是完美的封闭系统,同样囿于系统之中的波德里亚又如何知道其封闭性?他从哪一个全知位置看到了其封闭?对波德里亚在世界中的位置略加分析,可得到一种符号学启示,因为他的处境也可能是符号学家——语言逻辑的信徒——的普

[①] 从逻辑上说,后现代只能为游戏而游戏,否则就如杰姆逊所言:在理论欲抛弃真理概念这一形而上学包袱的同时,又要去维护理论本身的真理性,属于自相矛盾(Jameson, *Postmodernism*, p.12)。后现代所布的仍是德里达式唯名主义迷障,它事先假定真理和游戏为两个对立的单义性概念项,即塑造了一个虚拟结构,在其结构性的强制下,理论须放弃自身的真理要求,才能迎合世界的游戏本性。可实际上,世界的运行本身就是真理,在主体眼中则反映为原则(形而上学的"真理"),或反映为游戏过程(后现代的"真理")。

[②] 参见波德里亚关于"九一一"事件的著名评论:Jean Baudrillard, "L'esprit du terrorisme", *Le Monde*, 2 November 2001。

遍处境。如果说符号学真精神就是要让第一系统不断地融入第二系统,让整个意指系统成为后续系统的其中一个部分(正如从语言学过渡到符号学的情形),我们也完全可以将波德里亚重新整合进一个生命空间。这一空间的组织原则不是语言的形式逻辑,而是生命逻辑。生命逻辑才是语言和最终目的(Telos),而工具性的语言逻辑就其无目的性而言只是无意识的言语部分,相对于生命来说,它就是非理性的。不难看出,波德里亚的封闭系统恰恰属于这种扩大意义上的言语部分。但是,你不可能排除了语言而单独地研究言语,你实际上是从语言系统出发来看言语(故罗兰·巴特相信,一种言语的语言学对索绪尔来说是无法成立的[①]),只是这个系统扩大到了宇宙范围。仿像系统的封闭性并不存在,恐怖行动或者说世界的偶然性也并非无意义,只是需要一个更大的包容了系统生存和死亡虚无的参照系。这就是我们仿照《易经》形式建构中国空间的用意所在——《易经》的使命正是处理偶然性,给偶然性以宇宙间的适当位置。[②] 换言之,传统符号学处理的是一般性符号化过程,即权力以现代之名对自然的符号化。而后现代作为现代的完成,意味着权力已彻底消化了一切自然,仅剩权力自身作为二度化自然了。故后现代仿像系统代表着更复杂的、超出了一般解码能力的二度符号化过程,它是权力本身的符号化运作(符号之符号),迫使我们建立一种二度的符号学与之相适应。后现代逃不出知识发展的辩证规律,即任何一类否定性的证伪主义总会招来新的实证科学与之对抗,而中国理念和西方符号学结合的基础,在于二者的根本精神同样是积极的而非虚无的。实际

[①] 罗兰·巴尔特:《符号学原理》,第5页。
[②] 事实上,罗兰·巴特设计的"文学"(或"文本")概念也起着"中国空间"的包容功能。文学作为绝对"真实"或绝对"界外",使知识超越了认识论层面,而进入一个戏剧化过程,即近于生命本身的无休止的自我反思与超越过程。文学的包容能力就体现在,文学允许主体根据欲望的自由或欲望的倒错而选择合适的语言。故罗兰·巴特的符号学自号"文学符号学",在他大概并不意味着某一符号学分支,而正是符号学的总称,因为他否认符号具有"实证的、固定的、非历史的、非身体的,一句话:科学的"属性。详见巴特的法兰西学院就职演讲。

上,对于外围系统的隐瞒一直就是后现代理论叙事的秘诀,可见后现代并非超越任何整合。杜尚的小便池或《泉》成为备受后来的后现代理论青睐的反艺术的艺术品,恰是因为别的作品包括他本人别的作品已包含了正艺术的全部要素(技法、风格、构思、思想),故而这次反艺术游戏能称得上一次后现代式"再出发"。换言之,杜尚作为艺术界的恐怖分子(达达派)之所以获得成功,不在于碰巧迎合了新潮流,而是他本来就居于一个艺术空间,在此空间内的符号流动,才称得上是"艺术"或"离经叛道"。后现代末流和简单的后现代批判犯了同一个错误,即死死盯住在场事物本身,而忽略了整个空间背景;洞悉了现世的符号游戏,却忽略了更本原的符号体系。① 而呈现生命的宏观场域,属于新符号学的任务。

这样一个中国空间意味着黏合性的中间环节,能弥合以各种形式相分隔的能指和所指、语言和言语,如:汉学家的中国话语(语言)/理论家的中国想象(言语);后现代"精神分裂式"的符号繁衍(言语)/有机的宇宙大系统(语言)。它又是无所不包的宏观背景,能支撑深度化的现代空间,也能涵盖平面化的后现代空间(现代和后现代不过是当代人设定的两个象征位置,和卫礼贤叙事模型中的传统和现代、东和西并无不同)。以"易"变为秩序的中国空间容纳任何形式、方向、维度上的小结构,而自身并不固化为某一实体性的超级结构。它就是中国古人讲的"无",这一"无"不同于西方意义上实体化的单义性"虚无",它是"有"的另一模态(宇宙的自足而无所需要就是"无"),是一个内含了有和无的交流转换的有机符号。如此说来,"中国空间"无能而无所不能,岂非人类发明的又一个魔术词语? 也许如此。但重要的是,增添这一魔术词语对今天的人文科学有何益? 试用这一新的概念产品对思考符号问题有何益? 泛泛而言,其积极意

---

① 画家范曾发表的反响强烈的评论《后现代主义艺术的没落》(《社会科学报》,2009年3月19日)就属于这类简单的后现代批判,他痛诋杜尚等人的后现代艺术本身的鄙陋,却未看到它和传统艺术复杂的互文关系——"鄙陋"是借传统艺术母体实现的语义。

义就在于强调了认知主体及其符号科学和大宇宙的关系,以及修正单向思维的极端紧迫性,这两点无论在伦理上、认识论上或政治意识形态上都干系重大,必然成为将来的人类共同体信念的基石。同时,中国空间也体现了符号学延伸的需要,因为符号科学最终无法回避解读宇宙这一最大符号的任务。

(原载《文艺理论研究》2010年第1期)

作为交往媒介的世界文学及其未来维度

一

文学似乎也有建立理想国的趋势：单部作品就像是文学世界中的个体公民，文学公民不但相互间有糟粕或经典的等级之分，还会以政治、语言和文化共性为依据组成民族文学的国度。民族文学之间又要求结为国际的联盟，尝试进入扬弃了个体褊狭的世界文学层次。然而，世界文学就仅仅是一个类似联合国的国际组织吗？就我们有限的政治经验而言，国际联盟也只是世界大同的预备阶段，是调节矛盾、协商利益的临时措施，而非世界的终极理想。

世界文学一词最早出现，是在维兰德1790年为他翻译的贺拉斯书信所作的笔记中，特指贺拉斯和奥古斯都时期的罗马文学。1827年，歌德在第6卷1号的《关于艺术和古代》杂志上开始使用这个概念。从1827到1831年间，他在不同场合共计20处提及此概念，[①]将一种面向未来的、和新起的德国民族文学相对峙的文学规划引入话语场。其实，"世界文学"的提出并非偶然。进入市民社会，文学就象征了个体性，而诗人意味着理想的、自足的个体，成为市民知识分子的最佳镜像。可是个体的分化也预示了相互参照的必要，个体除了通过内省实现自身的升华外，也可由间主体性达到完善，作品的相互连接也是实现艺术——即符号性的自由——的理念的途径，于是有

---

① 参见马丁·博拉赫：《歌德的世界文学构想》，范劲译，《中文自学指导》2005年第4期，第31页。

了"世界文学"这样一个逻辑上的必需。文化象征体系的建构和社会系统建构正是相互参照的关系。

"世界文学"就是卢曼所说的符号化的普遍性交往媒介(symbolisch generalisiertes Kommunikationsmedium)。它沟通差异者的差异性,却不会将差异排除,而媒介自身也不会消解在多元性中。它将民族文学从个别性中暂时抽离、置于新的语境,却不会破坏个别性本身。按照卢曼的原理,成熟的媒介的特征,是它远离了交往过程中的具体价值联系,不再从结构上依赖于所谓"内在说服者"(intrinsic persuader)——就像货币象征本身没有价值,却反而有助于货币系统的运转一样。① 世界文学同样放弃了对于"内在说服"(最高的经典性或数量上的最大范围的包容性)的要求,它并不等同于任何一部具体的文学经典,或任何规模的民族文学的集合,而显现为一个具有圣像意味的符征——盛宴之后,人们打破符记,各执一半,凭着它,暂时分离的人们将会重新认出对方,忆起曾经共同享有的美好时光。一部文学作品沟通差异的"象征性的普遍化"能力越强,其世界文学性就越突出。

这个概念一度被讥为无差别主义者歌德晚年的臆想,或被视为人道主义者求同的迷梦,②但它最终成了知识界的"通行货币"(博拉赫)和比较文学理论库中的基本概念,乃至于在某些人眼里,比较文学简直可以更名为"世界文学科学"(Weltliteraturwissenschaft)了。③ 世界文学是文学的总和,文学的最高使命,成了播散自由、进步、博爱光芒的神圣火炬。故而,当比较文学学科在新时期中国被命名为"比较文学和世界文学"时,"世界文学"在此概念组合中无疑起到了双重担保的作用:① 政治上,它成了对外开放的意识形态的保证;② 学科层面上,它是比较文学研究的最后目的。

---

① Niklas Luhmann, *Schriften zur Kunst und Literatur*, Niels Werber, ed., Frankfurt a. M.: Suhrkamp, 2008, pp.22-23.
② 马丁·博拉赫:《歌德的世界文学构想》,第32页。
③ Fritz Strich, *Goethe und die Weltliteratur*, Bern: Francke, 1946, p.19.

二

作为沟通的媒介,世界文学要实现一定的行动主题,其运作程序就需要适应于现实情境。这一与时俱进的转换的必要性,在近二三十年中显得越发突出。当代学者并不满足于简单的文学多元化,而要求从结构上改变世界文学的运作方式。在他们看来,无论是对"第三世界文学"的强调("任何世界文学的概念都必须特别注重第三世界文学"[①]),还是当代英语世界的第三世界文学热,都受控于西方中心主义和英语中心主义的既有规则。在北美的后殖民理论圈中,一度被淡忘的世界文学概念经历了一次真正的复兴,然而也可以说遭到了真正的质疑。霍米·巴巴的"中间空间"说就是尝试结构转型的引人注目的一步,他提出:

> 一度,民族传统的传播是世界文学的主题。现在,也许我们可以提议,移民、被殖民者或政治避难者的跨民族历史——这类边际性和前沿性状况——才是世界文学的疆域。这一研究的中心既非民族文化的"主权",亦非人类文化的宇宙主义,而是聚焦于莫里森和戈德莫在他们的"非家的"(unhomely)小说中呈现的"反常的社会和文化移位"。[②]

世界文学从位置上说,并不在某个或多个中心,而位于中心之间的边界线;从内容上说,并不意味着经典的永恒性,而是语言规则、文化利益、民族记忆的相互竞争和调协;从目标上说,并不要求人性的加深,而是对所有的、具体的人性的承认。旨在连接的世界文学成了针对泛滥的全球化的武器。全球化削平差异,世界文学却是不同文化的自我表现和文化冲突的复杂场域,是边际主体和被剥夺了话语权的

[①] 杰姆逊:《处于跨国资本主义时代的第三世界文学》,载于张京媛编:《新历史主义与文学批评》,北京大学出版社1993年版,第233页。

[②] Homi Bhabha, *The Location of Culture*, p.12.

底层发声的通道。在传统的世界文学拥护者心目中,世界文学的代表作无疑是体现了人道主义的"可臻至善"理想的伟大作品(譬如歌德自己的作品),无论外部世界如何变动,内在的美的人性无疑是"世界公民"的联系纽带。而当代理论家视人道主义为西方的霸权文化理想,后殖民时代的世界文学的代表是一批含义暧昧、地位未定的象征符号。如拉什迪、奈保尔、托尼·莫里森、戈迪默这类移民和跨文化作家,他们不仅在世界关系场中写作,而且反映和塑造了文化冲突中的立场关系。在并置的诸立场中,西方式的人道主义形单影只,且时时遭到嘲弄、质疑和戏仿,严肃的希腊文艺女神置身于异教诸神的闹剧场,显得无比滑稽。"拉什迪在《撒旦的诗篇》中就好像实现了一种新型的世界文学构想,因为他一方面使文学以自我反思和批判性的姿态去面对棘手的世界问题;另一方面他通过和别的、世俗化的文本的世界系统相联系,相对化了一种世界宗教的中心文本,即宗教杰作《可兰经》。"[①]显然,当代人在一和多的关系问题上的意见是:在后现代时代,破碎、分裂、多元的体验才是更普遍的,故传达破碎经验的作品比之《浮士德》这样鼓吹个性主义的文学更能达到沟通目的。

后殖民诉求,无论使用多少复杂术语,仍是两个简单的问题,即:① "我们"(白人)如何读懂"他们"(新兴的民族主体)的"新"文学,从而更好地掌握当下世界的复杂性? ② 反过来,如何让"他们"(白人)理解"我们"(新兴的民族主体)的文学,从而更好地适应当下世界的主要参照体系。而理论本身不过是让这两个简单的问题听上去更礼貌些,更符合规定的交往礼仪的中介手段。也就是说,仍然是沟通的问题,但这是新的世界情势下的沟通问题。既然当代人不再视文学为某个超越理念的化身,而是本体性的误解和冲突的场域,

---

[①] Doris Bachmann-Medick, "Multikultur oder kultuelle Differenzen? Neue Konzepte von Weltliteratur und Übersetzung in postkolonialer Perspektive", *Deutsche Vierteljahrsschrift für Literaturwissenschaft und Geistesgeschichte*, Vol. 68, 4(1994), p.606.

世界文学结构焉能不随之转变。既然世界之大道并非求同,而是差异的自动生产和无穷演化,文学个体又焉能不仿效之而破碎化。歌德意义上的文学的自由贸易,在今天已不再具有任何实质意义,因为并没有事先在民族文学的加工厂中预制成、可供出口交易的文学产品,每一个声音就是无数声音,差异已铭刻入文化对象的内部意指结构之中,单一、同质的文化产品无迹可寻。然而,循着逻辑的推进,后殖民意义上的文本的冲突、调谐连同世界文学的混杂性命题,也将很快失去意义,因为冲突不过是负面的、激进化的自由交流,是破碎的个体的整体化形式("破碎"本身成为交流的共同语言和主题)。富有意义的提问毋宁是,我们如何才能实现这种联合和冲突?如何才能避开任何一种第一原则,从任意一点进入交流过程?

人文主义的平等交流说的内在缺陷在于,它忽略了,抽象的美并不存在,文化、文学之间是一种复杂的权力交往,歌德、席勒同样是威廉帝国强大的工业、军事、文化政治实力的表达。甚至全球化、一体化的主张,也只是出自个别权力中心的独断要求。当代文学的一体化在很大程度上其实受制于美国的英语阅读市场的消费权力。文化工业操纵原文的诞生和传播,最初的翻译程序并非来自翻译家,而是技术和商业的全球网络。可是,从另一个意义上说,普遍的、抽象的美同样真实,这个美就是人和自身环境、和自身内部的协调一致,自律的要求和他者的期待、传统的延续和求变的冲动的相对平衡,这种追求,无论在哪个民族都是一样,不可通约的多元化的后现代命题同样难以穷尽世界文学符号的象征潜力。

霍米·巴巴已经看到,世界文学理论既不能出自西方读者的立场,也不能出自本民族的立场,而需要一个"第三种"的概念层次,即所谓"混杂性"(hybridity)。[1] 忽略这种主张本身的意识形态局限

---

[1] Homi Bhabha, "The Third Space. Interview with Homi Bhabha", *Identity, Community, Culture, Difference*, Jonathan Rutherford, ed., London: Lawrence & Wishart, 1990, p.211.

性(它代表了一个极小群体,即巴巴这样有自由游动特权的跨文化知识新贵的利益)不计,我们仍能从中得到一个有益的启示,即必须找到世界文学运作的真正层面。达姆罗什也意识到,世界文学并非某种高不可攀的经典,而是一种文学流通和阅读的特殊模式。① 但是,他没有进一步深究:这种模式本身又意味着什么?世界文学作为交往媒介的运作机制又如何?"许多的世界文学"的想法②也仅具有经验上的反霸权意义,是后殖民和后现代的虚无化文化语境引发的初步的姿态调整,还远未进入哲学的反思阶段,从而揭示事物的根本性质——一个征象是,达姆罗什并未真正扬弃莫莱蒂的"无理"提议:为了回避语言的无穷多样性和异质性,世界文学不如干脆抛开文本细读,转而分析类似于原型的宏观模式。③ 莫莱蒂这般建议,当然是鉴于实际操作上的困难(没有一个比较文学家能掌握所有的文化和语言),但他忽略了关键的一点:世界文学从未要求研究者成为全知全能的知识主体,世界文学只是一种符码的组织原则,它既是交流的话题,也是实现交流的手段。达姆罗什嘲讽他剥夺了我们的文学鉴赏快感,也正确地指出,宏观的原型模式无法处理精致的文学作品和文化的个别性和极端复杂性,却不曾注意到,正是迫于个别性和文化差异的超强压力,莫莱蒂才试图另辟蹊径。达姆罗什经验主义式的反驳只是把问题简单地推回到其出发点,却没有深入一步。一元和多元的矛盾在世界文学操作中造成的死结未曾解开,莫莱蒂的夸张提议中的合理暗示倒是被错过了,那就是:欲澄清世界文学问题,需要离开具体内容的层面。

---

① 参见 David Damrosch, "World literature, national contexts", *Modern Philology*, Vol.100, 4(2003)。

② 达姆罗什一再强调:"……世界文学本身在不同文化中有非常不同的建构";"要把世界文学理解为一个多变的和偶然的概念,在不同的民族语境中采取不同的形式"("World Literature, National Contexts", pp.519-520)。

③ David Damrosch, "World Literature, National Contexts", *Modern Philology*, 4(2003), pp.518-519.

三

　　说到底,世界文学不过是自行演进、自我修正的世界系统内的一种调剂性原则。歌德时代正值快速邮政和蒸汽轮兴起,世界文学以"交流"为新纪元的曙光。今天的信息时代,全球化浪潮威胁到个体经验的独特性,它又承担了抵制过度交流——无意义的交流本身就是扼杀交流的权力工具——的功能。但是世界文学的真正所指既非联系,也非冲突,而是联系和冲突的辩证交流所体现的世界空间中的本真关联。这一总体认识在近年来关于世界文学概念的频繁讨论中,越来越清晰地呈现出来。

　　在苏黎世的德国文学教授伯勒心目中,歌德的"世界文学"就是一个"论争性-辩证性的区别范畴"(polemisch-dialektische Abgrenzungskategorie)[1],即是说,每次歌德提出这一概念,都并非出于理论上的需要,而是针对某个他所反对的具体立场而发。为了反对某位冯·玛蒂森先生狭隘的德国民族的地域思维,他于1827年1月31日和爱克曼的谈话中说出了如下名言:"民族文学现在不再有太多的发言权,世界文学的时代已经来到,每个人都应为加速这一时代而努力。"[2]歌德提出世界文学,一个很实际的目的,即抵制浪漫派的民族文学乃至民族科学的构想。按照歌德的看法,不仅卡莱尔对席勒的理解比德国人更精确,德国人对拜伦和莎士比亚的功绩也比英国人看得更清楚,故世界文学带来的最大益处,就是在法国人、英国人和德国人之间这种密切交往的情形下,实现"相互纠正"(1827年7月15日和爱克曼的谈话)[3]。不仅如此,歌德认为,文

---

[1] Michael Boehler, "Kulturtopographische Raumstrukturen in der Gegenwartsliteratur" (14.06.2004), p.5. http://www.goethezeitportal.de/db/wiss/epoche/boehler_raumstrukturen.pdf.

[2] 转引自马丁·博拉赫:《歌德的世界文学构想》,第31页。

[3] 参见马丁·博拉赫:《歌德的世界文学构想》,第34页。

学交往还有一个良好的政治后果,即带来民族和解的希望:"即便相互之间不能相爱,至少要学会相互容忍"(1828年《关于艺术和古代》6卷2号)。① 但反过来说,世界文学媒介又能巩固各民族文学系统自身的同一性。伯勒注意到,歌德在提到世界文学的参与者时,总是说德国人、英国人、俄国人、意大利人或法国人,很少点明具体作家名字。除此以外,歌德的世界文学还有一个重要作用,即在相互比较中消除民族文学内部的差异性。换言之,如瓦尔泽和格拉斯般截然不同的作家,在外国人眼里仍然是典型的德国性。德国民族文化的确立,同样是这一实现历史转变和现代性方向选择的关键时刻的大课题,歌德本人还为这个事业做出了最大贡献。实际上,在歌德看来,如果真有那样一个跨文化交际的空间存在,其最理想的场所就是德国和德语,因为德国和德语具有超过其他所有国家和语言的兼容能力,故应当是世界文学的当之无愧的代表者。

伯勒实际上延续了萨义德、霍米·巴巴等人的后殖民反思,他的目的是消除歌德和抽象理想的联系,恢复世界文学概念的历史性和功能性属性。他提出:① 世界文学既非不同语言文学的总汇,亦非文学经典的神坛,而是卢曼所说的"象征性地普遍化的交往媒介";② 尽管歌德提出了与民族文学相对的世界文学,但他仍是以民族文学为基点,在民族文化的辩证性交替关系中来思考世界文学的。歌德的世界文学是"国际"(international)文学,即民族的、同质性的文学和民族文学代表者的集合,而非"跨国"(transnational)文学,即超国际的文化空间;②③ 如果德国才是最适宜的交流场所,那就是说,歌德将跨国的文学空间自相矛盾地安置于一个民族性地域;④ 歌德坚持以希腊为宇宙性联系的媒介,亦即执着于欧洲中心的文化概念,文化的标准不是中国、塞尔维亚、卡尔德隆或《尼伯龙人

---

① 参见 Michael Boehler, "Kulturtopographische Raumstrukturen in der Gegenwartsliteratur", p.21。
② Michael Boehler, "Kulturtopographische Raumstrukturen in der Gegenwartsliteratur", p.8.

之歌》,而是超历史的希腊正统。

伯勒的文章显示了看似确定的世界文学理想本身的不确定性,不确定性来自历史、现实和主体意识之间的异常复杂且随时变动的互作用。与此同时,德国近年来的世界文学阐释还隐含了另一种趋势,即将多义性重新统一,将歌德重塑为超级符码,弥合被后现代的解构锋刃所撕裂的伤口。这一努力,其实是和哈贝马斯以交往行动理论来重建主体间的团结,韦尔施用横向理性来连接理性各部门,并进而整合德国人文传统和法国后结构主义的做法相一致的。德国学者似乎下定了决心,要保住歌德留下的这份文化资产,其辩护的要点包括:① 尽管他说过:"欧洲的,也即世界的文学",但歌德并非西方中心主义者,他的这个临时记下的公式"不能被读成是对朝向普遍性的世界文学概念的修正:欧洲文学通过加速与增强着的国际交往过程发展为世界文学,但世界文学并不仅限于西方文学",因为歌德甚至还拿中国文学的优点来作为评判作品的准绳;[①]② 歌德并非精英主义者,而是新兴的大众媒体和文学市场的拥护者;③ 歌德并非墨守希腊和罗马陈规的古典主义者,而是体现了古典主义和浪漫主义的综合;④ 歌德的世界文学概念并非静止的理念,而恰恰代表了后殖民理论一再强调的变动性、异质性;⑤ 歌德已经先于阿多诺、黑塞等当代人意识到了资本主义文化工业的灾难性后果。"英国大潮"(die englische Springflut)或淹没了魔法学徒的洪水之类比喻,都表明了歌德对于大众媒体在文学传播中的作用心存顾虑。他担心,在这个过程中,以艺术和自我为追求的德国文学可能损失最大。

科比诺-霍夫曼在她的比较文学导论中,特意区分了三种世界文学概念:① 歌德的世界文学概念;② 数量性的世界文学概念;③ 经典性的世界文学概念。这就意味着,歌德的世界文学概念不同于流行的两种语用法:一种是总汇式的世界文学,即世界上的一切文学

[①] 马丁·博拉赫:《歌德的世界文学构想》,第33页。

的总体;一种是标准式的世界文学,即能经受时间考验的作品。歌德的世界文学"和古典性、经典性和永存性都不相干,而是和当代性、现实性、现代性相关联;因此'世界文学'必须设想为过程性的,处在不可遏止的形成之中。它具体由什么构成?哪些作品属于它?都不能确定,因为就像现实在不断地更新自身——一直到经常被说到的媒体社会的记忆丧失——,世界文学也在改变自身"①。歌德的世界文学完全是一个先验的存在,理想的理想,总是在人陷入歧途时自动地站出来加以纠正。文学总体的思想首创于法国的比较文学家艾田蒲,是为了反对任何一种文化霸权思想(它已经先于后殖民理论提出了平等的问题)。超时间的世界经典则是意义的保证,没有经典就没有沟通的基础、谈话各方的共同点。但是,这些都还远远不够,理想的理想不能为任何经验或理念所拘囿,也和欧洲中心主义,和任何僵化无关,它内化了变化的动机,也和具体现实合为一体。

科比诺-霍夫曼指出,世界文学和经典性的等同关系,并非由歌德,而是由德国浪漫派造成,这种语用法和歌德之前使用过的另一概念"世界诗"(Weltpoesie)更贴合。然而,施勒格尔兄弟在他们的演讲录系列中成功地强化了世界文学的经典意味,最终在19世纪中期,世界文学和世界诗逐渐融为一体。在格林字典中,世界文学成为后来学者心目中的世界经典的代名词。

显然,在德语区学者看来,歌德的世界文学构想比人们通常所想象的远为开放、灵活。科比诺-霍夫曼说,歌德的世界文学概念和经典并无直接关联,古典主义者歌德的经典模范只是希腊和罗马,而非中国、塞尔维亚文学,抑或德国浪漫派新发现的《尼伯龙人之歌》,但这就意味着:对这些世界文学作品应该是在历史中、在变动中去考察。世界文学不提供完美范本,而是借相互修正以达到和鸣。不止如此,博拉赫又进一步说,歌德的晚期思想是对古典主义和浪漫主义

---

① Angelika Corbineau-Hoffmann, *Einführung in die Komparatistik*, Berlin: Erich Schmidt, 2004, 2. Aufl., p.21.

的完美综合——毕竟，完全抛弃典范理想的后果，就是真正的普遍性的丧失。科比诺-霍夫曼相信，歌德所针对的世界文学并非文学经典论者所谓的纯文学，而是普遍意义上的"文献"（Schrifttum），它的指向不是超时间的、以作者的死亡和成圣为前提的文学理念，而是日日新的当下性。世界文学的联系纽带，一是如贝朗瑞、曼佐尼、安培尔、拜伦、卡莱尔等活生生的"当代"作家，一是如意大利的《回声》、英国的《爱丁堡评论》、法国的《寰球》和《法兰西评论》这样的报刊媒体，再就是翻译和游记文学，所有这些载体都以活生生的生活性、变动性为原则，且不排除庸俗。故科比诺-霍夫曼大胆地断言，歌德本应该是互联网和赛博空间的精神祖先。[1] 而慕尼黑的比较文学教授比卢斯注意到歌德在使用世界文学概念时对于现实世界本身的强调：一方面"它（世界文学）在根本上只有通过文人的'协同作用'（gesellschaftlich zu wirken）才能建构起来"；另一方面，"对于美的文学的理解只有在了解它所属的民族的全体状况的过程中才可能实现"[2]。

不妨说，歌德之所以提供了最后的保证，在于他只是空的纯形式本身，可以适应任何新的指意系统。对于片断性、场合性的歌德的世界文学构想，执着于内容方面将一无所获。要想真正把握其精神，只能从高度的隐喻性和纯形式的角度去理解，即一种向着完全、综合、整体的努力，而这种综合并非整体的专制，而恰是要保证个体游戏的自由——"正如歌德屡屡强调的，这个整体的价值并不是源自一个文学或文化的仿佛就是天然的有机统一，而是由那种矛盾的能动性和它种种趋势的多元性所致"[3]。这些观点出自于歌德的直系后裔，也不啻为德国文化系统的一次合法的自我更新。但如果完全同意这些观点，同意将歌德的象征潜力推向极致，则歌德代表的不过是一

---

[1] Angelika Corbineau-Hoffmann, *Einführung in die Komparatistik*, p.22.

[2] Hendrik Birus, „Goethes Idee der Weltliteratur. Eine historische Vergegenwärtigung" (19.01.2004), p.16. http://www.goethezeitportal.de/db/wiss/goethe/birus_weltliteratur.pdf.

[3] 马丁·博拉赫：《歌德的世界文学构想》，第34页。

个理想的文学空间。这个空间如此宏阔,可以将东西方的各种思维方式纳入其中,又如此生动,使得文学间的转换、经典的兴衰枯荣均得以成立而又不导致任何虚无主义结论,这一空间就是让任何一种文学想象都不再自卑,都具有自足意义的基本参照系。我们赞同"复数的世界"的提法,但我们需要能容纳无数世界的世界空间。我们赞同无数的标准,但我们需要使无数的符号导向成为有效运动的组织原则。

四

透过种种争论,可窥见一个大的趋势,这个趋势和我们看待文学及事物的总体方式的变化相一致。世界文学的概念变迁大致遵循一个三段式的发展轨道:

1) 作为人道主义理想的世界文学。与之相关联的是天才、世界公民、世界诗、完美的人性、经典等概念,其所指是,创造万有的主体性同时也是沟通万有的基础。人道主义理想必然造成寄寓在许多经典中的"一个"先验的作品("世界文学"就是自由的理念),歌德、席勒、莎士比亚的内涵也仅是这"一个"标准。

2) 文本主义的后现代维度。在一和多的关系上,这一维度的所指是,不问主体,万有即万有。"作者之死"宣告了文本脱离超越层次,由自主的能指符号造成一个差异游戏的世界。按照伯顿斯的说法,后现代理论进程中,有一个从文本的无政府主义(德里达)到权力分析(福柯)的重心转移,[1]这同时意味着从文学符号的自主到文学符号间关系的自动协调的发展,由此生成了新的世界文学观念——世界文学成了多元的狂欢。霍米·巴巴的世界文学设计正属于这一脉络,他意识到了歌德貌似统一的概念背后的非连续性背景,即法国大

---

[1] Hans Bertens, *The Idea of the Postmodern*, London and New York: Routledge, 1995, pp.73-74.

革命和拿破仑战争造成的复杂的破碎形态。

可是谈到差异,又暗设了整体性背景。差异只有在整体中才有意义,才会以差异性关联的形式维持一个共同的游戏场。一和多这两个范畴只有在同一个"一"中,相互之间才会发生联系,并在此相互间联系中产生意义,否则既谈不上一,也谈不上多。但这个"一"不可从实体性的——用海德格尔的话说——"存在者"角度来理解,而是"存在者之存在",即存在的圆满性本身。① 存在的展开就是多,存在的闭合就是一。文本主义对于人道主义的不满,是因为抽象的、同一的人性原则没有考虑到系统内关系的复杂性,即交流关系在多数情况下都是以交流的偶然、无效乃至随时的可变性面目出现的。后殖民理论通过重建一系列复杂情境来调节面临的偶然性因素,但不论人道主义的世界文学,还是后殖民的世界文学,都是为了处理我们和多元、多语言系统的文学世界的关系,使这种多变而偶发的关系达到一个暂时的稳定状态而建立的符号体系。其实,霍米·巴巴已经注意到,世界文学的真正问题不是某一新的标准,而是文学的"世界化"(Worlding),即从非世界变为世界的问题(按照歌德的说法就是"世界虔诚"[Weltfrömmigkeit]②)。非世界是当代人意识异化的后果,即在一个破碎的后殖民世界仍然死抱住主体、人性的大一统范畴,停留在抽象、静止的理性设计,而不愿像莫里森等作家那样去发现和加入世界的真正关联,从而领悟到:"某些事物超出了控制,却没有超出包容的范围。"③这个超出了控制、只能以想象力包容的区域,当然就是系统的环境,作为可能性的疆域,它既取决于系统的功能运作需要,却又始终大于系统,影响着系统,"世界化"就是要开放地面向这一不可见的、本真的区域。全球化

---

① 海德格尔在《诗人何为?》中提到:"这个圆满的球体应被思为在解蔽/照亮的太一之意义上的存在者之存在。"Martin Heidegger, *Holzwege*, Frankfurt a.M.: Klostermann, 1980, 6. Aufl., p.297.

② 这是《威廉·麦斯特的漫游时代》中阿贝给威廉·麦斯特写的信中用到的一个词汇。

③ Homi Bhabha, *The Location of Culture*, p.12.

令个体受制于散乱、无序的资本符号,而人们建构意义的努力也从未停息,正是一和多的复杂游戏决定了世界文学讨论的真正价值。多元中早已暗含对于新框架的需要,后现代的"虚无"的真实意味乃是"存在者之存在"的整体性,它也是世界文学的第三个理想——一种开放的宇宙主义精神——的萌芽,因为言说者一旦领悟到虚无之为虚无,"体会到不妙之为不妙"(das Heillose als solches erfahren),就已处在"通向神圣的途中"(unterwegs auf der Spur des Heiligen),成了更善于冒险的冒险者。[1] 这一未来"世界时代"(Weltalter)的世界文学结构,从逻辑和趋势上都是完全可以预测的,也许它以一种隐蔽而有效的方式在我们中间运行已久了。在伯勒看来,不但歌德的世界文学概念属于一种宇宙主义模式,萨义德的"世界性"(worldliness),或巴巴的"混杂性"都可视为宇宙主义的变种,但今天的宇宙主义代表的并非不变的本质,而是一种文化建构。

这既是主体视域向外的拓宽,也是世界的内化。以往的世界文学是一对多的统摄,当代的世界文学是多的自治,但未来的世界文学是一和多的圆融不分。多就像大海中的波浪,离了波浪,就没有大海的一,而大海的腾跃本身就是无数波浪。宇宙主义不是由个别组成整体,而是个别和整体两个范畴之和,个别和整体都是同一宇宙的显现方式。世界文学不仅调节文学个体间的关系,还调节关于文学的不同观照方式间的关系,是世界文学、民族文学、个体文学、非文学等不同形式的文学交往媒介共存的形式。在这个理想空间中,一切都处于变动和自我更新之中。一方面,世界是复数的多重世界,经典随历史和地域变化而随时调整自身标准;另一方面,个体身份、民族记忆的冲突又并不构成死结,差异没有造成个体的极权,而是以个体本身的随时变迁为前提和目标,这种随时变迁本身就是统一性的表达。动态的交流过程本身才是真正的世界文学,而不是交流所借助的各个层次的代码:经典作品、经典作家、跨文化的写作者、翻译家、真理

---

[1] Martin Heidegger, *Holzwege*, p.315.

价值、美感,等等。所有的代码只不过是交流的能动过程的产物,换言之,先前的世界文学讨论的结果,无论是作为价值标准的经典,作为数量规模的全球文学,都是交流过程的派生物。

五

德语区学界在世界文学问题上显示出的强烈整合意图,在某种程度上延续了一种浪漫主义的综合精神。早期浪漫派强调"存在"的整体视域,恰恰是要保证思维不是从第一原则(自我、表象、神)出发演绎式地展开,而可以从任何一点进入对于真理的无限趋近过程。所谓任何一点,放在我们当前的问题域,就意味着,世界文学场域中的任何一种文学创造行为,任何一种创造行为都是自在自为的,又都是整体存在的自然性的表达。而要保证个体和整体的循环和文学符号之间的辩证交流,就需要一种秩序和组织方式。对此,费希特、诺瓦利斯、弗·施勒格尔等浪漫派不约而同地提出了"交替规定"(Wechselbestimmung)的连接原则:无限要在个别中显现,而个别要通过反讽随时打破自治的幻觉,重新消融于无限。

但是,对于新的世界文学结构,我们中国学者也可以提出一个相应的模型,那就是《易经》。换言之,在这一经典西方概念的革故鼎新的临界点,在这个后殖民的虚无和新浪漫派的重构的无和有的交替处,也正是引入中国精神的恰当位置与时机。世界文学的象征体系在面对当代中国的影响日益扩大的文化交往情势时,也不得不考虑要吸纳中国的特有思考方式。事实上,《易经》不但是以至简和至易的方式处理变化、偶然和几率的经典,其变化观还将为后现代之后的比较文学提供一个可信的宇宙论根据:① 它以一阴一阳的变化为宇宙之道,从而打破了任何权力中心的独断要求,"穷则变,变则通,通则久"是唯一的准则;② 在此基础上,它提出了时间的连接原则。连接阴阳两极、沟通内外部各因素和行动者的手段是时间,即可能性本身,而非历史或逻辑的必然性。于是,世界文学范围内的一切事件均由"时势"而非线性的因果关系而定,同时也使得行动者可以因时而动,根据征兆而决定干预时机;③ 它有着非秩序的秩序,以保障意义的相对稳定。易分三义:一般的因果变化、四季的循环往复、宇宙的不变,这几个维度最大限度地模拟了世界的复杂性和可能性,"范围天地之化而不过"。比较文学的生命力在于运动,故有不同民族文学之间的符号流通、交换(变化),有对研究者的符号行为和研究对象两方面同时存在的极端复杂性和不确定性的反思(无往而不复),还有世界一体的终极目标和生命本身的终极维度(不变)。我们几乎可以假设,全球已变成了一个"易经"式的运动宇宙,现代文化和社会系统的组织法则应是随机、有机、高度灵活的(维基百科的撰写方式就是其表征,它追求的不是一次性的完善,而是在时间进程中不断演进的可完善性),世界文学也不例外。这就是说,《易经》和当代的后殖民理论一样以偶然性和多变性为逻辑起点,而不同于基于至善理念的同一性的旧的西方人文模式;另一方面,《易经》并未放弃整体性观照。中德文化都有强烈的综合倾向,中国精神和德国视角相融合的基础在于,歌德的世界文学构想和《易经》一样是一种宇宙主义思维,基于人类一体思想的"文化国家"正是歌德时代的德国人设想的"特别道路"(非如此不足以抗衡英法的物质性霸权)。在宇宙主义的意义上,世界文学就不单是平面的人的文学,更是包含了——用中国古人的话说——天、地、人三才的宇宙的文学,是人的有限性和宇宙的无限性的永恒的循环互证。宇宙是具有横跨和纵深的圆融生动的空间,正是因为居于这一空间之内,并且和这一包围它的空间随时发生着互动关系,遥远的希腊悲剧才不是一个消逝了的、过去的事件,而成为后人随时可以倾听的世界文学的声音。而假如说,包括中国文学在内的"第三世界文学"时来运转,也并非它满足了某种规定的文学标准,加入了由理念引导的进步过程,或者如杰姆逊所言,体现了第一世界文学所未能提供的斗争性"民族寓言",而不过是世界系统在新兴国家的文化影响日益明显的历史情境中的自然表达。这一现象并不意味着什么新的价值标准,它体现的不过是这些文学和世界文学空间——世界文学本身就是在自行演进之中——的新的联系方式。正是这一空间内化了世界文学之世界文学性。由此出发,我们可以实现一种观念上的彻底更新,从而发现:① 不是人创造了世界文学,恰好相反,世界文学创造了人,因为它规定了人作为创作主体的位置;② 民族文学之间之所以有发生互作用的可能,就在于它们首先和这个共同的世界空间发生了联系。这两个命题又几乎可以抽象为一条,即:只有已经是世界文学的,才能成其为世界文学。

歌德习惯用商品交易来表述文化交流,他在1827年7月20日写给卡莱尔的信中,曾给出一幅世界文学的具体画卷:"谁如果去理解和研究德语,他就置身于一个市场中,那里所有民族都在供应货物;而他在丰富自身的同时,也就充当着翻译的角色。"[①]这里,我尝试用种子的比喻来包容这个比喻,以适应《易经》所表达的世界文学观念的新内涵。种子就是内涵了一切发展形式的胚胎,从根茎到枝叶,再到繁花而果实,仍为同一种子。而不但诸种个别形式已内涵在同一种子中,且这一连串的发展过程就是种子的内在生命的表达,而非一种机械的因果关系,仿佛有了种子才有根茎,有了花朵才有果实,时间上的后来者必为先在者之果。这就是一元和多元的生命性同一体,之所以说它更能代表当代的世界文学观念,原因就在于它既足够复杂,又足够灵活和包容。提出这一比喻的理由在于,如果当代文化精神不允许任何主体(作者、天才、民族文学的代表)占据中心,世界文学也不再简单地决定于个人的创作意愿和在道德、美感、技巧上的抽象共识(打个比方,翻译作品能否被接受,并不完全取决于作者或译者的艺术手腕、道德水准或美学理想,还受制于完全不可预测的外界环境因素,比如政治意识形态和商业环境等[②]),则重要的是系统本

---

① 转引自马丁·博拉赫《歌德的世界文学构想》,第33页。
② 参见谢天振《如何促进中国文学文化与世界的对流?》,《对流》第6期,2010年5月。该文令人信服地阐明了译介活动和多元系统的密切联系,决定译介成功与否的,是系统的整体需要,而非简单的译文质量高低,是文化大系统和外来符码的多维的复杂互作用,而非仅限于语言维度的译者和原文的平面沟通。

身的自我更新和自我生产,是系统自身的有机生命及其和环境的互动关系,也正是这种内、外参照系统决定了作者、译者、读者的位置。从这个角度来说,世界文学系统更像种子的生命系统,而非市场的个体间的简单交换结构。市场结构受制于人性的完善这一外在的神性目标,因而它设定了孤立的——因而是落后的——各个单子,设定了从初级到终极的线性的进步过程,这样就可能带来消极的意识形态后果:一方面历史上的"初始"总是被看成原始的形态而遭到排斥;另一方面,共时维度上的敌人就是抵制自由贸易者。市场结构中,唯一合法的在场者只是绝对理念。但当代的观念是,文学和文化的世界并无高低的价值之分,无论"初始",还是抵制交流的个别者,都是具有自身价值的他者和交流过程的必然环节。这一原则和种子的特性无疑更加吻合,因为种子的动能来自于自身,一切参与种子的生命循环的事物都是正当的、美好的。种子不仅有自身的自我分化规律,且随时根据环境输入的信息调整自身状态。故种子包容一切变易,每一单子每时每刻都同时就是世界,没有永恒,而随时是永恒,没有变化,而无时不是变化。演化即系统自身和环境的相互协调,过程中充满了不可预测性,因此永远有新生的可能性。这个种子的一元,却不可以理解为超验的起源(主体的替代物),而就是体用不二的世界大系统本身。世界文学的单元间互动——民族文学间的沟通、渗透、冲突——只是整个体系中的一种交流路径,更原初的交流发生在单元和世界大系统之间,此即为刘勰在《文心雕龙》中讲的"道之文"的含义,也就是德国浪漫派诗人弗·施莱格尔所憧憬的能动的、演进中的宇宙诗,这才是一切诗人所真正追求的目标和一切跨文化交际的内在基础。

(原载《中国比较文学》2012年第2期)

外国文学研究的元方法论
——一个系统论的视角

> 祝愿变化吧。噢,渴望火焰吧,
> 一个物在火中离你而去,炫耀种种变形;
> 那掌握尘世的运筹的精灵,
> 在形象跃动中,它最爱转折之点。
>
> ——里尔克《致奥尔弗斯的十四行诗》

> 一阴一阳之谓道,
> 继之者善也,
> 成之者性也。
>
> ——《周易·系辞传》

一、作为交流系统的"外国文学"及自我观察的程序

一个不经意的提问,却足以动摇人们对大多数文学理论的信念,即:格林童话仅仅是格林兄弟时代德国人的儿童和家庭读物吗?难道它的效力范围不是注定一开始就伸向了无限,不仅在他们那个时代,还将在遥远的未来,不仅在他们所居的卡塞尔小城,还将在包括中国在内的全世界激起回响吗?如果某一外国文学作品引出读者类似的遐想,它就超越了单纯的文学史记录,超越了一般的理论建构对象,而回归它真正的故乡,即一个立体的、共时性的想象空间。倘若此,我们的研究岂不也应该和"无限"之维挂钩,将如何融入"无限"当

成阐释学的核心问题,所有的方法理论只有进入其视域,才能真正起到建构文学空间和实现外国文学的异域符码含义的双重作用。怎样研究外国文学,也就成了一个具有高度示范意义的问题,对于它的反思,已经超出某一具体学科的范围,而最终关系到知识能否观察知识自身的问题。

在中国的学科版图中,"外国文学"这一含混名称自诞生于20世纪50年代院系调整以来,一直沿用至今。从这个具有中国特色的名称透露出来的,除了对整体文化秩序的意识形态需要,还有一种对事物进行统观的隐蔽理想。吴元迈在第六届外国文学年会报告中提出了一个"外国文学学"的概念,并将其定义为"外国文学研究的研究"①,如果这并非乌托邦式的宣传口号,而是经过深思熟虑的学科构想,就自有其特殊的理论激进性。"外国文学学"暗示了一种普遍化的、超越了国别文学的象征体系的存在,对这一象征体系的组织原则的探究不仅可能,且对于理解外国文学在社会系统中承担的功能至关重要。显然,这里的外国文学不能从经验意义加以解释,不论英国文学、德国文学、俄罗斯文学或是越南文学、阿根廷文学,凭借特有的民族语言、文化的支撑,都有着具体可触的形态,但绝不会有一种具体的"外国文学",正如没有一种特殊的"外国语言"或"外国文化"。"外国文学"如同虚无缥缈的"世界文学"或"文学性""美",说到底只是一种象征性交往媒介,正因为它没有物质性载体的限制,才适合普遍的交流需要,这种交流将外国文学研究者、翻译家、读者、出版者、作家们结合在一起,共同从事于意义的构建工作,外国文学也由此成为一个自我区分、自行演变的功能系统。

理解"外国文学学"的构想,必须联系到外国文学研究目前的方法论现状。在不少学者看来,目前中国的外国文学研究毫无主体精

---

① 吴元迈:《回顾与思考——新中国外国文学研究50年》,《外国文学研究》2000年第1期,第13页。

神和文化立场,仅表现出"理论自恋""命题自恋""术语自恋"等病态情结。① 可见,20世纪80、90年代的理论引进热潮,造成了一种普遍的负面反应:国内学界对单纯的理论输入日益不满,在"失语症"焦虑下,创新成为一致口号,而创新的基础就是民族的立场、民族的审美和智性资源。从国外方面来说,随着德里达、福柯、拉康等大师相继离世,西方知识界的理论热也在消退。外来灵感日益稀少,转型期的中国社会提出的问题却空前丰富,反映在艺术想象力层面,对外国文学的解读需求也相应地急剧增长。这些都逼迫我们认真反思外国文学研究的方法论问题。提出"外国文学学"不过是抛出一个问题,勾画一个目标,希望找到一个真正属于"道"的层面的制高点,以解决诸多外国文学研究方法之"术"的整合问题。从新批评、原型批评、心理分析、结构主义、解构主义到后殖民理论、女性主义、酷儿理论、新历史主义,这些各领数年风骚、令人目不暇接的新"方法",也是西方社会在不同阶段的流行话题,或者说流行意识形态的理论翻版,是文化工业不断推陈出新的产品。它们当然从不同角度更新了国人对文学的认识,但只有从一个更高的观点来超越对它们的字面理解,才能看到其背后隐藏的政治、文化诉求以及它们和文学文本的真实联系。从这个更高的观点来看,多年来引进的种种方法理论,无论在某一方面达到了多么高深的程度,也只是工具箱中的有用的器具,甚至只是材料和半成品,运用有效的思维程序对它们作进一步的跨学科、跨文化加工,才谈得上外国文学研究的自觉。更要清醒地看到,中国的外国文学理论界重现的西方文论并不能等同于真正的西方文论,在它们之间有一个充满了种种无意识欲望的隔层。换言之,不仅我们重现的外国文学是一种虚构,连用来重现外国文学的方法论本身也是虚构,要理清这多重虚构的谜团,必须暂时跳出虚构本身,进入一个更高的观察层次。

进入这一更高的观察层次,就不再拘泥于具体方法和理论,而是

---

① 聂珍钊:《关于文学伦理学批评》,《外国文学研究》2005年第1期。

把外国文学作为一个运行中的系统整体来对待。外国文学若是一个特殊的交流系统,外国文学研究就成为称之为"外国文学"的整个交流过程的一部分,如何研究外国文学就是如何进行有效的自我观察,而这必然导致在基本概念和思维方式上的急剧转换。为了减少这种转换造成的不适应,首先要对所涉及的基本理论问题进行一些简单的梳理。

1) 外国文学的特殊功能

"文学"是价值生产的机制,生成从意识形态、教育到娱乐、消费等各方面的价值,但它所生产的最重要价值是一种对"现实/虚构"之双重结构(伊瑟尔)的超越性。生活中解决不了的疑问,理性不能企及的知识,将按照经济学原则分配到"文学"机构,以文学性弥合现实和理念的鸿沟,突破固有的界限和可能性。那么,外国文学在此机制中实现怎样的功能?又在何种意义上区别于文学?不妨说,外国文学是一个由系统指定的文学"异托邦",它以自我/异域的区分原则为前提,专门经由自我/异域的交流而达到整体,而有别于文学作为现实/虚构的二元结构。"异域"成为外国文学独有的语义要素,而英、德、俄等民族文学不过是异域性的更具体、更细分的象征物。读外国文学就是异域和自我的互戏,其间涉及的一切感性和智性认识都是自我意识的内容,反过来,外国文学作品也不会成为任何人的私有财产,它随时返回自身,在下一位读者那里继续扮演叩问者的角色。自我和异域的永恒共存由此得以维持,这正是文学的现实和想象的二元性的对应物。外国文学一方面造成自我的双重化(自我/异域),同时又以沟通来消除双重化,两者是二而一的——要合一,首先就要造成分隔的事实。翻译的可能性更像是意识形态问题而非真实的学术问题,毋宁说,翻译的可能性不过是交流可能性的一个具体象征,有了交流问题,才有翻译是否可能的问题。①

---

① 因此,当代文学理论和文化研究界对于翻译问题的过分关注,其实质并非翻译技术本身,而不过是后哲学时代探讨个体与个体、个体与普遍的沟通问题的新方式。

由整体性立场出发,可以设定一种普遍性的外国文学体系的存在,而文学翻译就是这种可能性的表达。以下引文出自一个世纪前英国牛津大学的教授穆尔顿之口,作为普遍性的世界文学最早的拥护者,他的辩护立场颇具代表性:

> 现在,有一种普遍的感觉,认为读翻译文学是一种权宜之计,是二手学术的救星。但这种想法本身就是迄今为止占上风的分科研究的产物,在这种分科研究中,语言和文学如此紧密地缠绕在一起,很难将它们分开来思考。这种想法却经不起理性的检验。假如一个人不是由希腊文,而是由英语去读荷马,他无疑会失去一些东西。但问题在于:他所失去的是文学吗?显然,相当一部分构成文学的东西并未失去,如古人生活的呈现,史诗叙事的动感,英雄人物和事件的构想,情节设置的技巧,诗的意象——所有这些荷马文学的要素都向译文的读者敞开着。但是据说,语言本身就是文学中的主要因素之一。的确如此,但要记住,"语言"的概念包含了两种不同的事物:对于相邻近的语言而言,相当一部分语言现象是共同的,可以从一种转到另一种,而另一些语言因素是习语性的、固定的。荷马的英国读者失去的不是语言,而只是希腊文。况且他失去的也并非全部希腊文,高明的译者能将某些习语性的希腊文的道德思想传达出来,他运用的虽然是正确的英语,但并非英国人会写的那种英语。①

如果不知道这段话的出处,恐怕会误以为这是对主张差异性的后现代主义的一次出色反击。但它绝非经验意义上的归纳、论证,而是整体理念的同义反复,其关键是整体空间对于个别习语以及相关学术研究的超越,如穆尔顿所说:"问题的关键不是文学和语言的比较价值,而是实现文学作为统一整体(realizing literature as a unity)的可

---

① Richard G. Moulton, *World Literature and Its Place in General Culture*, New York: Macmillan, 1911, pp.3-4.

能性。"如果文学从根本上属于一个超越了个人和语言局限的整体视域,文学的世界性当然就不成问题了——即使没有一种统一的世界文学。换言之,如果可以想象整体,也就可以想象作为整体之联系的翻译。只要读者能借助"外国文学"媒介感受到和荷马史诗的共鸣,外国文学对他来说就是真实存在的,荷马史诗作为一个异域符码就实现了自身。反之,如果不能在想象中建构文学性整体,就算用原文来阅读,用国别文学的阐释程序来分析,这一外国文学同样不存在——英、德、俄语等个别习语的熟练使用,并不能保证外国文学的结构性完整和自主。

2) 方法论的三个层面

承认外国文学作为整体系统的存在,才能进一步谈论外国文学的方法论问题。通常讲外国文学研究的方法论,其实包含了三个层面,即:① 方法;② 理论;③ 超理论。在探讨方法论问题时,往往将它们混淆不分,譬如我们讲的女性主义、文化唯物主义、存在主义等,更多地属于理论范畴,而新批评、心理分析或传记批评更像是具体的方法,解构主义则既是方法、也是理论。中国学者强调的"失语症",[①]既不会发生在方法的层次,也不会发生在超理论层次,而是理论层面上的特殊现象。

何为方法?方法即第一级的观察。观察的实质为区分,必由某一区分标准出发,但方法以为自己是全然中立的,只服从于实践需要。这就是说,在认识和对象的关系上,方法被设定为从属于对象,

---

① 参见曹顺庆《21世纪中国文论发展战略与重建中国文论话语》(《东方丛刊》1995年第3辑)、《文论失语症与文化病态》(《文艺争鸣》1996年第2期)、《重建中国文论话语的基本路径及其方法》(《文艺研究》1996年第2期)等文。关于"失语症"的讨论已成为中国的外国文学、比较文学研究界在方法论反思上取得的重要成果,它触及到了系统能否适应过度剧烈的知识变动的问题。然而,尽管在曹顺庆近年来的《论"失语症"》(《文学评论》2007年第6期)、《失语症:从文学到艺术》(《文艺研究》2013年第6期)等文中已经体现出元理论思考的企图,但总体上说,多数"失语症"论的追随者并未从系统整体的角度来深入探讨这一问题,而更多地停留在现象描述和文化意识形态批判的层面。事实上,"失语症"的提出本身就是系统对失语的自我纠正,系统是一刻也不会失语的,因为那就意味着系统的死亡。

是为了达成现实目标而履行的步骤。作为具体执行者,它无需检验自身的成果,即按照一定的形式原则反观局部成果的连贯性,这种检验属于第二层的观察即理论的范畴。方法代表了对世界的直接感知,在直接感知中没有真/假的判断。而理论属于科学的交流系统,能够借助隐喻超越一般的因果逻辑,完成自身的封闭,这一点在人文学科领域体现得尤为明显。[①] 隐喻其实是系统的原始代码,它体现了理论和对象在根本上的非同一性,并使理论在对象的眼里成为一种虚构。即是说,理论的首要目的并非是适应现实对象,而是构成和外界相区分的系统本身,一个完整、自觉自主的系统才称得上理论。反之,方法只能在一套理论体系中才能工作,其作用方式是事先就规定好的。方法的成功贯彻的前提,就是放弃反思,不但要忘记为其提供特定区分标准的理论源头,还要通过自身的成功实施,帮助理论掩饰其虚构特性。正是方法和理论的脱钩,保证了方法的严格性和中立性。

理论是第二级观察,即观察的观察,同样基于区分原则。理论之为理论,在于能分辨真和假。这一区分依据具体程序得以实现,不同的区分程序,构成不同的理论诉求(而方法尚未达到区分原则的自觉,无法在自我参照和外来参照之间进行区分),如女性主义文学理论以女性/男性为区分程序,原型批评以原型/非原型为区分程序,后殖民理论以殖民者/被殖民者为区分程序,心理分析以意识/无意识为区分程序。理论各以其程序检验——也即连接——方法的操作结果,给予解释和评判,也讨论方法本身,由此进入科学交流的层面。但区分意味着排他性的选择,故理论必然"偏颇",站在方法和实践的立场来说,一切理论都

---

① 伊瑟尔指出,人文学科的理论的一大特性,是必须要借助于隐喻来完成自身的封闭,实现系统的完整性,譬如维特根斯坦的理论完全奠基于语言作为游戏的隐喻。参见伊瑟尔:《怎样做理论》,朱刚、谷婷婷、潘玉莎译,南京大学出版社2008年版,第7页。

是荒谬的。① 理论是简化世界之复杂性的模式,也只有在简化的前提下才能展开自身的复杂性。不同的理论方向意味着不同的化简方式,或者说生成复杂性的程序。但是理论须在已经假定为文学的领域中发生作用,是文学系统内进一步细分的媒介,显然任何理论都不涉及文学/非文学(系统/环境)的最初区分,换言之,文学理论事先就排除了整体性的文学世界。这一点令它陷入了自相矛盾,因为文学的本性即整体性,是虚构和现实的合一(故弗·施勒格尔称文学为"宇宙诗")。理论放弃了文学本身,遗忘了系统/环境的原始区分,才能独立发展自身的观察程序,这是其巨大效力的秘密,但它又必须以文学为隐蔽框架。故排斥不等于忽略,"否定就其自身来说已经是一种标示的形式,这种标示的形式强调了肯定和否定的区分"。而最终的框架——世界的整体性——虽不可能在反思中现身,却是一切理论性区分和标示的前提。②

要观察整体,要在整体中观察理论对文学世界的具体区分,不可

---

① 这种以方法反对理论,或者说以具体现象反对理论的策略,在美国的文学批评界表现得很明显,然而,这也是一种太容易的策略。一个代表性例子是韦恩·布斯在英译《陀思妥耶夫斯基诗学问题》导言中对巴赫金的责难。布斯说,巴赫金的对话和复调理论的缺陷在于,它无法解释,为何也有许多优秀作品是独语性的。但是他显然忽略了,理论不仅预先设定了自己的现象,也设定了接近现象的方法。在巴赫金的对话理论前提下,独语就只是对话的一种特殊形式,即自己和自己的对话。故我们可以在理论的层面反对巴赫金理论,或者说,以否定的方式和巴赫金理论发生联系,但决不能拿"现象本身"为依据,说它违背了现实,因为一种理论就有一种相应的现实,而不存在一种对所有理论而言都是共通的、既定的文本现实。参见 Mikhail Bakhtin, *Problems of Dostoevsky's Poetics*, ed. and trans. by Caryl Emerson, Minneapolis: University of Minnesota Press, 1984。中国的外国文学界一度流行"反对理论""回到文本"的呼声,号召重新拾起利维斯式的细读传统,以为治疗理论片面性的良方是只关注方法的实用批评,犯的是同一种理论幼稚病。实际上,方法不能反对理论(除非以方法为理论),反之理论有资格取消或改变方法,因为它处于方法之后的观察位置,而方法从本性上说对于理论是盲目的。

② Niklas Luhmann, "Literatur als Kommunikation", Niklas Luhmann, *Schriften zu Kunst und Literatur*, Niels Werber, ed., Frankfurt a. M.: Suhrkamp, 2008, pp.372-373.

能依据另一种理论,而必须走向"第三级的观察"。① 第三级的观察者观察第二级的观察者如何观察,如何排斥其他观察,或者说,基于观察的系统如何形成。只有在这一层面才可能反思整体,然而这也是一个不可能的整体——是在整体之内对于整体的建构,当然是非"客观"和非"唯一"的。第三级观察意味着科学系统内部的进一步分化,理论为消除(或掩盖)自身的封闭性和宇宙生命的统一性之间的悖论,创造了新的观察层次。第三级观察实际上是第二级观察的一部分,但这一概念代表了理论系统连接生命系统的愿望。在"自我参照"(Selbstreferenz)和"外来参照"(Fremdreferenz)之外,卢曼还提出了"元参照"(Metareferenz)的概念,"元参照"乃是对自我参照和外来参照进行统一观照的层次。这一层次,说到底就是系统的自主性或"自动生产"(Autopoiesis)本身,它体现为系统内部结构所决定的自我参照/外来参照、系统/环境的永恒交替。② 20世纪各种新的思想倾向,从主体间性到历史主义、相对主义,表面看来是所谓反整体主义(它们的一个终极表达为"后现代"),究其实质不过是以一种新的参照打破系统的自我参照,故并未触及"自我参照"/"外来参照"这一原始区分,换言之,被标举为新范式的反整体主义未曾触及整体本身。这一层面上的反思,构成了卢曼的一个晦涩概念——"超理论"(Supertheorie)。③ 这一层面上,没有"失语"者。反过来说,如果在这一层面发生了"失语",那就是真正的民族的梦魇,因为它意味着系统的崩溃。我们通常讲方法论,指的是作为第二级观察的理论的形式,却忽略了对于理论观察之观察的法则,事实上,不断跳出现有观察层面,走向第三级、第四级乃至无穷级的观察,代表了一种深层

---

① 参见 Niklas Luhmann, *Die Wissenschaft der Gesellschaft*, 3. Aufl., Frankfurt a. M.: Suhrkamp, 1998, p.485, 卢曼说道:"当代码(Code)自身造成了一种第二级的观察,即一种对于观察之条件的观察时,身份反思(Identitätsreflexion)却关涉一种第三级的观察,这一级秩序包括,第二级的观察者如何解决同义反复的推论的问题,即自我参照的问题。"

② Niklas Luhmann, *Die Wissenschaft der Gesellschaft*, p.290.

③ Ibid., p.389.

的方法论。文学系统对于人类认识论的独特贡献正在于此,因为文学不是一个现实对象,而是观察和自我观察的复杂游戏,在文学领域,以思维和存在、认知和对象的吻合为主题的传统认识论失去了意义,现在要探讨的是以观察、自我观察、观察的观察为运行模式的系统何以可能,以及个别符号在系统中如何释放其变易、分化的潜能的问题。如果在文学中也有所谓"认识",那就是"一种不断地区分众多区分的操作,而最终——几乎是在传统的真理论意义上——是一种对于人们凭借某种区分能观察什么和不能观察什么的区分"①。恰恰对于不可观察者,文学有着难以割舍的情感,它是文学交流的媒介和动力,也是现实/虚构的区分的基础。

文学作为文学的特别之处,在于对"内在性"(Innerlichkeit)的向往。内在性实有两义,其一是作为无限的整体性在意识上的投射(有点类似王阳明讲的"良知是无尽藏",即作为整体性的天在人心中显出来的"用"),其二是理论对整体性的概念性模拟。第一义不可说,第二义才是可说的。作为整体性在意识层面的显现,内在性超越一切,囊括过去和未来、意识和潜意识、大地和世界,却无法被理论所观察,因为它属于人的内在意识,即卢曼所谓的心理系统。理论则属于社会系统。社会系统通过交流,而心理系统通过意识过程(认知、思考、感觉、意志、注意力)在运转,两者都遵循"自动生产"原则,不发生直接关联,心理系统的感觉、认知仅仅是实现社会系统交流的前提。换言之,文学理论作为交流由交流本身造成,并不能传达内在于意识的认知过程。但人的意识和理论系统之间仍然有着互动可能,即环境和系统间的"结构性联接"(strukturelle Koppelung)。通过这一受结构制约的联接,作为环境的心理系统得以对文学交流系统施加影响,但又不妨碍后者自主运行。这种可望而不可即的特殊关系成了文学的主题,文学作为一种默会的交流系统,所交流的就是接近内在性的不同方式,以此和一般纪事、历史、新闻区别开来(并非任何一个

---

① Niklas Luhmann, *Die Wissenschaft der Gesellschaft*, pp.507-508.

交流系统都以内在性为理想)。按照柯勒律治对于诗的定义,诗的天才以良知为躯体,幻想为外衣,运动为生命,想象力为灵魂——这个灵魂将一切合为优美而机智的整体:

> 他(指诗人)散播一种整体的语调和精神(a tone and spirit of unity),他依靠一种善于综合的、神奇的力量,即我们专门称为想象的力量,促使各物混合并进而溶化为一。这种力量……善于平衡和调和相反的、不协调的品性,例如同与异、普遍与具体、理念与意象、个别性的与代表性的、新奇感与旧的熟悉的事物、不寻常的情绪与不寻常的秩序……①

但其实,包容一切的想象界,不过是想象的想象,即系统本身对于无限的内在性的模拟,这就是内在性的第二义。文学以虚构把握"想象",文学理论以自身的程序安置"想象"。理论总抱有错觉,认为能拥有或接近内在性,故总是不满于自身,又因为能轻易地看到理论和内在性的差距,故总是感到有必要排除其他理论。就这样,内在性虽不直接参与交流,却作为刺激性因素时时"干扰"理论的展开,构成一个超出理论系统的外在环境。系统和环境之间的"结构性联接"为语言媒介的固有功能,但在日常语言实践中处于被忽略的自动状态,只有超理论的观察能让它显现,在此意义上,也可以说超理论制造了"结构性联接"。超理论本质上是理论的一部分,即理论系统指定来完成与环境的沟通的理论。每一理论都依赖超理论的渠道来实现和意识的接触,它也就起到了整合的作用。反过来,超理论又能以一种可控制的方式去刺激意识,使意识在维持自身的系统运转的同时,对于加入理论系统的交流过程也始终抱有兴趣。须知,当代文学理论无论多么功能化,实际上还是揣有一个隐秘愿望,即以理论允许的方式创造一个对应于内在性的无限状态,因为这一"无限"——这一共时性整体——乃是社会分配给文学机构的价值。换言之,文学理论

---

① Samuel Taylor Coleridge, *Biographia Literaria*, Boston: Crocker & Brewster, 1834, pp.179–180.

必须照顾到文学的天马行空的想象特性,现实/虚构的文学代码也应该成为辩证对立的文学理论相互联系的纽带。理论之所以能相互攻击,争执不休,恰恰是因为它们知道这种激进的交流方式不会破坏整体,反而是模拟生命运动之整体性的唯一方式。超理论则是这样一个观察层次,在此层次上,理论不再关注对象,而是反观自身的行为方式及其和周围环境间的互动情形。

正是这一超理论的再观察让理论的生成、转换、对立、调谐得以呈现,以一种最实质性的方式实现了文学的交流目的,因为它将理论在文学的结构、功能层面赢得的可见成果转化为了不可见者,将局部成果融入了诗的整体空间,从而获得超越时空限制的交流可能。伊瑟尔自己在读者交流理论基础上提出的文学人类学,不过是迈向超理论的第一步。而将一般方法理论和超理论、第二级观察和第三级观察分开,才能打消我们在舶来理论后面疲于奔命乃至于"失语症"的恐惧。站在超理论层面,甚至那些带有普遍性的传统诗学观念,如中国的"意境""诗言志""风骨"或西方的"崇高""寓教于乐""迷狂",也只是思维程序的局部体现。同时,无论哪种理论,其成功应用都是以敞开外国文学作为域外符码的含义,帮助读者融入它所指示的想象空间为标志的。下面,我们暂时抛开枯燥的思辨性论证,来具体探讨外国文学在交流空间中展开的一些最为明显的原初程序,以及外国文学研究和系统运行的联动关系。我们的观察立足于超理论层面,意味着不依赖于某一种"正确"程序,而是对于理论观察的再观察。

二、外国文学研究的原初程序

(一)退出/生成:文学空间的建构

融入的前提是退出,退出因袭的日常生活是进入无限的前提,对于外国文学的观察者来说,同样如此。所要退出的,是文学场中的一切既定概念。概念是理论的基本单位,一种理论就是按一种建构原则连接起来的概念体系。在理论的自洽性框架中,概念与概念需做到两两相对又互相连接(现实主义-浪漫主义,古典-现代,诗意-散文,内容-形式,作者-读者,等等),连接方式就构成了特定的理论形式——如女性主义从性别角度,马克思主义从阶级对立的角度,存在主义从存在的本真性角度来进行连接。科学的基本代码"真/假"和文学的基本代码"现实/虚构"交替作用,造成了这类在不同连接方式中展开的相对项。文学体现为现实/虚构与真/假两种区分形式的复杂游戏,文学相对于生活的现实(真)是虚构(假),这种虚构又代表了一种真的现实,从而使生活的现实沦为虚构(假),而伦理学的"善/恶"代码也总是卷入游戏之中。无论文学理论之间的冲突多么激烈,它们都是"现实/虚构"与"真/假"两对二元代码的复杂调配,不同流派的文学理论不过是按照不同的局部程序(Programm)来实现这一对初级代码(Code)而已。事实上,也只有借助另一种区分(如真/假),才能和文学的现实/虚构的区分形成区分,对文学的观察才得以成立。故可以说,多亏了现实/虚构的区分,文学的内涵才无比丰富;多亏了真/假的认识论区分,文学对象才能被定义和判断。通过区分形式的组合、分离、再组合,由科学和文学的代码演化出一系列概念,构成一个潜在的、具有既定规则的语言系统,是它,而非文学作品本身,决定了研究者、文本、作者、读者各自的位置。但如果认识到文学概念的象征性和系统的自我演变特色,对于概念的僵化信念,对于美学场域中一切既定位置的执着都会动摇。实际上,文学的"现实/虚构"代码构成了文学理论的遗传基因,"重新输入"(re-entry)于每一次概念操作,故一切文学概念均分享了逻辑和想象的二元性,既是分析工具,又是文学虚构;既反映了作品的想象方式,又隶属于一个逻辑系统,如此才能在读者和作品之间架起桥梁。

　　文学概念因为同时包含现实/虚构两项而成为一个象征。"象征即神秘化"[①],象征的眼光以神秘化统一对立项,而在逻辑眼光下,一

---

　　① 诺瓦利斯的格言,转引自 Luhmann, *Die Wissenschaft der Gesellschaft*, p.189。

切悖论均无可遁形,一切既存的文学定义、理论形式终会自行解体,因为其中都携有想象和虚构的因素。举个例子,如果要问"卡夫卡的文学属于什么性质?",回答者多半会左右为难,无所适从。卡夫卡是现实主义吗?当然是,因为他揭示了特定时代的心理和认识论现实,而作为狄更斯和克莱斯特的追随者,他的写作和运思方式也是高度现实的。我国当代作家余华在青年时代热衷于读卡夫卡,首先就是为叙述的高度真实所震撼。① 卡夫卡是现代主义吗?当然是,因为他不满于巴尔扎克式的外部现实的描摹,而直指真实的内核和人类的内在欲望。但称他为表现派而非象征派,恐怕也是出于文学史书写之需。20世纪20年代是表现主义的十年,是德国现代派最伟大的一次运动。为了"构成"一场运动,人们不但需要托勒等"新人"的空喊,更需要一个像卡夫卡那样在认识论转型方面做出了贡献的思想者。或者把卡夫卡算作后现代呢?无疑,如果把《城堡》或《审判》看成无意义深度的单纯故事,"作品"就变成后现代的"文本"游戏。甚至,文学性可能由文本迁移到作者身上。经过德国当代学者考证,卡夫卡叙事和卡夫卡的现实生活竟有着奇妙吻合。当《失踪者》中的卡尔经过一次严重受挫,继续上路时,作者卡夫卡本人也熬过了一个绝望期,而再度开始写作的时间,又正好落在犹太人的特定宗教节日。"在角色的言谈或行动过程遇到阻碍的地方,他也中断了写作,而当小说中人物被要求再次去工作时,他也重新捡起了写作。"② 最终,因为卡尔不能到达终点,卡夫卡也必须停止写作,"小说中断了,以此来彻底断绝其主人公的到站"③。换言之,卡夫卡的书写行为作为"物质性"呈现——相对于语词的"精神性"——将自身也写入了书本,生活

---

① 余华:《温暖和百感交集的旅程》,余华:《内心之死》,华艺出版社2000年版,第7—8页。

② Berhard Greiner, „Im Umkreis von Ramse: Kafkas Verschollener als jüdischer Bildungsroman", *Deutsche Vierteljahrsschrift für Literaturwissenschaft und Geistesgeschichte*, 4(2003), p.657.

③ Ibid.

完全卷入了诗意的符号游戏之中,这就让人产生了偌大疑问:有卡夫卡作品这回事吗?有卡夫卡的生平吗?或者说,卡夫卡的传记生平是客观的,还是从作品出发重新建构的?如果是后者,作家的传记生平还能作为可靠的阐释基础吗?进一步说,大概并不只是那一个卡夫卡,因为,作为小说作者的卡夫卡,作为书信、日记作者的卡夫卡遵循迥异的言说规则①。布罗德版的卡夫卡毋宁说反映了布罗德这位现代派作家的小说观和宗教观,而后出的卡夫卡原稿本则属于日耳曼学者复原生活和写作的片断性、偶然性的努力。那么有成千个卡夫卡吗?也不然,因为再怎样吹毛求疵,谈论的始终是同一个抽象符号——卡夫卡是个空白点,故能为无数读者分享。正因为这种持续的"退出"和创造的天然联系,作家往往更能领会其奥妙。残雪把但丁的《神曲》、歌德的《浮士德》乃至莎士比亚的很多作品统统归入"描写人类深层精神生活"的现代主义文学,②这并非标新立异,而是以挑衅的方式"退出"日常的文学意识形态。在追求超越,将精神和物质、抽象和具象彻底打通的意义上,上述作品的确代表了现代主义的诉求。

在破坏性的解构之余,我们却被悄然置入一个虚空,这就是伊瑟尔所谓的"想象界"(das Imaginäre)。③ 这个包容了传统文论的现实/虚构二元、体现了文学根本特点的无限空间,可以视为迷狂状态,也可以像布朗肖那样称之为"死亡"。然而,迷狂和死亡永远是诗人的憧憬,希腊神话中的歌手奥尔弗斯被狂女片片撕碎,由此他的歌声才能在大地上飘扬如风,在狮群中、峭崖上萦绕不去。正是各种名目的卡夫卡的消亡让想象力获得解放,在生死未决、却充满了可能性的虚空中,读者的生命感觉以负面方式得到了宣泄。由此可见,退出和生成密不可分,这不仅重现了文学的魔法,也是文学研究的原初程序。

---

① 详见福柯:《知识考古学》,谢强、马月译,三联书店1998年版,第27—28页。
② 残雪:《残雪文学观》,广西师范大学出版社2007年版,第136页。
③ 详见沃尔夫冈·伊瑟尔:《虚构与想象——文学人类学疆界》,陈定家、汪正龙等译,吉林人民出版社2011年版。

如果说认识是一个流动过程,则理论就是认识的凝固与保存,退出理论就是重新进入流动过程。事实上,每一文化传统对待自身的文学遗产的态度都是变动不居的,文学史乃是作品的建构和重构史。伟大作品的使命绝非引来膜拜的香火,而是促成新的创造。在创造性的重构中,真正的文学空间才得以展开。这里举一个中国学界耳熟能详的例子。

《简·爱》是维多利亚时代著名的女性成长小说,孤女简·爱既无炫目财富又无动人姿色,却以她的机智和克制,赢得了玩世不恭的贵族罗切斯特的爱,获得了渴望已久的幸福。罗切斯特吸引她的不是财富、地位,而是与她相契合的精神气质。她那段著名的台词——"你以为,因为我穷、低微、不美、矮小,我就没有灵魂,没有心吗?你想错了!——我的灵魂跟你的完全一样,我的心也跟你的完全一样!"①——更体现了精神对一切阶级、性别差异的超越。这种自尊自强的独立人格在当时就获得了维多利亚女王的赞叹,后来又被伍尔夫等女权主义者视为解放的先声。然而在美国批评家吉尔伯特和古芭的著名评论里,中心故事并非简与罗切斯特的爱情,而是她和罗切斯特的疯妻子伯莎之间相冲突、相认识的过程——"阁楼上的疯女人"实为简·爱性格中不为社会所容的一面。批评家发现简的性格中也有疯狂特质,她也曾像疯子一样反抗收养她的里德家的虐待。在反抗中同样伴有"火"的意象。她歇斯底里地顶撞里德舅妈,伴随而来的心理情境是:"一块石南丛生的荒地着了火、活跃、闪亮、肆虐,正好作为我咒骂和威胁里德太太时的心情的恰当象征。"②批评家也发现,伯莎没有对简构成真正的妨碍,反而是暗中助她达成愿望。在心理分析的视角下,桑费尔德庄园的房屋结构被读作简的内心结构,传出伯莎的恐怖笑声的最顶一层偏僻所在,就是她内心的黑暗深渊。伯莎破坏了婚礼,但也是女主人公潜在愿望的实现——简自己对这

---

① 夏·勃朗特:《简·爱》,祝庆英译,上海译文出版社1980年版,第330页。
② 同上书,第43页。

场婚姻也充满疑虑。批评家得出结论,伯莎代表了简·爱这类在男权社会中深受压抑的女性"疯狂"的反叛心理。简在婚前的几个梦不但回顾了弃儿简·爱的坎坷一生,也精确地预示了庄园里将要发生的火灾。正是伯莎——作为简的替身——的一场大火,让他们的最终结合符合了平等的理想。① 在透彻的解读中,简·爱"火与冰"的两面性格呈现出来,新一代女权主义者的诉求得到了张扬,"阁楼上的疯女人"一词不胫而走。

伊格尔顿这位当代马克思主义者关注的则是行为背后的"范畴结构",他认为,主张精神平等的简·爱同样充满了阶级偏见,她的胜利不过是资产阶级个人主义意识形态的胜利。在伊格尔顿看来,独立不过是介于完全平等和过分顺从之间的一个位置,它让你获得自由,然而自由是以适当的服从为基础的。因此,"独立"不能离开阶级结构而存在。简在初遇罗切斯特时所保持的高度自尊恰恰证明了她的等级意识:如果迟钝傲慢的贵族无法看到一个人身上的天赋,那么最好是回到自身的领域,放弃非分之想。里德太太一家视她为乞食的穷亲戚,简·爱爆发的怒火似乎体现出人人平等的观念,但更多地泄露了她对于穷人的阶级偏见。她对莫顿学校的学童的反应同样如此,一方面她觉得农民的孩子也赋有高贵的情感和智性,另一方面又无法打消内心的蔑视,提醒自己不可下降到和他们为伍的层次——作为学校女教师的角色让她感到巨大的身份危机。伊格尔顿认为:"这种紧张巧妙地定义了那种既坚持现实的阶级区别同时又在精神上摒弃这些藩篱的小资产阶级意识。"②

英国现代女作家吉恩·里斯的小说《藻海无边》颠覆了罗切斯特在《简·爱》中的一面之词。谁是他不幸的第一次婚姻的受害

---

① 详见 Sandra M. Gilbert, Susan Gubar, "A Dialogue of Self and Soul: Plain Jane's Progress", in: *The Madwoman in the Attic: The Woman Writer and the Nineteenth-Century Literary Imagination*, New Haven, London: Yale UP, 1979, pp.336-371.

② Terry Eagleton, *Myth of Power: A Marxist Study of the Brontës*, London: Macmillan, 1975, p.28.

者？吉恩·里斯显然有完全不同的看法。于是她续写了伯莎来英国前的人生经历,重讲了这个受殖民主义父权制社会迫害、被剥夺了话语权的疯女人的故事：由于罗切斯特的欺骗,她不仅丧失了财富,也失去了身份和自由。① 由此引出了后殖民批评家斯皮瓦克的著名论文,矛头更指向夏洛蒂·勃朗特潜在的帝国主义情结。斯皮瓦克特别强调伯莎作为混血的加勒比海地区克里奥尔人的身份,指责说第一世界的妇女不该为了自己的解放牺牲她们第三世界姐妹的利益——当然这个利益是话语和文化意识形态性的。不仅简·爱野心勃勃的表兄圣约翰是帝国主义扩张事业的标志,她自身的成长理想同样内化了帝国精神。伯莎的纵火行为既非伊格尔顿所说的欲望的象征,亦非吉尔伯特和古芭主张的简·爱和罗切斯特共同的心魔,两种阐释都是主体化的形式,通过把恐怖他者内化为主人公自我的一部分,消除了它真正的威胁。斯皮瓦克相信,《藻海无边》透露了伯莎故事的玄机："至少里斯已经注意到,来自殖民地的妇女不能为了自己的姐妹地位的巩固被当做无理智的动物牺牲。"②为了塑造一个资产阶级社会的女性英雄,须抹去她的原罪——她也是那个实施殖民权力的群体的一分子。伯莎被极度妖魔化,才能充当简·爱的文明、教养和自我克制的对立面,殖民主体对其属民采取的压迫行为才具有合法性。女性主义区分女性和男性两种不同意识,已经意味着一种新的权力诉求,斯皮瓦克又给原有的对立项组合加入了新的元素。

不难看出,针对《简·爱》的不单是几种创造性读法,使这个渐被忽略的现实主义文本焕发新生,且造就了几种具有代表意义的新人生态度,产生了强烈的文化和社会效应。把符码演绎为一个新的故事,是人类意识展开的隐蔽模式。由经典作品的解读而再创造的范

---

① 详见 Jean Rhys, *Wide Sargasso Sea*, Harmondsworth: Penguin Books, 1968。
② Gayatri Chakravortry Spivak, "Three Women's Texts and a Critique of Imperialism", *Critical Inquiry*, 12(1985), p.251.

例,文学史上俯拾皆是。16世纪的民间故事书《约翰·浮士德博士的故事》引来马洛的悲剧和歌德的《浮士德》这一悲一喜两种阐释;古老的普罗米修斯受难记,既能激发雪莱在《解放了的普罗米修斯》中的浪漫礼赞,也可在玛丽·雪莱的冷静反思中演成科学怪人弗兰肯斯坦的僭狂之举。站在超理论立场上,多种读法的并存并不表示理论的困境,而恰恰意味着一种功能性协作,意味着,作品乃是一个能容纳多种对立意见的自由的想象空间,这一想象空间正是人类社会对于"文学"这一部门的特殊期待:科学把握个别,而文学暗示生活的整体性。而生成永远是暂时性的生成,随时准备为下一个生成腾出位置。懂得了理论的退出/生成的辩证规律,即进入了一种超理论的观察层次。

(二) 外国文学的再生成:异域符码的实现

进入/退出实际上表达了超理论的区分原则,它相当于知识的凝固化和去凝固化的交替。超理论所关心的不是进入或退出某一形式,而是实现这一区分或交替本身。但是涉及外国文学的超理论,还有许多具体问题需要厘清。由退出到进入,或者说由虚无而创造,由无到有,只是文学生成的理想状态,需要关注的,是"外国文学"的特别生成形式。外国文学之为外国文学,不是因为它的异质性地理来源,也不是因为它出自一种完全陌生的内在意识(对于交流系统来说,所有的意识都是陌生的),而在于遵循另一种交流程序。外国文学作为文学系统的自我分化,实际上是以异域/自我的区分对现实/虚构的文学代码进行再加工的产物。外国文学研究除了以退出/生成的程序建构一般意义上的文学空间,还要实现其作为异域符码的特殊含义。忠实于原文的意义结构,一定程度上就等于,首先要据有国外批评家开辟的理论立场,进入业已确立的问题域。之所以如此,乃因为理论和文学作品为共生的关系,方法论立场构成了作品的意义框架,作品的命运随着批评而沉浮——很难想象,离开了不同时代的女权主义理论,还会有《简·爱》这部文学经典的存在。可以说,外国文学研究是没有自身的方法论的,正如我们不可能抛开西方人的观点,完全用中国古人评点小说的方法来阐释《浮士德》——那就意味着创造了一部新的《浮士德》。

这岂非悖论?前面讲要退出概念,这里又要求追随既成的观点。但这一悖论源于世界本身,因为绝对的无中生有从来就不存在,我们总是处在一个视角之内,用一定的区分标准进行观察,离开一种偏见的同时就已进入了一种新偏见。这种悖论并不对创造过程造成真正的妨碍,只是要求抛弃主体决定一切的幻觉。在此问题上,卢曼关于系统运作的著名论断也并未失效:"复杂性的减少正是复杂性提升的条件。"①视而不见,才能看见所应看见的。超理论作为对于系统身份的整体反思,其核心任务就是要解决系统自身的悖论(当然解决办法不止一种,而且解决办法本身也是悖论,因为它实际上是在系统内部进行的"外部"观察)。知识本身就是悖论,因为知识代码是"真/假"这一差异的合一,其悖论在于:不是通过某种神圣的外部标准,而只有通过不是假的,才能成其为真的。超理论超出于形式逻辑之处,就是要去理解:"即使其构成是如此悖谬,系统的自动生产仍然在继续进行,甚至还纳入了对于悖论本身的交流。"②只有主动进入"外国文学"媒介的限制,服从其区分原则,才能就外国文学的意义进行交流、协商,或者说,创造出外国文学的新的语义复杂性。实际上,外国文学在方法论层面的非自主,恰恰生动而贴切地模拟了现代社会的知识形势,真实地反映了主体在自动分化、自我参照的知识系统面前无可避免的被动性,这就让本文所讨论的话题不仅具有了时效性,还带上了预测性、实验性和前卫性的意味。下面仍以《简·爱》为例,来阐明外国文学观察中特殊的创造性。

吉尔伯特和古芭的"疯女人"评论,给中国批评界打开了一扇大门。在20世纪80年代初开始接触到这种观点(韩敏中后来还作了

---

① Niklas Luhmann, *Einführung in die Systemtheorie*, Dirk Baecker, ed., Heidelberg: Carl-Auer-Systeme, 2002, p.121.

② Niklas Luhmann, *Wissenschaft der Gesellschaft*, pp.483-484.

专文介绍)之前,中国学者的解读方法极为单一,主要是对简·爱的独立个性和爱情观的礼赞,所要回答的主要问题是:① 作品在艺术上是否成功?② 是否成功又取决于,简·爱的独特成长旅程是否符合社会进步的需要?③ 成功中是否还有瑕疵,它离理想的现实主义作品——既然已经设定,《简·爱》是一部标准的现实主义作品——差距有多远?要说到主体性,这倒是不折不扣的、带有特殊时代印记的"中国视角",但它也表明,观察者是以仲裁人的身份从外部来评判作品,丝毫没有想过要离开原有的观念系统,融入作品的交流空间。1980年代末以来,中国的《简·爱》批评进入了异常繁荣的新时期,女性主义、心理分析、意识形态批评、生态女权主义、文体分析等方法竞相登台。但是不难发现,权力、童话体裁、性、疯女人是几个共同的关键词,这一观察角度就是拜吉尔伯特和古芭(以及其他女性主义批评家如肖瓦尔特等)所赐,它们为重建文学空间并进而使其动态化、多维化提供了基础:在权力维度下再思简·爱的性格以及她和罗切斯特的关系,文本内部就由静态变成了动态;因为是现代童话,作品就成为超越了一般的现实主义解读的隐喻;"性"视角让批评家关注人物的深层心理;"疯女人"概念则把我们推入女性主义性政治的场域。有的批评家甚至领会到,文学批评应该是一种寓意解读,不是探讨文本"说了什么",而是"怎么说"的问题,因此重点就不是裁决作品是否完美,而是尽力去理解和重现作品的想象结构,并将这种独特的想象结构运用到非文学领域,从而接通文学批评和社会批评,实现文学的社会责任。外国文学批评应该尾随作品进入其想象空间,而这个想象空间又是外国批评家所事先规划,借径他们的阐释渠道(适应他们的区分标准)就势不可免,中国观察者的主体性和创造性乃体现在再生成和再组合上。事实上,即便吉尔伯特和古芭的革命性观点也只是对前人观点再组合的产物,正如韩敏中指出的,她们综合了神话原型、精神分析等学派对《简·爱》的解读,尤其借鉴了理查·蔡斯的观点,然而,"尽管她们的具体分析很少有前人未曾提及的观点,但她们的创新之处在于从女性特有的角度和眼光整理、改造了前人(尤其是男人)的批评文本"①。

朱虹所关注的不再是作为小资产阶级的简·爱对于维多利亚社会的反叛,而是她强烈的女性意识和对男性压迫的抗议。②朱虹对罗切斯特的自我辩护进行了毫不留情的解构分析,从字里行间中读出了一个工于心计的英国贵族男性的形象(而她在1979年时无疑还为罗切斯特的单方面说辞所左右,对之报以同情和赞许③)。进一步,她批评勃朗特对伯莎的妖魔化违背了"生活的逻辑",陷入了流行的"情节剧"模式。伯莎存在的唯一理由就是以自己的丑与恶衬托出简的善与美,以便把读者所有的同情和兴趣引向正面主人公,"伯莎·梅森不仅是禁闭在桑菲尔德的楼阁里,而且禁闭在《简·爱》'情节剧'公式化的角色里"④。

方平的立场体现了回归文本本身的要求。他认为,将简·爱简单地认同于疯女人乃至丑化罗切斯特的读法,偏离了一般读者的印象。对于疯女人的问题,并非只有女权主义批评的"寓意读法"一途,"依附于文本、不多加深思"的"模糊读法"自有可取之处,理论未必就高于常识。他希望借疯女人的窗口一窥作者的创作意图,从这一角度来理解小说的整体结构和人物形象的构成。他认为,除了制造悬念、加速情节的开展外,疯女人所要担负的主要任务是摧毁主人罗切斯特的全部资产,从而阻止简·爱成为理查逊笔下的帕米拉之类的灰姑娘角色。但是作品的艺术性不免受损——过于浓重的浪漫传奇色彩破坏了整个作品的写实风格。⑤

---

① 韩敏中:《女权主义文评:〈疯女人〉与〈简·爱〉》,《外国文学研究》1988年第1期,第27页。
② 详见朱虹:《〈简·爱〉与妇女意识》,《河南大学学报》(哲学社会科学版)1987年第5期。
③ 朱虹:《〈简·爱〉——小资产阶级抗议的最强音》,《读书》1979年第5期,第36页。
④ 朱虹:《禁闭在"角色"里的"疯女人"》,《外国文学评论》1988年第1期,第91页。
⑤ 详见方平:《为什么顶楼上藏着一个疯女人?——谈〈简·爱〉的女性意识》,《读书》1989年第9期。

范文彬则在方平的基础上进一步追问,设置疯女人这一人物,除了创作上的技术性考量,是否还有更深层的心理原因呢?他认为,简就是勃朗特自己,伯莎的原型则是她在布鲁塞尔求学时单恋的法语老师埃热的夫人,作者出于对"情敌"的报复而在想象空间将她"抹黑"。① 从深层看,范文彬体现了调和性别对立的倾向。他相信,罗切斯特并不像女权主义者所描述的那样专横虚伪,而是和伯莎一样在情欲中无法自拔的困兽,通过简·爱的拯救获得了康复,整部作品"不仅象征着罗切斯特从最初寻不到感情寄托的困境到最后又步入了需要接受恩赐与怜悯的困境的人生的艰难,而且也象征了整个人类两性之间从一种和谐走向另一种和谐的艰难里程"②。

女性主义批评和伊格尔顿的阶级分析所做的,都是敞开隐蔽的裂隙,不过自我分裂的原因一个是性别差异,一个是阶级地位。陈姝波试图将两者结合,揭示简·爱模糊的"性别意识形态"以及对主流父权意识形态既反抗又迎合的态度。她断定,男女主人公之间的矛盾和权力之争即便在婚后依然存在,因为促使他们和解的并非内在灵魂的相遇相知或性别觉悟的提高,而只是一些外在境遇的变化。③ 相反,为了填平文本中的诸多裂隙,葛亮借用弗洛伊德原理设计了一个统一的框架:《简·爱》就是作家个人内心的小宇宙,伯莎代表本我,简·爱代表自我,海伦·彭斯代表超我(这就将吉尔伯特等提出的简·爱的双重人格发展为了三重人格),而罗切斯特是几重自我的共同对象。在这样一个完整的象征体系内,所有的矛盾都具有了必然的意义:理智而独立的简·爱为何总是在呼吁神助,为何危机总是通过超自然因素得到化解?——超我对自我的决定作用;罗切斯特为何同时成为简·爱爱恋、拯救和斗争的对象?——作为

---

① 详见范文彬:《也谈〈简·爱〉中疯女人的艺术形象》,《外国文学评论》1990 年第 4 期。
② 范文彬:《对〈简·爱〉中罗切斯特形象的再审视》,《外国文学研究》1991 年第 3 期,第 12 页。
③ 详见陈姝波:《论〈简·爱〉中的性别意识形态》,《外国文学研究》2002 年第 4 期。

三部人格共同的对象,他必然被自我欣赏,被本我攻击,被超我拯救。而自我/简·爱对于传统礼俗的表面妥协,正是要为本我和超我充分发挥作用提供掩护。最后,对于《简·爱》在女性意识发展上的意义,文章也尝试给出一个更深刻的答案:《简·爱》的革命性就在于它第一次把男性彻底作为对象,"'3+1'体系把男性放在一个被摧毁与拯救的弱者地位"①。

而韩敏中运用吉尔伯特等人的"寓意读法",发现了文本中一个象征性"语误"(slippage),由此演成了自己的寓言故事——"坐在窗台上的简·爱"。话语层面的简,雄心勃勃,要打破一切界限,而在实际行动中从未越出家庭的雷池,最后自愿地担当起照顾残疾丈夫的天职。这一矛盾,已蕴含于小说伊始简坐在早餐室窗台前的场景,窗前的简浮想联翩,展开了一片广大的心理空间,然而又被牢牢地束缚在这一边缘位置。但这又是简心爱的、具有象征意味的位置,"窗台"意味着能随时窥视充满敌意的四周,自己却不被发现。这种窥视的权力意味一目了然,由"视"而"知",继而产生"力"(这一观察角度无疑受到了西方女权主义的性政治和权力理论的影响)。她和罗切斯特宣称他们具有精神上的平等性,然而隐藏在话语下的是双方的权力对峙,取胜的秘诀乃在于谨守"窗台"的隐蔽阵地。"窗台"隐喻推向极致,就是上帝所提供的精神庇护,这一庇护使简既充满了力量,又时时谦卑自制。②

我们看到,在忠实于异域文化自身提供的区分标准的前提下,中国学者进行了富有成效的调配和重组。外来视角并未将思维缚住,反而引他们进入一个生动的游戏场,意识到,无论简·爱、罗切斯特、伯莎,其意义都不像表面看来那样简单,而一个现实主义的标签也无法穷尽作品的内涵。在这个游戏场上,各类理论素的处境甚至更

---

① 葛亮:《本我·自我·超我——浅论〈简·爱〉中的"3+1"体系》,《国外文学》1999年第4期,第72页。

② 详见韩敏中:《坐在窗台上的简·爱》,《外国文学评论》1991年第1期。

为自由,不同时代和流派的观点、原本水火不容的意识形态的融合更为容易——在方平那里,细读法、寓意读法和模糊读法得到了一视同仁的对待,而范文彬用传统的男性立场中和了女性主义的锋芒,重释了《简·爱》的人道主义精神。个中原因,是中国观察者处于一个二度理论化的地位,没有作为当事人的国外批评家那样直接的社会政治诉求,反而能抱着纯理论兴趣,超脱地展示各种观点的内在价值,创造有趣的理论形式和区分标准的再组合。这种再创造、再组合又和中国的现实问题密切相连。如朱虹不但是新时期中国女性主义立场的重要发言人,她的两篇《简·爱》评论更直接促进了1988到1989年间中国女性主义批评的第一次繁荣。而她的女性主义思想也有明显的中国烙印,可谓"唯物主义的女性主义":"而性别在文学中的影响与作用,根据'存在决定意识'的原则,又是以男性和女性社会存在的不平等、以男性为中心的文化为前提的,因而是符合唯物主义观点的。如果取消性压迫这个大前提,妇女文学的独立范畴就难以成立。不过那样一来,我们就离开了脚下的现实土地而升入一个神话世界了。"[1]一个充满变易的想象空间被重建起来,它充分反映了新时期中国社会的自我意识和知识界的若干精神倾向,又在反复争论中,将西方经典作品的意义结构越来越清晰地呈现出来。

不难看出,外国文学既是独立的功能系统,也和现实社会环境有着结构性关联,能够随时加入和服务于国家的意识形态机制,其作用如王守仁所总结:"外国文学曾先后作为反传统的话语、政治革命的工具、观看外部世界的窗口参与中国社会变革,对中国社会现代价值观的形成与确立直接或间接产生了影响。在全球化时代,外国文学通过帮助人们增强本土文化认同感、培育国际意识、开拓全球视野,继续对中国社会现代价值观的构建发生影响和作用。"[2]外国文学能

---

[1] 朱虹:《妇女文学——广阔的天地》,《外国文学评论》1989年第1期,第58页。
[2] 王守仁:《现代化进程中的外国文学与中国社会现代价值观的构建》,《外国文学评论》2004年第4期,第99页。

提供意识形态价值,也承受着意识形态的刺激,故外国文学研究成了检验思想交流是否活跃、社会系统是否健康的标尺。"文革"时将外国作家挡在国门之外,不过表示了系统内的精神自戕——自我化约成了苍白信息,也就不再需要他者。可是浩劫一过,自我和异域符号的双向交流又恢复了本来面目,外国文学自然成为思想解放的前锋。卡夫卡就是最好的例子,这位曾经是资产阶级颓废派象征的德语作家,竟成了"文革"后中国读者的精神教父。王蒙在《冬天的话题》中调侃说:"在V市,朱家祖孙三代对于浴池业来讲,其威信等于鲁班之对于铁匠、木匠、泥水匠,卡夫卡之对于八十年代青年习作者。"[1]反之,刘索拉《你别无选择》中令音乐学院的躁动青年们感到无比愤怒的旧秩序是:"不仅作品分析课绝不能沾二十世纪作品的边儿,连文学作品讲座也取消了卡夫卡。"[2]卡夫卡甚至直接加入中国文学的语义场,对中国文学本身的系统运作施加影响。如在格非对鲁迅和卡夫卡的比较研究中,鲁迅的人道主义和革命精神得到了卡夫卡式虚无处境的锤炼,现实主义者鲁迅在卡夫卡作用场中被发展为"存在者鲁迅"[3],鲁迅面临的真正问题成了当代西方哲学所关心的存在和语言悖论。卡夫卡符号在中国当代话语场中经历的一切,不过彰显了整个系统的沧桑之变,卡夫卡研究既是系统自我分化的产物,也是系统演变的基础和动力。大体上说,中国学者观察卡夫卡的第一个区分标准是资产阶级/无产阶级,第二个区分标准是异化,第三个标准是存在,第四个标准是语言。新时期之前只有负面意义上的卡夫卡研究,资产阶级作家卡夫卡是用于批判的反面教材。新时期以来,异化/非异化标准让社会学批评一度成为主导,卡夫卡的小说成为资产阶级社会系统和官僚机制的反映和批判,而无产阶级和社会主义的

---

[1] 王蒙:《冬天的话题》,郑荣华编:《中国黑色幽默小说大观》,群言出版社1996年版,第126页。
[2] 刘索拉:《你别无选择》,郑荣华编:《中国黑色幽默小说大观》,第50页。
[3] 格非:《鲁迅与卡夫卡》,格非:《塞壬的歌声》,上海文艺出版社2001年版,第161页。

非异化成为不言的语义背景。在存在/非存在标准下,存在主义的理论扮演了重要角色,异化问题为存在问题所取代。语言/非语言标准则意味着,卡夫卡成为语言的守护者,在此视角内,许多后现代理论和方法被引入了卡夫卡研究之中。这四个观察标准的产生和交替,既投射了后"文革"时代社会大系统的去政治化趋势,也是作为一个功能系统的外国文学研究日渐独立的体现。

构成外国文学系统的环境的功能系统很多,有经济、政治、教育、出版界,也有哲学社会科学,但就当代中国的情形而言,长期以来,意识形态指令是现实环境干预外国文学交流的主要方式,对于方法、理论的选择有决定性影响,如对于批判现实主义的偏爱,紧扣着社会主义优越性的基本立场,而对于巴赫金的狂欢节理论或德里达的解构主义的热情,也暗示了反宏大叙事的意识形态策略。由于意识形态的干预,即使是对待同一种理论工具,不同时期的观察者也有不同反应。袁可嘉在20世纪40年代是新批评理论的鼓吹者,在艾略特、瑞恰慈等人的基础上提出了一套"新诗现代化"主张。但是到了60年代,马克思主义文艺理论强调文学的工具性,新批评的艺术自治成了异端邪说。在系统环境的重压下,袁可嘉从文学理论、文学批评和文化思想三方面对新批评进行了严厉批判,斥其为"从垄断资本的腐朽基础上产生并为之服务的反动的文化逆流"。[①] 而在新时期,审美和艺术维度获得政治平反后,袁可嘉和文艺界的理论姿态又进行了相应调整,新批评成为取代庸俗社会学的新的主导性范式。这无非说明,我国的外国文学研究在长时间内缺乏作为系统特征的自主性格,无法实现自动生产和自我分化。

但外国文学必须保持相对独立,才能维护自身作为系统的存在。一个悖论现象是,外国文学越是作为独立系统存在,就越能服务于社会整体。从知识发展的角度来说,文学系统自我分化出外国文学的子系统,不单是出于社会对于文化沟通的现实需要,更是知识体系自

---

① 袁可嘉:《"新批评派"述评》,《文学评论》1962年第2期。

身展开的逻辑后果：一个能分化出自身的对立面并与之有效互动的系统,才具有自我更新的生命力。20世纪90年代中国理论界的文化研究转向和后现代话语的登场,标志着意识形态的逐步淡出,外国文学研究的功能系统特征日益明显,方法论的转换日益成为学科系统内的自我生产。这当然不意味着和外部现实环境的脱钩,而是说,系统自身的分化原则成为理论运动的主导原则,它决定了外国文学研究在何处、以何种方式和现实问题发生关联。外国文学研究者一如既往地关心中国的社会冲突、性别关系、权力分配等现实问题,然而在当下语境中产生对这类问题的关注,首先因为它们是文学和理论界讨论和争执的专业话题,即源自外国文学交流系统自身的结构性需求,而非完成某一指令性的政治任务。

外国文学界的方法论实验,也构成了中外文学系统之间的过渡环节。国外社科界的新方法在进入中国之前,往往会在外国文学的解读上进行演示。张隆溪、赵毅衡、袁可嘉等人的介绍和探索,直接引发了20世纪80年代的方法论热。多元的外国文学的题中之义,是多元的中国文学,也是多元的思想文化和价值取向。外国文学的批评手段不仅应用于和西方文学联系紧密的中国现当代文学,还在中国古典文学领域牢牢扎根,成为传统文化的现代转换的桥梁。反过来,残雪、余华、马原、格非等中国作家又投入了外国文学的方法论游戏,对外国文学的经典名著进行了富有魅力的个人化解读,创造了许多令人惊叹的观察形式的新组合。这种自我/异域的双向互动正是外国文学交流机制对于整个文学系统和社会系统的特殊贡献,是世界文学和世界社会得以实现的最重要的现实基础。

三、系统论与中国立场

(一)双重中点：一种解悖论的策略

从认识论角度来说,超理论以进入/退出和异域/自我的区分标准取代了传统认识论的认识/对象的区分,从而摆脱了各种形式的理论都无法解决的文学认识的基本悖论,即文学中既不曾有固定的认识对象,也不曾有固定的认识者:有现实主义的卡夫卡,也有表现主义、象征主义或后现代主义的卡夫卡;今天的《简·爱》不同于昨天的《简·爱》,伊格尔顿的《简·爱》不同于斯皮瓦克的《简·爱》,而西方的《简·爱》又不同于中国的《简·爱》,任何关于《简·爱》的"认识"都不过是一时一地的建构。执着于认识/对象的区分标准,等于否认了文学场域的认识的可能性。在此意义上,中国的外国文学和比较文学界热议的"失语"危机、要理论还是回到文本的争议、如何坚持本土立场的问题,都不过是认识论转型期特有的迷惑,因为上述问题只存在于认识/对象的传统认识论框架之内,这一框架却并不适用于外国文学交流过程。不难想象,由这种框架和内容的错位导致的悖谬会如此展开:① 如果非要问,怎样的理论才能符合外国文学文本,理论间的相互抵制就是必然结果;② 能和外国文学文本相符合的,从道理上说只有外国文学理论,那么中国观察者必然处于失语状态;③ 可是说到底,理论不可能符合文本,只有文本本身能符合文本,故文本主义鼓吹"不要理论",但"不要理论"又是一种理论。综合起来,后果就是一个"失语"。"失语症"论是对转型期文化现状的犀利批评,但这种观察的有效性仅限于第二级观察层面,它只是告诉我们,我们的理论场上处处是悖论,现有的理论和文学对象的关系异常紧张。但是由第三级的观察来看,理论最终也只是悖论:理论无法观察自身的区分标准。理论因悖论而展开,因为失语,故而能语。同时"失语症"论也没有回答何为真正的解悖论形式。显然,如果把中国古代文论看作理论层面上新的竞争者,只是重复了悖论,而并未在理论的真/假标准外引入新的认识论标准,也就无法在区分的基础上观察这一真/假标准的种种形式。引入中国文论的结果仍不过是失语。

超理论旨在引入新的认识论区分,从而在系统内部实现对系统整体的反观。超理论的元方法论欲探讨的,不是认识和对象是否吻合,而是系统的自动生产得以延续的条件,这一条件就是进入和退出的交替。从超理论的角度来看,任何理论都具有合法性,它们共同搭建起文学的想象空间,以相互间的交替循环呈现文学空间的完整性——现实/虚构的二元共存。实现这一交替循环的关键是对转折点的把握,这恰巧也是浪漫主义诗学的精髓。在弗·施莱格尔的"反讽"构想中,幻想世界的破灭既是诗人对自己的反讽,也是有意识地在有限和无限、现实和幻想之间建立一种辩证循环。反讽观念彻底内化,就成为所谓元小说,一种持存于变化中点的艺术:小说家随时展示自己制造效果的技巧,让读者的心灵在虚幻和现实间紧张穿梭,智力和直觉都绷到极致。而文学研究要从结构上模拟和重现其对象,就要同时把握对象的有限性(反映现实)和无限性(对于生活整体的想象)两方面。一方面,它给文学一个暂时的锚点,以定义和概念建立一个可靠的知识结构;一方面,它又希望保留文学的游戏性、创造性,像文学那样化入生命之流。唯有在退出和重生的临界点上,才能左右逢源,二者兼得。"进入/退出"即知识的悖论化/解悖论化的区分,这一区分在任何形式的理论操作中都会重复出现。它意味着,任何观察本身都是悖论,因为它无法观察这一观察自身(即观察所依据的区分标准)。通过改换观察角度,悖论会自然消除,但是新的观察角度同样是悖论性的,因为它同样无法观察自身的观察,唯有灵活、生动的转换能将悖论无限推后,这一转换又依赖于对临界点的高度敏感。

在就一个法国文学史课本所做的反思中,罗兰·巴特提出纠正文学和教育脱节的三种临时方案:第一是打破发生学神话,转而以我们自身为文学历史的中心,从"现代的断口"而非从古典主义出发来组织文学历史;第二是以文本替代作家、流派和运动。不是由文学史的元语言系统去阐释文本,给予文本一个固定位置,而是由一定数量的文本出发,使蕴藏于文本中的众多认知符码得以播散;第三是承认多义的权利,发展一种多义的文本解读方式。[①] 显然,巴特是要从

---

① Roland Barthes, "Réflexions sur un manuel", *Essais critiques IV: Le bruissement de la langue*, Paris: Seuil, 1984, pp.55-56.

能指游戏的角度,开辟一条符合真实的文学想象的文学研究之路,让死的文学史变成意义繁衍的生动过程。但需要补充的是,这三个措施都以转折点为隐蔽前提:第一,自我如若不是僵死的形式,就必然是新我和旧我之间的临界点;第二,"文本"也是一个中间性的、介于整齐的作品和散乱的口头用语之间的层次;第三,多义性的基础是放弃单义的依托,达到一种有意味的虚空,即有无之间的萌芽状态。

由转折点而致整体的超理论立场,对于具体文学理论来说,就意味着新旧解释模式、欣赏习惯、社会问题语境的辩证共存,意味着对所要建构和所要抵制的视角皆有清醒认识。实际上,几乎所有的先锋理论,其初衷都是寻找新的转折点,由此达到新的整体意识,譬如:马克思主义批评旨在引导资产阶级文化向未被异化的无产阶级立场转化;后殖民话语展示宗主国的自我文化向殖民地的他者文化的转折;酷儿理论是主流文化转向以同性恋为代表的亚文化的体现;接受理论则聚焦于作者创作的文本(艺术极)和读者对文本的实现(审美极)的中点;等等。为了抵抗权威观念,理论通过伸张另一极来建立起张力场,使之趋近于一个自我循环的生命系统。这一系统的宗旨,无一例外是要促成原先被分隔的对立项之间的沟通转换,因为在真正的整体性、宇宙性背景下,对立的各项都具有自身的相对合理性。唯有立场间的相互转换,能帮助实现生命的周流循环。

以"外国"为中介的文学研究的情形更为复杂。外国文学空间的平面图,就是达姆罗什提出的椭圆形。椭圆架构中的世界文学作品同时具有两个焦点:译入语文化与译出语文化,分别折射各自文化系统的价值观与符号需求。[①] 与此相应,中国的外国文学研究必然立足于双重中点:新旧文学体验之"中"——关涉文学空间的建构;中国的问题诉求和外国的批评立场之"中"——关涉"异域"内涵的实现。外国文学研究的元理论程序可分为两部分。首先,腾空是进入

[①] David Damrosch, "World Literature, National Contexts", *Modern Philology*, Vol.100, 4(2003), p.514.

的前提,在虚空中得以自由地想象,创造和符码共戏的新途径。这时我们是在以对待本民族文学的方式建构纯粹的文学空间,享有直接面对审美对象时的全部自由,而建构者所居的理想位置,就是退出和进入的中点。其次,外国文学之为外国文学,在于它不可消解的异域性,而这就体现为,它的意义结构和意义的生长点相对固定,拒绝主体的任意支配。但是我们仍然可以在不改变意义结构的前提下,突出或质疑单个的意义点,对它们进行调配和重组,将它们和本民族文学作品相比较,以这类方式使异域符码和自身的问题相联系,反映我们在本民族社会和文化系统中所居的位置。现在的主体是一个只拥有相对自由的中介者,其处境和文学翻译者最为相似,都必须将自身保持在另一种审美和认知传统的规定性之中。诗歌翻译被称为戴着镣铐跳舞的艺术,外国文学研究同样如此。但即使在这样的艰难处境下,观察者的最佳位置仍然是外国经典立场和我们此时的立足地之间的中点。

外国文学研究者因此注定是二重人格,他把自己同时置于两重基本关系中,如一个高超的空中走绳者,在两个关系维度中来回摆荡。只有在意识中彻底经历了第一步程序,他才可能融入文学的无限空间,成为文学的体验和想象者。否则,就沦为了理论的搬运工,根本没有领会何为文学,遑论在第二步程序中实现内外视界的融合。形而上地看,第一重关系让人领悟到世界的无限(但也带来丧失规定性的危险),第二重关系让人体会到世界的有限(但也可能让人陷入僵化),而二者都是世界的真相:世界既是存在,也是思维,既可供想象,也可供分析。文学从本性上说不容任何概念羁绊,但又需要在整个知识系统中有自己的位置,和现有的知识范畴相接相容,否则就失去了一切可理解性。两步程序之间的关系,又正类似于浪漫主义反讽。批评家在第一步中,尽情地发挥想象的创造力,而在第二步中,却不得不回到现实的问题和现有的知识系统,正视外国文学作品的意义的民族性和历史性——既受制于与之共生的外国批评立场,也要服从于中国观察者的问题意识。我们不但要保持在每一重关系内的中点,而且要站在这两重关系之间的中点,显然这需要更多的技巧和耐心。

(二) 中国文化立场的超理论意义

可是,中国立场真正的位置在哪里,仍是无法回避的难题。事实上,尽管中国的外国文学研究和中国问题本身向来是密切结合,甚而是密切配合,学界依然感到一种真正的中国立场的缺失,也就是说,有关中国的问题并不就等于中国化的问题。反之,棘手之处在于,中国问题如何能成其为中国问题,即:如何让中国的现实问题、本土问题成为中国化的、以中国特有的方式提出的问题。换言之,研究者由直觉感到,还没有真正进入一个超理论的观察层面。吴元迈在总结新中国五十年外国文学研究的成就和缺点时,指出的第一条缺点就是:"尚不能完全以我为主,从中华民族的主体性出发来探讨和研究外国文学。"[①]只有进入超越一般中国问题的超理论层面,才能回答有关中国立场或"中华民族的主体性"的问题。

放弃外国文学研究在理论层面的自主,意味着对于外国文学的异域性的尊重,维持自我和异域的适当张力,但这并不意味着要放弃外国文学研究在超理论层面的独立。同时也提醒人们,所谓中国立场必然是一种更为深刻的中国文化立场,既不等于一般的方法理论,也不等于一般的(上述第二重关系中的)中国问题意识。"问题意识"是近年来中国的外国文学方法论反思中的时髦口号。然而何为"问题"?用知识社会学的术语来说,"问题"即来自外部环境的"刺激"(Irritation),它还未经过"结构性联接"的疏导而上升到系统内运作的形式层面。所谓"问题意识",就是这种刺激本身成为系统内交流的话题。中国问题不等于作为纯形式的中国文化立场,且中国问题在某一时刻恰恰可能是:无法实现中国文化立场的形式。中国问题是有待中国文化立场加工的、还不具备形式的纯粹媒介,而作为形

---

① 吴元迈:《回顾与思考——新中国外国文学研究 50 年》,《外国文学研究》2000 年第 1 期,第 13 页。

式的中国文化立场代表了自我创造、自行演化的系统整体,包容了外国文学研究的进入/退出和自我/异域的二重循环。中国古代思想不仅向往着这一整体视域("范围天地之化而不过,曲成万物而不遗"),而且的确提供了一些重要路标。曹顺庆指出,能够提供源头活水的并不是一般的"风格""妙悟""意境"等文论范畴,而是超越于范畴的深层文化规则,范畴会消失,规则却会永续。① 这是高明的见解,同时也说明,他反思"失语症"的重心已逐渐由最初的理论观察(古代文论)层面转到一个超理论层面。在第三级观察的层面,中国古代思想提供的资源极为丰富。首先是整体的可能性,或者说超出一切"有"(系统、实在、理论、意义)的"无"的可能性。"吾道一以贯之",中国思想关注的始终是普遍有效的道,它所追求的统观,远超越了西方解释学中整体和个别的相互参照,而是对于大小宇宙、意识和无意识、实体和非实体的综合观照。懂得了这种思维的真谛,就无需为批评话语的潮来潮往而困惑,此亦一是非,彼亦一是非,真正的道却寓于立场转换所暗示的动态的整体性。说到底,《易经》一阴一阳的观念才是文学的现实/虚构二元性的最佳诠释,相比之下,辩证法的矛盾对立仅限于在场者范畴,与之并不处在同一层面。同时,一阴一阳也道出了卢曼的知识的凝固化/去凝固化的区分的真义。一阴一阳谓之"道","道"就是统一了有和无、系统和环境、自我参照和外来参照、观察和操作的整体。故《易经》可视为人类最古老的系统论反思。在《易经》系统中,天道体现为系统论强调的"循环"("复")。易的三义源自不同层面的世界观察:在第一级观察层面,是世界万物遵循一般因果规律在生成、变化;在更宏观的第二级观察中,世界如四季般循环往复;在第三级的观察层面,世界是"不易"的宇宙秩序本身。其次,如何实现"道"的整体?对中国古人来说,整体性的希望不在事物的完善状态,而全赖于称为"几"或"微"的萌芽点。"几者,去无入

---

① 曹顺庆、靳义增:《论"失语症"》,《文学评论》2007年第6期,第79页。

有,有理而未形之时。"①据有了有无之交的"几",就能通达整体。而文学象征在最初的意义上,就是处在意识和无意识交界点的类似于《易经》卦象的原型图像。这类图像的作用机制,按照《易经》的著名翻译者卫礼贤的解释就是:

> 但所有这些在宇宙必然性内共同塑造了单个命运的运动方向的复杂力量有一个萌芽点,位于那无形式者成形之处,在无意识中生出图像之处,这些图像给出原始形式,有意识的和外部的演变根据这些形式而展开。这些起源极为简单。同样那些将一个展开的命运越来越快地推向其实现的以元素形态作用的力量,也有一个特定时刻,那时动与不动处于临界点(Indifferenzpunkt)。在此点上,一切都还是极容易的。②

将形而未形之处,是系统和环境的临界点,可见和不可见、静止和运动的交汇地,这里才有干预的可能——文学之所以深入人心,移风易俗,秘密就在于此。《易经》最后一卦是《未济》而非表示完善的《既济》,这正是自动生产、自行演进的系统的特征,没有哪个观察者据有上帝的超越地位,重要的是不断从新的层次来观察自身,发现以前的观察过程的盲点。显然,这种中国文化立场并非具体的理论范畴,而是促成变化、生长的符号组织原则。中国文化空间也只是创造性地演绎那"大"的境界的空间构造行为本身,不仅要求超越任何实际的中国的社会政治观点,也要超越中国古代文论范畴乃至国学传统(因为任何理想的框架,都只有在否定和超越中实现自身)。同时,超越不是指向系统外的终极目的,而是在不息的向上升进中回复到一阴一阳的宇宙律动,超越性和内在性合二为一,从而实现了"自然"的本义。这也正是卢曼的系统论的隐蔽理想。卢曼曾批评说,20世纪西

---

① 孔颖达:《周易正义》,北京大学出版社2000年版,第18页。

② Richard Wilhelm, "Einzelschicksal und kosmische Entwicklung", *Der Mensch und das Sein*, pp.6-7.

方思想的最大问题是摧毁了整体后无力再思考整体,①故他力图设计一个非目的论的、充满变动的新整体图式。对他来说,系统不是为了消灭偶然性而存在,相反偶然性和不确定性是系统演进的基本动力。② 为了彻底消除所有的未来的确定性,他不惜用知识的进化论代替传统的逻辑实证主义、共识理论或连贯性理论。在知识的进化论中,"时间"成了真正的结构性范畴,认识(理性)被彻底地时间化,知识随时势而变动,刹那生灭。卢曼认为,传统的西方认识论以一个固定的观察者和一个固定的观察对象为出发点,而现代的认识论应从变动的观察者和观察对象出发,以一种"操作逻辑"(operative Logik)取代传统的逻辑,在这一点上他接近了《易经》的基本立场。

中国立场由此成了包容性框架的象征,它不关心具体理论程序,却暗示了作为认识路径的系统/环境或自我参照/外来参照的循环,以此来冲破知识的凝滞与固化,使文化活动和生命律动保持一致。从根本上说,理论活动的有效性在于,既能保证意义的繁衍,又让单个意义的生成和宇宙的整体背景相关联,从而避免多义性沦为个别性的专制。如果能朝这个方向迈出步伐,让中国文化空间成为一个超越意识形态、充满变易可能的场域,就可以骄傲地说,曾经生成了中国传统文学批评方法的中国文化规则,也可以引导我们和当代方法理论对接,以中国方式来组织"外国文学"想象空间。这自然并非简单的"可以用中国的文学研究方法研究外国文学,也可以用外国的文学研究方法研究中国文学"③,或把"知人论世""以意逆志"等中国传统观念和外国文学批评直接挂钩,而是要严格地区分超理论和理论、道和术的不同层面,在前者的立场上对后者进行调谐重组。中国文化立场反映系统的整体运行,而一般理论代表了局部程序,承担特殊的建构功能。但因为文学以整体为结构性动机,以逻辑和想象的

---

① Niklas Luhmann, *Die Wissenschaft der Gesellschaft*, p.502.
② Ibid., p.521.
③ 黄宝生:《外国文学研究方法谈》,《外国文学评论》1994 年第 3 期,第 123 页。

交替为分化原则,故文学理论又天然地具有向整体跃进的趋势。故既要在科学的功能性层面,认真对待与外国文学相连的外来理论立场,让它们和中国的问题意识相连接,同时又要超越局部程序,进入一个包容理论观点的循环转换的生命空间。如果中国文化精神能在这方面发挥引导作用,就实现了中国立场的真正含义。前文"双重中点"的提法,自然也是以中国文化的超越立场为前提的。

理论也好,概念也好,从知识系统的整体运作角度来看,都代表了知识的凝聚,但是凝聚乃是为下一步的演进创造基础。按照中国观念,坤(阴)主保藏,赋予万物稳定的形态,然而坤道承乾,乾道统坤,才是宇宙规律。乾道主变,代表了生命的进进不止。而以一个超理论立场打破一般表意过程的凝滞的想法,也早就在酝酿中了,20世纪理论史上留有它清晰的印迹,绝非简单的"中国特色"。与之相共鸣的,首先可以举出上世纪初的本雅明。如前所述,相比于外国文学的源出地,中国文化空间是一个远方的陌生环境,然而本雅明也将实现文本意义的关键环节推到一个全然陌生的层面。如他著名的《译者的任务》所述,翻译不是对原文的自我实现的妨碍,而恰恰是要帮助原文向纯语言的层面超越。为了"纯语言"的缘故,译者冒险打破民族语言之间固有的藩篱。译者得天独厚的优势就在于,他只需关注语言自身而不必像作者那样背负沉重的表意负担:

> 在不同的语言中,那种终极本质即纯语言只与语言因素及其变化相关,而在语言创造中,它却背负沉重的陌生的意义负荷。要解脱这一重负,把象征变成被象征,从语言流动中重新获得圆满的纯语言,则是翻译的巨大和唯一的功能。在这种纯语言中——它不再意指或表达什么,而作为非表现性和创造性的"道",它成了各种语言所意指的东西——一切信息,一切意义,一切意图,最终都在一个语层上遭遇,并注定在这里消亡。这个语层为自由翻译提供了一个新的和更高级的理由,

这个理由并非产生于将被表达的意义,因为从这个意义中解放是"信"的任务。①

按照本雅明的形象表述,译文体现了原文的来世生命,更确切地说,译文不过是造成运动的媒介,它以一种激进形式迫使原文蜕去内容的外壳,在向纯语言的跃升当中实现真正的内容。对本雅明来说,意义(信息、意义、意图)即为凝滞,而人类语言的本质是翻译所象征的流动。

罗兰·巴特的"文学"概念也起着类似中国文化空间的包容功能。文学是绝对"真实",亦即绝对"界外"。它容纳任何知识,而从不将其固定。它使知识超越了认识论层面,而进入一个戏剧化过程,即近于生命本身的无休止的自我反思与超越过程,文学恰是为了纠正科学和生命的落差而生。巴特的文学成了符号游戏的大剧场,而他的语言无政府主义也正基于对文学的包容能力的信心:文学允许主体根据欲望的自由或欲望的倒错而选择合适的语言。② 作为制造变化的符号空间,文学和形而上学的整体框架的区别,就是可写文本/可读文本、书写/作品、读者/作者的区别。可读文本设定了一个固定框架(典型社会环境、典型人物),使读者沦为信息的被动接受者。相反,可写文本为读者提供了参与权力游戏和文本建构的空间,邀请他们去生产无数的实体:"可写文本是一个永恒的当前,关于它无法提出任何连贯的言语(后者必定将它转化为过去);可写文本,它就是我们处在写作中,在世界的无限游戏(世界作为游戏)被某种单一系统(意识、体裁、批评)所横越、分割、制止、塑形之前。正是这种系统压制入口的多样性、网络的开放和语言的无限。"③

斯皮瓦克也曾郑重其事地向西方同行推荐一种由异文化的翻

---

① 本雅明:《译者的任务》,陈永国编:《翻译与后现代性》,中国人民大学出版社2005年版,第10页。

② 参见 Roland Barthes, "Lecture in Inauguration of the Chair of Literary Semiology, Collège de France, January 7, 1977", Richard Howard, trans., *October*, Vol.8, Spring 1979。

③ Roland Barthes, *S/Z*, Paris: Seuil, 1970, p.11.

译、调谐而实现的"远距制作"(teleopoiesis),其理由是,在"星球化"(planetary)时代,被他者想象乃是自我想象的真义和最佳途径。在"远距"(teleo)的"想象制作"(poiesis)工坊,来源、诉求迥然相异的种种理论素各得其所,相得益彰,将文学的符号空间合作建设为一个动态、开放的生命空间。这个概念挪用自德里达的《友谊政治》,在德里达那里,"远距制作"意为在一个完全不同于你自身之所处的时空中,在事先完全不知道将会发生什么的情况下,促成某种东西的生成。斯皮瓦克由此引申出了一种新的比较文学研究方法:"这是想象你自身,而其实是让你放弃保障,让你自身通过另一种文化、在另一文化中被想象(经历那种不可能性)……"①事实上,斯皮瓦克相信一切真正的诗学都是这样一种由充满非确定性的遥远时空媒介进行"制作"的诗学。

以上三位理论家都相信,理论恰恰要在一个貌似神秘、混沌、非科学的空间中才能实现自身。无独有偶,三人都提到了意义的消亡和语言的重生的辩证关系。"一切信息,一切意义,一切意图,最终都在一个语层上遭遇,并注定在这里消亡",这一纯语言的层面被本雅明称之为"上帝的记忆王国"。对罗兰·巴特来说,要倾听"语言的簌簌声"(le bruissement de la langue),恰恰要超越一切语法和逻辑,融入那"永远而高贵地置身于句子之外的东西"即"非句子"(non-phrase)之中。② 斯皮瓦克则意味深长地引用了托妮·莫里森的《宠儿》结尾处的一段,来暗示那种超了言语之外、却在一些后殖民作家的文学虚构中呈现的"星球化"空间:

> 渐渐地,所有的踪迹消逝了。不仅足迹被遗忘,还有流水,以及水底的东西。留下的是天气。不是无法追忆、无可解释者的气息;而是屋檐上的风,或者迅速融化的春季的冰。也就是

---

① Gayatri Chakravorty Spivak, *Death of a Discipline*, New York: Columbia University Press, 2003, p.52.

② Roland Barthes, *Le plaisir du texte*, Paris: Seuil, 1973, pp.79-80.

天气。

抹去言说的"痕迹"(trace),才能领会亘古不变的"天气"(weather)和"大地的语调"(earth's tone),这岂非孔子说的"天何言哉?四时行焉,百物生焉"。斯皮瓦克相信,唯有进入这一"无语"的境界,才谈得上所谓文化间的翻译,比较文学亦才能起死回生。①

其实,理论家们大都清楚,一般的方法论只是人为的区别系统,而真正的方法论是在主体想象和宇宙生命之间进行有效调谐,将方法的区别纳入整个世界的交流系统,从而使方法操作的成果超越一时一地的功能性意义,帮助文学实现其文学性——实现其作为普遍化的交往媒介的使命。这就是德里达的"延异"(différance)和"差异"(différence)的区别:一般的方法论就是一般的区分("差异"),而真正的方法论是动态的宇宙性区分("延异"),是造成区分的区分之区分。②卢曼在知识社会学上的激进之处就在于,他已经意识到,认识论的终极问题乃是如何解决循环、无限后退、同义反复和悖论的问题,他的办法是以观察/操作的区分来代替传统形而上学的思维/存在和先验/经验,以无穷的观察将悖论向后无穷推远。《易经》则可谓这一"操作逻辑"的进一步简化,既是理智的终点,也是返璞归真的开端,它的阴/阳、静/动的区分道出了观察/操作的区分的实质。对于《易经》,不变的就是"易"本身;对于卢曼,系统之所以能实现其运行和演化,正因为放弃了一切固定的根据或目的。③

现在可以更好地理解文中一开始提到的那个突兀的命题——文学研究应该和"无限"之维挂钩,以融入"无限"当成阐释学的核心问题。所谓"无限",指的是意义的无限,意义的无限源于交流的无休止,而文

---

① Gayatri Chakravorty Spivak, *Death of a Discipline*, pp.88–89.
② 卢曼也提到了德里达的"延异"概念和帕森斯的不断"重新输入"系统自身的"原始区分"的相似性,见《社会中的科学》第190页的注释38。
③ 参见 Luhmann, *Die Wissenschaft der Gesellschaft*, p.591。"所有稳定性的最终参照是系统的自组生产:即延续那些带有系统特别编码的操作——分配真假两种价值,以便实现系统内部的知识处理的象征化。"

学应成为具有"自动生产"能力的交流系统。在这一交流系统中,理论阐释是不可少的一环,因为阐释是促成交流行动的主要手段。但理论真正的使命是交流行动本身,是在原有的交流行动的躯干上嫁接入新的交流的可能性,并力图和文学外的交流系统如伦理、法律、权力、货币等发生关联。这种新的交流当然是在创造新的差异(新的意义),但从根本上说,它只是实现了文学交流系统自我更新、自动生产的内涵本身。而所谓的意义就不能理解为——作为阐释终点的——现成的存在物,而仅仅是一种媒介,一种促成文学交流行动的契机。

有一个基本的立足点,才能展开想象,有一个基本的限制,才能生产复杂性。如果这样的表述过于抽象,不妨更简单地说:有了世界,才谈得上世界上的万千变化;有了文学,才谈得上种种文学问题。故即使在今天这样一个厌恶元叙事、反对普遍主义的时代,整体性的框架仍不可或缺。相反可以说,后现代反整体性的矛头从未触及整体,后现代欲以整体/非整体的区分形式打破现代的自我参照,仅仅因为这个区分,它就失去了整体这一斗争对象。从超理论角度来看,后现代恰恰因为立足于一种潜在的整体性,才得以反整体,也就是说它本身就是一种新整体性的表达。关键是,这一整体框架要促进,而非遏制创造性的差异游戏。

最后我们不禁要问:何为文学?何为诗?顺应变化是文学把握世界的特殊程序:在普通人看来静止的物体,诗人却看出了运动的过程,普通人目光所及是美丽的玫瑰,诗人却看出来复杂的空间游戏:

> 祝愿变化吧。噢,渴望火焰吧,
> 一个物在火中离你而去,炫耀种种变形;
> 那掌握尘世的运筹的精灵,
> 在形象跃动中,它最爱转折之点。[①]

[①] 里尔克《致奥尔弗斯的十四行诗》第二部第十二首。里尔克、勒塞等:《〈杜伊诺哀歌〉与现代基督教思想》,林克译,上海三联书店1997年版,第80页。

回到变化的中点,就能掌握变化,体会运筹世界的精灵,这是文学的乌托邦,也是新的认识论根据。再回到本文一开始的问题:文学阐释与无限的关系。何为无限?无限当然不等于无界限,因为无界限即无世界的生成,而是在现实的边界内(系统内)拥有自我分化的无穷可能,在保存的同时还可无限生成,而实现这一点,正是系统论观念下文学认识论的核心问题,也是所谓"回到文学本身"的真实含义。

"诗学"和先锋精神：模糊性的理论价值

一

在当代中国比较文学界，"诗学"和"比较诗学"似乎是两个不言自明的概念，它们的所指究竟为何，却并不十分清楚。处境和功能与之相近的，还有文艺学常用的"美学"。和"诗学"一样，"美学"概念因为其模糊故而有效（有"建筑美学""身体美学""中国美学"，等等）。其实，当代更流行的研究范畴是"理论"，甚至按照杰姆逊的说法，"理论"才是代表了后现代时代的学术话语形式。[①] 那么，对于以前沿性为追求的中国比较文学学者来说，这是故意的盲目，还是无意的抗拒，抑或意识形态需要？这是否说明，"理论"的概念场还有其无法概括的东西，在某些场合或某个维度，倒不如"诗学"或"美学"更富有包容性。那么我们就要问，那些无法包容的欲望是什么？进一步说，在反本质主义将整体性置于被告席的同时，是否个别性的处境同样艰难？

显然，我们无法探讨"诗学"概念本身，而只能考察其具体用法：概念的用或者不用，什么场合下使用，意味着什么？频繁地使用这一概念大概不仅仅是思维懒惰，也不仅仅是批评家对于无用而无所不用的魔术语词的习惯性依赖，还代表了一种无意识的诉求。

按伊瑟尔的总结，艺术评论经历了三阶段：一是古希腊时代的

[①] Fredric Jameson, *Postmodernism, or, the Cultural Logic of Late Capitalism*, Durham: Duke UP, p.12. 杰姆逊认为，所谓当代"理论"或"理论话语"本身就是一种后现代现象。

诗学,这是和理论科学和实践科学相并列的创造科学;二是理性哲学时代的艺术哲学;三是现时代以复杂化、科学化和多元化为特质的理论。① 理论的繁盛意味着多元的胜利,也意味着多元的神话。理论替代艺术哲学,打破了理性的虚假统一,有利于深入地研究艺术的个别功能,但它是尼采说的"小的理性",却放过了"大的理性"即艺术的整体性。整体性和理论天然地不相容,想象空间的模糊、开放和理论的确定、封闭相抵牾。但是,伊瑟尔也指出,理论的公开的秘密在于隐喻,由于隐喻的黏合作用,系统得以闭合,逻辑得以自洽,这岂非意味着,理论又基于一种隐蔽的诗学。②

"诗学"是模糊的术语,对于它的偏爱出于对模糊性的需要。模糊性说到底是整体性的变体,也唯有模糊能暗示整体的崇高,如伯克所言:"没有什么东西,如果它没有几分趋近于无限的话,竟然能够因为其巨大而使我们震惊;当我们认识到它的边界,就一点儿也不会震惊;而实际上,看清一个事物,和认识到它的边界,是一回事情。因此,一个清晰的观念就是一个小的观念。"③模糊的理论价值就在于对自由游戏的宽容。模糊可以衬托理论的清晰性,也使得理论间的辩证对立有一个深层的基础。由于这种宽容性,模糊不但为非西方系统的艺术观念留下了位置,还能压制理论的意识形态冲动(这在时时强调"政治无意识"的当代,显得尤为重要)。模糊代表了一种不可见的张力,一种超越了理性限制的秩序。如果说清晰和理性属于科学和政治,则模糊是艺术的生命所在,它表达了美学的根本理想——美就是存在的整体秩序、人和存在的和谐。综观当代文学世界的情状,不难发现对模糊性的需求是如何迫切而自然,这种需求体现于三个层面:① 文学所反映的当代符号世界是无限,要从中体会出美的愉

---

① 沃尔夫冈·伊瑟尔:《怎样做理论》,朱刚等译,南京大学出版社2008年版,第1—4页。
② 同上书,第6—7页。
③ 埃德蒙·伯克:《关于我们崇高与美观念之根源的哲学探讨》,郭飞译,大象出版社2010年版,第55页。

悦,观察者必须适应模糊性;② 文学想象本身是无限,只有模糊性能和它相对;③ 文学理论是无限,是一群无法调和的争斗者,只有模糊性能将它包容。当代的崇高体验和模糊性息息相关,而理论非但不能解决模糊性难题,且它本身就是模糊性的一个主要来源。

模糊的对应物即"诗学"。"诗学"代表了古／今、旧／新的文学要素的重新整合,意味着现代的崇高体验和古代的和谐理想的综合,这正是后现代理论的最终目标——后现代的重要成果是让人意识到了现代性的求新冲动的偏执性。如果说,在竞相求新的追逐中,文学理论最终演成抵抗理论(德曼)、反对阐释(苏珊·桑塔格),或走向修辞学(德曼、伊格尔顿)、文学人类学(伊瑟尔)、阅读的政治学(斯皮瓦克),岂不意味着理论的自治性的丧失,从而为诗学的重返埋下了伏笔。事实上,"诗学"是当代文学场上出现频率最高的概念之一,卡勒的《结构主义诗学》,哈琴的《后现代主义诗学》,斯泰格尔的《诗学的概念》,巴什拉的《梦想的诗学》《空间的诗学》,巴赫金的《陀思妥耶夫斯基诗学问题》不过是几个醒目的范例。

诗学概念的当下性,可以从德国艺术批评家格洛伊斯的观点窥见一斑。格氏希望从诗学而非美学的观点来评论当代艺术,以呈现20世纪艺术领域中发生的意识革命。换言之,从现代主义到后现代主义的复杂演变,不过是诗学对美学的范式的取代。在他看来,美学的出发点是观赏者的审美体验,其根本缺陷在于剥夺了艺术家的自主性。审美教育本身就是一种政治行为,艺术家完全可以在指定的政治内容的框架下,专注于美的艺术形式。另外,审美对象最终是现实世界本身,艺术品只是达到审美体验的中间环节——在自然奇迹面前,任何艺术奇迹都黯然失色,真正的艺术天才也无非是自然力量的化身。故格洛伊斯说:"审美态度实际上不需要艺术,没有艺术,它能更好地发挥功能。"①这和美学产生的历史情境相关,在康德进行美

---

① Boris Groys, "Introduction: Poetics vs. Aesthetics", *Going Public*, New York: Sternberg Press, 2010, p.12.

学思考的时代,赞助人是主体,艺术家是为主顾服务的仆人,故欣赏者的品味决定了一切。然而当今的媒体时代是不分现实("第一生命")和虚构("第二生命")的新时代,它将所有人都卷入形象的游戏,这一时代的艺术创造的特征是:① 艺术家和观众合一。每个人都在参与形象的创作,观众就是艺术家。② 艺术和政治合一。不但政治讨论的场合由希腊意义上的广场(agora)移到视觉媒体,讨论的方式也不再是面对面的公开辩论,而是通过制造虚拟形象的间接途径。换言之,艺术帮助主体进入仿像世界,履行公民职能,而因为政治凭借传媒渗透到了任一角落,故艺术家自始就和政治一体化了。表达这一新的艺术实践的范畴只能是"诗学",确切地说是"自我诗学"(autopoetic)(体现于康定斯基、马列维奇、胡戈·巴尔、杜尚等人的先锋艺术)。诗学是基于艺术生产者的视角的范畴,是创造的民主化:人人都有形象创造(艺术)、并通过形象创造参与社会塑造(政治)的权利。形象创造的核心是制造虚拟的自我,故艺术日益成为一种能动的表演,创造主体和创造过程融为一体。再没有美的静观者,人人都是诗人,既不依赖观众的审美眼光,也不希冀天才的神秘力量,而是运用从录像到互联网的每一种媒介和技术手段,不分高雅和低俗,自得其乐地表达自身,创造自己的第二自我。

格洛伊斯进而指出,美学态度的实质乃是社会学,它们都设定了真实世界和虚幻世界的两分。社会学以真实社会为依据来解释一切,认为一切艺术都是社会情状的反映,而美学反思的基础是真实的消费者和真实的自然,两者都剥夺了艺术品的自主地位。在美学和社会学视域中,艺术品仅仅是人和世界之间临时的中介层次。可对格洛伊斯来说,艺术品既是中介,也是包容了人和世界的整体:"作为一个意象的制造者,他是在一个不区分生者和死者的媒体空间中进行操作的——因为生者和死者都由同样是人为制造的虚拟身份所代表。"[①]这让人联想到里尔克的包容了生和死的"世界内在空间",真正

---

① Boris Groys, *Going Public*, p.19.

的生命的世界同时包容了生和死这一终极对立。如果艺术要超越机械的社会学而同时包容虚实、生死两界,诗学就必然要超越美学。这一超越乃是对经典的、以整齐划分为标志的现代性的重写。美的无功利性所蕴含的审美者和对象的脱离(故需要艺术品为中介),天才美学所蕴含的艺术家和自然的脱离(故需要天才为中介),都是人和世界的脱离的征象。而诗学向我们许诺,在经历了这一称为现代性的违背自然的(生命的特征是合一与连续)分裂体验后,有望重新拥有诗意创造的全过程。

如此说来,"诗学"在当代西方理论界的蔓延,表面看来是复归艺术的原初语境,实际上是出于对具有包容、治疗功能的新空间的渴望,是对当代社会系统的极度多元性的自然反应。海登·怀特提出"历史诗学",以诗学为历史奠基,无非是借诗学和史学的互戏唤出一个能兼容实证和叙事、正史和野史、秩序和非秩序的历史空间。格林伯雷欲从诗学的视角来重新看待文化内的制造过程:"这种存在于统一和区别、名称一律和各具其名、唯一真实和不同实体的无限区分之间的摆动,一句话,在利奥塔和詹姆森所阐述的两种资本主义之间的摆动,已经形成了一种关于美国日常行为的诗学。"[①]他所谓的"文化诗学"也不过是整体空间的代称,在此空间中,无限和有限、整体和个别实现了循环互通。而通常的理论家,要么像马克思主义者杰姆逊那样,为了维护未被异化的完整意识而全力攻击社会系统的区分一面,要么像后结构主义者利奥塔那样,为了制造差异、促成变化而一味抨击社会系统的统一功能,而实际上,在分和合这两级间的不停摆动和疆界转移才是文化现象生成的根源。在二元区分被消解的情形下,艺术作品不再是美学所关注的那种"源头的清纯火焰",而是一系列人为操纵的产物,是掌握了一套创作成规的艺术家和整个社会机制的谈判的结果。金钱和声誉作为社会通货不免卷入其中,但也需

[①] 斯蒂芬·格林伯雷:《通向一种文化诗学》,张京媛主编:《新历史主义与文学批评》,北京大学出版社1993年版,第14页。

要艺术家为了谈判贡献出艺术产品，只有文化诗学能描述社会话语和审美话语之间的整个互动过程。斯皮瓦克的"远距诗学"则专门针对着跨文化环境的复杂性，欲以文学媒介来调节大量非西方文化符码和西方文化符码之间的冲突，将平面化、技术化的全球化空间引向多维化、生命化的星球化空间。这种诗学的关键是由跨界的翻译、调谐（尤其体现在后殖民文学中）而实现一种"远距制作"："这是想象你自身，而其实是让你放弃保障，让你自身通过另一种文化、在另一文化中被想象（经历那种不可能性）……"[①]在"远距"的"诗意制作"工坊，异质性的文化要素协力将文本世界建设为一个动态、开放的生命空间。事实上，斯皮瓦克相信一切真正的诗学都是一种由充满非确定性的遥远时空媒介进行"制造"的诗学。

二

如果说，"诗学"媒介在西方文化系统内部承担了组织和整合功能，"诗学"的任务在中国同样如此，也许更为复杂。必须注意，在全球化的当代学术话语场，中西方实际上是联动的关系。"诗学"概念在中国的语用方式大致分这样几种：① 连接文学和其他学科，或者说采集不同学科的创造经验，如《结构诗学：关于音乐结构若干问题的讨论》（贾达群）、《视觉的诗学：平面设计的符号学向度》（海军）；② 包容不同的文学理论，如《媒介诗学：传媒视野下的文学与文化理论》（张邦卫）、《迈向性别诗学》（林树明）、《翻译诗学与意识形态》（杨柳）、《模糊诗学》（胡和平）；③ 概括同一艺术家的不同侧面，如《鲁迅的文化诗学》（王杰）、《郭沫若早期心灵诗学》（伍世昭）、《沈从文的生命诗学》（吴投文）；④ 沟通中西方的审美观念。各种比较诗学名下的作品均属此类，在数量上最为壮观，如《中国诗学》（叶维

---

① Gayatri Chakravorty Spivak, *Death of A Discipline*, New York: Columbia UP, 2003, p.52.

廉)、《中西比较诗学》(曹顺庆)、《东西方比较诗学:悖立与整合》(杨乃乔)、《中国古代诗学的空间问题研究》(邓伟龙)、《象征主义与中国现代诗学》(陈太胜)。中国是一个诗的国度,历史上不乏各种诗论,很容易接受"诗学"这样一个谐音概念。

尽管当代中国学者(如余虹)清醒地看到了诗学、文学理论的特殊生成语境以及西方诗学同中国古代文论的区别,但还是广泛地倾向于将"诗学"作为一般范畴,即文学一般理论的代名词来使用,从朱光潜《诗论·抗战版序》到叶维廉《中国诗学》均不例外。① 另外,中国的"诗学"还含有维护文学正统和抵制西方后现代主义理论的明显意味。

对黄药眠和童庆炳来说,"诗学"意味着返回文学的本体。"同'诗'作为文学的原初状态一样,'诗学'也意味着'文艺学'、'文论'的原初状态。"②黄药眠和童庆炳的返本一面针对文学边缘化的现实处境,即在文学定义日益泛化,通俗、消遣、纪实文学不断侵蚀纯文学地盘的当代,试图重现文学作为"诗"的本义;一面是为中西对话建立真正的根据,因为"中西比较文学的极限域正是中西比较诗学的开放域",③中西文学比较本身不能解决的问题,即根据和意义问题,只有在诗学的领域才能得到答案。也正是基于综合的理想,童庆炳率先响应了格林伯雷等人的"文化诗学"构想。

蒋述卓的《文化诗学:理论与实践》既包括了当代西方流行的理论如巴赫金的文化诗学、韦勒克的新批评、弗莱的原型理论、海登·怀特的新历史主义、厄尔·迈纳的比较诗学、杰姆逊的后现代主义文化批评,也包括了中国的王国维、郭沫若、闻一多、朱光潜、宗白华、王

---

① 贺昌盛:《晚晴民初"文学"学科的学术谱系》,中国社会科学出版社2012年版,第69—70页。
② 黄药眠、童庆炳编:《中西比较诗学体系》,人民文学出版社1991年版,前言第2—3页。由此,陈跃红给"诗学"下的"文艺学诗学"的定义就好理解了,"文艺学诗学"即文艺学之所以然,文艺学的抽象本体。见陈跃红《比较诗学导论》,北京大学出版社2005年版,第2页。
③ 黄药眠、童庆炳编:《中西比较诗学体系》,前言第2页。

元化的文学、美学和文化反思。六位西方理论家体现了从形式批评向文化批评的发展,而六位中国学者也是从文化的大视野去观照古今中外的文学,都代表了文化诗学的晨曦。蒋述卓标举"文化诗学"概念,乃是基于中国当代文学批评界的困境:一方面,批评界面对多元化的创作缺乏相应的理论武器,凸显出传统的批评话语的不足,即所谓"失语";另一方面,追逐西方后现代主义的批评家玩弄西方话语,文不对题,仍是"失语"。文化诗学意味着,诗学可以在人类文化的层面,融汇中西,超越一般批评流派。它包括两个维度:① 文学批评的跨文化视野,即中西的对话和交融;② 现代性的进程,即古今的融通问题。通过这一新的视角,"不仅超越现有的研究模式与批评思维",更要"促进有中国特色的文化诗学批评的形成,为中国文学理论的现代化提供可靠的研究基础"[①]。

胡和平的《模糊诗学》的标题被译为"Fuzzy Poetics",却未必准确,因为作者宣扬的诗学即模糊性本身,即明与暗、意识与无意识的永恒转换,这种转换作为生命的韵律道出了一切理论的宗旨。它囊括了艾布拉姆斯的义学四要素,而几乎一切文学理论都能合并入"模糊诗学"的三部分中:本原论(生活、意向、梦幻、神话、原型)、表现论(文字、结构、互文、隐喻、象征、悖论与反讽)、接受论(接受、对话、意义的叩问)。这无疑是历史诗学、文化诗学在整体性之路上的逻辑延伸,但党圣元的批评也适得其所:"研究模糊诗学中国古代文论是一个不能忽视的源泉,而这一方面和平同志的《模糊诗学》似乎没有予以应有的重视。"[②]这说明:无法整合中国资源的诗学并非真正的综合。

无疑,"诗学"的语用和中国理论界的"失语症"焦虑相连,进一步说,折射了晚清以来西化和民族化之争的现代性语境。"诗学"是一个旨在整合的制高点,只有在这个虚拟的整体之中,自我的虚

[①] 蒋述卓主编:《文化诗学:理论与实践》,人民文学出版社2005年版,前言第5页。
[②] 胡和平:《模糊诗学》,社会科学文献出版社2005年版,党圣元序言第3—4页。

无化才不成为心理情结，自我的丧失才成为主动的腾空和创造的预备。"诗学"挑战的是现代功能社会中的虚无化问题。在西方，虚无是由于现代主体向后现代主体、现代政治向后现代政治转化造成的，而在中国，虚无是由民族主体向西方价值转化所导致。尽管从本体上说，一切转化都发生于自我内部，但如果没有一个象征物向我们明确揭示这个整体框架的实在性，自我就无法抵御由虚无化带来的缺失感。如此说来，"诗学"无非是一个象征性的交往媒介，可是，这不就是文学本身存在的意义吗？在现代功能社会的系统分工中，文学是唯一的被指定的"整体"，因为它所承担的功能正是维持想象的统一性。而这样一个学术性论题又有着至为真切的现实政治维度，刘小枫的例子清楚地显示了这一点。刘小枫和欧洲的先锋主义理论家格洛伊斯一样拥抱诗学的激进精神，同时又带有明显的中国特色。他编的《德语诗学文选》包括：① 一般的美学经典；② 作家的创作经验谈；③ 现当代的文学理论；④ 和文学相关的社会学或其他学科理论。即是说，他的"诗学"概念已集前述的四种中国语用方式于一身，然而，对他而言，"诗"还是一切文化活动和政治建构的根本。

　　刘小枫心目中的诗学显然不同于当今学科分类中的"文艺理论"或"美学"，而更是一个关乎现代性发生的奠基性概念（理论或美学显然只是现代性的产物）。他引用了海德格尔《艺术作品的本源》中的一句："诗乃是存在者之无蔽的述说。始终逗留的真正语言是那种述说的生发，在其中，一个民族的世界历史性地展开出来，而大地作为锁闭者得到了保存。"诗学乃是世界历史发生——民族的政治自觉——的前提，自然也是实现古今、中西互通的存在的无意识层面，故而"诗言志"的中国传统与希腊古典诗学和由荷尔德林、里尔克、诺瓦利斯、特拉克尔等所代表的西方现代诗学就是相通的。他所理解的希腊诗学是一种少数人的爱欲形式，对这少数人来说，真正的幸福是制造出本来没有的东西。而制造又不仅限于合乐的诗，也指创制法律和哲学思考，因此是包含了真、善、美的。① 故刘小枫提出的三十种古典诗学书目,既包括《诗经原始》《论语注》《史记》等中国国学,也包括柏拉图《王制》、亚里士多德《尼各马可伦理学》、保罗《罗马书》和尼采《查拉图斯特拉如是说》等哲学、伦理学、宗教文献②——"诗学"就等于"经典"乃至人类文化本身。

我无力判断刘小枫观点的正确性,唯一清楚的是此概念在系统内的独特功能:显然,借这个词在语义上的模糊性和张力,刘小枫欲超越当代流行的各派"语义哲学"(它们正是各种理论的母体),深入文化的最深处。首先是"传统诗教"的层面,于是古典的诗成了希腊的政治学或中国的国学的根本,而现代诗学就是现代性的基础。进一步地,诗学下探到了海德格尔的意义上,成了存在本身的本真表达。刘小枫要达到的就是俗话说的"古为今用,洋为中用",他的论述虽复杂,关键却是一个个令人眼花缭乱的换喻关系。依照他的论述逻辑,《诗经》即《诗学》,中文的"作"即希腊的"Poiesis",都不是狭义的文学创作(故他坚决反对王士仪译《诗学》为《创作学》)。儒家以礼乐为本,读了《诗》,方可言其他,故《诗》为经学之本。经学即中国的"国学",而"国学"即"城邦学",故《诗经》就是中国的"城邦学"。既为"城邦学",则《诗经》当然就是华夏的《诗学》,因为亚里士多德《诗学》实为城邦的政治学——《诗学》贬低历史而独尊诗教,所涉对象如荷马或悲剧乃是雅典政教的基础。但是,《诗经》和《诗学》虽为广义上的"政治学",却不能证明两者可以无缝对接,因为此政治非彼政治,正是意识到这一点,刘小枫加上了海德格尔的"诗"作为终极论据——海德格尔赋予了"诗"以存在论功能,"诗"作为"抛设性"(entwerfende)的道说沟通了大地之隐匿和世界之无蔽。刘小枫在引入西方神性维度时遇到不少阻力,那么,代表经典的诗学或代表存

---

① 刘小枫编:《德语诗学文选》,华东师范大学出版社2006年版,编者前言。
② 刘小枫:《古典诗学书目三十种》,刘小枫:《重启古典诗学》,华夏出版社2010年版。

"诗学"和先锋精神:模糊性的理论价值　　119

在的诗是缺乏神性的中国文化和西方的神性文化沟通的新渠道吗？他的意识形态所指亦昭然若揭，即中国经济改革三十年的辉煌对应于文教改革三十年的失败，失败原因即一味追逐功利主义的西方现代性，却不知以古典为核心的"博雅艺术"才是立人立国之本。"诗学"显然涵盖了中西方政治、艺术、伦理、神学等层面的无穷意义，自身就是一个中西方互戏的张力场。不仅张力场的成立得益于概念的模糊性，且这一行动本身就是诗学而非逻辑的，是斯皮瓦克意义上的"远距制作"。在刘小枫这里，"诗学"承担的功能是制造"混杂性"，更确切地说，是在东西方公众都遗忘了"诗"为何物、文明教化为何物的贫乏时代，将语言奋力地拉回到始原性的混沌状态，在此混沌状态中让语言自身酝酿自身，生产出适应新的世界形势的语义可能。

可以预料，只要艺术遵循自身规律去实现它的系统功能，诸如"诗学""美学""心灵"等模糊概念就不会消失，且始终是批评话语场真正的支柱，而无论福柯对这类话语性建构物的嘲笑曾经获得多少喝彩。[①] 这类概念真的只是贫弱的心智敷衍自身的手段吗？恰恰相反，我认为是福柯有意忽略了它们的一个无可替代的功能，即它们将理论在文学的结构、功能层面赢得的可见的成果转化为了不可见者，并以一种最实质性的方式实现了文学的交流目的（理论所探讨的第三个层面），[②]因为它将局部成果融入了诗的整体空间，从而获得超越了时空限制的交流可能。理论可以解决一切问题，却不能包容本原性的混沌——也就是理论自身的存在论状态。但是也必须看到诗学本身所包含的复杂、生动的内在运动，否则就陷入福柯所指责的那种形而上学思维了。可以预料，如果"诗学"成为一个有机系统，就会在自我区分中再生产出自身的子系统，如"比较诗学""运动诗学""革命诗学""远距诗学"等狭义名称（或者不管叫什么名称）就如同元素周

[①] 参见福柯：《知识考古学》（谢强、马月译，三联书店1998年版）第二章第一节《话语的单位》。

[②] 这里遵循伊瑟尔对于理论模式所作的综合性考察的结构、功能、交流三个角度。参见沃尔夫冈·伊瑟尔：《怎样做理论》，第9页。

期表中的元素一样将不断出现,它们代表了"诗学"过程内的突围、转换、新生的动机。

诗学是理论和诗之间的过渡层次,但也是真正的母体,对于纠正理论在功能化过程中的自治乃至独断倾向至关重要。套用里尔克的思路,理论取得了一个个外在的观看的成果,可是还需要在内心中找到一个平衡物,让被观看的世界变成观察自身的世界,也就是实现诗的本义。从伦理上说,诗学的模糊性还暗含了一种虔诚的态度,代表着对于诗的本真世界的信任和委身,这是功能性主体为了克服自身的危机而做出的牺牲。真正的美,在理性得以发现秩序和适合性之前就已经将你攫住了,而恐惧所体现的崇高更是以超越理性为前提,这是伯克的教训,不管这种美学观点是否被普遍承认,也自有其拥护者。

具体到当下的中国语境,不妨将"诗学"的概念选择看作文化道路选择的朦胧预兆。诗学的根本精神是无中生有的自我创造,中国"诗学"就是集体自我的全新塑造,选择"诗学"乃是选择一种义无反顾的创造精神。转型期的中国集一切复杂性之大成,迫使我们放弃一切固有的"明晰"(包括各种理论),而勇敢地投入当下的、充斥了古今中外无数文化要素的混沌,在错综复杂的社会情态中进行绝地求生的创造,诗学的模糊性正好反映了主体欲望在此情态下的极度复杂。但无论多么复杂,即便复杂到了我们不知道我们欲望什么,自我创造的决心是毫不含糊的。这又让人想起卢曼提出的"Autopoiesis"原则,这个概念在卢曼的社会学体系内意味着"自动生产",即:"系统在它自身要素的基础上的自我再生产"[1],"系统通过构成系统自身的要素,自动地生产和再生产出那些构成系统的要素来",[2]但是也有极充分的理由转译为"自我诗学",不但因为它由"Auto"和"Poiesis"两

---

[1] Niklas Luhmann, *Soziologische Aufklärung 6. Die Soziolgie und der Mensch*, Opladen: Westdeutscher Verlag, 1995, p.189.

[2] Ibid., p.56.

个部分构成,还因为它以一种露骨的方式揭开了当代诗学的谜底,给一个暧昧的文化问题提供了富有启发性的注脚。一个系统的实现需要两个先决条件,一是系统/环境的区分,一是"自我创造",只有能够实现"自动生产"或"自我诗学"的系统才谈得上真正的系统,才能在外在环境的复杂性压力下维持自主,将系统独特的区分原则贯彻下去。

(原载《上海师范大学学报》2013年第6期)

作为后理论实践的诗学
——编选《西方现代诗学选读》引起的思考

本文的撰写动机,缘起于上海师大比较文学重点学科发起的"比较文化与比较诗学"大型教材丛书的编写筹划,《西方现代诗学选读》是其中我负责的一本。然而看上去不难完成的这一本,在筹划会议上引发了激烈争论,这就提醒我们,简单的外表下,可能隐含了一些涉及学科全局的问题。争论的焦点在于选文的原则、导向,以及现代和古典的时段划分,等等。与会者似乎已形成一种共识,诗学即广义的文学理论,而国内引进的两个著名理论选本——英国学者塞尔登的《文学批评理论:从柏拉图到现在》和美国学者亚当斯和瑟尔的《柏拉图以来的批评理论》——应该成为标准参照。然而我的疑问正是:诗学是否等同于理论?我认为,古老的诗学范畴要在当代语境下复活,就不应是文学理论的普及版,而是新的、或许更适合比较文学的学术范式,既有自身的认识论和文化政治诉求,也有新的分类(Taxonomic)规则。这一假设又包含了两个问题:一、可否超出英美视角、走向一个(包括欧洲和中国在内的)全球视角?二、在目前的学科格局中,提出诗学范畴的目的性为何?是否有助于实现理论视角的转换?

一、走出理论的意识形态

古希腊时代的诗学,是和理论科学和实践科学相并列的创造科学。由"制作学"(ποίησις)这个最基本的内涵,可以引申出几个对当代的文学研究者有用的诗学定义。首先,诗学是和文学的想象和制作方式相关的思考。和注重诠释的文学理论相比,强调艺术家的生产、创造的诗学更贴近于文学本体。不用说,许多哲学、社会学、心理学理论可应用于文学,但许多作家、诗人是影响更为深远的诗学家,他们的反思理应和一般理论等同齐观。其次,诗学天生地具有先锋派意味,因为制作的"从无到有"(ἐκ τοῦ μὴ ὄντος εἰς τὸ ὄν)(柏拉图《会饮篇》205b)可能成为自我创造的辩护词,使得诗学创造带上一种深刻的自主性,超越一切意识形态和理论体系的外在规定。第三,诗学是对存在的整体秩序的安排。艺术作品成其为艺术作品,意味着物成其为物,世界成其为世界,生活中的偶然和必然、虚无和存在都各得其所。不同于人为安排的现实秩序,这一秩序是本真的秩序,它就是美的本义,也是诗学的先锋性的真正根源。从当代中国比较文学界在"诗学"和"理论"范畴之间的彷徨犹疑,可以读出一种无意识的突围诉求,显然,"理论"的概念场有其无法概括的东西和无法包容的欲望。

从理论到诗学的范畴转换涉及学科的交流结构和整体运作。如果诗学不能定义为文学理论,我们就面临一个紧迫问题:如何在认知/操作方式上和国内现有的文艺学及其学科体系相区分?进一步说,如何让比较文学的基础,即比较文艺学摆脱以哲学为导向的传统理论认识框架?这种调整势必影响"现代西方诗学选读"的形态,并且和通行的编撰方式形成冲突,因为理论正是现代西方文学研究的主导范畴。但对于现代的认知,同时也就决定了古典诗学的格局。古典和现代是联动关系,前者是后者所需要的基础和框架,故任何古典范本都是隐蔽的当下热点,晚近的文学理论重视话语权力,古代的修辞学和伦理学也相应地获得新生。古典和现代的真正区分在于不同的编码方式,现代面向不确定的未来,古典面向确定的过去(故同一个尼采或黑格尔,既可看作古典,也可看作现代)。相应地,和古典或现代打交道的方式也有不同,古典要求得到足够的尊重,导致一种客观的、有距离感的观照,而现代召唤一种创造性互戏。

一个现代西方诗学选编,从学科规划的层面来说,涉及学科基本资源的界定，从文化政治的角度来说，则涉及普遍的世界秩序的安排。"何为西方现代诗学？"的提问具有认识论和意识形态的双重意义。"现代是什么？"隐含着"现代应是什么？"。如果现代始于丹纳，则实证主义代表的科学精神就是现代，而文学批评领域中的科学话语就是20世纪从形式主义、结构主义到后结构主义的各家理论；如果现代始于德国早期浪漫派，则意味着科学只是现代的产品之一，现代是一种更深刻的结构转变，古典的界限和内涵又将改变。要是再加上"由谁来问？"的问题，其意识形态所指就更为复杂有趣。而我作为一个中国的西方诗学编选者的诉求正是：可否走出现有"理论选本"的符号秩序？

"理论"范畴按照杰姆逊的说法，是后现代的主要产品之一。[1] 它没有统一的操作程序，而表现为文学、哲学、历史、社会学、建筑批评等的纯粹混杂。理论选本也呈现出相应的多元性，马克思、尼采、胡塞尔、哈贝马斯、理查德·罗蒂、拉克劳等哲学家和韦勒克、艾布拉姆斯、保罗·德曼等文学研究者并列，托尔斯泰、瓦雷里、沃尔夫等诗人的身影也不时掺入。但理论选本并非后现代的无序状态。尽管对象复杂多元，而编者又各有自己的选择标准，但各家选本实际上遵循一种普遍的操作程序，即依托一些公认的价值体系以实现其客观性和权威性。其中最重要的一种是哲学史排名，康德、尼采、马克思、海德格尔、维特根斯坦、德里达等哲学大师构成了一个基本网络，在此基础上，再根据一种模糊的评价标准，逐次加入其他人文学科的代表，使网络结构得以细分和完善——直到网眼收缩到能将文学研究的代表者纳入。理论由此显现为文学研究和其他人文学科的一种谈判机制，哪些人文学科代表，以及在多大程度上可以提高文学科学的能力和声誉，决定着他们在选本中的位置，文学研究借此实现了和知识大系统的连接。新批评之后，文学批评家成功地在北美的学院体制内

---

[1] Fredric Jameson, *Postmodernism, or, the Cultural Logic of Late Capitalism*, Durham: Duke UP, p.12.

站稳脚跟,且对各种社会性议题有效发声,和这种策略不无关系。"理论"话语体现了文学研究者的学科利益,这是文学批评家在现代学科制度下对于诗人和哲人两方面的超越。只有在这样一个万神殿,我们的学科代表韦勒克、艾布拉姆斯、德曼、斯皮瓦克才能和康德、尼采、胡塞尔并驾齐驱,在这样一个人为的组合中悄然奠定了诗人的权威。可是,很明显,文学理论家影响的是对文学世界的认识和诠释,而非文学的想象和制作本身。

和一般的想象不同,哲学家并非天生属于文学批评,正相反,他们是不折不扣的后来者,他们之所以被纳入理论大厦,正如《柏拉图以来的批评理论》编者在解释第三版中发生的选目变化时所述(为了凸显理论选本的意识形态性,以下尽量采用理论选编者自己的观察):"……某些人觉得最出人意料的选目——例如弗雷格、维特根斯坦、罗素、鲁道夫·卡尔纳普——之所以在本卷中出现,是因为他们在涉及文学和再现的问题上,和后来如保罗·德曼或德里达这样的批评家和哲学家在论述中显示了某些惊人的相似之处。"[1]伴随哲学家的升起的,是诗人在批评话语中的沉沦:"一个有趣而又有些令人沮丧的事实是,随着这个世纪的展开,多数批评和几乎所有文学理论话语都集中于大学,出自那些本身并非诗人、小说或戏剧作者的人笔下。这和以前所有世纪,包括20世纪早期,形成鲜明对照。"[2]这句感慨的真诚性值得怀疑,因为这一黯淡局面不过是包括各种"选本"在内的理论话语塑造的结果,而非所由出发的现实起点,即作为"有趣然而令人沮丧的事实"的现实文学场域。但这种哀叹道出了理论独尊的危险:"今天的理论家尽管身居英语系或外语系,但他们更感兴趣的,阅读得更多的,可能是心理分析或政治学作品,他们发表的论文可能更多是关于哲学或人类学话语,而非传统意义上的文学。"[3]最

---

[1] 亚当斯、瑟尔编:《柏拉图以来的批评理论》(*Critical Theory since Plato*)(第三版)影印本,北京大学出版社2006年版,第631页。

[2] 同上书,第6页。

[3] 同上书,第7页。

终的后果就是,意识形态性教条主义的风险变得越来越大,文学批评日益成为闭门造车的理论游戏。

亚当斯和瑟尔很清楚,文学理论选编有一个基本原则,即文学或想象的问题才是根本性问题,这种问题超越了任何现存的哲学框架。而晚近的文学批评之所以充满了危机感和争议,部分来源于"人们发现,我们的许多主导性哲学假设之所以站不住脚,恰恰是因为它们无法包容想象性思维的活力和能动性"①。但他们提出的第二个原则却与之相矛盾,即"想象性思考"应该成为理论实践的最重要源泉之一。即是说,尽管如此重要,它只是一种资源!理论家强调"想象性文本""想象性思考"的重要性,但想象性实践最终沦为了理论的刺激物,一旦效果达到,就将真正的工作让渡给哲学家和文学批评家。

为何如此？还是要归结到形而上学传统的影响。柏拉图《理想国》对诗人的蔑视,虽然为诗人赢得了想象的自由,却也造成了自卑的情结。更重要的是,诗被牢牢地束缚在哲学身边。让诗人重新回到柏拉图的理想国,成了历代西方文学理论的真正内涵。普罗提诺颠倒了艺术在柏拉图认知等级中的位置,使艺术和美的基本理式相统一。现代的文学理论力图抹去哲学和文学的界限,机敏地利用了二战后法国哲学家偏爱文学修辞的一时风尚,以成就一种"哲学诗学"(A Genuinely Philosophical Poetics)②,这实际上回到了17世纪前的"(为诗)辩护"的批评传统:诗是理论的,故而是真的,是存在而非说谎。但理论的繁荣并不能带来自信,反而失去了真正的诗学目标,即世界整体。当文学的辩护者把哲学定为自己的唯一对手时,哲学作为爱/恨的目标就取代了整体。

理论停留于认识者/对象的传统框架内,然而文学并非可供客观认识的对象。文学之所以存在,就是因为生活中有太多东西无法认知,而只能以"虚构"去模拟。理论认识以区分为前提,故总是导致一

---

① 亚当斯、瑟尔编:《柏拉图以来的批评理论》,序第XX页。
② 同上书,第636页。

种片面性,而文学之思出于对整体性的憧憬。知识系统赋予文学思考的使命,恰恰是不断地超越局部的理性分析,而重新面对存在整体的问题。这种整体意识作为诗学的实质,构成了一切"比较诗学""世界文学"项目的合法性基础。文学批评之所以在女性、种族、全球化、后殖民等多个领域发挥先锋性的干预作用,不是背后某种哲学的功绩,而正是诗学的整体意识,使它不满于一切既成价值、结构,通过灵活地吸纳任何哲学命题,实现换位思考并质疑每一种霸权话语(包括传统诗学话语本身体现的精英意识)。文学批评运用哲学理论素的自由灵活总是给人以半吊子哲学的印象,但实际上,这种现象根植于文学和哲学的不同思维方式。

理论倾向于分析而非综合,面向过去而非未来。理论善于把握既成的存在,而非由非存在向存在跃升的创造(诗学)过程。顺着理论的操作轨道,无法创造一种建立在友爱基础上的道德共同体。相反,"信任""友爱"和以他人为导向的客观性才是理论的大胆分割的默认前提和基础,只有确信不会失去自我,才敢于放弃自我,投入理论的辩证斗争。西方的超越后现代和"理论之后"的呼声的主要依据,就是对作为理论基础的信任共同体的需要。显然,文学是和这种深层的世界联系相对应的交流领域,使文学不同于科学、哲学的基本属性是"无限"(尽管这是悖论性的系统内的"无限"观照),这导致它寻求自己独有的、超越分割性认识的理论话语。

一个很有趣的具体操作细节透露了理论范畴的困境。通常的理论选本以"个体"为中心,理论必然是某某人的理论,似乎不言而喻。从这一尊重个体劳动的传统做法实际透露出来的,却是理论对于内在统一的渴求。理论的特性是排斥,一种理论就是一种化简文学复杂性的特别程序,如果完全依从程序的无限划分,自然无内在秩序可言。名字成了应急的统一措施,也使目录成了一个蹩脚的名人簿。在塞尔登选本中,同一个名字亚里士多德出现在"模仿与现实主义""主体批评与读者反应批评"和"统一性与文学性"三个栏目,其他如柏拉图、朗吉努斯、蒲柏等莫不如此,在分隔的功能话语间,主体极为勉强地维持自身的同一和世界的完整。然而,名字(主体性)不能成为诗学交流的统一纽带。古代理论的作者常是"佚名"的个体。诺瓦利斯和弗·施勒格尔的断片互有掺杂,后者的名文《谈诗》(Gespräch über die Poesie)其实混杂了奥·施勒格尔和施莱尔马赫、谢林和诺瓦利斯等诸多作者。对于奠定德国浪漫派运动的文献《德国唯心主义的最早纲领》,迄今无法在三个署名作者谢林、黑格尔、荷尔德林中辨出真正的创造者。

理论还代表了一种典型的美国视角。实际上,美国批评界对于哲学的迫切需要出自特殊的历史背景,是纠正分析哲学、科学哲学传统和人文主义脱离的临时措施。长期以来,英美哲学和欧陆哲学的区别在于,后者没有对于文学和美学的蔑视,而在英美哲学界占主流的分析哲学和科学哲学排斥无客观标准的文学问题。这就造成了文学批评和哲学的分离,老一辈的文学批评家完全缺乏哲学的支撑,欧洲大陆哲学对于美学的偏好因此具有极大的吸引力(在美国受到追捧的德里达不仅出自这一传统,且通过保罗·德曼等批评家强化了这一文学理论哲学化的倾向)。显然,亚当斯和瑟尔的选本力图弥补美国批评家的这一缺陷,但同时就暴露出明显的文化政治诉求。在篇目结构上,《柏拉图以来的批评理论》的现代部分以丹纳为首,暗示了现代文学研究的科学导向。接下来两个"元主题"分别为皮尔士和惠特曼。皮尔士的符号学被视为20世纪语言学转向的先驱,开启了对于媒介问题的新认识和结构主义、后结构主义、解构主义对于符号和再现问题的讨论。惠特曼代表了文学对社会生活的直接介入,下接女性主义、酷儿理论、后殖民、激进左翼对于社会问题的关注。两人的精神源头均被追溯至柏拉图,共同的美国出身无疑加强了选本的美国底色。这不是简单的知识库,也是意识形态大厦。

显然,理论只是一种过渡性范畴,它没有实现所期望的多元性,反之体现了现代功能社会的意识形态,故而为一种可能的诗学范畴的出现提供了契机。诗学是一个卢曼意义上的"超理论"(Supertheorie)概念,反映的是超越功能系统的诉求——在固定系统如哲学、宗教、政治之外,寻求一种更有包容性、更符合诗学想象的运作实际的评判标准,根据这一新的评判标准来确定世界秩序。刘若愚有一个有趣的区分,即"文学的理论"(theories of literature)和"文学理论"(literary theories),前者从本体论层面探讨文学的本性和功能,后者从现象学或方法层面来处理文学的具体各方面。[①] 他的界定未必正确无误,但基本导向是清楚的,"文学的理论"重在文学,"文学理论"重在理论,和这里诗学和理论的范畴区分颇有相通之处。另外,刘若愚将艾布拉姆斯的四要素重新排列为:宇宙——作家——作品——读者——宇宙,作家和读者作为其中两个要素均与宇宙发生交流,作家或读者的任何作品体验都渗透着宇宙的影响。在此循环系统内,作品不再是独立存在的客体,一种客观分析作品的理论亦不再成立。这种超越理论的企图也是典型的诗学姿态。

在诗学范畴中,不一定要给马克思、弗洛伊德(举两个最醒目的例子)留下最尊贵的位置。因为即便马克思、弗洛伊德对文学的影响如此深巨,然而一方面,他们的理论本身并不针对文学,对文学发生影响的马克思和弗洛伊德是被运用的"马克思"或"弗洛伊德",更值得关注的是将其成功地运用于文学研究的人;另一方面,马克思、弗洛伊德的理论之所以能影响我们对文学的理解,在于他们体现了现代的诗学精神,他们对于劳动和理性、潜意识和意识的角色颠倒本身就是深刻的浪漫诗学,也符合现代诗人从冲突的角度来理解世界的观察模式。

在诗学范畴中,又可以纳入一些真正影响巨大,却一向被忽视的诗学话语,特别是要给诗人一个平等竞争的机会。许多作家和诗人是哲学家的导师而非附庸,其实际影响远远大于韦勒克、保罗·德曼这样的学术权威。"正义"观念最先出于荷马和索福克勒斯,而非柏拉图。蒂克和瓦根巴赫的实验小说比理论家更早提出浪漫派的诗学

---

① James J. Y. Liu, *Chinese Theories of Literature*, Chicago, London: The University of Chicago Press, 1975, p.1.

观念。海德格尔的后期诗学观来自荷尔德林和里尔克的启迪。事实上,最近一两个世纪,文学反思常常成为社会学、伦理学、政治学等其他领域的思想先导,艺术实验越来越像是理论思维突破既有结构的希望,罗兰·巴特的许多理论实验不过是对诗的模仿,而像但丁、卡夫卡、陀思妥耶夫斯基、格奥尔格·毕希纳等作家、诗人是许多哲学家的灵感来源。而文学文本的解释尽管被视为理论的拿手戏,也必须说,诗也好,小说也好,戏剧也好,其最好的解释都是其自身,这并非隐喻性地暗示,文学是不可解释之物,而是说,最好的文学理论往往藏在文学作品自身中,如普鲁斯特的文本世界也包含了理解这一世界的核心概念(在文学层面是反现实主义的小说理论;在社会学层面体现为对语言和主体的时代性危机的回应),而元小说的特征就是将小说写作的全部技巧连同背后的意识形态和盘托出。

还需考虑到一些无名的诗学话语,如中国的《易经》对西方人的诗学反思影响巨大,却被拒于传统理论框架之外,因为它的话语代表——西方汉学家——在系统内居于弱势地位。但是评价一种思想要素的优劣,不应是它的当下地位,而是未来的生长潜力。此时的隐微者,也许是将来的显学。事实上,一些目光敏锐的理论家早已意识到了汉学家诗学话语的价值。迈纳的《比较诗学》高度评价了刘若愚的诗学思想,而于连和程抱一的中国诗学已经在西方世界发生了重要影响。西方理论系统不知不觉中吸收了大量中国诗学要素,却从未(像诺顿世界文学选本纳入中国文学那样)赋予中国诗学应有的位置。

进一步说,这个新范畴是否可以弱化作者的功能?可否在诗学选编中对作者作加括号的悬置处理?在诗学框架内重要的是诗本身,是流动的诗学世界中生与死、湍急与平静的内在节奏,理论家不是神像,而只是在诗学之流中借以定位的临时浮标。

这些临时措施的目的,是将理论的认知主体重新纳入诗学的整体性视域。理论话语将哲学家尊为超级主体,在超级主体基础上竖立起个别理论大厦,却妨碍了文学世界的整体景观。理论的兴趣是认知/区分,诗学的关键问题却是创造,但更深层的问题是和谐,因为创造的最终目标是和谐的存在整体,而创造本身就是有机的系统运作的基本形式。理论的层面是"语言",诗学的层面是难以表达的"图像"。语言可以以对立项的模式被分析,而图像只能加以内化和重新组合、调谐。理论僵化的重要原因在于,它遗忘了自身的诗学源头。亚当斯和瑟尔也非常清楚这一危险:脱离想象性文本,会导致批评变成一种教条。①

最终,理论的不适涉及认识论转型的问题。文学是能动系统,自然难以融入传统的认识主体/对立客体的静止结构。但在卢曼这样激进的思想家看来,任何观察对象和任何观察者都处于变动之中,主客体的认识结构在所有场合均不成立,一种新的认识论框架的建立就被提上了日程。卢曼提出了如操作/观察、悖论化/解悖论化等超理论框架,而文学自始就在以现实/虚构的转换实现着对于认识者/认识对象框架的超越。文学认识的特殊性,理论家心知肚明,亚当斯和瑟尔正确地指出,哲学对于文学的蔑视,并非是文学遮蔽了真理,而是哲学没有把握文学现象的合适框架:

> 我们希望提出一种猜测:想象性文学在西方变得成问题的真正原因在于一种主导性的理性理论。这种理论特别在解释能动、变化的系统时,容易陷入矛盾和悖论。可以得出结论,柏拉图对于诗的古老控诉所反映的,与其说是诗人作品中某些值得警惕的失误,不如说是西方形而上学的主要传统中的基本缺陷,这些传统把贫乏的对于现实的二元构想视为必然和充足,把形式和内容,或主体和客体当成范式。②

但这一认识恰恰被编选者的实际操作方式所抵消。因为选本满足于实现文学批评和哲学的联系,而非寻找一种真正适于文学本身的认识论框架。理论的繁荣解决的是批评家的职业合法性问题,正如亚

---

① 亚当斯、瑟尔编:《柏拉图以来的批评理论》,第638页。
② 同上书,第634页。

当斯和瑟尔所说:"20世纪对于柏拉图的主导性回应并非一种明确的论据,而是一种大学课程表的深入修订。"①

按照伊瑟尔的观点,文学理论涉及文学的结构、功能和交流三个层面。② 然而理论的强项仅仅在于处理结构、功能层面的问题(塞尔登选本彻底凸显了理论的功能性),而交流层面实际上是超理论的问题,也是伊瑟尔自己的文学人类学的目标。和理论不同,诗学体现了文学的"无限"维度,其关注点在于文学交流系统的整体运作。诗学将个别的文学关切融入世界整体,实现文学本身的演化和文学与环境的交流循环。

二、西方现代诗学的系统演化

但是,既然诗学的含义如此深刻,以至于超出了理论的语言层面而接近于恍惚的"图像",这就意味着,实际上无法明确地指认,何为诗学?何为理论?——这种区分性的指认本身就是语言分析。我们能体验的和能表达的,顶多是一种诗学姿态。故上文中建议的一些措施,如不必强调马克思和弗洛伊德,如赋予诗人更多空间,都只是类似于理论性修辞的临时手段。从根本上说,一旦置身于诗学空间,马克思也好,弗洛伊德也好,都是诗学。因此,就当前的实际编撰工作而言,最重要的是实现诗学自身的系统性,倘若能在选本中成功地呈现诗学的内在节奏,功能性的理论也将转化为诗学系统的一部分,就有可能成就一部名副其实的西方诗学选编。

一个基本原则是,现代西方诗学选编除了要选择、保存理论成果,更要在这种选择、保存中体现超理论层面的认识,反映诗学系统的整体演化和潜在理想。西方现代诗学代表西方现代性的内在秩

---

① 亚当斯、瑟尔编:《柏拉图以来的批评理论》,第625页。
② Wolfgang Iser, "The Current Situation of Literary Theory: Key Concepts and the Imaginary", *New Literary History*, Vol.11, 1(1979), p.6.

序,构成了文学理论的超理论框架,一方面它能赋予个别理论应有的位置,另一方面能为个别理论的意义生长——如果我们承认理论的意义本身是历史性的、可伸展变化的——留出空间。以下试从诗学系统自我分化的角度,概述西方现代诗学精神的展开过程。自然,这种概述绝非无懈可击,但它的本意是要显示,理论的生成转换并非无章可循,而是植根于一种总体诗学精神的演变。诗学之流潜行于地层深处,涌出的浪花闪入批评意识的光照,在各种外来参照(社会、性别、族群、生态等等)的衬托下生成不同程序的文学理论,随即又将离去,像花朵一瓣瓣翻出又翕合回自身。诗学之流长存,理论的因果发展和辩证对峙也因此有了最可靠的根据,而无须借助反形而上学、反本质主义之类有名无实的行动口号。

(一)浪漫派:西方现代诗学的开端

浪漫派代表着以真正的现代方式观察整体的开始。曼弗雷德·弗兰克敏锐地意识到诺瓦利斯、荷尔德林和施勒格尔并非费希特式唯心主义的扈从,而恰是超越的最早尝试者。[①] 分辨早期浪漫派和德国唯心主义的差异并使之成为"走出唯心主义"的一个方案,是弗兰克的中心话题。这其中隐含的问题却是:在今天的原子化的技术时代,思考整体是否可能?在他的理解中,早期浪漫派对抗着基于第一原则的哲学,其整体性向往,无非是要避免一切独断,保证思索可以从任意一点进入对真理的无限趋近过程。

为什么弗兰克等人如此重视浪漫派?为什么浪漫派在今日的西方成为显学?这就涉及浪漫派的现代性特征。早期浪漫派思想蕴含了西方现代性的一些核心秘密,从而使人们可以不断回到这一萌芽性的原点,来审视各种已成的思想和文化形式——尤其当思想陷于僵化之时。首先,是浪漫派文学第一次发现了自身的自治,并在其艺术反思中重温所发生的一切,即社会系统如何分化出一个专门的、名

---

① 可参见 Manfred Frank, *Auswege aus dem deutschen Idealismus*, Frankfurt a.M.: Suhrkamp, 2007。

为"艺术"的功能系统,而现代社会和传统社会的区别就在于,现代社会系统由一个个自主的功能系统构成,它以功能分化的原则取代了以往的阶层分化原则。弗·施勒格尔说:"一种诗的哲学只能开始于美的独立,开始于这一原则:美和真与善相分离……"①换成系统论的术语,即艺术成为独立的交流系统。故卢曼断言:"如果浪漫派过去是现代的,现在仍是现代的,这并非由于它偏爱'缥浮的''非理性的'及'幻想的'事物,而是因为它试图坚持系统自治。"②系统自治的含义,一方面是系统的统一完整。故浪漫派成为追求宇宙性思维的整体主义者,希望以美学手段为自新教改革以来处于四分五裂状态的西方重新赢得内在的统一性。荷尔德林以一切存在者的"无限的统一体"为诗的前提,诗的"神性动机"就存在于这样的同一性和统一体中。③诺瓦利斯要超越歌德实现一个更伟大的综合,《威廉·麦斯特》的成长理想在他看来仍然过于片面。诺瓦利斯的小说《海因利希·冯·奥夫特丁根》(1802)中设想的宇宙诗人如魔法师一般,让宗教、自然科学、医学和政治历史的知识相结合,作为人性的帮助者和解放者将人引向一个更伟大、更真实的世界关联,而无论国王、基督教或索菲,都不过是连接有限和无限的中介。但在另一方面,系统又需要独立自由的游戏参与者。浪漫派全都是对差异性无比自觉的个体主义者,如弗·施勒格尔插入诺瓦利斯的断片集《花粉》中的一句格言所显示:"谁一旦爱上了绝对之物并无法舍弃,他就只有一条出路:始终自相矛盾并包容对立的极端。"④浪漫

---

① *Kritische Friedrich-Schlegel-Ausgabe*, hrsg. von Ernst Behler unter Mitwirkung von Jean-Jacques Anstett und Hans Eichner, Bd.II, Paderborn: Schöningh, 1958, p.207.

② Niklas Luhmann, „Eine Redeskription 'romantischer Kunst'", Jürgen Fohrmann, Harro Müller, eds., *Systemtheorie der Literatur*, München: Fink, 1996, p.326.

③ 荷尔德林:《论诗之精神的进行方式》,《荷尔德林文集》,戴晖译,商务印书馆1999年版,第227页。

④ 《花粉》第26条。*Novalis. Werke, Tagebücher und Briefe Friedrich von Hardenbergs*, Hans-Joachim Mähl, Richard Samuel, eds., Bd.2, München: Carl Hanser, 2005, 2.Aufl., p.239.

派作家如霍夫曼、克莱斯特等成为对心灵分裂状态最早、最深入的探索者,并非偶然,这一情形说明,破碎的现代的异化状态恰恰由一种深厚的整体意识衬托出来,而整体性意味着包容对立的各个极端。事实上,德国早期浪漫派的重要功绩之一,就在于打破了自温克尔曼以来对于古典美的迷信。弗·施勒格尔相信,对于现代诗来说,美并非主导原则,许多最优秀之作如莎士比亚戏剧显然是在有意地刻画丑。但求新、求异作为现代文学的普遍追求,只是自我更新机制的外部症状。新文学不追求像希腊雕塑那样内容和形式相统一,而是以差异性加快系统的自我分化,将诗变为一种以不确定的未来为导向的动态过程(弗·施勒格尔所谓"演进中的宇宙诗")。相比之下,坚持内容和形式相统一的古典艺术理想的黑格尔,似乎还停留在前现代的阶段。

这种整体和个体的相容依赖于一种特殊的循环模式,施勒格尔称之为"交替确证"(Wechselerweis)(它取代了费希特由第一原则出发的推论),包含了自我解构动机的"反讽"概念则成为循环性的深刻表达。浪漫派的憧憬,部分源自康德后的年轻激进者所发现的思维和存在的距离,以及为此殚精竭虑设计的克服方案。思维和存在的鸿沟正是现代诗学的终极问题。让艺术品成其为艺术品的真实意味,乃是让世界整体重现。现代性一方面体现为思维对于存在的宰割、主体对于世界的僭越,但另一方面,现代自我更新的动力又来自对这种片面性的(想象性)克服。面对宗教信仰衰落后个体和世界的新关系,浪漫派推出了自我超越和孤独的主体,意味着主体需要自己设计超越的道路。浪漫派的自我超越框架,是有限和无限的循环交替:既要让神秘者变得亲近,又要赋予有限者以无限的意味。浪漫派的一体性要把世界的有限性包容进来,给有限性留下向理念升华的空间,对现实世界之无可救药的体会,正好构成了"反讽"理论的起点。

由美的系统性自主,奠定了一些最重要的文学理论观点。首先是现代的作者观念,因为"作者"不过是自治系统的换喻:"诗人可为所欲为,容不得任何法则约束自己。"①作者的内涵即创世者,这一层意义反映在诺瓦利斯和施勒格尔自创《圣经》的狂妄计划中:"每一个能干的人都必须有这个(写《圣经》)倾向,以便变得完整。"②亚里士多德模仿美学的权威终结了,让位给一种自我创造的诗学,浪漫派的作者诗学、生产诗学代替了传统的理性和道德诗学。

同样,"想象力"作为浪漫派的核心理论和主体性的基本内涵,不过意味着艺术的自治。想象力的唯一可能的定义,是它能有机地综合一切局部印象,成为取代一切感官的最高感官,而不像通常的感官受外部的机械原则所束缚。换言之,"想象力"就是无法言说的"内在性"的表达,象征着包容无限可能的完美整体。波德莱尔引导了20世纪早期艺术创造的"创造性想象力"(imagination créatrice)概念,就是这一思想的延续。

由艺术的自治不难推导出语言自治。美的自主性的直接表达是语言,浪漫派最早发现了语言的自治,"它们只和自己游戏,只表达它们的精彩特性"③。这一思想预告了马拉美强调词语自主性的象征主义诗学。同时,如果浪漫派的宇宙诗意味着一种自我演化的有机系统,读者也变得很重要,因为读者不过是彻底融入系统的作者。既然"一切古典作品都是不能被完全理解的",就意味着它们"必须被永远地批评和阐释"④。经典是作者和批评家、读者合作的结果,它处于交流系统之内而非之外。浪漫派的"断片"则是以读者为导向的艺术形式。"这类断片是文学种子。有些谷粒当然是空的:只要有些能发

---

① 弗·施勒格尔1798年写下的《断片集》第116条。*Kritische Friedrich-Schlegel-Ausgabe*, Bd.II, p.183.

② *Novalis Schriften. Die Werke Friedrich von Hardenbergs. Historisch-kritische Ausgabe*, Paul Kluckhohn, Richard Samuel, Heinz Ritter, Gerhard Schulz, Hans-Joachim Mähl, eds., Bd.III, Stuttgart: Kohlhammer, 1960, p.491.

③ Novalis, *Historisch-kritische Ausgabe*, Bd. II, p.174.

④ 弗·施勒格尔的《文学笔记》(1797—1801)第667条,转引自 Werner Jung, *Poetik*, München: W. Fink, 2007, p.130。

芽就行!"①在何处发芽? 自然是在读者那里,读者有义务将思考无限延续。20世纪盛行的"作者之死"的观点,已经露出了端倪。

（二）系统外观照向系统内观照的转换

由古典到现代,体现了系统外观照为系统内观照(参与)所取代的趋势:由对艺术品的鉴赏到先锋派的自我表演(生活和艺术合一)。这是世界观的深刻变化。传统诗学所鉴赏的艺术品,要么来自天赐(自然),要么来自工匠(自然的中介),如果艺术说到底是对世界运行的模拟,鉴赏者就是俯瞰全过程的外在观察者。亚里士多德《诗学》理论和康德的静观说,都是系统外观照的代表,而游戏精神构成了系统内观照的出发点。尼采要求从艺术家的角度来思考艺术,即是从系统内的游戏者的观点来思考艺术,一方面延续了浪漫派生产美学,另一方面则直接抗衡康德的静观。这一系统内导向成为现代西方文学思维的核心,"作者之死"对应于"上帝之死",都是系统外操纵者消失的结果。

现代西方诗学对读者的重视,突出地反映了系统内观照的特征。现代西方文学理论的主流为主体性批判,故读者——作为系统中最平凡的成员——成为系统的最佳代言人和现代的主体性象征,从瑞恰慈、燕卜荪的新批评到姚斯、伊瑟尔、斯坦利·费什的读者反应批评,读者都扮演了中心形象。萨特在《什么是文学?》中对于读者的推崇针对着康德美学,尤其是康德将自然美等同于艺术美的说法:"康德认为艺术品首先在事实上存在,然后它被看到。其实不然,艺术品只是当人们看着它的时候才存在,它首先是纯粹的召唤,是纯粹的存在要求。它不是一个有明显存在和不确定的目的的工具:它是作为一项有待完成的任务提出来的,它一上来就处于绝对命令级别。"②读者并非区别于艺术家的另一视角,而是艺术家视角的延伸。美的风

---

① Novalis, *Historisch-kritische Ausgabe*, Bd. II, p.463.
② 萨特:《什么是文学?》,《萨特文学论文集》,施康强等译,安徽文艺出版社1998年版,第102页。

景并非上帝的有意安排,而是欣赏者在响应客体世界召唤时创造的秩序关系,没有他在关系建构上的积极参与,眼前的树、绿叶、土地、芳草不可能融为一片和谐的风景。由作者进入读者身份意味着和文本(世界)的合一。作者厌倦了看似高高在上实则置身事外的位置,他羡慕读者和文本的亲密无间。读者每时每刻都在接受符号的洗礼,而他早已脱离了文本的生生不息过程。作为经典的现代诗学家,罗兰·巴特很清楚,既然书写者只有在书写过程中才称得上书写者,就只有读者才是真正的作者(因为读者和文本的表意过程合一),而文本阐释就是加入符号游戏。罗兰·巴特用可读(lisible)和可写(scriptible)文本来概括古典文学和现代文学的不同理想,两者的区别在于,前者设定了一个固定实体——典型社会环境、典型人物——的存在,假定自身是对这一实体的描述,读者只是其信息的被动接受者。可读文本已经丧失了实践的品格,不能成为新的文本生产的基础。相反,可写文本为读者提供了参与权力游戏和文本建构的可能,邀请读者去生产无数的实体。[1]

系统内诗学的观点还可以从本雅明的理论中读出。传统的艺术品带有"灵光",因为它远离观看者,独处于某个珍贵的场所,不仅它本身和宗教相关,它所引起的思念也成为私人宗教仪式的化身。现代的艺术品却和大众传媒直接相关,通过复制技术,摄影、电影、电视等大众通讯过程消灭了艺术品的独一无二性和神秘的距离感,使"灵光的艺术"为现代的"民主的艺术""文化价值"、为市场中的"展示价值"所替代。本雅明观察现代艺术的两个基本结论:① 灵光的消逝;② "展示价值"或交流价值的独尊,显然都源自视角的内化。从内部是看不到灵光的,灵光的消逝说明艺术品的先验本源回到了系统之内,这是一种系统之内的"超越"。这一艺术系统的造成是由于大众传媒交流过程本身,故必须在这一框架内,而不是由超越的宗教或理念出发来考虑艺术的各个要素。

---

[1] Roland Barthes, *S/Z*, Paris: Seuil, 1970, p.11.

从系统内/外的视角区别,可以理解从古典到现代诗学的一些深刻变化。现代文学理论的主要标志是形式和结构分析方法的成熟,形式主义、新批评、结构主义对于文学作品内在结构的精细分析取代了浪漫派抽象的精神性。但放到系统的层面看,结构与其说是对现象世界的反映,不如说是一种主动的建构。如果文学作品不仅仅是天才的自然产物,道德的投影,或神学的媒介,就应该拥有一种自主的结构。只有在结构的基础上,才能实现一种系统内观照。但是因为失去了超越者(上帝、理性)的保证,这些结构无论多么精密,最终也会被证明是幻象,故而解构主义成了题中之义。解构批判兴起后,不仅形式主义、新批评这类纯粹文学的结构主义遭到消解,同样的事情也发生在其他理论程序上。马克思的阶级分析是社会系统的结构主义,而阿尔都塞、马歇雷和伊格尔顿发现了结构的裂隙,故而主张一种更为松散的经济基础和文化产品的关系。弗洛伊德的无意识理论是心理系统的结构主义,而荣格、拉康发现了"无意识/意识"结构的不可靠,不过一个是从集体无意识角度反对个体无意识的优先性,另一个则从语言角度来重新理解无意识或"实在界"。

语言学转向是转向系统内视角的外部征兆。"语言"并不仅仅属于语言学,而更是系统内联系的象征,语言就是人为设置的关系网络(福柯的话语分析则是扩大到社会范围的语言分析)。20世纪理论的发展展示了一个有趣的现象,即语言逐渐成了万能媒介,不但性、无意识是语言性的,社会斗争、文化冲突也是语言性的,语言包含了从光明到黑暗、从理性到欲望的一切,"语言之外别无他物"(德里达),这正说明了"语言"作为世界的象征的特性。语言是存在之家,而家就是系统本身。亚当斯和瑟尔也指出,语言学转向体现的是"中介的逻辑"(the logic of mediation),[①]这一中介当然是系统自身的发明,而非上帝作为绝对者的安排,柯勒律治的"动态哲学"(Dynamical Philosophy)和皮尔士的实用主义都是这种转向的先导。

---

① 亚当斯、瑟尔编:《柏拉图以来的批评理论》,第635页。

意识形态和权力关系是现代文学理论的两大关注目标,围绕这两个话题生成了西方马克思主义的批判理论和基于"他者"理论的激进左翼理论。意识形态更多地和实际社会利益相关,权力分析则关注更隐蔽的话语竞争,但两者都和斗争、差异相关,这同样可以理解为转向系统内视角的结果。由系统外观察变为系统内观察,诗学的对象即由被造物变为自我生产,诗学的世界即由纯粹、和谐(古典)变为多元、崇高/恐怖(现代)。理由很简单,既然失去了外部推动,就必须设想一种内部动力,而动力只能来自斗争。有了差异力量的斗争,才有变化和生命。故现代诗学强调斗争,要么是马克思主义的可控的斗争(和谐理想的残余),即矛盾的辩证法,要么是更微妙的差异的互戏,即卷入了虚无、无意识的不受理性制约的话语斗争。

但是,内部观察的视角是一个悖论的视角,因为它只能从系统之内的一个局部位置来理解系统整体,这注定了现代诗学的中心问题是悖论问题,思维和存在的裂隙永远不能消除。现代诗学关心断裂,实际上是它模拟了断裂,关心悖论,实际上是它制造了悖论。之所以如此,是因为内部观察本身就是"上帝死去"造成的虚无化的后果。

(三)后现代主义:悖论和虚无

后现代是以悖论为核心的理论系统,但这种悖论是现代诗学本身的悖论,因为"现代/后现代"乃是同一符号的自我分裂。后现代不光是反对现代,这种反对本身就是它的真正内涵(它不能离开现代而独立存在),后现代因而成为一个悖论性的双重符码:"现代/后现代",在具体运作中派生出不同理论程序,如"自我/他者""西方/东方""男性/女性""资产阶级/无产阶级"等。后现代主义者最终把自己的位置从后一项移到中线"/"的位置,这样才能和"现代"真正区分:"现代"意味着排斥,而"/"意味着包容和两可。詹克斯把通常讲的"后现代"称为"晚期现代",它是否定性的、反对现代的、要求破碎和"新"的,还没有脱离求新的现代传统,他心目中的"后现代"却是肯定的、包容性的、追求连续性和整体性的。① 哈琴的后现代文学理论也是这同一路线:"对于我来说,后现代主义是一个矛盾的现象,它对自己所要挑战的诸种观念既使用又滥用、先确立而后又推翻。"② 在她眼里,后现代主义和它的挑战目标之间的关系是"共谋和挑战",只能用矛盾共存(both/and)而非非此即彼(either/or)的逻辑加以界定。后现代主义不同于现代主义之处,并不在于它摆脱了人文主义自身的悖论,而在于它对诸种悖论做出的清醒反应。

悖论原则在卢曼那里得到了最好的理论总结。对于卢曼来说,从现代到后现代不是结构性的嬗变,而是语义学(Semantik)的转换。真正的结构性变迁发生于从16到18世纪的欧洲,即社会系统从阶层分化向功能分化的转变。他的同情显然在后现代一方,③ 他欣赏后现代的两个命题,一是对于"全面的统一性诉求的放弃",一是向着激进的区分性概念的转换。④ "对于统一性诉求的放弃"即利奥塔主张的反对元叙事,但是卢曼强调这一原则的悖论性质:反对元叙事本身就是一个叙事。元叙事的终结表明,社会的整体,世界的整体,都不再是一个基于理性的原则,而只是悖论,然而"悖论成为最终的基础正是后现代思想的核心特征之一。悖论就是我们的时代的正统"。⑤ 卢曼用以代替现代的"统一性诉求"的是一种"超理论",即一种内化了反讽动机的、能够自我更新的整体性观照,这一整体应该包括自身的相对位置。这一构想类似于博尔赫斯引用的乔塞亚·罗伊斯的"地图的地图",真正的地图应该包括地图绘制者自身的位置。⑥

---

① 参见 Charles Jencks, "Postmodern and Late Modern: The Essential Definitions", *Chicago Review*, Vol.35, 4(1987)。

② Linda Hutcheon, *A Poetics of Postmodernism: History, Theory, Fiction*, London and New York: Routledge, 1988, p.3.

③ Niklas Luhmann, *Die Gesellschaft der Gesellschaft*, Frankfurt a.M.: Suhrkamp, 1998, p.230.面对哈贝马斯和利奥塔的论战,卢曼明确表示他站在利奥塔一方。

④ Niklas Luhmann, *Die Gesellschaft der Gesellschaft*, p.555.

⑤ Ibid., p.1144.

⑥ 博尔赫斯:《吉诃德的部分魔术》,《博尔赫斯谈艺录》,王永年、徐鹤林等译,浙江文艺出版社2005年版,第99页。

这一切说明了什么？说明现代诗学走到了其边界。现代系统中，一切根据都是由自身的要素临时制造出来的。根据本是系统运作的产物，反过来却要为系统运作提供合法性依据，这就是根本的悖谬。然而，理论发展的奇特规律是，当失败不可避免时，投入失败就是唯一的救赎。资产阶级的美学品味在大众、底层受到嘲弄时，大众、底层随即成为先锋美学。当人们意识到一切思想结构都是人为产品，解构就是取胜的策略。占有自身的边界即超越自身，而且是一种不仰赖外力的内在超越。上帝是胜利的代码，上帝逝去的时代，"人"的语义只能是失败。故内在超越呈现为一种自我杀戮，所能做的，只是不断毁掉脚下的临时根据，以至于无，这是反抗自身的浪漫文学精神的登峰造极。由此可知，20世纪诗人（如策兰、希尼）中流行的对于苦难、流亡、丑陋的膜拜绝不仅是一种美学实验，更是向内超越的特殊形式。从前人们歌颂耶稣的受难，以神的受难平衡人的苦痛。如今人们歌颂自身的受难，以苦难来刺激麻木的自我意识。"奥斯威辛之后，写诗是野蛮的"[①]是当代苦难意识的经典表达，却意味着，奥斯威辛是唯一可歌颂的对象。人们很快就能意识到这类悲剧的新形式的空虚：拒绝和解仍是和解的一种。罗伯-格里耶发现了这一奥秘，他评论说：

> 在这里，**悲剧**可以被定义为恢复人与物之间存在的距离并赋予其新价值的一种企图；总之，那将会是一种考验，在这一考验中，胜利在于其被战胜。这样，悲剧显得如同是人本主义的最后发明，为的是包容一切，而不让任何东西漏掉：既然人与物之间的和谐终于被宣告废止，人本主义便通过立即建立起两者间相互关联的一种新形式，拯救了它的王国，而在这里，分离本身变成了赎救的一条主要道路。

---

① Theodor W. Adorno, „Kulturkritik und Gesellschaft", *Gesammelte Schriften*, Bd.10.1: *Kulturkritik und Gesellschaft* I, "*Prismen. Ohne Leitbild*", Frankfurt a.M.: Suhrkamp, 1977, p.30.

作为后理论实践的诗学

>这几乎依然是一种相通,但却是**痛苦的**,无休无止地处于期待中,永远被推迟着,其性格越是难以达到,其效果就越是强烈。这是一种**颠倒**,这是一个陷阱——这是一种伪造。①

在此情形下,沉默注定成为最先锋的诗学。这一中心概念明确地出现在桑塔格、斯皮瓦克、哈桑等人的文学纲领中,也成为许多理论家潜在的出发点,而在文学上就成为贝克特的无对话舞台,成为博尔赫斯的文学"迷宫"。

显然,当实有的诗学如社会主义现实主义、结构主义、象征主义、存在主义等等——因为遭遇虚无——相继失败时,虚无成为新的诗学,唯有在虚无中才不会再有虚无(重复的不可能性)。意义不可企及,故后现代主义以去意义维持和意义的联系。历史只是意识形态性的虚构,后现代主义诗学就以去历史拯救历史(新历史主义将虚构和历史融为一体)。一切原创都被证明为抄袭,后现代文学就模仿抄袭,以抄袭为原创。既然历史、意义、价值乃至艺术技巧都已趋于终结,后现代诗学便以终结本身为理论,拯救趋于终极的文学的唯一出路就是对"终结"(Ultimacy)本身的"艺术运用"②。

这种虚无不仅要拯救文学,还试图解决当代的社会问题,从而演成各种新的文学干预形式:女权主义、酷儿理论、后殖民理论等等。其中的逻辑一目了然:诗体现了虚无,也就可以质疑一切既成的价值,可以对性、身份、少数族裔、阶级、商品社会、底层等一切问题发问。就可以将文学和社会生活更直接地联系起来,因为人们发现,文学已经成了一种万能媒介,通过控制普遍性的表意过程,在无形中操纵人们的权力斗争,甚至影响到哲学家对真理话语的制作和散播。

---

① 阿兰·罗伯-格里耶:《为了一种新小说》,余中先译,湖南文艺出版社2011年版,第69—70页。

② John Barth, "The Literature of Exhaustion", *The Friday Book: Essays and Other Non-Fiction*, London: The John Hopkins UP, 1984, p.68.

(四)一种中国诗学的必然性

这一隐蔽逻辑同样导致了对"中国"的需要。在西方人眼里,中国思想代表了一种追求统观的"宇宙主义"(Universismus),但同时也代表着真正的虚无。西方现代诗人已经过于深刻地领悟到悖论,甚至将存在主义的荒诞——作为一种深刻意义,作为正面表述的"虚无"——也视为意识形态的圈套。如何进一步领会虚无,成为一个迫切的问题。桑塔格所要求的新的感受力,就是对不可见、不可阐释、不可分析的世界的感受力。在这一点上,善于谈论"象外之象""韵外之致"的中国诗学有了用武之地,中国诗学加入游戏场的内在必然性随之凸显出来。中国美学中阴阳相继的观念最好地安排了虚空的位置,阴是虚空,阴阳相继则是虚空保存和展开自身的方式。这种虚空不是浪漫派的和死亡、和耶稣复活相联系的夜,那还是一个太滞重的境界,中国的虚空只是世界的平淡如已。于连以汉学家的身份断言,"积极的空"乃是中国儒释道三家的共同基础:"当我们开始超越我们的意识形态本能和文化条件,去领会一种积极的'淡'的观念之可能性的启迪时,我们就进入了中国:不是其最华丽和最精深的领域,而是进入了最简单和最基本之境。"[①]同时于连很清楚,他这一观察也是在西方诗学系统内制造新的超我,因为代表他者的中国符号就是西方人的自我本身:"真的,它(指中国)有多'另类'?我们越是长久关注它,就越能意识到,这样一个一开始如此不协调的主题,从本质上是自然的;它总是在那里,在我们身内。"[②]

中国诗学当然属于西方内部的知识建构,它首先由西方汉学家所体现,但也渗入整个西方知识系统,成为具有普遍意义的交流象征。尤其是从20世纪初"西方的衰落"(作为系统危机加剧的征象)以来,西方知识分子的"东方化"成为明显趋势,海德格尔、雅斯贝尔

[①] François Jullien, *In Praise of Blandness*, Paula M. Varsano, trans., New York: Zone Books, 2004, p.27.

[②] Ibid., p.28.

斯、荣格、布莱希特等人对于道家概念的任意挪用众所周知,当代理论家如德勒兹、斯皮瓦克等,也常常以融入大化的中国式姿态来解决主体性问题,而于连在西方读书界的广泛影响尤其能说明问题,他以中国概念给后现代思想以形象的诠释。这一趋势的必然结果就是一种经过改造的"中国诗学",它不但通过如卫礼贤、阿瑟·威利、宇文所安、刘若愚等汉学家对中国文学的解读、转述呈现给西方读者,也帮助一些理论家如杰姆逊、罗兰·巴特、德里达等获得新的思维图像。很明显,寻求"空的中国"这一异托邦,还是为了解决系统内观照的根据问题,为了在系统内部超越实有与实有的冲突。这其中的逻辑是,既然一切实有均有边界,故一切实有均伴随冲突,真正的合一仅在于取消实有。取消的办法有两种,一是以上帝的名义向外超越,一是以虚无的名义向内超越。显然,中国憧憬属于后者,这一新的浪漫形式也有其自身的传统,它构成了西方汉学的精神基础。德国汉学家格鲁贝(Wilhelm Grube)曾经这样为"道"下定义:① 所有存在者的第一因。② 非存在。作为存在的原因和形式,它必然不同于存在本身。③ 此在的最后目的。[①] 正因为道是非存在,才成其为存在的原因和归宿,变易过程的起点和终点。如果将道的所有"意义值"归纳起来,道就相当于"逻各斯"。[②] 格鲁贝的论述透露了一个秘密,西方人对于"道"的持久兴趣和汉学中的宇宙主义倾向,都源自克服主客区分和塑造新时代的逻各斯的努力。

总结现代西方诗学从实有到虚无的这一段进程,会有这样一种感觉,似乎浪漫文学的基本框架——有限和无限的循环——重现了。当初在浪漫派诗学中以一种朴素的想象和思辨统一为"宇宙"或"精神"的东西,在19、20世纪的发展中挣脱了辩证法框架的拘囿,分裂为一个个独立自主的子系统(首先是精神科学和自然科学两大系

[①] Wilhelm Grube, *Geschichte der Chinesischen Litteratur*, zweite Ausgabe, Leipzig: C.F. Amelangs Verlag, 1909, p.136.

[②] Ibid., p.10.

统),在各自领域中发展了精细的局部的分析理性,可也走到了如此遥远的境地,以至于在后现代和解构主义中进入了意义的零点,而这恰恰又刺激了重新统一的愿望,并为之创造了前提。否定的宇宙主义只是真正的宇宙主义的导论,因为宇宙要素的生动关联才是世界的真相,未来的诗学问题不过是:如何使这种深沉的直觉和我们的理性分析手段重新有效地结合,如何再现一个诺瓦利斯式的三段的浪漫化过程:无限(早期浪漫派)——有限(当代的分裂状态)——新的无限。由此一来,就可以意识到,后现代的当代并非如此激进,或者说,它还可以更加激进。实际上,后现代只是一个虚无的代码,并不能触及虚无的真实内涵。真实的虚无乃是有限和无限的循环的根据和框架,它就是诗学宇宙的整体运行本身。虚无一方面不断吞噬我们脚下的基础,迫使我们重新出发,一方面又随时抹去我们眼所能及的前方的视野,使未来的空间变得无限宏大,如此一来,虚无成为永恒的起点和永恒的终点,但同时又消灭关于起点和终点的一切意识,从而破除了形而上学的所有企图。这就是浪漫派对于无限远方的憧憬的真实内涵,现在以汉学宇宙主义的形式得到了新的表达。

就实际编撰工作来说,本文的设想当然只代表了一种个人视角,其意义却在于和流行的英美视角相区分。对浪漫派红线的强调,优点在于触及了现代性的基本问题,能够赋予现代诗学的演进一种内在的动能,帮助揭示现代文学理论的系统性基础。浪漫的、系统内视角的、自我解构的或虚无的,这几个修饰语都涉及系统运行,代表了一种超越局部理论的诗学姿态。浪漫所体现的是一种系统内视角,系统内自我调节又和虚无相关联,这体现为虚无的双重含义:① 系统内自我调节无法消除根据的偶然性,故没有任何一种意义可以摆脱视角的限制而成为真实的意义,虚假的意义即一般所理解的虚无;② 虚无又成为真正的统一者。它是作为循环的中点的至小,即中国古人讲的"几",又是至大,即世界本身,世界自足完整,故无需任何外加的意义。显然,系统的核心问题并非认识,而是循环。诗学作为系统理性的体现,代表了一种比主客认识更深刻的认识论,而一种新的诗学样式就是个体和宇宙、局部和整体、系统和环境的新的连接方式，同时也是新的解悖论的尝试。这样来理解的诗学，实为世界系统的建构之学和彻底面向未来的政治学，它不但为中国诗学理论在西方知识系统中的存在提供了最好的辩护，也提醒我们，编撰一部现代西方诗学，同样是实践中国诗学的行为——要求我们能自觉地从中国立场来参与未来的符号秩序建设。

（原载《人文杂志》2015 年第 1 期）

诗学与系统性

一

面对纷繁复杂的文学理论,初学者会有一个疑惑,为什么马克思的《德意志意识形态》、弗洛伊德的《梦的解析》、德勒兹的《如何识别结构主义?》或拉克劳的《政治的主体,主体的政治》都是文学理论。对此问题,最简单的回答是,它们已被成功地应用于文学,故而是文学理论。如果是这样,就会有一个合理推论,即某些理论在文学系统中的合法性乃基于一个挪用行为,而这就意味着理论可能"不再是理论"。为何"不再是理论"?因为任何理论都有自洽性,是由特定的区分标准出发去处理环境的复杂性的一个特殊程序(Programm),将其应用于另一类型的话语操作,原来的区分标准就可能被修改或压制。举个极端的例子,如果将马克思主义的革命理论机械地搬用于文学,就可能演成"文学的革命"论,对鲁迅来说,这恰是一个有害于革命的荒谬想法,因为文学虚构本身就意味着对直接现实的放弃,故革命时代并不需要文学。[①] 而且,挪用很可能不是文学理论系统中的特殊现象,而是一种核心机制(初学者的疑惑乃是最基本的疑惑),因为在文学理论界最有影响力、扮演指引者角色的,往往是这类出自非文学领域的理论。挪用的实质为范畴转换,而范畴的转换取决于一个前提,即范畴可以转换,因此就不但要问,是什么力量将理论从一个范畴移入另一个范畴,还要考虑,为何范畴可以转换——领会了理论由非文

---

① 参见鲁迅:《革命时代的文学》,《鲁迅全集》第三卷,人民文学出版社2005年版,第438—442页;以及鲁迅:《革命文学》,《鲁迅全集》第三卷,第567—568页。

学向文学的转化,才有可能触及文学理论的核心秘密。

另一个现象是,尽管理论在当代文学批评实践中占据了统治地位,人们却不愿放弃"诗学"这一古老概念,这显然是因为"诗学"的广泛适用性,以及和文学艺术的亲缘关系。以"诗学"为核心的概念组合,包括某某人的诗学,某某时代的诗学,或以国别区分的"中国诗学""印度诗学",以及"空间诗学""历史诗学""模糊诗学""远距诗学"等,在批评话语场上俯拾即是。而某些批评家以诗学相标榜,还带有一定理论诉求,如新历史主义的代表格林伯雷提出"文化诗学",其核心使命是"防止一种话语和另一种话语永远隔离,防止艺术作品和创作者的意识及生命,和观众全然脱离"[1];德国艺术评论家格洛伊斯主张以诗学(而非理论)代替美学,认为传统的诗学概念更符合当代文化生产的特性。不管这类语词使用出于有意无意,其隐蔽诉求都是回返文学本质。但如果诗学要做到比文学理论更符合文学的特性,就有必要以文学的标准实现对于理论的超越——它要内化文学的"现实/虚构"编码。如此一来,诗学对于理论的超越即对应于文学(通过虚构)对于有限现实的超越。诗学的综合性源于文学的无限性,文学既然是具有无限可能的话语形式,诗学岂非应以无限性为导向,超越特定的理论程序。如果诗学真能实现这一理想,将理论反思带回文学本质,即是说,将文学理论保持在文学框架之内,则诗学自身就成为上文所述的充满能动性的转换机制。问题是,在理论的拥护者看来,那些打着"诗学"旗号的新程序仍是理论,和一般理论相比,并没有任何形态上的区别。那么,到底是什么理由,可以使诗学在完全无异于理论的情形下,还能坚持自己超理论的身份诉求。这就涉及理论和诗学之外的另一概念,即系统性。诗学概念的实质藏匿于诗学和系统性的关系之中。

我在之前的一篇论文《"诗学"和先锋精神:模糊性的理论价值》

---

[1] Stephen Greenblatt, *Renaissance Self-Fashioning: From More to Shakespeare*, Chicago: The University of Chicago Press, 1980, p.5.

中提出,诗学体现了突破既定范畴的先锋精神,而这种先锋精神又是基于诗学的模糊性特征。但是先锋精神的实质为何,模糊性又如何产生,需要进一步澄清。在另一篇论文《作为后理论实践的诗学》中,我又提出了一个初步设想,理论并不需要改变自身,而仅仅因为其诗学姿态,就可以变为诗学。这种"诗学姿态"意味着什么,理论又为何能和诗学重新取得和解,同样需要进一步的说明。本文的答案是,诗学因为系统性而实现了对于理论的超越和保存。事实上,范畴转换只能在同一系统之内发生。诗学作为系统性的象征,旨在帮助理论实现和外界、和其他子系统的交流,让自洽的、排他的理论程序融入世界关联。

诗学是一个模糊性概念:既是理论,又超出理论;既是科学话语,又忠实于文学想象。模糊性的实现,并不像粗看上去那样容易。模棱两可、诗一般的话语,就其本身来说,只存在于批评家的抽象设计,并不符合实际交流情形。语言在一种特定场景下总是具有清楚的意义,或通过一种限定即得以澄清。话语的模糊性、理论的诗性能成为现实,是因为它们隶属于一个更大的参照系统,从而获得了自我提升的动能和自由生长的空间。故所谓意义的暧昧与不确定,并非话语自身的特性,而是因为系统提供了多重的意义可能,亦即和其他意义相连接的可能性,从而导致了选择的不确定。事实上,意义的确定或不确定,都是拜系统所赐。意义即系统单元(符号)之间的区分——即以差异的方式进行的连接。已经完成的连接就是确定性,正在进行中的连接就是不确定性。

另一方面,诗学的核心是创造新的可能性。按照系统论的原理,创造新的可能性的前提,是减少可能性,只有在一个减少了可能性的环境中,才有可能创造新的可能性。换言之,在一个已不再混沌、而具有初步秩序的环境中,才能保证自身的同一,进而创造新的复杂性。而系统存在的理由,不是因为代表了最高价值,而首先在于,它为居于其中的子系统提供了一个稳定的"内部环境",使子系统得以专注于自我创造、自我分化。和系统本身所面临的外在环境相比,

"内在环境"已经历了第一次选择程序,从而大幅减少了复杂性——成为一个理想的诗的环境。其理想性就在于,它是文学,从而区分于现实世界。就此而言,理论早就设定了自己的诗学,因为理论解决不了它的第一前提,即何为文学的问题。显然,这个文学/非文学的原初区分不是源于某一种理论,而是整个文学艺术传统所事先决定,这就是原初的创造、原初的诗学。仅仅被卷入文学的语境之后,一种原本可能是讨论经济关系或心理疾病的理论才变为了文学理论。换言之,文学理论/非文学理论的区分出自于系统,而非理论自身所创造,相反,站到文学面前,才有所谓文学理论或文学分析。要理解文学理论的准确含义和文学分析的真正价值,必须沉浸入一种诗学传统,进入一个共同维持的交流场,否则会很难理解,为什么巴尔扎克的作品因为揭示了一种特殊的阶级意识,或《弗兰肯斯坦》因为展示了某种叙事技巧,就成为好的文学,为什么批评家会格外关注《儿子与情人》中的恋母情结而非作品的修辞魅力,为什么探讨权力关系或世界气候竟然是文学研究的课题。显然,正因为有了诗学这一系统空间的包容,人们才会容忍理论的独断和怪癖,相信每一种理论(即每一种观察角度)都有其合理性,即是说,才会有文学理论存在。当然,诗学系统本身也是在演化中的,它和外在环境之间的分界线并非固定不变,从而导致内部子系统产生相应的演变,催生新的理论需求。

系统类似于个体单元和混沌界之间的夹层,其功能就在于,它为个体展开提供多元选择,又使混沌变为个体可以承受的复杂性。个体(实有)和混沌(虚无)的"之间",就是系统的本体论位置。纯粹的实有和虚无均不可见,唯有透过系统才可以设想其存在:实有可理解为"系统中的存在"或"子系统";虚无则为"系统之外的环境"。如果系统成为无所不在的中介,它就是世界的唯一现实,而一切实有和虚无皆是抽象。波德里亚钟爱的反论"仿像是真"[1]正基于此原理,现

---

[1] Jean Baudrillard, "Simulacra and Simulation", *Jean Baudrillard: Selected Writings*, Mark Poster, ed., Stanford: Stanford UP, 1988, p.166.

代社会系统中的一切都经过了系统的中介,故都是非真非假、非原作亦非幻影的"仿像",但这就是唯一的真相,反过来,传统哲学意义上的所谓"真"或"假"、"现实"或"幻想"不过是人为的抽象。

二

理论转化为诗学的机制,就是非艺术转化为艺术的机制。一般研究者注重理论在文学范围内的实际功效,却放过了理论向诗学的转化这一前理论问题。类似地,传统审美判断只看见非艺术和艺术、丑和美的不同形式,注意不到两者之间的转换互通。

然而,现代艺术的一个重要特征,是其形式变得越来越暧昧——文学中有概念诗、非虚构小说,艺术中有"现成品"(ready-made)和波普艺术。何谓暧昧?即既艺术又非艺术。现代艺术倾向于消灭艺术和非艺术在形式上的区别,也由此出发来反思艺术。平凡(形式)和神奇(内涵)的关系变得越来越紧张,已经超出了传统美学的能力范围——传统的审美判断依赖于艺术/非艺术的区分。但是,如果理解了诗学和系统性的关系,一系列艺术之谜就迎刃而解,既艺术又非艺术的状态,恰恰暗示了导致艺术和非艺术相互转换的机制的存在。

(1)"现成品"的秘密。1917年,杜尚向美国独立艺术家协会的首次展出提交了一个小便池,题名为《泉》。策展方接受了1235个艺术家的2125件展品,偏偏拒绝了这一"作品",理由之一是其非原创性(另一个理由是不道德)。的确,《泉》没有一般艺术品的独特性,即便加上了底座和别有用意的R. Mutt的签名,看起来也和工场产出的普通小便池无任何区别,然而它完全符合柏拉图的"诗学"定义,因为它将一种全新的特性带入了在场模式。

杜尚很清楚,他的劳动不是通常的艺术创作,而仅是一种"选择",也就是一种范畴转换——小便池在新标题下失去了作为用具的有用性。但是范畴转换不过提示了范畴的可转换,通过小便池的语境错置,其实是提醒人们,艺术品和小便池都是世界系统的产物,它之所以成为艺术品只是赖于特殊的社会分工和交流需要,但这种区分本身就是任意(艺术性)的。小便池的诗意就在于,通过一次制作使一个平时看不见的概念出场,使天地间独一无二的"小便池一物"呈现。很显然,杜尚之后,不会再有这一"小便池一物"出现(模仿者即便能获得"小便池一物"的形式,也无法复制所牵涉的一整套复杂关系)。"小便池一物"既非工业品亦非艺术品,正因为如此,它才成为工业品和艺术品两类范畴的原型。杜尚的作品质疑了通常的艺术独创观念,由此和整个当代艺术和艺术传统发生了最生动的交互作用,这一系统关联将其转化为杰出的反艺术。杜尚对于《泉》的著名辩护,也揭示了比主体创造性更深刻的诗学创造原则:

> Mutt 先生是否亲手制作了《泉》完全不重要。他**选择**了它。他夺去了一件普通用品的生命,安置它,以至于它在新的标题和视角下失去了用具的意义——他为这个对象创造了一种新思想。①

(2)"语言诗"的秘密。语言诗是 20 世纪七八十年代美国的先锋诗派,这是一种以词语为中心的创作理念。语言诗人采用一切可能的手法,切断语言与现实的联系,把语言对意义的关注引向语言自身。然而,这种回到自身的语言并不像浪漫派、象征派诗歌的语言那样美妙动人,反倒是支离破碎、平淡无奇,又何来诗意呢?试看语言诗派的代表查尔斯·伯恩斯坦的《保证》("Warrant")第一节:

> 我保证
> 本诗完全是我
> 自己的作品,并且
> 本诗所含的理念、
> 概念,以及装饰

---

① 转引自 Hal Forster, Rosalind Krauss, Yve-Alain Bois, Benjamin H. D. Buchloh, eds., *Art since 1900*, Vol.1, New York: Thames & Hudson, 2004, p.129。

都并非

取自

任何其他源头,或

任何其他诗歌,而是

由本诗独创。

我还要证实,

除了我,作者和

这份生效协议的相关方,

谁也无权占有本诗。

I warrant that this
poem is entirely my
own work and that
the underlying ideas
concepts, and make-up
of the poem have not
been taken from any
other source or any
other poem but rather
originate with this poem.
I further attest that no
one except me, the author
and party to this binding
agreement, has any title
claim, or proprietary
interest in the poem.①

---

① Charles Bernstein, *Girly Man*, Chicago: University of Chicago Press, 2006, p.57.

"保证"什么？仅仅"保证"了一个悖论，"保证"了自身的一无所有，其逻辑就像电影的片头声明"本片纯属虚构"，或马格利特的画作《这不是烟斗》。佯装自我夸耀，却在自我揭发，暴露自身在形式、内容上的极端贫乏（并没有什么独创的"理念、概念，以及装饰"）。如果这样一篇谈不上任何语言"技术"(techne)，仅仅分行排列的单调散文也称得上"诗"，其诗性显然不是出自自身，而是一个隐藏其后的诗学过程。诗意的秘密在于巧妙的自我指涉，这种自我指涉的纯粹性又在于，通过说"有"（独创性）而将自身的"无"（可复制性）呈现出来，由此戏拟了现代诗歌本身——现代艺术的特征正在于可复制性（即非独创性），独创性本身就是最骇人听闻的可复制性，也就是真正的商业性(proprietary interest)。

（3）反美学的秘密。有了反艺术，就会有反美学。对于阿甘本来说，"现成品"和波普艺术并非旁门左道，而是现代艺术的主流。他认为，现代艺术的核心经验是去主体化和去艺术化，"不书写的潜力"才是诗学行动的要领，现代艺术通过逃离艺术、诋毁艺术而实现自身，韩波和杜尚不制作（在持传统艺术观念的人看来，他们并未制作），才成就了他们最伟大的杰作。这种"反美学"的存在，无非说明，诗学完全可以脱离传统的审美概念而存在，因为这套审美概念本来就不说明诗学的实质，真正的诗学相关于一个更大的真理、一个真正的系统。反美学同样体现了诗学姿态，同样出于诗学系统——"否定诗学"就是最直截了当地向"诗学"喊话。它不过是后现代偏爱的"命定策略"(stratégie fatale)的又一成果。"命定策略"意味着将事物内在逻辑推向极端，让事物进入自身的"迷狂"模式。① 如果波德里亚式"命定策略"所追求的是比真更真（而非以虚构对抗真），比恶更恶（而非以善对抗恶），则反美学要求比美学更美学，正如反艺术渴望比艺术更艺术。和传统的美学理论相比，反美学摆脱了"美"的形式的幻象，它要剥夺观众最后的审美依托，迫使他们去重新面对转换：当艺术物和日常物的外形区别减到最低限度时，艺术欣赏的对象就不再

---

① Jean Baudrillard, *Les stragégies fatales*, Paris: Grasset, 1983, p.9.

是现成的形式,而是从日常物向艺术物的转换过程本身。

丹托的艺术哲学要解决的,就是这一"寻常物的嬗变"的元理论问题。丹托相信,无论欧里庇得斯式的摹仿现实或瓦格纳式的反摹仿现实,都不能说明艺术的秘密,秘密乃在于艺术物和实在物之外的范畴。这不啻于说,如果这一范畴代表了事物本原,则虚构或现实只是由本原引申出来的第二属性,有了这一范畴,才会有所谓虚构或现实。在丹托看来,体现了艺术之谜的范畴就是框架,画框、陈列架或剧场的存在正是要提醒观众:"这不是真的在发生。"[①]这成为一切艺术欣赏的前提。框架不只是可见的画框、陈列架或剧场,它还可以是作者作为艺术家的身份。当观众知道这是一件大师的作品,就会换上一种艺术眼光,采纳一套艺术术语来反复打量眼前的对象。也就是说,并非作品本身的具体属性,而是其出自一个艺术家之手的事实,才造成了艺术欣赏的有效性。而这就说明,艺术品和非艺术品的区分本身才是艺术品成立的前提。区分的目的,是要造成一个自治的艺术系统(丹托称之为"识别系统",它随着解释的不同而发生转变[②])。无论画框、陈列架或剧场,无论在艺术反思时被纳入考虑的作者生平、创作风格、时代背景或文化传统,都是这一系统在不同层面上的具体演绎——这类参考因素就是一个又一个框架,造成了不同的识别系统和解释方式。丹托相信,当艺术与现实之间的距离终于被觉察时,关于艺术的问题才能被提出来;知道了艺术品和非艺术品的区别,审美反应才能产生。他反复引用亚里士多德在摹仿问题上的一个洞见:预先知道某种行为是摹仿,是人们从摹仿中获得愉悦的前提。[③]

在此问题上,丹托继承了维特根斯坦对于审美问题的结论,即领会一件艺术品——正如懂得一个语言游戏——就是领会一种生活形式。一般人用来描述艺术物的标准语言如"和谐的""忧郁的""反艺

---

① Arthur C. Danto, *The Transfiguration of the Commonplace: A Philosophy of Art*, Cambridge: Harvard UP, 1981, p.23.
② Ibid., p.120.
③ Ibid., p.94.

术的",并非艺术对象本身的属性。对象本身既非"和谐的"或"忧郁的",也不会是"反艺术的"。这类语言属于特定的艺术传统,这一传统是带有特殊文化、历史印记的交流系统,它围绕一些基本代码如"独创/模仿""古典/现代"组织起完整的解释体系,规定了人们评论艺术的方式、用语,从而使艺术对象的特性显得不言自明。换言之,是这个潜在的系统让这些特性——作为全新的事物——进入在场状态。① 当代反美学的目标,不过是诗学的彻底系统化。诗学和整个系统彻底融合,就不存在任何一个区别于诗学的观察角度,艺术美的形式特征就自然消失了;然而,这一消失本身仍具有诗学创造意味:这样一种有意识的自我否定不是任何一件自然物能做到的。

三

以上两部分说明,系统性就是诗学转换的枢机。艺术摹仿现实,理论也在摹仿现实,这种对于现实的摹仿一旦置身于系统之中,就获得了自由生长、自我演化的可能,演变为自我创造的诗学。如同小便池在杜尚的场域中变成先锋艺术《泉》,在贡布里希《艺术的故事》或勃兰兑斯《十九世纪文学主流》的框架中,最平凡不过(相较于二十世纪的复杂理论)的理论操作,如对画家的学派源流、时代背景的一般介绍,或铺陈拜伦、柯勒律治等作家的生平轶事,也能成为精彩的诗

---

① 德国卡塞尔艺术学院艺术学教授、国际维特根斯坦学会主席马耶特夏克2014年在华东师范大学中文系所作的演讲中,如此描述维特根斯坦的基本理路:"'为了弄明白'支配我们运用'审美词汇'的那些复杂规则和条件,我们必须'描述生活方式',以及与之相关的文化和艺术框架。因为,正如维特根斯坦所强调的那样,我们使用审美概念的能力更多地依赖于与我们的生活方式相关的文化框架,而非所判断的对象的特性或我们的审美经验。"(Stefan Majetschak, "What are aesthetic judgements and what do they speak about?")在问答阶段,对于我提出的将维特根斯坦观点和系统论乃至中国古代哲学的宇宙主义精神相沟通的设想,马耶特夏克教授强调了两者间的区分,即在维特根斯坦那里没有一个统一宇宙,而是一种文化就有一种特殊的宇宙观。但在我看来,虽然中国古代的"天下"观只承认一个宇宙或者说一种生活方式,这却并未否定维特根斯坦和中国古代哲学在系统性思考上的一致。

学实践——赋予单个作家、作品以系统中的位置。

本来,诗的功能就是将人置入一个大的系统,大到能包容古今、东西,这就是诗的"升华""超越"功能,故诗的根本是"宇宙诗"。古代一句平常民谣,后人听来却诗意盎然,就因为它将我们纳入了一个共有的系统,从而超越了我们的局部存在。系统的真正功能,即模拟宇宙或特定生活空间的整体性,这一将个体纳入宇宙或特定生活空间的模拟过程才是最后的诗学摹仿。诗学变平凡为神奇的奥秘就在于,进入了系统,物才成其为物;反过来,一旦成为真正的物,它就包含了整个系统的运作,就具有了通常所说的"灵性"。海德格尔后期讲的能汇聚天地神人的"物"(Ding),乃是处于世界关系中的物。显然,艺术品的力量就源于:它成了这样一个物,它处于最原初的世界关系系统之中,代表着大地和世界的原始冲突。

无形中,我们回到了德国早期浪漫派的立场。弗·施勒格尔1793年8月28日致奥·威·施勒格尔的信中,精神、自然、上帝、真理都是系统的代名词:

> 我们在作品、行动以及艺术作品中称之为灵魂(Seele)的(在诗歌中我更愿意称之为心[Herz]),在人之中称之为精神(Geist)和美德(sittliche Würde),在创世中称之为上帝——最生动的关联——的,在概念中就是系统。世上只有一个真正的系统——伟大的隐匿者,永恒的自然,或者真理——但是你可以把全部人类思想设想为一个整体,就会发现,真理,亦即完成的一(die vollendete Einheit),成为一切思考的必要的,但永不能实现的目标……让我补充一句,系统的精神——这一精神完全不同于一个系统——仅仅通向多样性,这看起来是个悖论,却无可否认。①

---

① Friedrich Schlegel, „Brief vom 28.8.1793 an A.W.Schlegel", *Friedrich Schlegels Briefe an seinen Bruder August Wilhelm*, Oskar F. Walzel, ed., Berlin: Speyer & Peters, 1890, p.111.

由这段话可以看出三点：①"最生动的关联"(lebendigster Zusammenhang)是上帝的属性，同时也构成了系统的内在特征；②系统是精神性的，系统的精神有异于系统，意味着系统超出了系统各单元的简单集合；③系统必然导向多面性，因为生动关联依赖于各单元的自由游戏。在1793年10月13日致奥·威·施勒格尔信中，弗·施勒格尔又提到："解释的明确性，科学定义的准确性，通常被人们称为系统性。我却认为是洞见的完整性、内在的完善。多样性是通向全面性的路径，这样说清楚了吗？"①对于弗·施勒格尔来说，系统的实质并非明确性或科学性，毋宁说，这些只是系统的表面特征，系统的内在特征乃是"多"(Vielheit)、"一"(Einheit)、"全"(Allheit)。"多""一""全"的三位一体构成了有机整体，但"多""一""全"的结构又是什么呢？他使用了三个描述性概念——"无限丰富"(unendliche Fülle)、"无限统一"(unendliche Einheit)、"和谐"(Harmonie)——加以说明。在有机整体中，"无限丰富"和"无限统一"的对立被扬弃，整体的各构成单位处于一种和谐关联、一种和谐结构中。②显然，一个代表了终极秩序——上帝和自然——的系统，也必然是一切艺术创造和理论反思的原初框架。

弗·施勒格尔的文学理想是所谓"宇宙诗"，那么他心目中的理想诗学是什么？他说："如果存在一种批评，则必须存在一种真正的方法和一个真正的系统，这两者不可分。——系统是科学素材的条理分明的全(eine durchgängig gegliederte Allheit)，在彻底的交互作用(Wechselwirkung)和有机关联中。——全是一种自身中完整的、统一的多。"③这一等同于"整体"的诗学开始被称为"语文学的哲学"，

---

① Friedrich Schlegel, „Brief vom 13.10.1793 an A. W. Schlegel", *Friedrich Schlegels Briefe an seinen Bruder August Wilhelm*, p.126.

② Friedrich Schlegel, *Philosophische Vorlesungen 1800–1807*, *Kritische Friedrich-Schlegel-Ausgabe*, Bd. 8, ed. Jean-Jacques Anstett, Paderborn: Schöningh, 1964, p.262.

③ Friedrich Schlegel, *Philosophische Lehrjahre I*, *Kritische Ausgabe*, Bd. 18, Ernst Behler, ed., Paderborn: Schöningh, 1963, p.84.

后来被称为"哲学的哲学",它其实就是一直萦绕施勒格尔(更早是诺瓦利斯)的浪漫主义"百科全书"计划。"百科全书"不仅要包含文学、美学、批评、修辞学,还囊括哲学、历史学、神学、物理学、数学、神话学等一切科学和艺术,而哲学和诗学是其核心,"百科全书无非是要将哲学和诗的精神引入所有的艺术和科学"。而在下一代中,"百科全书"最终会发展为"小说",①理论和诗最终完美融合。

  这也是一种真正的中国立场。中国的诗学传统执着地追求一种"大"的境界,尤其道家一路,不光是求知,更要闻道,不光是闻人籁、地籁,还要闻天籁。按这种思想,不会有完全封闭的系统存在,也不会有不可解的悖论,因为一切系统都在道之中,道之中既无不可解的矛盾,也无不可相互转化的系统。世界不作区分,道也不作区分,秕稗,瓦砾,尿溺,无不是道。道就是"大","大"是因为和宇宙大化合一,从而体现了宇宙的循环规则:"大曰逝,逝曰远,远曰反。""大"体现为一种高远的美学境界:从主体自身来说,由"大"而得以逍遥,逍遥即摆脱有对;从主体与欣赏对象的关系来说,由"大"可以统观生和死、有和无。逍遥和统观成为诗意的最终来源,逍遥意味着在宇宙中找到了自身的位置,统观意味着从整体关联来看待个别事件。正因为以宇宙全体为审美框架,庄子远在杜尚和阿甘本之前就领会了现代反诗学的机趣。不中绳墨的大树,百无一用的大瓠,置于天地之间、四海之内,就是逍遥游的最佳工具。庄子妻死,本为至不堪忍受的痛事,然而放在生来死往的大化之中,就是自然规律的显示,不仅不应悲痛,还值得鼓盆而歌。中国文学、绘画、书法等艺术综合运用明暗、动静等各种手段,试图用最简洁的文字、色调、笔触来达到的,也就是这一超脱凡尘、和宇宙合一的境界。中国之所以能"大",又是因为中国思想内化了"空"的概念,深刻地把握了"空"的积极性(这一点是和德国浪漫派的重要

---

① Friedrich Schlegel, *Philosophische Lehrjahre V, Kritische Ausgabe*, Bd. 18, p.520.

差异)。王弼注老子"大音希声"一句如下:

> 听之不闻名曰希。[大音],不可得闻之音也。有声则有分,有分则不宫而商矣。分则不能统众,故有声者非大音也。①

"分则不能统众",这里涉及了整体的建构。有了边界,才有实有,实有就意味着分隔对立,故只有虚无才能保证连续性,在连续性中实现过程的完整性。虚无之一无所有,因为它放弃了个体的边界,而以世界本身为边界。中国古人既重视整体性,又深谙虚无和整体的关系,这两点对追求自我超越的西方理论家产生了强烈的吸引力。早在二十世纪初,荣格就注意到,"道"在中国哲学中象征着统一性,是"对立面的非理性联合,有和无的象征"②,是平衡对立者的冲突的"非理性的第三者"③,因为其非理性,故不能由意志的"有为"达到,而必须通过中国式的"无为"。在《平淡颂》中,于连将中国美学的"空"的逻辑后果彻底展开,从而呈现出道家式的反诗学,这是一种以虚无为途径达到全体的美学:要得到五音,即全体声音,只能无声,如昭文之不抚琴;要得到五味,即全部滋味,只能是无味之味。④"淡"成为于连对中国美学的总结,而对中国美学的各种主观演绎,也成为当代西方的诗学思考的重要参照。

这样一来,又出现了一个新的危险。人们会质疑,这是否回到了意识形态的老路,因为这一包容性极强,以至于被迫采用"诗学"这一模糊称谓的系统,仍然是有秩序的,否则不能实现其功能:对混沌世界的极端复杂性进行第一级化简。既然是秩序,就存在神圣秩序和世俗秩序相混淆的可能,这就是为什么人们会指责说,弗·施勒格尔式宇宙主义的真实意图是实现保守的天主教政治,而中国的"天人合

---

① 王弼:《王弼集校释》上,楼宇烈校释,中华书局1980年版,第113页。
② C. G. Jung, *Psychological Types*, *The Collected Works of C. G. Jung*, Vol.6, Princeton: Princeton UP, 1971, p.215.
③ Ibid., p.217.
④ François Jullien, *In Praise of Blandness*, Paula M. Varsano, trans., New York: Zone Books, 2004。参见第七、八两章,pp.65—79。

一"不过是维护皇权的政治手段。但问题关键在于正确的理解角度,施勒格尔拙劣的政治哲学也可以视为宇宙主义的政治化表述,他所咒骂的"革命"不过是破坏和谐的要素的总称,正如宗教在浪漫派眼中不过是"无限"的象征。而维护皇权的"天人合一"是从现实秩序的立场来限制宇宙秩序,而不是将后者作为一个纯粹的引导者。诗学秩序显然不等于现实秩序,其自我否定和自我超越的基本特征,使自身永远处于一种未实现状态。这种原初秩序的建构,目的是让理论和作品实现语义的自由生长和转换,将认识主体和对象之间的静止关系融入一个动态系统之中。许多诗人都描述过这一秩序,对这一秩序的深刻体认,正是诗人被视为先知的根据。在弗·施勒格尔那里,系统的运动方式是"混沌"和"系统"的结合与转换。[1] 歌德的"死和变",早已成为世界规律的隐喻。在里尔克眼里,喷泉的升起又落下就是事物的内在秩序。而在中国怀古诗中,类似"英雄一去豪华尽,唯有青山似洛中"的咏叹不胜枚举,都是在人事变迁和自然永续的对比中探讨万物的秩序。诗学的边界就是可能性的边界,诗学的秩序是一种非秩序的秩序,正因为不能在现实中完成,才成了吸引诗人和哲人投入塞壬怀抱的永恒召唤。对于真正的诗学家来说,有两点是明确的。首先,诗学的目的是包容和消解理论和作品,无论多么精妙的艺术品,多么深刻的理论反思,都是实现诗学秩序的临时手段。其次,包容和消解理论和作品的具体方式,相关于诗人和哲人的创造天赋和文化血脉。显然,每个文化都有自己特殊的包容/消解方式(如佛教的生灭无常,《易经》的阴阳相继,西方人的辩证斗争或有限和无限的循环),只有最深刻的诗人和哲人才能深入到这一方式所处的层面,和这一方式相融合,因此诗学在其真正意义上乃是文化诗学、集体无意识的诗学。

---

[1] Friedrich Schlegel, „Wechselnd zwischen Chaos und System, Chaos zu System bereitend und dann neues Chaos". *Philosophische Lehrjahre IV*, *Kritische Ausgabe*, Bd. 18, p.1048.

四

最后还有一个问题,为什么会混淆诗学和理论?原因很简单,我们并不知道诗学是什么。但是,更为根本的问题是:为何不知?阿甘本给出了一个深刻的回答:现代人遗忘了诗学和实践的区别,从而误解了诗学的本义。希腊人区分诗学、实践和劳动三个概念,其中诗学是具有奠基性意义的环节,因为"诗学建构空间,在此空间中,人找到他的确定性,实现活动的自由和持续,相反,劳动的前提是单纯的生命存在,是人的身体的循环过程,身体的新陈代谢和能量均依赖于劳动的基本产品"①。劳动在希腊人心目中并非人类活动的基本特征,而只是由奴隶承担的、维持生命活动的必要手段。而在现代西方,诗学和实践的区别被取消了,诗学等同于创造性活动本身,而创造性活动的本质是主体意志。同时,劳动上升到价值阶梯的顶部,成为人类活动的总代表。阿甘本将上升过程归溯到洛克,后者在劳动中发现了财产的本原。亚当·斯密进一步巩固了劳动的地位,将其提升为国民财富之源。最后在马克思那里,劳动获得了至高无上的地位,人因为自由的、自觉的劳动而成其为人。由此,一切人类的实践活动都被看作基于劳动,基于物质生命的生产,而艺术生产也成为一种特殊的劳动。

在阿甘本看来,这完全误解了希腊人对于诗学的理解。亚里士多德对行动和制作有明确的种属区分:"因为制作的目的是外在于制作活动的,而实践的目的就是活动本身——做得好自身就是一个目的。"(《尼各马可伦理学》第六卷 1140b)②"制作"(ποίησις)即我们所说的诗学,它和实践活动属于不同的范畴。诗学的界限在自身之外,

---

① Giorgio Agamben, *The Man without Content*, Stanford: Stanford UP, 1999, p.69.
② 亚里士多德:《尼各马可伦理学》,廖申白译注,商务印书馆2011年版,第173页。

它是在其自身之外的某物的起源性原则。行动则限于自身的目的性之内，它的推动原则是意志，"在意志的推动下，行动一直推进到自身的界限，它是被意愿的行动"。① 反过来可以说，"通过行动，意志推进并达到其自身的界限"②。即是说，诗学是为他的，它导致新的事物进入在场，而自身并非是这个新的。意志则是为己的，它以实现自身为唯一目标。

换言之，希腊人思考制作和艺术作品的方式，和我们所习惯的美学方式正好相反：制作（ποίησις）本身不是目的，也并不包含其自身的界限，因为它不是在作品中将自身带入在场，就像行动（πρᾶξις）在操作（πρακτόν）中将自身带入在场那样；艺术作品不是做的结果，不是引发者（agere）的所引发之物（actus），而是一种和导致它出场的原则实质性地相异的东西。③

阿甘本在此发挥了海德格尔《技术的追问》中表述的观点。柏拉图对于"诗学"的定义是："凡是使某某东西从无到有的活动都是做或创作。"（《会饮篇》205b）④ 海德格尔译为："每一种导致了事物由不在场状态过渡／转入在场状态的引发，都是制作，都是产出"（Jede Veranlassung für das, was immer aus dem Nicht-Anwesenden über- und vorgeht in das Anwesen, ist ποίησις, ist Her-vor-bringen.）⑤ 可以看出，海德格尔在翻译时有意避免制作和艺术家／工匠的联系：导致"从无到有"的乃是一种抽象的"引发"（Veranlassung）。艺术家／工匠并非全能的造物主，在导致"产出"（Her-vor-bringen）的四种原因——原料因、形式因、目的因、效果因——中，他只是最后一种，即效果因，他因为考虑和聚集前三种招致方式而成为效果因。四重方

---

① Giorgio Agamben, *The Man without Content*, p.75.
② Ibid., p.76.
③ Ibid., p.73.
④ 柏拉图：《会饮篇》，王太庆译，商务印书馆2014版，第55页。
⑤ Martin Heidegger, „Die Frage nach der Technik", *Gesammelte Werke*, Bd. 7, p.12. "引发"和"产出"两个词遵循孙周兴的译法。

式最终又是在"产出"范围中起作用,"产出把引发——即因果性——的四种方式聚集于自身中,并且贯通、主宰这四种方式"。① 显然,在引发的四种方式中包含了工具性的东西,即手段和目的。手段和目的就是技术,在古希腊人或海德格尔眼中,它只是整个产出过程的一部分。"产出"就是"制作"(诗学),而一切"产出"都基于去蔽("αλήθεια",海德格尔译为"Entbergen"),②去蔽即古希腊人所理解的真理。技术的实质乃是一种去蔽方式,技术在现代获得独立,成为现代人眼中唯一的神祇,是由于现代人在真理观上发生了扭曲。对现代人来说,真理不再是"去蔽"意义上的、存在整体的真理,而成为主体认识活动的成果。因为这种扭曲,现代技术变成了一种向自然提出蛮横要求的"挑衅"(Herausfordern),而非"ποίησις"意义上的产出。③

海德格尔所谓"挑衅"性的现代技术,构成了阿甘本眼中的创造性劳动的内涵。在现代人的劳动视角下,诗学一方面体现为天才艺术家的创造意志,一方面体现为作为认识意志的美学。现代人的关注点从真理转移到了天才,从存在转移到主体,从宇宙的整体性运作转向主体的个体性劳动。对于现代人来说,制作就是主体对于存在物的积极作为,由此造成了一件新的事物,从而印证了艺术家——作为人类的代表——就是一个造物主般的神圣存在。而在希腊人那里,制作是对于物由非在场进入在场状态、真理由遮蔽进入去蔽的被动体验,诗学从其本质来说是真理的引导者和帮助者,而不是以意志改变世界的创世行为。然而,被动性意味着接受人在宇宙中的本真位置,因此它构成了一切活动的开端:"仅仅因为人掌握了最不可思议的权力,即导致事物出场的创造权力,他才能实践,才能实施有意志的、自由的活动。"④

---

① Martin Heidegger, "Die Frage nach der Technik", p.13.
② Ibid.
③ Ibid., p.15.
④ Giorgio Agamben, *The Man without Content*, p.101.

同样,文学理论也是现代技术崇拜的产物,是阿甘本意义上的美学精神的进一步发展。首先,理论也是一种认识论暴力,要求文学作品像自然那样提供能量,这种能量"能够仅仅作为能量本身被开采和贮藏"。① 现代人对于理论的偏爱,是基于理论在知识获取上的高效,这也是一种对于自然(文本)的"挑衅"性的"设置"(stellen)。其次,作为认识的意志,理论同样只能在自身中循环,将自身带入在场,而无法生产出新的东西。理论程序总是要针对具体目标和实现具体目的,其目标、目的又是由理论由之出发的区分标准事先规定好的,不可能超出自身之外,故理论归属于行动(实践)范畴,其强项在于文学系统内部——针对文学结构、功能层面——的分析,而对于文学系统和非文学环境的交流显得无能为力。

理论在现代遮蔽了诗学的光芒,这在心理层面上很容易解释——因为人们在其中看到了一种确定的智力劳动,它比文学更实在,比哲学又更易懂。这种劳动崇拜,是和现代的市场化原则相配合的,然而这一现象背后是现代人特有的形而上学:实有的独尊,导致了对于虚无的排斥,这一排斥恰恰摧毁了诗学的根据,因为诗学只是无中生有的创造过程,所有创造出来的东西从本性上说,都是虚无。

洞悉了这一切,就能得到一个比通常所说的"广义的文学理论"更确切的诗学定义。这一定义包含三个层面:首先,诗学是理论(要素1)。在这一层面上,诗学显示为进入在场状态的存在者、获得了形态的现实性、创造性劳动的成果。其次,诗学是生成理论的诗学系统(要素2)。在这一层面上,诗学被理解为过程或纯粹的潜在性,它是超越了创造主体的隐匿创造者。没有要素2,任何一种理论都不能自称为文学理论,也没有任何一种劳动能自称为艺术创造。第三,诗学同时还是诗学姿态(要素3)。诗学姿态作为动能,使潜在性变为现实性,也使现实性得以返回潜在性,换言之,使系统成其为系统。姿态可以是理论的调配、使用,也可以是作品的反复解读。姿态可以激

---

① Martin Heidegger, „Die Frage nach der Technik", S.16.

烈到法国诗人韩波的地步,要求以外科手术方式将诗从自身去除,可以像阿甘本那样坚持从反诗学的立场来理解艺术,但也可以平淡无奇如某一理论选本的编写活动或博物馆展厅的重新布置。这一姿态的实质不是主体的知识意志,而恰恰是主体试图以某种方式——语言表演或修辞姿态——放弃自身,和存在者之存在,和整个诗学过程合为一体。新的诗学定义不但符合于海德格尔的阐释,也和杜尚的诗学理解惊人地一致。

阿甘本继承了黑格尔的结论,即现代是艺术终结的时代,然而诗学的本性恰恰在这一死亡之点彰显。诗学作为最生动普遍的系统关联,在枯竭的形式、沉默的语词中反而能清楚地呈现。顺着这一逻辑,就可以说,未来社会将成为一个诗学时代。理由是,当代社会越是趋于原子化,个体越是独立自主,对普遍联系的渴望就越强烈,因为只有在关系中才有个体存在。当代社会之所以被描述为"后现代",是因为现有的(现代的)范畴已经失效,不仅一般文化价值,甚至连国家、族群、性别的范畴都开始动摇,这就是"上帝死亡"的最终后果,因为绝对有效的基础和框架已不复存在。在此情形下,人们必须从无到有地生产出一切范畴和所有的有机关联,每一系统单元都将卷入宇宙性的诗学创造过程,将一个世界系统带入在场模式。文学艺术实践和诗学探讨中所设想、所处理的种种问题,都不过是社会层面的创造行为的反复预演,这样说来,诗学系统就是世界社会的模型,它容纳了世界可能给出的无限多的功能模式。

(原载《人文杂志》2015年第12期)

下 篇

跨文化观察的实践

- 冯至与里尔克
- 想象空间中的移位和认识的两难
- 形象与真相的悖论
- 上海犹太流亡杂志《论坛》中的文学文本与文化身份建构
- 中国符号与荣格的整体性心理学
- 格里高尔的"抽象的法":重读《变形记》

冯至与里尔克

里尔克在一些中国现代派诗人心中占有异乎寻常的地位,他的以《豹》为代表的咏物诗和对事物静观的方法,对中国现代诗影响很大。郑敏就借助于这种方法创作了一系列咏物诗,如《马》《鹰》《树》等,表现出静中见动的雕像美。但真正继承了里尔克式潜沉内向风格、并由观物而达到对存在本原思索的是冯至。他接过了里尔克在其晦涩难解的作品中反复质询的诸如生命与死亡、个体与群体、苦难与承担等主题,以一位处于苦难变革时代的东方诗人特有的思维方式和逻辑习惯加以再阐释和创造性转换,从而在他创作的第二阶段产生出对中国现代主义文学深具影响的作品《十四行集》和《伍子胥》。在以下五个方面,冯至和里尔克都有着复杂而千丝万缕的联系,而联系即意味着非同一性,其间的差异既不可避免,又是构成联系的基础,因此同样是本文的关注所在。笔者希望通过这种比较达到对冯至诗歌创作尤其是《十四行集》的进一步理解。

一、对物的皈依

冯至与里尔克都经历了一个由浪漫主义转向现代主义的过程。里尔克早期作品属于典型的新浪漫主义,但当他在巴黎领略了罗丹、塞尚的雕塑和绘画后,精神世界受到很大的震撼,意识到"物"的重要远甚于自我的虚弱情感,从此他把诗思的重心坚决转向了"物",认为艺术家应当像塞尚、凡·高那样把物当作圣者来崇拜。何以如此?因为里尔克从罗丹、塞尚的静物中看出了某种非同寻常的东西(或是学到了某种非同寻常的"看"物的方式)。这种"物"决非普通人眼中作为对象(Gegenstand)的物,而是"纯粹的物"或"纯粹的现象",它是作为存在的原始基础(Urgrund)的自然(用海德格尔的话说,这样的物将天、地、人、神集聚于己身),它的登场可以提示人类存在的图景与真谛,令尘世中丧失已久的人性的声音重新回响。这样的物自行隐匿在日常领域中,唯有"大地上如风的歌声"才能"揭开它的帷幕"(《致奥尔甫斯的十四行诗》[*Die Sonette an Orpheus*, 1923],第1部,第19首),因此诗人的使命就在于用原初语言为在社会习俗中"失名"的万物命名,守护生命根基存在的真实性。这是西方思想史上的一个转折点,即从客体(Gegenstand)向事情(Sache)转变,里尔克以诗人的敏感把握了这一点。这一发现导致了里尔克从印象主义、浪漫主义向象征主义的转变,写出一系列著名的咏物诗如《豹》《罗马喷泉》《旋转木马》等,从此踏上伟大诗人之途。

不管中国诗人能否领会所谓"现象学直观",里尔克在此基础上提出的"诗是经验"(而不是情感)对后起的中国诗人确实有振聋发聩的作用,对他们克服早期浪漫、感伤和泛情的诗风大有益处。冯至1920年代的抒情诗和叙事诗,如《蛇》《我是一条小河》《迟迟》《南方的夜》等,都以浓厚的情感、奇特的意象和感伤的格调显示出浪漫主义特征。但少年童稚纯情的牧笛不可能无休止地吹下去,赖于激情的浪漫诗人注定是短命的,冯至也不例外。《北游》之后,精神和创作上的危机令他意识到以往创作根底的单薄和青春期幻想的空洞,他期待创作方法上的突破,向往"作一首诗,像是雕刻家雕塑一座石像"的境界。这证明他当时(冯至自述是在1930年暑假)已经有了一种异于中国诗坛主潮的诗学理想,他的内敛性格迫使他更深地发掘内心,以此来弥补幻景的破灭。这时他遇见了里尔克的这些咏物诗,它们正好"多半是一座座的雕刻"。① 留德期间,他阅读了里尔克的几乎全部诗作、散文和书信,里尔克成为此后伴随他一生的诗人。里尔克

---

① 见冯至1931年4月致杨晦、废名、陈翔鹤的信,载《新文学史料》1988年第2期,第168页。

令他发现的,除了诗人内心的哀乐外,还有如此广阔的世界。不论美的、丑的,高尚的、渺小的,有生命的、无生命的,只要它是一个"真实的存在者",就有进入诗人艺术世界、获得永恒生命的权利,[①]艺术家的神圣使命,就是要使它们显现(erscheinen)自身。这一点对冯至的启发,比较他前后期的创作就可知道。他前期作品取材范围很窄,无一不是对情感(主要是爱情)的咏叹;后期诗歌则包罗万象,有对人生哲理的思考,有对草木、动物的观察,有对杰出人物的赞颂。而对外部世界的探询,正是20世纪现代主义诗歌的重要特征之一。可以说,里尔克由心向物的转变,是借助于罗丹、塞尚完成的,而冯至则是借助于里尔克迈出了走向现代主义的关键一步。从里尔克那里,他得到了一种同浪漫主义迥异的诗学观:诗并不像一般人所说的是情感,诗是对宇宙和存在物的体验、玄思,为此应该多多经历,多多观看。了解了冯至的这一渊源,就可知他的《十四行集·几只初生的小狗》中的诗句——"我看见你们的母亲/把你们衔到阳光里/让你们用你们全身/第一次领受光和暖/日落了,又衔你们回去/你们不会有记忆/但是这一次的经验/会融入将来的吠声/你们在深夜里吠出光明"[②]——并不只是过去论者所讲的"向往光明",而且曲折地表达了他的"诗是经验"的创作观念。里尔克《马尔特手记》中有一段话是众多研究者耳熟能详的:"我们必须观看许多城市,观看人和物……我们必须回忆许多爱情的夜……如果回忆很多,我们必须能够忘记……因为只是回忆还不算数。等到他们成为我们身内的血、我们的目光和姿态,无名地和我们自己再也不能区分,那才能以实现。在一个很稀有时刻有一行诗的第一个字在它们的中心形成,脱颖而出。"[③]这几乎可视为对于冯至诗的散文化的阐释,同样强调了"诗是经验"这一观念。

---

① 冯至:《里尔克——为十周年祭日作》,见《冯至学术精华录》,北京师范学院出版社1988年版,第484页。
② 《冯至选集》第1卷,四川文艺出版社1985年版,第145页。
③ 里尔克:《马尔特手记》,冯至译,引自《冯至学术精华录》,第484页。

对物的皈依蕴含有重大意义,它意味着走出浪漫主义自我中心的狭小天地,投身于存在本身。借助于尼采的生命哲学,存在论体验在20世纪20年代已经进入中国个别先觉者的视野——半殖民地社会中人民的悲惨生存状况迫使思想者直面这一问题。鲁迅在《野草》中展示的一系列生存论上的悖论式困境,已将此命题凸显出来,使他跻身于克尔凯郭尔、里尔克、陀思妥耶夫斯基的行列。冯至同鲁迅有过师生之谊并深受其影响,①他早期诗歌即已显示出一种沉郁的悲剧美,而后来在哈尔滨时接触到的丑恶现实,使他陷入更为深重的存在危机和精神苦闷,在充满"一望无边的阴沉、阴沉"的天空下,在"女人只看见男人衣袋中装着的金钱,男人只知道女人衣裙里裹着的肉体"的社会中,"我"看到了在现代文明中人性的堕落和生命的无意义,"我"发现先前的圣贤教导一无用处,只有苦苦地思考"我可曾真正地认识自己是怎样的一个人",为个体存在的意义而苦闷。②这为他理解以探讨存在为基本特征的欧洲现代思想(他在德国时,正值存在哲学大行于德国学界)提供了思想起点。但里尔克的独特影响却在于使他从"物"这个角度切入,否则他完全可能像鲁迅那样,首先从生存、从"活下去"的角度去体验存在(尽管他最终回到了生存之思)。而对这个"物"所寓的含义,一开始他还是相当朦胧的,他并没有看到里尔克在塞尚的静物画中看到的东西,他所得到的毋宁说仅是个诗艺上的惊叹号而已,真正的存在体验来自个人独特的存在困境的体验。冯至无疑是明白这一点的,所以他用了十年来等待,直到抗战中民族灾难和个人悲哀相融合,那蛰伏于内心的种子才被彗星的一闪惊醒,才有了表达自己成熟的存在体验的《十四行集》,也用语言为"物"安排了适切的寓所。

---

① 冯至在《鲁迅与沉钟社》一文(收入《冯至选集》第2卷)中提到,鲁迅的小说、杂文《华盖集》以及《野草》里的一些名篇,他们(指沉钟社成员)都抢着来读。对于冯至所受鲁迅的影响,德国汉学家顾彬在《路的哲学——论冯至的十四行诗》(见《关于"异"的研究》,曹卫东编译,北京大学出版社1997年版)一文中有具体论述。

② 冯至:《北游》,《冯至选集》第1卷。

二、人与物的关系

正是在对物的热爱和思索基础上,《十四行集》才可能对存在的一系列命题展开深入探寻。然而在这一问题上首先映入眼帘的就是歧异。里尔克的观点,即要想恢复人与自然在原初状态下亲密无间的关系,让被文明遮蔽的存在重向我们"敞开",就必须尊重物,把自身化为存在物中的一分子,指的绝不是人与物的一种现实关系。对此冯至自始就缺乏理解,他在1931年说:"自从读了Rilke的书,使我对于植物谦虚,对于人类骄傲了。……同时Rilke使我'看'植物,不亢不卑,忍受风雪,享受日光,春天开它的花,秋天结它的果,本固枝荣,既无所夸张,也无所愧怍……那真是我们的好榜样。"[1]这显然带着很大的主观色彩,因为里尔克讲的尊重"物"是说让物成其为物,"中止对于现实的任何判断,是艺术家最高职责"[2](而让艺术品满足于自身,就成为他的美学核心),决非一种人生态度。这一思想之所以对冯至有诱惑力,除了在艺术上的标新立异之外,还因为它似乎暗合了中国知识分子内心潜在的老庄通过"无我""安化"以顺应自然的观点。在《十四行集》中,他赞颂鼠曲草的生存方式,把它作为人类生活的尺度。小说《伍子胥》中的溧水姑娘则是按这样一种存在方式生存着的人物,她没有"自我意识",意识不到自我和环境的对立。里尔克的命题在这里得到了老庄式的解释。

但在现代文明中人与物的疏离这一点上,冯至与里尔克的认识却是完全一致的。冯至《十四行集·我们听着狂风里的暴雨》表达了人与物的分离和人的孤独无依,其中体现了里尔克的两个思想:① 文明社会使人与物分离,人失去了对自然的亲情,失去了家

---

[1] 见冯至1931年4月致杨晦、废名、陈翔鹤的信,载《新文学史料》1988年第2期,第169页。

[2] 转引自绿原译:《里尔克诗选》,人民文学出版社1996年版,第274页。

园；② 大地上的万物，都归依于"重力"法则而同存在相关联，而人则是无根无底的漂流。他写道："当我看见什么东西从窗前落下时(即使是再小的东西)／重力法则大概正猛烈地袭击着它吧！／重力就像从海上吹起的风一样，激烈地／吹走所有的球，所有的果实，／并将它们带往世界的核心。"①就是说，大地万物，都要服从"趋向中心的牵引"(Zug zur Mitte)规律，都有自己的最终归宿，而人则丧失了与存在整体中心的关联，只剩下了渴望、深渊、梦想与虚无，就像冯至诗中所写的，"铜炉在向往深山的矿苗，瓷壶在向往江边的陶泥"，它们都在努力向本原回复，而人为了保护自己的存在，须去拥抱另一个生命。而这种通过"拥抱"得到的存在体认并不可靠，被拥抱者和我们同是易逝者，因此，"只有微弱的灯红，在证明我们生命的暂住。"②

失去了物的依托，人的生存处境必然是悲惨无助的。在《豹》中，豹被"千条铁栏"同世界隔开，"眼前好似惟有千条的铁栏，世界不复存在，在千条铁栏后面"，暗示着人类在文明社会造成的樊笼中受到异化，失去了与整个宇宙的沟通交融，精神上因此产生了昏眩。冯至《十四行集·原野的哭声》中有类似的诗句："像整个的生命都嵌在／一个框子里，在框子外／没有人生，也没有世界。／我觉得他们好像从古来／就一任眼泪不住地流／为了一个绝望的宇宙。"③意思是说，人居住在自我的樊笼中，不同存在本原发生关联，生命就在"玩具的毁弃""丈夫的死亡""儿子的病创"等人事扰攘中耗去，是一个荒谬的世界(绝望的宇宙)。认识到这一点，人就会感到一种深深的不安，一种存在的不确定感和生命的无意义感。里尔克的《杜依诺哀歌》(*Die Duineser Elegien*, 1923)之二中有："你们看，我可以让我的双手十指交叉，或者让我被风蚀的脸庞庇护于手掌之中。这会给我一丝感觉。

---

① 里尔克：《里尔克如是说》，中国友谊出版公司1993年版，第148页。
② 《冯至选集》第1卷，四川文艺出版社1985年版，第143页。
③ 同上书，第128页。

可是谁敢说因此而存在?"①冯至《十四行集·我们天天走着一条小路》写道:"不要觉得一切都已熟悉,/到死时抚摸自己的发肤/生了疑问:这是谁的身体?"②这当然不能完全归于里尔克的影响,真正的存在论体验只可能是切身体验,冯至在《北游》中就有了"匆匆地来,促促地去,什么也不能把定"③的感慨,抗战中的民族生存困境更迫使他思索怎样在宇宙间安排人的位置。但反过来他却可以由里尔克的镜子来透视中国现实,原来传统诗歌中天人合一的自我陶醉竟是迷梦一场,西方人生存环境丧失的危机在中国更是触目惊心。这种认识在中国诗歌史上无疑具有划时代意义。

三、孤独和交流的主题

冯至学习过的克尔凯郭尔、荷尔德林、克莱斯特、尼采等,都是人世间的孤独者,里尔克也不例外。对于他的《秋日》,冯至有一段非常优美的译文:"谁这时没有房屋,就不必建筑,/谁这时孤独,就永远孤独,/就醒着,读着,写着长信,/在林荫道上来回/不安地游荡,当着落叶纷飞。"④令人唏嘘地表达出艺术家漂泊无依的孤独命运,完全可以和尼采的《孤独》("Vereinsamt")中那寒鸦的哀唱相媲美。孤独既是宿命,又是艺术家的高贵气质。里尔克同样强调的爱和交流则充满着形而上意味,《杜依诺哀歌》之八表达了以实存(Existenz,亦作"生存")在空间上的敞开性(Offenheit)来战胜和超越时间上的有限性的思想,新教思想史家勒塞(Kurt Leese)认为,在这首诗里,诗人"借助于无时间的存在之神秘主义,要求绝对的、爱的肯定:对'各种形态的此间物',对在尘世的意识中于此间被看见和被触动的事物,对我

---

① 汉译采用《〈杜依诺哀歌〉与现代基督教思想》中林克的译文,上海三联书店1997年版,第11页。
② 《冯至选集》第1卷,第148页。
③ 冯至:《北游》,见《冯至选集》第1卷。
④ 臧棣编:《里尔克诗选》,中国文学出版社1996年版,第61页。

们交往和使用的事物——我们苦乐的同知者,简而言之,对因其暂时性和羸弱性而不容贬低和滥用的'一切此间之物'"。① 但个人的孤独是本然性的,个体生命向空间的开放只是对自身有限生命的救济,爱和交流并不能从根本上消除个人的孤独。这一点在致莎洛美的信中讲得很清楚:"你应该知道,所谓在接触'人们'是指什么。这并非意味着放弃孤独感。"②

这种爱与孤独的思想被冯至吸收进了《十四行集·威尼斯》。水城威尼斯被用作人世的象征,人世是由千百个孤独寂寞的个体组成的,白天它们彼此作爱与交流的努力,像楼窗一样相互敞开,但到了夜晚,"只看见窗儿关闭,/桥上也敛了人迹"③,又恢复寂寞,每个孤独的个体还是孤独地存在着。但冯至对孤独本然性的强调显然是别有所指的,这从他1937年的《〈给一个青年诗人的十封信〉译序》中就可觉察出来:"他(指里尔克)告诉我们,人到世上来,是艰难而孤单。一个个的人在世上好似园里的那些并排着的树。枝枝叶叶也许有些呼应吧,但是它们的根,它们盘结在地下摄取营养的根却各不相干,又沉静,又孤单。"这是对里尔克孤独的"人生观"的介绍,可是他的落脚点却在于:"谁若是要真实地生活,就必须脱离开现成的习俗,自己独立成为一个生存者,担当生活上种种的问题,和我们的始祖所担当过的一样,不能容有一些儿代替。"④每个人要为自己的生存全面负责,独自承担艰难、孤单的命运,这就是他在别的文章中经常讲的"认真"的含义,而决不是要让人成为耽于个人梦想、寻索、不问人间天灾人祸的"孤独者"。在《十四行集》中,交流与沟通是一个更加醒目的主题,这种交流包括人与人、人与物、生者与死者以及物与物的交流。《有多少面容,有多少语声》讲的是人与人的交流:别人的面容和语

---

① 里尔克、勒塞等:《〈杜依诺哀歌〉与现代基督教思想》,第169页。
② 霍尔特胡森:《里尔克》,魏育青译,三联书店1988年版,第161页。
③ 《冯至选集》第1卷,第127页。
④ 见冯至为他所译里尔克《给一个青年诗人的十封信》写的译者序,三联书店1994年版。

声在我们梦中,是我们生命中的一部分,我们也是过路人梦的材料,是他们生命中的一部分,人类生命融汇成了生命之河。《我们站立在高高的山巅》讲了人与自然的交流和物与物的交流。而艺术家的职责,就是要促进这种交流和沟通:"这中间你画了吊桥,/画了轻情的船;你可要/把那些不幸者迎接过来?"(《画家梵珂》)①这些交流都还是思想本身的事情,用存在主义的语言说,是由思想的委弃和泰然让之而达到的存在者之间的交流,这里显然存在里尔克"实存的敞开"和雅斯贝斯(Karl Jaspers)实存的精神交往思想的影响。但冯至还讲到人与人之间确确实实的现实、情感的交流:"人生的意义在乎多多经历,多多体验,为人的可贵在乎多多分担同时同地的人们的苦乐。"②这恐怕是冯至的真意所在。《十四行集》决不是在一味玄思,有的诗(或说每一首)不过就是针对现实的一种慨叹而已,其中的思想情绪也是芜杂而充满矛盾的。尽管他的的确确知道人作为个体的孤独本性,知道真正的英雄如鲁迅者都是孤独者,并且在他的性格上也深深打上了里尔克那种艺术与主活不相容的纯粹烙印,然而,一旦当苦难的现实似乎真正弥缝了差距,将不同的人如"不同的河水"融为一体,他又多么不忍舍弃这一幻景啊!(《我们来到郊外》)③毕竟,对中国知识分子而言,西洋思想中可信而不可爱者多矣!

四、对生命和死亡的思考

冯至的《十四行集·什么能从我们身上脱落》包含了他对生命的认识,这些思考同里尔克有着明显的联系。首先是变化的思想("蜕变论"是歌德自然哲学的核心,在里尔克作品中则有更完整的表述,因此不能把里尔克的影响排除在外)。里尔克《至奥尔甫斯的十四行

---

① 《冯至选集》第1卷,第136页。
② 《"这中间"》,《冯至选集》第2卷,第124页。
③ 《冯至选集》第1卷,第129页。

诗》第2部第12首同这首诗有异曲同工之处:"祝愿变化吧。哦,倾心于火焰吧,/一个物在火中脱离你,它炫耀变形;/那运筹的精灵精通尘世,/在形象旋摆中,它最爱转折点。/封闭于停驻之中的,已是凝固物;……谁似源泉涌动,认知认出谁,/带他欣喜地穿过愉悦受造物,/它总是以开端结束,以终结开始。/每个幸福的空间乃分离子孙,/它们惊奇地穿越它,自从中变形的/达佛涅有月桂的感觉,她愿你化为风。"①变化是生命的客观规律,变化的过程是周而复始、生生不息的,没有它,精神会变得僵化("封闭于停驻之中的,已是凝固物")。人不仅必须接受变化,而且要有目地欢迎它,赞美它。而《致奥尔甫斯的十四行诗》第2部第13首中"你须领先于一切离别,仿佛它们/全在你身后,像刚刚逝去的冬天。/因为许多冬天中有一个无尽的冬天,/使你过冬之心终究捱过。你须长死于欧律狄刻心里,/更歌唱,更赞美,返归纯粹的关联……"②是说,跨过死亡,人类就从生命的冬天进入了永久的生命。冯至的《什么能从我们身上脱落》包括了这两层意思:我们要像"秋日的树木",把"树叶和些过迟的花朵都交给秋风",像"蜕化的蝉蛾","把残壳都丢在泥里土里"(这就像里尔克讲的,像"涌泉"一样释放自身),不断脱离自身;还要主动地承担死亡——变化的顶点,通过死亡,生命从表象中挣脱,达到了存在的本质,"化作了一脉的青山默默"。③ 所以,冯至又说,生的意义就在于"死"和"变"(《歌德》)。④

在里尔克看来,生命是生与死的统一,此在同时居于生与死这两个没有界限的领域里。他说:"像月亮一样,生命肯定有一直背向我们的一面,这不是它的对立面,而是它们的补充,使它趋于完满,趋于整齐,趋于真实、有救和圆满的存在之境界和存在之球体"。⑤ 要热爱

---

① 里尔克、勒塞等:《〈杜依诺哀歌〉与现代基督教思想》,第80页。
② 同上书,第81页。
③ 《冯至选集》第1卷,第124页。
④ 同上书,第135页。
⑤ 里尔克、勒塞等:《〈杜依诺哀歌〉与现代基督教思想》,第162页。

生命,就必须同时爱死,死亡是人的存在最固有的和唯一确定无疑的可能性。里尔克毋宁说还是崇拜死的,他说,死滋养着我们,我们是"靠逝者生活着"(《杜依诺哀歌》之九)的在者。死者的灵魂比我们更自由,更接近那纯粹的存在本身,"惟有死者骤饮/我们在此间闻说的泉源/当此神向他,向死者默默招手"(《致奥尔甫斯的十四行诗》第2部,第16首)。① 逝者无时无刻不和我们在一起,向我们倾诉,同我们交流,共同组成永恒的存在空间。在《马尔特手记》中,他哀叹道:"谁今天还会关心好好去死呢?没有人。就算是富人,虽然他们有财力去细心安排死亡,也开始变得松懈和漫不经心了;想拥有一个自己的死亡的愿望,变得愈来愈稀罕了。"②这种惊世骇俗的思想给刚刚为西方近代理性文明所激动的中国知识分子带来的震撼是可想而知的——原来是死亡,而非理性才标志着人之为人,原来独特的死与独特的生同等重要。冯至属于少数几个受到这种震撼的人。在《十四行集》中他这样赞扬鼠曲草:"不辜负高贵和洁白,默默地成就你的死生。"③赞扬蔡元培:"多少青年人,赖你宁静的启示才得到正当的死生"。④ 这种死生之所以有价值,在于小草"不曾辜负了一个名称",⑤蔡元培"永久暗自保持住自己的光彩",⑥意指它们都是"自己的"独特的死生。"成就"二字和《什么能从我们身上脱落》中"我们安排我们"都强调了一种自觉性。原来真正的死不是自然发生的(动植物只是夭折),而是被成就的。有了这种对死亡的认识,我们就能脱出习俗的巢穴,真正完成个体的存在。在《伍子胥》中,伍子胥抱着对死亡的充分理解,"谁的身内都有死,谁的身内也有生"⑦冲破了一路

---

① 里尔克、勒塞等:《〈杜依诺哀歌〉与现代基督教思想》,第83页。
② Rainer Maria Rilke, *Die Aufzeichnungen des Malte Laurids Brigge*, Leipzig: Insel, 1926, pp.8-9.
③ 《冯至选集》第1卷,第126页。
④ 同上书,第132页。
⑤ 同上书,第126页。
⑥ 同上书,第132页。
⑦ 同上书,第314页。

的艰难险阻,将自己的现存在提升到最高的本然境界。稍后于里尔克的海德格尔把人的本质定义为"有能力成就作为死亡的死亡"(den Tod als Tod vermögen)①,这是西方思想的一个转折点:理性尚是与神共享的,死却由人所专擅。冯至引入的这种死亡意识无疑是对中国现代个性主义思想的一大贡献。在他之前,只有鲁迅以其远高于同辈的洞察力体验到了这一点(《野草·过客》里就有"前面?前面,是坟")。

可是又必须看到,冯至所说的死总是和生联系着,死和生之间没有高低之分。他所要求的无非还是每个人努力追求和完成有价值、正当的死生,以向死而生的态度面对抗战中的危困。这是同里尔克的神秘主义截然不同的立场。

五、"否定"的价值观:承担和"赠献"

在价值观取向上,冯至和里尔克颇有一致之处。里尔克认为做一个艺术家、诗人,需要的是罗丹、塞尚那样专注的投入与圣徒式的苦行,是约伯式的忍耐和虔信不疑。冯至《十四行集》中歌颂的也不是包罗一切、冲决一切的浪漫主义英雄,而是杜甫、鲁迅、凡·高这样默默忍耐、倔强而痛苦的灵魂,他们身上浸染着朴素的"鼠曲草"精神,终于成了"圣者","升华了全城市的喧哗"。这自然跟时代环境对知识分子观念的改变有关,抗战的严酷环境已同"五四"万象俱新、崇拜个性解放的气氛大相径庭。但也是同冯至的人生观取向不可分的,这种人生观深深打上了里尔克"工作和忍耐"思想的烙印,首先是对自我的弃绝。里尔克背离了浮士德式追求个人主体价值的近代西方思想传统,否定主体价值,让主体消融于"物",把万物当作"主人",而将个体当作"奴隶",去承担、赞美万物。冯至说"这是你伟大的骄

---

① Martin Heidegger, „Bauen Wohnen Denken", *Vorträge und Aufsätze*, Pfullingen: Neske, 1954, p.145.

傲,却在你的否定里完成"(《鼠曲草》),①同样表达了不断自我弃绝的意思。而自我弃绝又是为了承担和"赠献",通过承担和"赠献"才能倾听到永恒的真理。里尔克认为,追求理想世界的行为不是从人的真实处境中产生出来的,因而是浅薄、主观的,人的使命不在于追求所谓彼岸,而仅在于承担。同时又是"赠献",诗人的"赠献"就是赞美——他的一切思索最终归于赞美,赞美那一切有名的、无名的,使他歌唱的一切变得富,而自己则一无所有。

承担什么?承担一切寂寞、贫穷、疾病、艰难。里尔克坚持一种使徒般的纯粹,坚持艺术与侥幸和市侩生活、甚至与人间的幸福都无关,他尽其所能地在孤独中歌唱一切弱小者:早夭的女孩,路边的求乞者,残废人,等等。这样的虔信令冯至着迷,所以他在1931年的信中说:"自足的是我从Rilke的诗里懂得了一点寂寞同忍耐。"②他在《十四行集》中反复咏颂的就是这种精神,蔡元培、鲁迅、歌德都是"属于幽暗而自己努力"的默默的工作者。在《十四行集》中,"宁静"和与之相关的同义词屡屡出现,如:"赖你宁静的启示才得到／正当的死生"(《蔡元培》),"你八十年的岁月是那样平静"(《歌德》);"默默地成就你的死生"(《鼠曲草》),"化作一脉的青山默默"(《什么能从我们身上脱落》)等。汉语中"宁静""平静"等词都含有自足、沉着、忍耐之意,对宁静的个体(人和物)来说,寂寞不是强加的,而是主动认同的生存方式。这种宁静在对艰难的忍耐和承担中显示了生命的光辉。鲁迅"不知经验过多少幻灭,但是那'一觉'却永不消沉";③杜甫"在荒村里忍受饥肠,／你常常想到死填沟壑"。④冯至是把艰险看作对个体的磨砺和考验,在这种考验中,个体的生命意义得到张扬和焕发。

这些苦难与孤独的承担者,却又是人间慷慨的赠献者。杜甫"不

---

① 《冯至选集》第1卷,第126页。
② 见冯至1931年7月致杨晦、陈翔鹤的信,载《新文学史料》1988年第2期,第169页。
③ 《冯至选集》第1卷,第133页。
④ 同上书,第134页。

断地唱着哀歌,为人间壮美的沦亡",使自己的一生成为一切逝者的祭享;凡·高在不幸中却不断尝试,要用艺术把不幸者迎接到阳光下来;鲁迅用一生来维护这个被愚蠢者毁坏的时代;歌德为万物贡献出不朽的真理。他们都是大地上的歌者,用赠献成就了独特的死生。

里尔克的承担和"赠献"思想之所以会令冯至感到亲切,是因为它对中国现实社会问题具有针砭意义。冯至痛恨传统的中国人对待生命之悲哀的态度,他们不是蒙混、逃离,就是任时间来洗刷掉痕迹。在抗战的严酷环境中,他更感到里尔克那种工作与忍耐精神之可贵,憎恶徒然流于口头的宣传以及痴人说梦般大谈民族新生的做法,要求人们认真承担起时代艰虞,在幽暗中默默努力。所以他说:"人需要什么,就会感到什么是亲切的。里尔克的世界使我感到亲切,正因为苦难的中国需要那种精神:'经过10年的沉默,工作而等待,直到在缪佐他显了全部的魄力,一举而叫什么都有了交待'。"[①]这里,他同里尔克达到最高的契合,他在里尔克身上看到了中国人最欠缺的东西,无疑,这是吸引他长期专注于里尔克的根本原因所在,他对里尔克也更多是从这方面理解的。

但又恰在这里,他们之间最深刻的歧异逐渐显明,这是前面几个方面中隐含的差异的总爆发。貌似相同的语词往往能显现最大的差异,差异又恰恰是联系和吸引的必然基础。里尔克的承担、"赠献"思想的确可以表现在人生价值的行为取向上,他的人格追求的确是"歌者"般的纯粹,但他的思想决不限于或者说主要不是一种人生价值观,尤其是他的生命结晶《杜伊诺哀歌》《致奥尔甫斯的十四行诗》,那是同人生价值观完全无关的,否则他就不会成为引导海德格尔的哲人般的诗人了(海德格尔反对"价值"这种由主体设置的东西)。他讲的"赠献"即是献出自身,即是承担,承担即是对意志的自行放弃,放弃即是听凭天命的召唤,而这一切都是思想本身的事情。他的核心观点"学习爱情"决非指人道主义的情爱,而是思想的委弃和思想的

---

① 冯至:《工作而等待》,《冯至选集》第2卷,第170页。

无限之爱。① 在现实中他倒是表现出了从生活义务中逃遁的消极色彩。而20世纪的中国诗人还有另一个召唤,那就是现实的召唤。冯至歌颂的鲁迅、杜甫、凡·高当然也是大地上的"歌者",通过对苦难的承担倾听真理,昭示真理,然而这种"歌唱"或者"赠献"是有着实实在在的现实负载的,是在行使拯济苍生的使命。同里尔克的逆来顺受相比,冯至显著地突出了"决断"和自由选择,认为"越是艰难的决断,其中含有的意义也越重大"②。在这个问题上他接受了克尔凯郭尔"非此即彼"的宗教过激主义观点——人只能是作为非本然的或是作为本然的而实存,而要摆脱世界的破灭,将自己提升到本然的存在,关键是靠决断。因此,他称决定抗战的那几天"是我国民族百年来未曾有过的最美好的时日",就因为这是民族决断的关键时刻。③ 伍子胥则是冯至在小说中创造的能运用"决断"进行自由选择、代表着民族新生的人物。

现实决定了联系,又决定着差异。所以不足为怪的是,同样由"物"出发,里尔克走向了思想的委弃和赞美,走向了"与大地精灵相往还"的《杜依诺哀歌》,而冯至却走向了中国知识者(如鲁迅)的归宿——主存之思。所以里尔克的作品是一种纯粹基于个体深层经验的冥想,他飘渺摇曳的诗思始终在上帝之门前盘旋,而缺乏对时代的历史性洞察。而冯至所谓"沉思的诗",却在对时代主潮的表面疏离和对个人性捍卫的表象下,已暗暗渗入了一种无所不在的非个人性。一方面他欲探索"人世间和自然界互相关联与不断变化的关系",④一方面又免不了向主流意识靠拢,欲充当外在价值的宣讲者,并未曾远离"外间的喧闹"。可以说,他的存在—超越者之思因含有伦理价值

---

① 解志熙的《生命的沉思与存在的决断》一文(《外国文学评论》1990年第3、4期)未注意到这一点,在里尔克思想中也并无一种解文中所说的存在主义的人生观(可参见《杜依诺哀歌》)。解先生根据里尔克同晚辈卡卜斯的书信得出这一结论,恰恰忽略了书信是一种交往手段,这十封信又是里尔克早年所写,因而很难说代表了他思想内涵的实质。
② 冯至:《决断》,《冯至选集》第2卷,第147页。
③ 同上书,第148页。
④ 冯至:《外来的养分》,《外国文学评论》1987年第2期,第7页。

目的而始终半心半意,这在一方面制约了他向诗艺前卫性的靠近,使他在哲学高度和完整性上也许难以同里尔克媲美,但也因此显示了自己的鲜明特色而未成为里尔克的翻版。在冯至的作品中见不到里尔克、瓦雷里那种悲观气息和那喀索斯般的自恋情结,见不到神秘主义的极端体验,它们朴实、圆融得多,也简单得多。这种变异不是冯至一人的问题,循此追问下去,我们接触到的是两种思想传统间难以跨越的鸿沟。支撑在里尔克背后的是整个基督教传统,只是并非正统的被经院哲学论证为"最高价值者"的上帝(这一上帝经过尼采等人的抨击业已死亡),而是一种"神性",是基督教的一支异端——源自狄奥尼修斯(Dionysius)的神秘主义。① 无论如何,"天、地、人、神"四元中神这一元是不可少的,专注于这一神性的倾听,人才能达到纯粹。而神这一维度在中国思想史上自开始就不存在(中国思想中只有天、地、人),因此人的必然归依就是社会,"天人合一"的惯性使诗人不能从历史中抽身而出,达到精神上的纯粹。学习里尔克、荷尔德林者在中国大有人在,最终不是沉迷于感情(如海子),就是消融于社会(如冯至)。这是每一个中国探索诗人无法回避的悖论性难题。

总之,里尔克对冯至的深刻影响一方面使他疏离主流话语而以生命本身作为思考对象和诗性主体,造就了冯至作品特有的沉思色彩,《十四行集》《伍子胥》不仅艺术精湛,而且有崇高的思想内涵。另一方面,文化传统决定的现实关怀又使他同里尔克在趋近的同时又相背离,更使许多中国诗人对向里尔克靠拢持犹疑态度,即如冯至这样有限的"沉思"亦是硕果仅存的偶然现象,这也是里尔克式孤芳自赏在中国不及奥登式干预主义受欢迎的缘故。

(原载《外国文学评论》2000年第2期)

---

① 参见勒塞:《里尔克的宗教观》,见《〈杜依诺哀歌〉与基督教思想》。《杜依诺哀歌》中天神的等级就源自狄奥尼修斯的教阶体系。

想象空间中的移位和认识的两难
——以德国对中国文化想象的结构性转变为重点

2004年11月由洪堡基金会和同济大学共同举办的中德文化交流(Interkulturelle Kommunikation Deutsch-Chinesisch)研讨会上,来自斯图加特的文学教授许恩哈尔的报告特别让我感到兴趣。他说,西方比较文学研究的开展实际上是有其先决条件的,研究的主体和对象都居于邻近的地理区域,比如都在欧洲,或环地中海,他们的语言相近,或分享着共同的文化传统,但这些条件都不存在于中德之间,所以德国的比较文学学者在处理中国文学的问题时感到特别棘手,譬如对我们的后殖民主义文学如《围城》,近年来的女性身体写作如《玫瑰门》等等,都难以找到适合的分析模式,因为和西方流行的跨文化后殖民小说相比,前者的作者通过各种东方西方式的讽刺揶揄,排除了同作品中人物混同的任何可能,对于文本中的中西文化冲撞也是持一个中立者的态度;后者描写的变态的、充满统治欲的母亲形象,使它迥异于西方现代派的俄狄浦斯式父子、父女冲突的传统,而它使用的叙事技巧和寓以的暗示,又完全不同于当代西方文学中的母女冲突如耶利内克的《女钢琴师》等。一句话,我们之间如此的不同,文学上的沟通何以可能。[①]

其实在他之前,所谓"第三世界文学"这个概念在中国已被炒作

[①] 感谢许恩哈尔(Rainer Schönhaar)教授让我参阅他未发表的会议论文"Gedanken zu einem transkulturellen Konzept der Vergleichenden Literaturwissenschaft aus Anlass des Wandels in China heute"。

多年,这实在是一个"后人文主义"的语词,一个退缩的充满着怜悯的概念。它的意思不外乎,对于后起民族国家的文学,不能用西方传统的美学标准来评判它,因为那样的话,它们就成了低下的三流的文学("第三世界小说不能供以普鲁斯特或乔伊斯那种满足"①),所以只能用它们自身的标准来对待它,把它看作"民族国家的寓言",于是"第三世界文学"和"西方文学"之间就判然划开了界线——我们是完全不同的。但我还是感到奇怪,因为我一直以为这个概念是美国多族群多元文化的产物,在德国这样一个人文主义传统深厚的国家大概并非如此。就在前不久,我翻译了德国波鸿大学的德语文学教授波拉赫(Martin Bollacher)的论文《歌德的世界文学构想》,对其中引用的歌德那段话还记忆犹新——波拉赫显然也是维护歌德传统的。② 歌德曾读到一本照爱克曼看来表现了一种迥异特征的中国小说,这触发了爱克曼1831年1月31日同歌德的对话,在其中诗人呈出了他为世界文学的辩护词。出乎爱克曼意料,歌德这样回答他:

> 那里的人们几乎和我们完全一样地思想、行动和感知着,我们很快就觉得自己和他们是同类(着重号为本文作者所加),只是那里的一切来得更加明朗、纯净和合乎道德。那里一切都是明智的,市民化的,没有过分的激情和诗意的奔放,在这一点上同我的赫尔曼和窦绿蒂,以及里查得森的英文小说有许多相似处。可它们之间还是有区别,在他们那里,外部自然总是在人物角色身边一起生活着。

这段话大概从事文艺理论研究的人都耳熟能详,而歌德本人,后来简直就成了东西一体的象征和最有力量的论据,谈到东西交流的意义,我们只消说,"看看歌德吧……",谈到能不能交流,我们只消说,"看

---

① Fredric Jameson, "Third-World Literature in the Era of Multinational Capitalism", *Social Text*, 15(1986), p.68.
② 参见马丁·波拉赫《歌德的世界文学构想》,范劲译,《中文自学指导》2005年第4期。

看歌德吧……",谈到交流的方法,我们也只消说,"看看歌德吧……",歌德给了我们无限的信心,一个信心的筹码,似乎完全能抵消上帝在巴别塔的作为。因为歌德揣有世界文学的愿望,又因为他写了《西东诗集》和《中德晨昏四季咏》等具有东方风味的诗歌,人们自然地把他和东方精神联系起来。我的印象中,第一个将歌德的名字明确地同中国精神相提并论的是辜鸿铭,他1898年出版的《论语》英译的副标题就是"引用歌德和其他西方作家的话注释的一种新的特别翻译",就是说,精神的相通性使孔门教义在歌德那里能得到很好的发挥。之后,歌德和孔子或中国精神的类比一度如此盛行,以至成了二十世纪上半叶中国文化市场上的一个套话,①捍卫中国文化的,主张学习西方的,都会将其纳入自己的话语策略,至少中国比较文学发展从这种类比中受益良多(梁宗岱的《李白与歌德》早就成了中国比较文学的经典之作)。同样有不少德国人乐于提到歌德和中国精神的同一,即使没有直接说到同一,但当时众多的探讨歌德同东方关系的文章,也暗示了一种相通的可能,譬如:1923年创刊、对德国文艺学发展有重要作用的《德国文艺学和精神史季刊》(*Deutsche Vierteljahrsschrift für Literaturwissenschaft und Geistesgeschichte*)在第二期就刊登了耶利希(Erich Jenisch)的《歌德和遥远的亚洲》。德国汉学界的老权威福兰阁(Otto Franke)在1932歌德年,也为《研究与进步》(*Forschungen und Fortschritte*)歌德纪念专号写了《歌德和中国》。其中最著名的当然是卫礼贤,卫礼贤在东方和西方处处感到相同,"同"是他作品的一个关键词,也是他对待世界的一个基本姿态。东方人和西方人同是上帝的孩子,东方人现在跟欧洲同样面临技术带来的文化崩溃,歌德的理想同样在中国经典中闪烁,歌德对待生活的态度跟孔子相近,可他同时又跟老子相像——因为他们都是僵化的柏拉图学说的对立者,所以总的来说:"我们在东亚遇到了一种生活观,这种观念在欧洲为歌德第一次有意

---

① 譬如郭沫若等的《三叶集》,唐君毅的《孔子与歌德》等等。

识地履行,歌德使它成为他那时代的自然科学的伟大对峙"。① 这种观念是什么呢?就是宇宙的伟大和谐和鸣,就是中庸的理想,这种观念将卫礼贤深深感动,不由得以拿撒勒的耶稣名义宣布,即使在过去有所谓上帝的选民和异教徒之分,"但是过去通行的是一回事:今天,无论如何我们不再承认界限。今天涉及整个人类"。② 实际上,整个魏玛共和国时期德国人的那股"中国热"都充溢着一种"同"的热情——孔子和老子的格言让经历了一战浩劫的人民感到安慰,这种安慰又同他们对本民族文化英雄人物歌德的再认识相应和,相补充——正是这种热情,造就了卫礼贤这位前青岛传教士在德国文化市场上的空前成功。

抱着这样一个疑惑,当我两个月前在德国度假时,又仔细翻阅了德国近年的主流理论刊物,马上就读到《德国文艺学和精神史季刊》上的一篇文章,文章指责德国比较文学界转型的缓慢,要求从差异的角度来重新理解歌德的世界文学概念。他这样说,尽管德国比较文学界已经将视线向非欧洲文学扩展,开始放弃欧洲对"世界文学的垄断",但是:

> 德国比较文学的这种转型来得并不够彻底。他们的努力还仅停留在那种认识上,即在由媒体沟通而实现的国际性紧密纽结的今天,世界文学应该重新考虑和表述她对于世界的民族间的相互理解的可能的贡献。但世界文学这种扩大了的语境常常是过于轻率地从全球性的一体化趋势中引出的:它的"基础在于不断地将原本不同的生活世界拉平,在于不断增长的将非共时性削平为共时性……"③

即使埃及日耳曼学者布比亚(Fawzi Boubia)从对话角度来重新理解

---

① Richard Wilhelm, *Der Mensch und das Sein*, Jena: Diederichs, 1931, p.122.
② Ibid., p.45.
③ Doris Bachmann-Medick, "Multikultur oder kultuelle Differenzen", *Deutsche Vierjahrsschrift für Literaturwissenschaft und Geistesgeschichte*, 4(1994), p.587.

歌德世界文学概念的提议,也仍然不能让作者满意,因为对话仍然无法凸显差异的冲突性品格。另有一篇《地区和地区主义》的核心观点是,地方特色是想象的产物。而这也同我们的话题相关,因为想象就意味着和真实发生了根本的断裂,认识停留在认识者头脑之内,和认识对象本身还有一个无可跨越的鸿沟。① 对德国自己的"地区"尚且持这种悲观的看法,何况遥远的"中国"。

我意识到风向改变了,因为《德国文艺学和精神史季刊》实在是非常能代表德国人文科学研究势态的老牌刊物。这让我联系到了其他领域发生的一系列变化,特别是时下讨论得如火如荼的翻译问题,比如什么翻译的政治,翻译的不可能(有人甚至建议改变"翻译"这个西方中心主义的名词,把它改成诸如"位移"之类),等等,这种联系绝非任意而为,因为文化间相互认识无非是放大了的翻译问题。这可能又是由一些当代前卫理论家促成的,特别是法国的后结构主义者,同和异的问题是这些现代辩者们的重要议题,而对差异的坚持又是他们的核心原则。翻译在德里达那里经历了一个极度的抽象化过程,现在成了在同一和差异以及差异之间的可译性问题。他谈及谢林对康德把大学分为神学、法学、医学、哲学的提法的著名指责,谢林认为康德的区分已经设定了世界的原初统一为基础,而哲学/艺术作为对这个"太一"的"翻译",不需要被设成一个专门的专业,德里达把谢林的批判矛头掉转过来,指出谢林泛神论的统一又只能以区分和个体性为前提,统一离不开差异性。② 而福柯眼里的东方是一堆乱七八糟,没有章法的符号,它们是博尔赫斯散文中被莫名其妙地分类的中国百科全书,拒绝理性的任何介入和整理,为理性设置了界

---

① Hans-Peter Ecker, „Region und Regionalismus. Bezugspunkte für Literatur oder Kategorien der Literaturwissenschaft?", in: Deutsche Vierteljahrsschrift für Literaturwissenschaft und Geistesgeschichte, 1(1989).

② 参见 Jacques Derrida, „Theologie der Übersetzung", Übersetzung und Dekonstruktion, Alfred Hirsch, ed., Frankfurt a. M.: Suhrkamp, 1997。

限。① 这个传统自然还可溯及卡夫卡,小说《中国长城建造时》中,中国作为绝对他者而出现,中国长城如同巴别塔一样,本身就是沟通的无可能的象征。这样看来,在我印象中向来保守,曾经对1960年代由法国结构主义者引发的方法论勃兴抱拒斥态度的德国,也已经在思想界大潮推动下,磨磨蹭蹭,情愿不情愿地进入"后现代"了,也在用后现代之眼来观察中国这个新近变得密切的政治上和贸易上的朋友了。

西方文化越来越清楚地表示,它们不认识中国,或不再认识中国了,一些报刊甚至用"怪物"来形容中国,中国的经济模式,中国的社会状态、心理倾向,还有他们曾经钟爱的中国文化,全都看不懂了,这自然有其消极影响,这无非表明,在经济联系紧密的同时,我们文化上的鸿沟却越益明显。但从另一角度看,这其实是一种认识范式的改变,是西方对他者、异者认识范式的改变,由对共性的强调转向差别,由泛神论到解构主义,由世界文学到第三世界文学。在像霍米·巴巴这样的后现代主义者这里,歌德的世界文学概念获得了一种奇怪的解释,不再是"我们大家共有的",而似乎成了"既不是你的,也不是我的",世界文学的体现者要到那些没有故乡的移民作家中去找,因为现代世界的基本状况就是无家可归②。以下是他为世界文学研究指定的对象领域:

> 一度,民族传统的传播是世界文学的主题。现在,也许我们可以提议,移民、被殖民者或政治避难者的跨民族历史——这类边际性和前沿性状况——才是世界文学的疆域。这一研究的中心既非民族文化的"主权",亦非人类文化的宇宙主义,而是聚焦于莫里森和戈德莫在他们的"非家的"(unhomely)小说中呈现的

---

① 福柯:《词与物·前言》,莫伟民译,上海三联书店2001年版。
② Homi K. Bhabha, *The Location of Culture*, London: Routledge, 1994, p.11.霍米·巴巴提到"现代世界的'非家的'状况('unhomely' condition)"。

"反常的社会和文化移位"。①

"世界和谐"的乌托邦理想为"世界不和谐"代替,因为对后现代主义者来说,合理的矛盾、冲突远比一元化的平庸"和谐"富于创造力。处在这样一种时代氛围中,就是德国人文传统的维护者波拉赫的论文也首先必须从个别性方面来为歌德辩护。

认同和拒斥实际上都包含于同一文化主体之中(故众多后现代主义者,不管是杰姆逊还是霍米·巴巴都声称继承了歌德的传统!)。老舍的《二马》完全可以看作一部巧妙的后殖民小说,我觉得它描写白人的态度方面更为客观和具有隐喻性。小马和老马作为外来移民来到伦敦这个殖民者的首府,对于殖民者来说,就面临着文化阐释的必需,这种阐释在马家父子和房东母女的恋爱冲突中展开。可以说,这部小说在很大程度上是不循常规的,这里有很多的模糊空间。譬如在性和知识(这是构成殖民者权力的最重要的两方面)的吸引力方面,敢和外国人打架的小马显然是优于又老又迂腐的老马的;在偏见方面,房东女儿按道理(按浪漫主义的想象)应该比老太太更少更开放。最后的结果却是,他们接纳了老马(至少在心理上更愿意接受老马),摒弃了小马,老马的求爱行动小有收获,小马则一败涂地。正是在这个意义上,我说它描写白人的态度方面更为客观和具有隐喻性。或许我们可以这样解释,老马同寡妇温都太太进行了更有效的沟通,进行了更有效的文化交换——老马的殷勤让她认识到两人同处于弱者的境地——,所以作者的评论"在这一点,我们不能不说马则仁先生有一点天才"并不全是讽刺,这种交换本来在小马和房东女儿间也可以,甚至更容易发生,马威那种理念性的激烈反抗和自恋恰恰说明了他已被更彻底地殖民。但这只是一种解释,确凿无疑的隐喻性暗示只是:这同一个白人文化在这里表现了对中国文化同时是认同和拒斥的两面(两难?)——如果我们认同那个后现代原则"文化就是翻

---

① Homi K. Bhabha, *The Location of Culture*, p.12.

译本身"——这同一个白人文化兼有认同和拒斥两种冲动,它根据自己的需要出牌。

也可能不知道如何出牌!在一篇从后殖民主义角度讨论卡夫卡《在流放地》小说的论文中,作者用卡夫卡小说中那个狂热的执刑军官为例,补充了霍米·巴巴的"模仿"理论。① 霍米·巴巴指出,宗主国往往有希望当地土生人"模仿"自己的情结,但这种"模仿"因为它诡异的"似是而非"("almost the same, but not quite"),往往又让殖民者困惑,侵蚀和败坏着他们纳喀索斯式(Narcissistic)的自我感觉。这样一种"模仿"在卡夫卡那里当然也有体现(如《致科学院的报告》),但是照论文作者说,重要的是,卡夫卡还呈现了一种完全相反的模仿倾向,殖民者也有模仿被殖民者的渴求,殖民者强加在被殖民者头上的桎梏和痛苦,也可能在殖民者类似性倒错般的主体迷乱中,被误认成自身渴望的对象,就像《在流放地》中的执刑军官,他在权力最高点的时候也羡慕被他所折磨的对象,并最终亲自品尝了他理想中的死刑的滋味。② 这种双重模仿的存在,再清楚不过地表明了白人文化对于异民族态度的游移不决,而其根源只在于自我内部的游移不决——我也不知道我想要什么。所以当代的对东方的陌生感,也可以说是对自身陌生的表征,不认识东方了,意味着不认识主体自身外的客观世界了,反过来,当主体站在自身之外来审视"自身"这个客观世界时,这种认识上的沮丧主义又会使他说,我不认识这个"自身"了,我没有把握说我确切地了解这个"自身",果然,我在许恩哈尔这篇报告中,就看到了这样一句话,"过去时代的民族文学文本在现今,就跟当代其他语言的

---

① 参见霍米·巴巴 *The Location of Culture* 中"Of Mimicry and Man: The Ambivalence of Colonial Discourse"一章。

② John Zilcosky, „Wildes Reisen. Kolonialer Sadismus und Masochismus in Kafkas 'Strafkolonie'", *Weimarer Beiträge*, 1(2004).

或出自另外的文化语境的作品一样显得陌生"。① 认识的两难无非反映了主体处境的两难。

同时可以说是好事,因为它意味着对中国认识的深入。我举个反例。如果说卫礼贤是"同"的代表,那么正统汉学派的福兰阁和佛尔克(Alfred Forke)可算是"异"的拥护者,在他们用科学方法来研究中国文化的主张中,毫不掩饰自己局外人的姿态,这遭到了卫礼贤的强烈反驳,他要求一种同情理解,一种亲历(erleben)②。然而事实上,不论他对欧洲中心主义持多么强烈的批判态度,他也只能从欧洲既有的资源来寻求解释的手段,于是这种翻译阐释从绝对忠实"原文"的角度来看,就很成问题了,譬如:

> 乾知大始,坤作成物。(《系辞上》)

他这样解释:"创造者(乾)造成所有变化的萌芽。这些萌芽最初是纯精神性(geistig)的,因此它们并不能引起行动和行事。乾在不可见者中作用,他的领域是精神(Geist)和时间,而领受者(坤)却在按空间分布的物质中作用着,成就着已成的、空间性的事物。创生的过程在此追溯到了它最终的形而上深处。"下面的注解是:"在这一点上,乾坤的原则和希腊逻各斯和厄诺斯的原则靠得很近了。"③又如:

> 范围天地之化而不过,曲成万物而不遗,通乎昼夜之道而知,故神无方而易无体。(《系辞上》)

---

① 见 Rainer Schönhaars, „Gedanken zu einem transkulturellen Konzept der Vergleichenden Literaturwissenschaft aus Anlass des Wandels in China heute".

② 这一点早就遭到批驳,徐道邻批评福兰阁 1930 年版《中国通史》第一卷,主要针对福氏的客观主义意图,针对他要摒弃所有儒家的成见来研究中国文化的意图而发,其核心观点是,中国文化很大程度就是儒家文化,中国人的认知和生活方式跟孔子思想密不可分,所以写一部非儒家——即非中国——的中国历史研究无异于空想。这实际上是说:你不跟我认同,你就不可能真正了解我。见 Hsü Dau-Lin, „Rez.: Otto Franke", *Sinica*, Jahrg. 1931, pp.127-131。而张君劢等人最欣赏卫礼贤的,就是他的"亲历"的态度。

③ *I Ging: das Buch der Wandlungen*, Richard Wilhelm, trans., Düsseldorf, Köln: Diederichs, 1981, p.265.

卫的解释:"易经原则包含了万物的范畴(Kategorie),按字义就是铸模和一切变化之范围。这些范畴在人的精神(Geist)中;所有生成着和变易着的,都必须服从由人之精神(Menschengeist)规定的法则。只有通过这些范畴的生效,事物才能成其为事物。由于易经给出了这些个范畴,所以能够透析和解悟明和暗,生和死,鬼和神的运动。……人之所以能对命运有所作为,原因在于,现实总是由这些时空条件决定和限制着。但精神却不受这些规定的束缚,而可以将其来引导,正如它的目的所要求的那样。"①于是中国语词"范围"被翻译/转化成了康德的范畴,这些范畴居于精神之内,使物质得以向人的心智呈现。作为在西方流传最广,影响最大的易经译本,如果说卫礼贤的好处是逻辑上的清晰,我们也只能慨叹"逻辑的,太逻辑的了"!这样一种极其强大的逻辑力量,为易经的卦象规定了从物质到精神清晰的上升路线,使他几乎要得出《易经》是要人领会上帝的秘密的结论——他的许多表述让我获得这种印象,譬如,在一篇名为《对立和契合》的演说中,他从"暌"卦讲到"同人"卦,为我们勾勒了一个浮士德式的精神从凡间升到天堂的过程,"暌"表示的抵牾对立为"同人"中的"精神性"(das Geistige)所克服扬弃:

> "亨。利涉大川。"这就是所谓过渡到了宇宙。神圣的小树林前的水泽在古代中国被称为"大川",要在盛大的春季节日进入神圣的小树林,就必须涉过这片水泽。由此人们进入了地上的神性领域,神性也就临近了人们。②

同人于野获得了神学含义,这对我们许多人来说可能是陌生的,因为这跟儒家讲的"君子以类族辨物"相去甚远。难怪他的死对头佛尔克要整个怀疑卫礼贤翻译的价值,在他的《古代中国哲学史》中,除了介绍同时代的易经研究文献外,他还特别忘不了提醒读者"卫礼贤译文

---

① *I Ging: das Buch der Wandlungen*, S.275.

② Richard Wilhelm, „Gegensatz und Gemeinschaft", *Der Mensch und das Sein*, p.197.

须得小心使用,因为他把许多对中国人来说陌生的现代思想加入了他的解释中,而且无节制地放纵其幻想力。"①非但如此,佛尔克在学理上批驳的同时,还无意中道出了他的意识形态内涵:"卫礼贤本人是很好的共和主义和和平主义者,这一点可以从字里行间读出来……"——这是针对卫礼贤说孔子和康德理想中的政府形式都是共和制而发的。② 这无疑揭出了对异文化理解的一个两难局面,认为两者不同,自然是我是而他非,两者相同,则他者如我。所以许恩哈尔提到,现在再讲歌德和孔子的同一,不管是出自卫礼贤还是当代学者德博(Günter Debon),都已经没有多少人相信了。③ 这也提醒我们,卫礼贤作为伟大的汉学家和沟通者,不管在情感上与中国是多么认同,但在思想根底和意识深处仍然同我们千差万别,卫礼贤的同情理解还是一种基督中心主义的理解。④

无论如何德国人不会承认他们对中国文学的认识真的比卫礼贤时代倒退了。现在,顾彬主编的十卷本中国文学史即将全部面世,这是西方世界迄今关于中国文学一次最系统庞大的想象工程,它和慕尼黑大学施寒微(Helwig Schmidt-Glintzer)1990年版的《中国文学史》,接替了老掉牙的顾路柏(Wilhelm Grube)1903年版的《中国文学史》,后者在二十世纪大部分时间都没有像样的竞争对手。而相比二十世纪上半叶,只有茅盾的《子夜》和少数几个作家的单篇作品有了德语译本的状况,中国当代作家得到了相对系统性的译介,现在遭抱怨的只是翻译的质量问题。

---

① Alfred Forke, *Geschichte der alten chinesischen Philosophie*, 2. unveränderte Auflage, Hamburg: de Gruyter, 1964, pp.13-14.

② Alfred Forke, "Rez.: Wilhelm 1925", in: *Logos*, 15(1926), p.224.

③ Rainer Schönhaar, „Gedanken zu einem transkulturellen Konzept der Vergleichenden Literaturwissenschaft aus Anlass des Wandels in China heute".

④ 我赞成孙立新的观点,即卫礼贤是用基督教中心主义代替欧洲中心主义。参见: Sun Lixin, "Richard Wilhelms Vorstellung über den Kulturaustausch zwischen China und dem Westen", *Richard Wilhelm: Botschafter zweier Welten*, ed. Klaus Hirsch, Frankfurt a. M.: IKO-Verl., 2003。

不过同时更是对自身认识的深入，它意味着，传统的西方美学价值已经遭到了他们的怀疑，它的地位在动摇，这或许能促成一种真正的交流。这其实该理解成一种敦促和恳请，即西方的学者敦促我们在文化交流中发挥更积极的作用，发出更多的声音。哈贝马斯在几年前访华时，对中国问题表现出惊人的谨慎，也属于同一种姿态。他在同崔健、姜文、周国平等这些中国的先锋派人物交谈时，没有对中国的现代化发表任何建议，反而说，他羡慕中国的知识分子，因为他们处在一种特殊情景中，这里他们要么能发挥积极的作用，要么干脆不做知识分子。而这种情景显然是用西方的那些传统概念比如自由、民主、人权等不能完全驾驭的，至少欧洲人现在应该就这些理念和其他文化展开对话，寻找在这些问题上的共识。德国《时代》报在报道这篇谈话时，副标题中有一句："好像人们不再听得到他自己的声音。"①

我倒不相信，主客二分的方式可能改变（改变这种方式的呼吁在卫礼贤就很明显了），因为这乃是人类认识的无奈命运，但或许，这多少能改变我们在注视客体时的姿态，多一分谦卑，而谦卑在后现代时代，已不仅限于主体内部的反思反省，而是意味着为他者腾出更多发言的机会，东方的价值会越来越多地混入西方的主流价值中，产生有价值的变异。所以，问题关键所在，不在同与不同的争论，而在于视角的交换，而这种交换就意味着权力——如果说权力的实质照福柯或德勒兹看来是语言性的，是"谁说话"的问题——的合理分配，在于权力间的有效协商，这个包含和包容着合理冲突的协商，就是后殖民主义理论家主张的"第三度空间"或所谓"中间空间"。其实真正的后现代主义者和人文主义者关心的同样是平等（政治层面），过去是我们同样和神相通，同样有权利作神的孩子，今天是我们同样有权利保持自己的个别性，同样有权利拒绝同一。这里，德里达对待谢林的态度颇有意味，在指出谢林的统一论同时又寓示了分裂后，他马上掐断

---

① „Schmerzen der Gesellschaft", *Die Zeit*, 10. Mai 2001.

了这种鸡生蛋和蛋生鸡的循环链条,然后貌似无意地,指出谢林的做法可能导致的一种政治后果,因为如果照谢林的看法,宇宙间一切都可以互"译"——就像哲学将"太一""翻译"为知识——的话,那么国家也为自己的无所不在找到了根据,因为它声称将"太一"翻译为行动,它现在不但可以侵入包括哲学教学,甚至可以被"翻译"为从而可以代替一切个人权利。德里达关心的原来是一个政治问题——哲学降低为个体保障了它面对国家权力的独立[①]——和沟通(本体论)的问题,在歌德时代阻碍沟通的因素是种族和地域间的老死不相往来,而现在的新危险则是全球性的技术化物质化剥夺了个体说话的资格,因为在网络时代已经不存在彼此隔绝和孤立的可能,我们反倒是必须打破商业性的国际化、国际化的文化工业和"翻译工业"[②],才能重获沟通的前提——我们的个性和个体存在本身。

(原载《上海市社会科学界第三届(2005年度)学术年会青年文集》)

[①] Jacques Derrida, „Theologie der Übersetzung".

[②] 这个概念取自 Doris Bachmann-Medick, „Multikultur oder kultuelle Differenzen", *Deutsche Vierjahrsschrift für Literaturwissenschaft und Geistesgeschichte*, 4(1994), p.594。这个同阿多诺/霍克海默"文化工业"存在明确联系的概念十分恰切地道出了后殖民主义翻译理论的内核,不是反对翻译,而是反对抹灭了个性的,为西方话语所整合的工厂式翻译——更不要说那种技术性商业性的全球化(包括它的各种形式如旅游业、跨国公司、选美大赛等)本身就是一种新的基础性的翻译形式,因为这种"翻译"使真正的翻译变得多余,所以我们不得不以抵制"翻译"的方式来实现真正的翻译。

形象与真相的悖论
——写在顾彬和《二十世纪中国文学史》"之间"

一

自20世纪90年代以来,中国现当代文学史书写在中国大陆有过汹涌之势。德国当代汉学的代表人物顾彬,也以他2005年版的《20世纪中国文学史》投入了这股大潮中,不但要为自己十多年的中国现当代文学研究和教学作一个总结,其激进姿态中还隐含着"拨乱反正"的抱负。

要梳理顾彬的逻辑结构,首先要弄清书中频频出现的"形象"(Bild)概念。不同于现今流行的"图像理论"(Picture Theory)对生动形象的推崇,顾彬这里的形象区别于真相,带有强烈的意识形态性。形象不是现实,但能够排挤和替代现实,既干扰作家表达自我,也妨碍批评家认识作品,顾彬认为这在二十世纪中国表现得比其他任何国家都要明显。而这又要归到主体性匮乏上,缺乏承受力的主体会情不自禁地放弃自律,以形象的他律来获取虚幻的安全感。鲁迅的伟大就在于没有轻信,"给中国人道出了真相,而不是塑造了形象"①。在顾彬的理论叙事中,"现实"和"形象"这正反两个行动位(Aktant)的紧张关系是基本构架,拨开形象,看到下面掩埋的"真相",又是其中寄寓的理想:一方面,中国文学中真正有生命力的作家,即故事中的主体体现了这种理想;另一方面,正在讲述故事的主

---

① Wolfgang Kubin, *Die chinesische Literatur im 20. Jahrhundert*, München: Saur, p.39.

体——文学史家顾彬——也有义务去揭示、强化乃至塑造这种理想。

形象是关于中国人自身及所处的世界的想象,是"中国"的形象。到底哪些形象在现代中国文学中是主导性的呢?首先是中国的受压迫人身份,这激发了中国作家和批评家的"中国痴迷"(Obsession with China)(顾彬借用了夏志清的这个说法)。中国文人把中国看成是"病人",期待好医生的疗救,在《老残游记》解读中顾彬析出了这个初始寓言,以此启开了描述。这是顾彬从现代中国文学创造的无数故事中找到的一个中心故事,在功能上类似于列维-施特劳斯的"神话素",是具有生成功能的形象的胚胎,它的衍生形象包括:谁来治疗?——治疗者就是新的救世主;谁来宣布喜讯?——文人既然能产生这个话语,必然就是治疗者的传令官;治疗谁?——人民和自身;如何治疗?——通过行动与献身。新的形象体系和意识形态阶梯油然而生,溢满拯救情结的中国二十世纪从此意气蓬发。但当一个故事取代了无限丰富的生活本身时,问题随之而来。顾彬特别感兴趣的是,中国文人为什么自愿放弃一切自我利益,将解放的两方面——人的解放和社会解放——最后缩减为一个,即社会解放,甚至自由主义和全盘西化的代表者胡适,也不自觉地把娜拉的出路化约为投身于社会进步唯一一途。[①] 无疑,按照顾彬的思路,这根源于中国知识分子的受害者情结。原始形象麻痹了文人的思维,使之成为宗教性的浪漫主义和天才崇拜的牺牲品。中国把自身想象成不用猛药无法处置的病人,以功效代替审美就成为合乎逻辑的推论。"现代"既成了中国不计代价要夺取的神圣目标,于是中国作家盲目追随政治路线,沉浸在解放狂热中。中国式现代是还没有脱离宗教神秘的不成熟的现代,猛药最终祸及自身。

这个中国尽管生了病,却仍是独一无二的。中国文学的自身规律又是一个具有衍生功能的中心形象,病是暂时的,疗救旨在回复到原先的完美自身。所以中国作家不断发出"民族化"呼吁,制造关于

---

① Wolfgang Kubin, *Die chinesische Literatur im 20. Jahrhundert*, pp.31-32.

传统、民间的一系列形象。"西化"和"民族化"在中国获得了极真切的现实维度,事实上却是一对虚假矛盾。中国文学是世界文学的分支,现代中国文学更是世界文学的产物,顾彬总要抽身回到这条贯穿线索上。这方面他提供了不少鲜为人知的事实,譬如他告诉我们,现实主义作家茅盾在西方至今还拥有崇高地位,"唯独在西方,他还能保持住以往的地位"。茅盾让西方人感到如此亲切,因为他是一位拥抱世界性的作家,对于西方文学技法和现代性的共同问题极为了解。顾彬能从西方的角度来证明,茅盾式时代记录在西方至今也没有过时,譬如,德国作家莱纳尔德·格茨的《当代史》就继承了茅盾的方法。[1] 中国批判界枉自贬低茅盾的价值,只是说明他们丧失了现代中国作家的世界眼光,而茅盾提出的那些问题恰只有从跨文化角度才能深入理解。顾彬作出了如下的辛辣批评,其对象——中国批评界——是他一再声讨的目标:

> 如前所述,茅盾被如今新一代的中国文学批评界轻率地贬为概念化写作的代表。而从世界文学角度来看,他却是手段极高明的作家。中国的文学批评通常缺乏足够宽的阅读面和相应的外语知识。探测现代中国文学的深处的任务,通常就留给了西方文学批评。[2]

两个形象是二而一的,由自恋而自虐,因为骨子里笃信自身优越,故不惜痛挞自身,然而自恋绝非自律,封闭于自身不是自我的发展,而只是顾彬另一个术语所指的:自我双重化(Selbstverdoppelung),即自我的浪漫复制、郭沫若式的自大狂。一句话,现代中国文学乃至中国知识分子的缺陷在于:沉溺于自我/中国的形象之中。这又分若干方面:自我沉溺于自我之中;国家沉溺于国家之中;政治行动沉溺于政治行动之中,于是有了过多的浪漫和"中国痴迷",于是政治变成了宗教。还是那个古老指责,即黑格尔将中国排斥出世界历史的理由:

---

[1] Wolfgang Kubin, *Die chinesische Literatur im 20. Jahrhundert*, p.113.
[2] Ibid., p.119.

自我意识无力超出自然性自我,脱离自我的天然状态,从而进入世界历史的辩证斗争过程。20世纪40年代末袁可嘉用公式"感伤='为X而X'+自我陶醉"所概括的也是这一点,感伤就是以斗争一方代替另一方,从而消灭了反思所必需的距离,这当然同新诗现代化的理想不符。① 顾彬要促成这个分离,使自我能反思自我,中国能反思中国,政治能反思政治,正是文本中反复强调的"批判性距离"的用意。他坦承自己是黑格尔这个遭"美国学派"拒斥的理性堡垒的同情者,"他们(指波恩学派)也总能从黑格尔那里发现杰出的思想"②。顾彬深信,中国并没有因民国成立而完成从"天下"理想到"民族国家"观的过渡,文学上封闭于自身和社会学政治学上的宗教化相平行而互为表里,救亡迷信可以说是不愿接受世界(文学)经验的结果,反过来也可以说,迷信救亡故而不相信世界(文学)理念。

鲁迅成了希望所在。先生多疑,"怀疑就犹如他第二层皮肤"。③ 多疑则意味着自我同自我相区分,这有两层含义,一是同时代主潮,同激昂的现实解决思路相区分,既是时代的又超出于时代:"他没有同时代人的幼稚。正是他与自己作品及与自己时代的保持距离构成了《呐喊》的现代性。"④二是同所谓"民族性"相区分,既是民族的又超出于民族。《阿Q正传》在顾彬的语言使用中颇有表征意义,意味着"中国"(鲁迅)同"中国"(阿Q)区分。顾彬殷切地希望,不要将鲁迅的意义局限于中国:"读者在主人公阿Q身上看到的是否真的是中国民众的某个代表? 或者不如说是所有民族和文化中都暗藏有这么一个阿Q先生?"⑤他期盼中国学者——在他看来中国批评界根本没有领会这一点——负起相应的责任,因为能否实现鲁迅式分离,

---

① 见袁可嘉:《漫谈感伤》,《论新诗现代化》,三联书店1988年版。原载1947年9月21日《大公报·星期文艺》。
② 顾彬:《略谈波恩学派》,《读书》2006年第12期,第119页。
③ Wolfgang Kubin, *Die chinesische Literatur im 20. Jahrhundert*, p.173.
④ Ibid., pp.40-41.
⑤ Ibid., p.38.

兹事体大：

> 因此，我们在这里看到的是一种对自身特性的过度强调，后来在文革中更是走向极端。实际上，自我陶醉的倾向在大跃进时期就已经出现。如果一个人眼中、耳中只有自己，他就不可能为与己无关的人和事积极投入。①

封闭于自身，这是顾彬对一波三折的中国二十世纪思想史的诊断。它造成了中国凝滞和"文革"灾难，也导致了文学创作和研究中的盲目短视。② 唯一的出路是中国文化和自身相分离，跃入世界文化层次。

由形象和现实间的紧张自然产生了一种解构的趋势，这体现在文本中频频出现的断语上：并不像人们想象的那样……；并不像中国大陆流行的看法那样……；等等。对于中国批评界——在他心目中浸透了官方意识形态的文人群体——的批驳充斥于字里行间，大陆的文学批评和文学史写作满足于意识形态性形象，习惯从单一视角看问题，忽略生活所应有的众声喧哗、文学所应有的枝蔓丛生。譬如顾彬强调，中国批评界主流忽略了一个明显事实，即鲁迅、郁达夫、茅盾、丁玲等优秀作家对于五四都有严重的怀疑倾向，而这本应引人反思，是否他们的优秀恰在于这种犹疑，是否现代性除了进步还有反思的一面；他也不满于中国学者在左中右三个阵营间，在各种流派创作方法间作泾渭分明的区分，而这些人为区分从来就经不起认真推敲，团体成员间的互动交融更是生活的实相。形象概念不由让人想到盲人摸象的典故，中国学者多年来辛苦探索中国现代文学这头大象的轮廓，现在有人不客气地告诉大家，诸位摸到的都只是一个片面

---

① Wolfgang Kubin, *Die chinesische Literatur im 20. Jahrhundert*, p.313.

② 顾彬在许多场合对中国当代文学和文化表示的不满也要归结于此，他认为，中国当代作家的文学营养局限于汉语译文，盲目自信，同世界文学存在距离，这也是中国无法获诺贝尔文学奖的原因。"翻译"问题在象征层面说，就是跨文化的交融和互戏问题，顾彬显然认为在这个问题上，当代作家比起1949年前的文人大有倒退。

的形象,引起的震惊可想而知。必须承认,这种批评其实有着十分公正的意愿,作为一名西方学者的顾彬不但解构大陆的也解构西方的偏见,即使在最易受西方偏见左右的当代部分也是如此,譬如他会说到知识分子共同的罪责,"仅仅把作家视为政治的牺牲品是不对的。这种非黑即白的观点并不能解释一个事实,即作家就是互相批判、把斗争上升到国家权力层次的始作俑者"①。受害者胡风也曾争取过毛泽东的青睐,早在1949年到1951年已以交响乐长诗《时间开始了》为郭沫若式英雄颂作了铺垫。他还会冷静地说到,"流亡"身份属于高行健等流亡作家生存策略的一部分(这暗示了诺贝尔文学奖的政治性);反过来,对于中国当代的文化事业,他认为政治审查远不及作家自身的商业化造成的危害严重。说到底,他针对的是意识形态性的二元对立语式,不管是中国的还是西方的,官方的还是大众媒体的,一个无明确所指的"中国批评界"成了这种僵化二分的象征。

尽管曾自嘲落后于时代,顾彬的历史书写中仍有对新方法论的综合。在依循流行的解构思路的同时,他又借鉴了比较文学的方法,"形象"相当于德语区比较文学一向重视的"幻象"(Image),他也赞赏捷克汉学家高利克偏于比较文学的工作方式。在自我问题的诠释上,更显示了德国思辨传统的力量,轻松地就解决了感伤自我和革命家自我间的逻辑转换——跟此前英语世界杜博尼(Bonnie S. McDougall)和雷金庆(Kam Louie)偏于事实呈现的《二十世纪中国文学》(*The Literature of China in the Twentieth Century*, 1997)相比,其问题史、思想史色彩显然浓重得多,更能反映西方汉学界的深层理路。学者总习惯于回避直接现实,像顾彬那样长期坚持现当代中国文学研究的西方汉学家并不多,这种独特姿态表现了直面人生的勇气:中国现代文学特别的现代性,如中国选择的政治道路一样不可捉摸,可是和难以驯服的怪兽打交道,却是真正探寻者不会错过的机会。在文化意识形态上,顾彬也有和更为风行的"美国学派"对

---

① Wolfgang Kubin, *Die chinesische Literatur im 20. Jahrhundert*, pp.286-287.

抗的雄心,在对文学进程之精神内涵的描述中,他始终坚持理性的统一和批判的有效性,奋力阻遏虚无主义以后现代、后价值论的名义渗入汉学领域。移到艺术分析层面,就是顾彬处处维护的"美学"标准,美学独立于政治意识形态,在他看来应该是知识分子至少在审美上的独立性的最好表达,这也有助于提高我们对于艺术家职责和公共良心的自觉。

二

可是形象和现实终究也是人为区分。20世纪30年代福兰阁(Otto Franke)的巨著《中国通史》以超越儒家偏见的客观性为理想,却被徐道邻讥为"非中国的"中国史,可见打破形象谈何容易。顾彬应该清楚"形象"的顽固性,就像他冷峻地评论老舍《二马》的:"但他自己又构想了仅仅是这些形象中的一个形象!"[1]顾彬的意思,旨在戏仿外国人的中国幻象的老舍,落入了另一个幻象的窠臼。老舍安排伦敦沙龙中的交谈者将狗和中国人、中国人和鸦片、茶叶和大米或中文作为专门话题,可见他自己也是在文化成见中打转,因为外国人关于中国并非只有这些可谈。中国新时期文学审丑风盛行,中国农村在莫言等笔下成了由粪便、尿和臭屁构成的污秽世界,顾彬也质疑这类描述的真实性:"即在中国像你和我那样的人是否就被'如此'正确地呈现了出来。"[2]可是真相是比较的产物(即形象或假象的对立面),曾几何时,这些粗陋的中国侧面无论在中国人还是西方人眼中都的确是不堪的真相——在厌弃了毛主义叙事所塑造的进步农民形象之后!换个场景,顾彬的所有说法也照样可能倒转为又一个形象,众多形象中的一个形象。我们可以从他的文本中举出一系列例子,证明此言不虚。

---

[1] Wolfgang Kubin, *Die chinesische Literatur im 20. Jahrhundert*, p.124。
[2] Ibid., p.388。

在第二章第三节"文学的激进化（1937—1949）"的第三段，紧接冯至之后，顾彬介绍了冯在西南联大的学生郑敏的诗歌创作，列出的第一首是"属于她最成功之作"的《来到》：

> 那轻轻来到他们心里的
> 不是一根箭，
> 那太鲁莽了；
> 也不是一艘帆船
> 那太迟缓了，
> 却是一口温暖的吹嘘，
> 好像在雪天里
> 一个老人吹着他将熄的灰烬；
> 在春天的夜里
> "未来"吹着沉黑的大地；
> 在幸福来到之前。
> 所需要的是
> 那么一种严肃与仁慈。
> ……

在顾彬看来，诗的主题应该是期盼和到来之间细腻的紧张关系。什么会来到？那是一种"似乎只有诗人才能知道的东西"，"那肯定不光是春天，而是在原文字面上也是在引号中的'未来'"，他用充满暗示的口吻进一步追问："那是一个未来，一个面对战争人们也许不敢相信的未来吗？"这似乎是事情真相，可恰恰基于一个错误的前提。尽管顾彬在注释中提到了《郑敏诗集》，上海：文化生活 1948。"（注释第478），他的引文却出自后来江苏人民版的《九叶集》。郑敏1949年版的《诗集》中当为：

> ……
> 好像在雪天里
> 一个老人吹着他将熄的灰烬；

形象与真相的悖论　207

> 在春天的夜里
> 上帝吹着沉黑的大地；
> ……

仅仅一处微妙改动(上帝——"未来")，却足够意味深长。《九叶集》在1981年问世时的思想背景和1949年截然不同，1949年时中国人的确是充满了憧憬，而不是把未来通过引号打个折扣或加以强调。郑敏完成在美国的学业后立即回到了新中国怀抱，像她这样的知识分子当时为数不少，其中也包括她的诗友穆旦。但这个引号所表示的对时代精神的怀疑，对于顾彬却极为重要，这一个别事实将引出1940年代后期诗人中一个极重要的趋势，决定整个符号场的态势。

顾彬的郁达夫阐释颇有个性，认为在《沉沦》中，作者和叙事者之间存在明显距离。作者要表达的，绝非叙事者在结尾处夸张的呼吁"祖国呀祖国！我的死是你害我的！"而恰恰是对这种充满自恋和自大狂的呼吁的反讽。于是郁达夫成了中国文学史上对于现代激情之弊最早的分析者，故意布置了东京这个多语性的现代的试验场，来检视由郭沫若他们呼唤出来的激情自我的空洞性。其理由是，如果不这样来理解，文本岂不落入了一种俗套，一种照西方人看来非常奇怪的逻辑：难道中国强大了，就可以毫无顾忌地同日本卖春女寻欢作乐了吗？难道一个在妓院里鬼混、对同胞甚至家人毫无认同感的人物，会有发自内心的爱国热忱吗？这样看来，向来从民族主义角度来理解的著名结尾实际上是对民族主义空喊的冷静反思。这当然是一种可能的读法，其魅力在于分层，浪漫派向来在中国被等同于感情的直写，可是顾彬将作者和叙事者拉开了一个"批评性距离"，看似简单的作品就拓宽出了另一层语义空间(各层面之间的相互作用造成了意义的多元化)，看似情绪化的作家就获得了一种精细的文体意识。叙事者的陈述乃是形象，作者的意图才是真相。可是解释得如此精巧，同样令人生疑，我们至少可以提出两点异议：① 狎妓嫖娼在中国传统中，在五四时人那里和爱国并无矛盾；② 文学不是纯然理性、一清二楚的,既爱国又猥琐的二重人格对于文学和文学家来说都不陌生,没有必要为了批评家而统一起来。传统的解读毋宁说更符合郁达夫本人的说法:

> 我的这抒情时代,是在那荒淫惨酷,军阀专权的岛国盟过的。眼看到的故国的陆沉,身受到的异乡的屈辱,与夫所感所思,所经所历的一切,剔括起来没有一点不是失望,没有一处不是忧伤,同初丧了夫主的少妇一般,毫无气力,毫无勇毅,哀哀切切,悲鸣出来的,就是那一卷当时很惹起了许多非难的《沉沦》。
>
> 所以写《沉沦》的时候,在感情上是一点儿也没有勉强的影子映着的;我只觉得不得不写,又觉得只能照那么地写,什么技巧不技巧,词句不词句,都一概不管,正如人感到了痛苦的时候,不得不叫一声一样,又那能顾得这叫出来的一声,是低音还是高音(着重号为笔者所加)?①

对老舍的分析也属同一结构。顾彬发现,老舍的《茶馆》并不仅是迎合主流意识形态的作品,而是以极精巧的方式和时代保持了"批判性距离"。其论证同样是将作者同叙事者相分离:

> ……数来宝体现的是官方立场,并不是作者本人的立场。这完全符合全剧的逻辑,剧本将中国现代史设想为一部分为三阶段、步步走向衰落的历史:先是1898年戊戌变法,然后是1918年即五四革命前一年,最后是1948年即共产党取得政权前夕。每阶段都要愈发地"莫谈国是",实际上这是——这里多说一句——在1949年后才登峰造极。当然,这层意思在舞台上既没有表达也没有暗示,只有细心的观众才能想到这一点。②

在此意义上,老舍当然成了清醒的理性主义者,但对于中华人民共和国成立后被称为"歌德"派(巴金)的文艺界劳模老舍而言,这有多少

---

① 郁达夫:《忏余独白》,《郁达夫文集》第7卷,花城出版社1983年版,第250页。
② Wolfgang Kubin, *Die chinesische Literatur im 20. Jahrhundert*, pp.301-302.

是历史真相,多少是分析结构使然,是很难判定的——既然"这层意思在舞台上既没有表达也没有暗示"。本书当代文学部分的主要译者胡春春也注意到类似"场景"。胡春春认为,在对舒婷《祖国呵,我亲爱的祖国》的诠释中,顾彬没有考虑中国传统诗歌修辞中的互文手法,从而把第一人称的"我"和第二人称的"你"绝对对立起来,"我"和"祖国"成为主客体关系。同时,顾彬对最后一句"——祖国啊,/我亲爱的祖国!"德译的处理——Vaterland,/liebes!(即:祖国,/亲爱的)——完全是从他自己的"反误读"目的出发,而丧失了原文中"我"和对象的交融关系,使诗的德译本唯余反讽的解读方式一途。我要补充一点,即中国诗人对于祖国的虔诚往往是西方观察者难以理解的,身处这种内化了的虔诚之中,自然无暇进行讽刺性的自我否定。不应忘记舒婷的信念——"不是一切呼吁都没有回响;/不是一切损失都无法补偿"(《这也是一切》)——祖国虽有不公于儿女,却也不敢有所怨言。

  这构成了一个模式,一个类似诗学中的"重复"程序,"重复"表示一种节奏,这种节奏不是同信息相关,而是创造着新的符号意义。顾彬暗暗地转向了自己的独白,在这种诗性的自我交流中抒发一种知识分子理想。可这一来,又和他指斥的"自我双重化"挂上了钩,"中国"成了自说自画的道具。在历史性的叙事者身后,他处处能看到一个超历史性的理性作者,由此实现了他最大的解构/建构:中国知识分子从来就具有反思和自我更新能力。这是希望还是历史的本然?顾彬似乎担心,如果不走这么远,新的理想就树立不起来。但他也在不自觉地充当历史的工具,理论是历史性的社会方言(Soziolekt):我们过去的阐释要迎合新起的民族国家叙事的需要,也承接中国传统的知人论世习惯;顾彬的阐释以文本和语言世界为依归,却是新批评和德国内在美学的诉求。而从理论上讲,文本一旦获得独立,就具有无限的意义生成可能,可通向任何方向,包括郁达夫、老舍和舒婷的自我反思。

  自我批判可以是内心真实,也可以是情节的一部分,一种形象。

中国和世界的交融——顾彬的另一中心母题——同样如此,可以是真理,也可以是形象。举个例子,"陈敬容1946年在上海开始翻译波德莱尔和里尔克,并由此变成了一个女诗人"①这句话,当属于中国文学的世界性背景这一上下文联系,这里的修辞传达一个印象:仅仅在翻译了前两位以后,她才成其为诗人。可要是按唐湜的看法,陈敬容却是惊人地早慧,她在1930年代学生时期的诗作已显出独特的风致,几可以和何其芳等知名前辈相比拟。② 每一观点都有其惯性,世界文学作为中国现代作家的大背景这一正确命题也容易演化成西方文学即中国现代文学的生产工场这一偏见或者说"形象"。美学标准亦如此。听起来,顾彬没有丝毫苛求:"我个人的评价主要依据语言驾驭力、形式塑造力和个性精神的穿透力这三种习惯性标准。"③然而这并非三种平平常常的标准,语言驾驭力、形式塑造力和个性精神这三个词的意义,恰恰每一个都要由具体使用方式而确定,这又是三个"形象"。它们归结为书中反复出现的关键词"美学的",可是"美学的"又是什么?可以说,何为美不过是现存文本间相互协商得出一个最大公约数,和"真相"一样是比较的产物(而不是有某种事物天生就是美的),"美学的"就是过去公认为美的。所以毫不奇怪,中国当代文学不被顾彬看重,因为当代即"未过去的",从本体上尚未进入美之领域。

这就免不了矛盾,因为现实中充满形象,真相倒十分抽象。顾彬一面坚持真相优先,一面也承认"二十世纪中国文学并不是一件事情本身,而是一幅取决于阐释者及其阐释的形象"④。顾彬也清楚现代

---

① Wolfgang Kubin, *Die chinesische Literatur im 20. Jahrhundert*, p.235.
② 唐湜在《怀敬容》(《读书》1990年第11期)中不但讲到,陈敬容的第一本诗集《盈盈集》在才华、诗艺上并不弱于何其芳,还有这样的判断:"我觉得如果《盈盈集》能与《汉园集》同时出现,可以与当时在大公报《文艺》上连载的清华学生孙毓棠的历史叙事长诗《宝马》鼎足而三,形成中国新诗最富有创造性、最有光彩的诗美高潮了。"《盈盈集》中最早一篇《十月》写于1935年,那时陈敬容还是年仅17岁的学生,但是到1948年才正式结集出版。
③ Wolfgang Kubin, *Die chinesische Literatur im 20. Jahrhundert*, p.VIII.
④ Ibid., p.10.

性的暧昧性:"现代性期待单个人的自我设定。为此需要自我的强健和承受能力。然而现代性的特征同时又是,由于缺乏自我的强健,大多数人宁愿选择他律。"①现代性意味着意识形态和审美上的独立自治,但它也是碎片、暂时、虚无。这岂不又在无形中肯定了知识分子的随波逐流也是现代行为,因为能独立的主体绝非真正碎片式的,哪怕像鲁迅那样一味唱对台戏,也借此否定姿态达成了内在统一,碎片更可能是主体的自暴自弃。顾彬也一再强调,1949年后中国的国家实践——国家对主体的彻底控制——完全就是现代性的运作。为防止由矛盾导致的系统解体,顾彬诉诸一种隐晦信仰:相信真理在终极维度上可以升华一切。

顾彬不满中国现代事业的宗教性,旗帜鲜明地反对政治的宗教化,可他自身的理想主义诉求也超越了理性分析。书中众多的宗教词汇提醒我们,不应忽略作者的神学背景。耶稣拒绝了给犹太人以现实的拯救,因为他要把芸芸众生提得更高,将人类彻底更新。顾彬同样如此,中国式现代相距于他心目中真正的现代,正如犹太人世俗的民族复兴理想之于基督的拯救计划一样遥远,他描述中国现代的口吻体现了这一点:

> 旨在将中国从民族和社会的灾难中拯救出来的中国现代派的许诺,一旦被当作了宗教的替代品,其后果很可能就是让知识分子翘首期待一个"超人"、一个"领袖",也就是一个弥赛亚式的被世俗化的圣者形象,从而无条件地献身到革命事业中去。②

理想诚然可贵,可惜无缘于现实生活。在实际操作中,这种极高蹈的普世标准只能给人欧洲中心主义的印象,或者说,它引出了违背作者初衷的意识形态效果,因为说到底,自我、美学都是和欧洲经典文本相联系的,只能以欧洲经典文本来表达(一个没有具体表达的能指是绝不存在的)。讲到曾朴时:

---

① Wolfgang Kubin, *Die chinesische Literatur im 20. Jahrhundert*, p.8.
② Ibid., p.35.

> 他(指曾朴)的起意是要借小说女主人公赛金花的例子来把捉中国三十年中的变化(1870—1900)。……小说然而从没有完成,反倒是一个劲地被续写下去。材料就好像是脱出了书写者之手而将自身独立出来,以至于西方读者可能只希望,作者能像他同时代的西方人那样对自己加以约束,同样是处理大部头作品的西方作家却懂得严格地进行塑造。我们只要想想普鲁斯特(1871—1922)的《追忆逝水年华》就够了。①

哪个裁判真能做到公平?顾彬讲曾朴的漫汗无边不好,难道要将同样写不完任何一部长篇的卡夫卡也逐出圣坛吗?中国的《孽海花》并非败于普鲁斯特,而是败于西方的文学神话,既然是神话,就无人可及,普鲁斯特本人也比不上这个"普鲁斯特"。顾彬勇于面对"中国"对象的自行其是,也是相对而言,面对怪兽的目的还是要驯服怪兽,将其置于一个"公认的"(由谁?)标准下。

说到底,顾彬不过是以一种二元对立模式取代了另一种二元对立模式,他的逻辑力量将自我和他者裂为对立两项:自我封闭是因为拒绝他者,中国现代弊在沉溺于自身的形象而放弃了他者的真相,"人们在别人身上看到的不是别人,而是自我塑造的自身形象。"②这同样和实际历史相悖,顾彬要揭示的两个真相——内在自我和世界——照样是高悬在现代中国文学场之上的"形象"兼意识形态:一是内在的本质高于现实,由是,过去有社会主义现实主义的本质高于文学,今天是文学性或审美的本质高于文学;二是外来范本的神圣不可侵犯,左联时有过苏联牌唯物辩证法的样板,现在我们常自发地服膺于欧美汉学的指路牌。执着于自我和执着于他者只是硬币的两面,事实上,现代中国既囿于自身,也囿于他者——不管是作为敌人或老师。依我看,中国问题不是不愿追求真相而陶醉于形象,而是无法追求真相,无法追求的原因是谁都不允许矛盾和张力存在,更不允

---

① Wolfgang Kubin, *Die chinesische Literatur im 20. Jahrhundert*, p.18.
② Ibid., p.313.

许真理和形象的灵活转换。在真理问题上非此即彼的独断论姿态,使得对他者和自身的疑问都不再可能。

三

主客对立语式是西方的正统,但从不是唯一选择。1928年,一位莱德勒(E. Lederer)教授在法兰克福中国学社作了一场名为《东方礼俗形式的意义》的演说,顾名思义,要为西方听众开发出东方心灵的意义。演说结束后,著名非洲学家弗洛贝纽斯(Frobenius)对这一自信的认知态度提出了尖锐质疑:我们究竟能够理解异民族的礼仪吗?且抨击说,欧洲人的生活感觉僵化到了傲慢的程度——僵化于"对真相的信念"。[①] 与此相类,汉学家卫礼贤一贯批评西方哲学专注于固定的实在,[②]无法有效把握以时、空中的随时演变为特征的人生实相。他本人视易经为儒学的基础,以变易为"中国心灵"描述的框架,正是要达到认识论上的超越:自我是一个流变过程,好比一棵树,无论种子、枝干还是果实都是树本身而不是几件事物。移用到我们的问题上,就意味着:每个时空中的人都有其追求真理的特殊路径,每个历史情势下的活动者都有看待自我和现实的特定方式,每种方式——"他律"也好,"自律"也好——都是一个暂住状态,无法区分何为真相,何为形象。

由"中国"这块试金石,生出了对待世界的不同范式。卫礼贤羡慕"中国"的周流圆通,承认不论传统或现代、高雅或鄙俗都是这个对象的生动显现。顾彬却属于反对之列,他执拗地将原生态"中

---

① „Diskussionsreden anläßlich des Vortrags von Prof. Lederer im China-Institut", *Sinica* 1928, Heft 3/4.

② 如卫礼贤在《对立和共处》(„Gegensatz und Germeinschaft")一文中称欧洲思想为存在哲学(Seinsphilosophie),其特点是把纯粹存在当作变化的表象背后的现实物来把握,而中国则在变化中看到本质。见 Richard Wilhelm, *Der Mensch und das Sein*, Jena: Diederichs, 1931, p.155。

国"剖为两部分,中国分为真实中国和虚假中国,文学分为真相和形象。由此,顾彬才可能把芜杂的文学史做成整齐的思想史(Ideengeschichte)。思想史是顾彬的最终理想或不如说潜在框架("我宁愿尝试去呈现一条内在一致的上下关联,就好像是借文学这个模型去写一部二十世纪思想史"①)。顾彬追求思想的纯粹真相,但文学不一定能承担此重负,因为文学和思想属于完全不同的范畴,文学无所谓真相或形象,正如我前面的解构所揭示的。你当然可以说我的再阐释是一家之言甚至吹毛求疵,可是我何以能吹毛求疵,顾彬又何以能大胆解读,岂不都源于文学自身的特性:它能最大限度地容忍虚构,同时本身就是一个变迁中的对象,作品作为美学对象永远是正在形成中的,我眼中的《沉沦》和顾彬的《沉沦》以及遭顾彬痛诋的"中国批评界"所意指的《沉沦》,未必就是同一目标。思想绝无如此自由。顾彬的单个指责都言之有理,可惜用以论证思想的只有思想,从根本上说与文学无关。文学史的体例又决定了他难以获得多层面的(政治、经济、人口学、地理气候等)历史具体情势支撑,而如果某种"错误"思想脱离了话语性的生成过程,则给人一种印象——"错误"源于内在的历史命运——,这就成了有关"命运"的叙事。在这次叙事中,西方话语场上以后现代自居的汉学同行才是其真正的对话伙伴。② 战前的德国汉学家指责胡适是败坏儒家正统的美国精神,顾彬同样是把中国实践看作欧洲理性同美国精神的角斗场,中国对象滞留在旧有的次要位置,此位置的功能非凡:"正是这一点使宇宙的合理性、理想、价值以及神话得到了体现。这种理想在西方越是败落,在中国这一主体上就越是要加以强调。"③ 不公平之处在于,这个对象并非如此乏力,只配充当原始素材的供应者角色。换个角度看,顾彬的选择结果与其说来自于其"自我"和"美学"标准,不如说中

---

① Wolfgang Kubin, *Die chinesische Literatur im 20. Jahrhundert*, p.X.
② 顾彬:《略谈波恩学派》,第119页。
③ 克劳斯·穆尔翰:《想象中的中国:德国汉学研究里的"大师叙述"》,黄伟平译,马汉茂等编《德国汉学:历史、发展、人物与视角》,大象出版社2005年版,第50页。

国对象将自身强加给了他。鲁迅作为主导符码是中国文化的历史选择,而《孽海花》落榜不是由于普鲁斯特的挑战,而是因为不符合中国现代的要求。即是说,还在实施其"个人性"标准之前,顾彬的工作范围和描述轨迹就已被规定好了。中国批评界亦是这个中国对象的有机组成部分,尽管顾彬怀疑其水准,可是他的基本框架正是由中国批评界奠定的,他对于茅盾、郁达夫等等无论多激进的"重写"也不过是从负面加强了这一框架而已。中国本土的文学批评无论多么不高明,也是顾彬的底本(要证实这一点,可参看第二章第二节第四段关于鲁迅杂文的描述,其主要内容显然取自钱理群等编写的《中国现代文学三十年》),它的被排斥完全是话语斗争的需要。可见,"明确"思想始终以压抑和牺牲潜意识(和弱势意识)为代价,思想越高深,潜意识越诡谲,任何一种深刻的"起源"都不过是存在的暴露于光明中的一半,一种对于黑暗的"补充"(Supplement)。这种片面性也促使史家反省,思想史——传统历史书写的宠儿——的写作框架对于流动不居、变化无常的文学/生活来说是否已过于窄小。

真理既非你也非我,而永远在正反两方的"之间"。辩驳于是变得极其重要,通过反驳,才能为真相建立一个位置。既要寻找顾彬身后的真相,则顾彬又成了终要放弃的形象。故本文以鲁迅《影的告别》中一句话作结尾:"然而你就是我所不乐意的。"但愿这也能表达顾彬的初衷。

(原载《文学评论》2009年第4期)

上海犹太流亡杂志《论坛》中的文学文本与文化身份建构

一份刊物不仅是消息、故事和广告的载体,也是一个有具体结构的生态空间,其中每一因素有着自身的,和在其他结构如小说、档案中截然不同的命运。一份刊物可以被视为一个文本本身而不是文本的累加,它既同外部的发行者、读者、同行报刊相关联,又有着自身内部的小结构,文章、封面、广告、插图都是这一小结构中的符码,它们的排列组合表现一种潜在的语用规则和修辞策略,帮助搭建起整个文本的意识形态。这一点在一些非常时期报刊那里表现得尤为明显。

对于犹太难民来说,流亡上海这段时间无疑是一个极端非常的时刻。上海犹太难民的主体要么属于曾抱定决心留在德国,只是1938年"水晶之夜"后才放弃幻想的人群,要么就是德奥合并后仓促逃离的奥地利人,上海是此时可供选择的唯一的移居地。因为是最后关头的被迫移民,这批犹太人被剥夺得最为彻底,上海的语言和生活环境又将他们完全隔离,几乎没有任何融入当地经济文化的可能。纳粹的灭绝威胁一直在近旁徘徊,只因德国和日本的微妙政策分歧才未真正降临。而在中东欧难民来到之前,已经有了更早定居上海的俄国犹太人,还有沙逊和哈同这样的犹太富商,这又使犹太人面临重新处理自身和整个犹太群体关系的问题。上海的复杂还表现在它是一个边界区域,华洋杂处的殖民史使中国人既是本地人又不像本地人,他们是客人又不是客人。在这种特殊处境下,上海反而涌现了数量远超出于其他流亡地的移民报刊,如《上海周报》《八点钟晚报》《上海犹太纪事报》《黄报》等,堪称了不起的成就,也正说明了精神上调适的需要最为迫切。在谈到上海的犹太流亡戏剧时,特拉普(Frithjof Trapp)说:"基于它使移民文化身份得到确认的事实,戏剧成为社会凝聚的工具。"它替代了那些由纳粹迫害而丧失的东西——"政治与社会性的自我理解和要求文化上自立的证据"①。所谓身份无非是建构身份的要求,只有处在非中心的"怪诞"(ex-centric)主体才有此愿望,所以霍米·巴巴曾精心挑选了"生成"和"紧急"两个词来凸现其中的内在关联:"紧急(Emergency)状态也总是生成(Emergence)状态"。②

这些刊物的搜集整理早就在进行。法兰克福的德国图书馆(Deutsche Bibliothek in Frankfurt a. M.)从1947年成立后就着手建立"移民文献藏室",向全世界前犹太难民征集资料。在德国图书馆公布的有关文献中,《论坛》(Tribuene)周刊第一到十三期(1940年2月2日到5月的第一周)是保存较为完整,相对来说登载文学文本较多的杂志。但问题是,对这些并无严格意义上的"文学价值"的文本,如何进行文学考察?传统的文学研究手段如叙事学、心理分析等,是以艺术性为默认前提的——有艺术性的作品才经得起细读,因为它自成一个有机空间。但文学性并不一定只能从内部生成,文学性也可能来自外部。一个文本本身平淡无奇,但几个这样的文本组合起来,可能就是一个精彩的故事。即便这个复合文本还是不够精彩,但和它们背后的社会文化语境——生活的文本——结合起来,可能就足够精彩,产生足够的意义复杂性。换言之,在有利的外部坏境支持下,普通文本也有望转化为文学文本,进入文学交流的场域。然而,对于本身"无艺术性"的作品的分析,必须引入符号和系统的观念:一个文学文本完全可能不是由自身,而是从整个系统中汲取了艺术价值(这时它本身变成了一个符号),它的意义是由系统从外部供给

---

① Michael Philipp, *Nicht einmal einen Thespiskarren: Exiltheater in Shanghai 1939-1947*, Hamburg: Hamburger Arbeitsstelle für Dt. Exilliteratur, 1996, p.9.

② Homi Bhabha, *The Location of Culture*, London: Routledge, 1994, p.41.

的,而这正是我们在此处遇到的情形。

《论坛》首期发行于1940年2月2日,由世盛印刷公司(Centurion Printing Co.)出版,编辑部设在当时的杨树浦路61号。作为上海犹太难民的一个重要公共空间,《论坛》第一期即声明,要和难民一起共同塑造一个新生活:"您还能在《论坛》找到对往日的记忆和回想,它们会重新激活您以为已经遗忘的,和被粗陋的草率无知所摧毁的东西,培育那些超脱眼前的政治事件的价值。"①上海犹太移民相对于其他地区(如巴勒斯坦和美洲)是最为缺乏政治意识的一支,政治上的惰性恰恰使文化的作用特别凸显出来,因为移民更愿意间接地表达自身要求。

《论坛》中文学文本的主要撰稿者有库·莱文(Kurt Lewin)、罗伯特·巴瑟尔(Robert Basil)、阿尔方斯(Alphons)、佩查尔(Heinz Petzall,文字编辑)等。② 其中最重要的是被称为"移民诗人"的库·

---

① "Vorwort", *Tribuene*, No.1.本文所使用的《论坛》共13期均出自Deutsche Nationalbibliothek 的流亡文献数据库(http://deposit.ddb.de/online/exil/exil.htm)。

② 在我们手头的这十三期中,严格意义上的文学文本有:第一期有 Alphons 的短篇小说《米兰的遇赦》,Kurt Lewin 的诗《两人》,Heinz Petzall 的中篇小说《插曲》;第二期有 Robert Basil 的中篇小说《狗》,Kurt Lewin 的诗《虹口》;第三期有 Klewing 的《负十字架者》,H. Petzall 的中篇小说《有忆》,Alphons 的短篇小说《破冰下》,Kurt Lewin 的诗《来——来》;第四期有 Robert Basil 的中篇小说《鸦片》,Max Heinrich 的诗歌《刑事法庭》,Kurt Lewin 的讽刺诗《以色列孩子的迁出》,Robert Basil《让我们饮茶吧!》(散文),Alphons 的短篇小说《儿童悲剧》;第五期 Kurt Lewin 的诗《"我"》,Alphons 的短篇小说《拉克罗玛岛上的奇遇》;第六期有 Kurt Lewin 的诗《卖艺人》,英国作家吉卜林的小说《捕象人多迈》的翻译连载,Klewing 的《中国炉边遐想》(散文);第七期有 Kurt Lewin 的诗《人类动物园》,吉卜林的小说《捕象人多迈》翻译连载,Kurt Lewin 的中篇小说《转变》;第八期有 Kurt Lewin 的《虹口1960……》(散文),Kurt Lewin 的诗《禁忌》;第九期有 Kurt Lewin 的诗《战争儿童》,Kurt Lewin 的《一元钱的故事》;第十期有 Kurt Lewin 的《希奇物展览》(讽刺散文),Kurt Lewin 的诗《西格弗里德线》,Betty Laub 的《火奴鲁鲁一天》(游记);第十一期有 Kurt Lewin 的中篇小说《良心》,Kurt Lewin 的诗《鲁尔工友之歌》;第十二期有 Kurt Lewin 的诗《暴风雨》,Klemens Diez 的《37次凯蒂》(幽默故事),Kurt Lewin 的《小鼓手》;第十三期有 Kurt Lewin 的诗《回春》,Robert Basil 的《1945——一场恶梦》,Klemens Diez 的《一个诱人女孩的狗》(幽默故事)。这里给出的体裁都是原作中自己标出的。有的原作没有标出体裁,而是由笔者根据自己的判断给出,则放在括号内。

莱文。① 莱文的一首表明了身份丧失处境的诗《"我"》,可供我们想象上海犹太人身份建构的起点。身份丧失的外在标志是对"是一个欧洲人么"的怀疑,因为在这里不可能像"正常的"欧洲人那样"有钱","每天刮两回脸","十四天理一次发",属于犹太人的只剩下"肮脏":

> 我来说说我自个儿,
> 坦白说,我完蛋了,
> 我再不能照镜子
> 是的,我根本就无法明白我自己。
> 这是怎么回事?我一定得说说,
> 硬领带了一星期,
> 老是穿这同一条脏裤子
> 我活得战战兢兢,
> 要是我出了什么事,您想一想,
> 我因为不幸进了医院,
> 那时医生会说:见鬼,不,
> 那是一个欧洲人么?
> ……②

作为建构性框架的英雄故事

身份一定是想象性的,首先筑起一个集体性身份,个体再根据这个参照系自我定位。为了塑造一种积极的自我镜像,和传统的接轨、远景设计、个体间交流和展示自我中蕴含的潜力是可以想到的几个基本建构层面,通过这些途径每个个体重新辨识出自身,即:① 自身

---

① 此人战后离开上海时曾举办过一次告别晚会,广告上的头衔就是"移民诗人",参见 Michael Philipp 的 *Nicht einmal einen Thespiskarren* 第 149 页。Klewing 和 Kurt Lewin 实为库·莱文一人,参见 *Nicht einmal einen Thespiskarren* 第116页的脚注第189。

② Kurt Lewin, "'Ich'", *Tribuene*, No.5.

的渊源和前途,这是身份的历史来源和理想;② 自身所处的交流网络,即身份在现实中的定位;③ 创造力作为身份的功能属性。《论坛》登载的英雄故事将这几个方面在某种程度上结合了起来,特别反映了受难和重生两个主题。它们在总体上带有起源神话的痕迹,承接了神话性文本对于开端的强调:当前的犹太人生活无非是祖先命运的重演,过去始终存在于当前。

《论坛》第一期中阿尔方斯的短篇小说《米兰的遇赦》写一个因逃离战场被判死刑的少年的获赦,"奇迹"由一个勇敢的犹太拉比唤出。这是在 1917 年处在一战中的克罗地亚,17 岁的中学生米兰也被征从军。他第一次逃跑被判六个月监禁。母亲还在庆幸之余,却传来消息,米兰又逃跑了。他逃到一个中学同学、现在做妓女的海伦娜那里。她被米兰的传奇故事所吸引,把他藏在身边。但是有一天米兰妒忌心爆发,竟然穿上女人衣服混过岗哨,找到海伦娜工作的酒馆。两人一直争吵到警察那里,米兰的身份暴露了。军事法庭立即作出了绞刑的判决,三小时后执行! 文本中的英雄人物这时出场了。一个犹太拉比来履行神职人员的职责,倾听他最后的愿望,告诉他,他母亲和两个姐姐就等在外面。可是米兰说,除了得到赦免,他没有任何愿望,也不要见母亲。于是这位拉比离开牢房时,负上了一个更艰难的使命——从死神那里要回生命。他似乎没有意识到这是完全没有希望的行动,而是抓紧了一切时间,甚至违抗程序直接和最高当局联系,因为他很清楚:"我做这些,不是作为军事人员,而是出于拯救灵魂的义务。"电话一直打到了奥地利皇帝办公室,一位高级将领回答他,因为没有具体文件档案,无法向皇帝汇报,只许诺设法将行刑时间推迟一天。就是对这一点也不能抱多少希望,因为在战时从未有过先例。可是在经过难熬的等待后,意外地传来了皇帝的加急电报,不是推迟行刑,而是赦免。

城里的人们载歌载舞欢庆一个生命得到挽救,犹太拉比富兰克福特成了英雄。可是小说结尾耐人寻味:二十年后,"我又一次听说了富兰克福特博士拉比。他是那位在瑞士枪杀威廉·古斯特洛夫(Wilhelm Gustloff)的医科大学生的父亲。这是个悲剧性命运,一个拯救人性命的人的儿子,摧毁了另一条性命。"①古斯特洛夫是被纳粹捧为圣徒的反犹煽动者。文本这里的评论十分模糊,究竟是正义的伸张? 还是受难悲剧的延续? 在心理的震撼过后,富兰克福特代表的精神却让人更难释怀。

第三期第一篇名为《负十字架者》,同样可以读作一个有关犹太人群体命运的寓言。情节很朴实,1915年的欧洲战场上,一个受良心驱使的犹太战地拉比,一直摸索到阵地最前沿,希望对在伤痛和血汗中煎熬的士兵有所帮助。他碰到一个垂死的伤兵,向他索要一个十字架陪伴临终时刻。拉比自己并没有十字架(他的宗教没有对耶稣的崇拜),但他答应了要死者,回到后方,设法以最快速度送了一个十字架到他身边。这正好同前面的故事形成对应,富兰克福特博士为受难者送去现实生命,无名拉比为要死者送去灵的生命;前面是英雄后人成为国民公敌,这里的牺牲者是拉比本人。故事结局是,在拉比替死者合上眼的刹那,一颗流弹击中了他,他身后的传言是:犹太牧师竟想抢夺战友的十字架,遭了天罚。

标题的隐喻意义构成了故事的张力。显性层面是,拉比负十字架去安慰濒死的士兵,士兵得到了十字架。还有一个隐性层面,拉比死后被污蔑是更深层的"负十字架",也暗示了犹太民族数百年来遭诽谤中伤的命运。考虑到犹太教不讲耶稣,拉比的职责只是行安息日圣礼,意义更蔓延开来。当濒死者乞求:"给我十字架,我不能没有耶稣就死去!"拉比没有一刻犹豫就满足了这个要求,说明他看重的是生命本身,而不是一个物质性象征。他不仅带来十字架,还倾出了自己的生命;不仅倾出了生命,还背负了最大的罪恶——要剥夺要死者的灵魂。可正是这绝对倾出使他成了活的耶稣,甚至其步态也酷似圣经中赴十字架的耶稣:"穿越废墟和苦难,只顾匆匆前行","双手紧握十字架,他跌跌撞撞得比跑回来时还厉害"。这个现代"负十字

---

① Alphons, "Milan's Begnadigung", *Tribuene*, No.1.

架者"的含义就是:"在那些因为佩刀和几颗发亮的纽扣就成了杀人凶手的狂热人群中,他走着他的路。一直往前,直到终点"。① 还有一个情况泄露了故事的隐喻性:既然两个权威证人,拉比和士兵都死了,谁又能活着回来,担保故事在每个细节上——如果不是故事本身——的真实性呢?文本的意识形态意图由此凸现出来。

隐喻性英雄传奇还有阿尔方斯的《破冰下》(《论坛》第三期)。1938年9月,维也纳的纳粹暴徒如兽群出笼,在街巷呼啸砸抢。待恐怖风暴稍歇,叙述者去探望老裁缝波恩斯坦,后者像往常一样微笑着倚在店门上,充满了坚韧的乐观。老人对叙述者讲了他年轻时的一个插曲,这是一个充满隐喻性的复活故事:

1870年他还住在沙俄治下维塞尔河畔的一个波兰小城。那年大水冲毁渡桥,阻断了和对岸的联系。他的表兄门德尔和对面小城一个叫拉结(Rachel)的姑娘相爱,这种相隔造成了很大的痛苦。幸好严冬使河面结了冰,给了人们沟通的一线希望。这里已开始了宗教暗示:"冻牢的冰面对所有人来说就像上帝的馈赠"。拉结的名字也让人联想到圣经中雅各向拉结的坎坷求婚过程。接下来的故事更是约拿在鱼腹中祷告和重生的现代版。后来的一天,他陪同门德尔穿过冰面去看新娘,走到河中央时,脚下的冰裂开了,一转眼他就被河水卷走。但他始终没有失去知觉,他的心脏仍在激烈搏动。最后被冲到了河床拐弯处,冰面变薄了,一根绊住他的树根表明他被冲到了岸边,他知道,生死搏斗的时刻到了,奇迹只取决于意志:

> 某种东西像一个内在的命令对我说:相信你自己,鼓起勇气,全力以赴。我的双手已衰弱,可我的精神还活着。这个内在的声音又呼唤我:你没有领会我的意思吗,难道你忘了,你的头骨坚硬,在万分危难之时可以拿它做工具吗?瞧,这儿冰薄了,光线已强烈地透进来,保持清醒,只管撞上去,用你坚硬的头颅去撞,因为事关你自己的生命。保命的本能,求生的意志以及赡

---

① Klewing, "Der Kreuztraeger", *Tribuene*, No.3.

养家庭的义务感,在我体内汇成强烈的合奏。于是我的头朝冰盖撞去,我的头颅击打得越来越猛烈,我知道,要么是冰面,要么是我的头颅,其中必有一方将碎为粉齑。突然我感到什么像是温暖的血,流到了我僵硬的脸上,那当儿我看到了奇迹发生。头骨是更强健者……

强调的正是"奇迹",他神奇地回到了家人身边,他的冰下复活故事传遍小城,人们也相信这是"神迹"而非现实。故事讲授者最后说:"自从我获救那一刻起我再没有生过病,我已经93岁了可还想结婚,谁也不能说动我去美国我儿子那里。"①这句话单独地构成了结尾第八节。而故事一开始已让读者知道,尽管已是93岁的耄耋老人,波恩斯坦还是强健而富有活力,这活力表现在他的风流倜傥上,因为他有几个在国外的儿子——这意味着他有令人羡慕的移民机会——,女人们都愿意接近他。前后呼应带出一种教训:不去美国是表明独立意志,还要结婚就是还有繁衍子嗣的愿望,这位躯干中流淌着年轻人血液的老人成了传统复活的象征。就是过于沉浸在奇迹氛围中,《破冰下》的作者忘记了交代,奄奄一息的他究竟如何回到家中的呢?另一期一个备注才将它补齐:他被路过的波兰地主在自己的庄园收留住了几天。

这些故事在情节技巧上都很粗糙,但无论对奇迹还是受难的强调,都表现出了典型的犹太人的宗教特征,传统以朴实无比的形式在难民群中传递。这些想象文本构成了一组中心符码,将许多一般性文本和普通的人物介绍组织在周围,从而使单纯事实报道也具有了超出自身的符指意义,即是说,中心符码在符号调动上的指引作用为身份需求提供了潜在框架。聚拢在这一指引周围的,有对19世纪犹太作曲家奥芬巴赫(Offenbach)的身份建构。建构始于身份介绍:"这是让·雅克·奥芬巴赫的生平,犹太合唱队主事贝希特的儿子,1819年7月21日生在莱茵河边科隆。"与结尾一句的重复强调构成

---

① Alphons, "Unter gebrochenem Eise", *Tribuene*, No.3.

了一个框性结构:"他,犹太人奥芬巴赫,一位合唱队主事的儿子,来自莱茵河边的科隆。"①这当中回荡的音调正是:"他,犹太人。"有对俄国犹太诗人阿勒耶舍姆(Scholom Alejchem)的纪念,"他不是有阶级自觉的普罗塔列亚,不是有理论的马克思主义者,但他每个短篇都体现出对于沙皇俄国的犹太大众的苦难的深刻感触与社会同情。"②在介绍德国反战作家弗里德里希·沃尔夫(Friedrich wolf)时,作者德莱福斯说,他至今不知道这位曾与自己共事过的诗人是"整个犹太人,半个犹太人,或者鬼知道是其他什么",不过这并不重要,"他是良心。一个斗士"。尤其还是犹太人的斗士,他的《曼海姆教授》作为犹太人曼海姆的斗争悲剧是当时最成功的流亡戏剧。③ 以上几个文本本身只是简单的人物介绍,但如果和英雄故事的符号线索联起来看,其象征意味就凸显出来。

由于中心符码的吸引和光照,普通文本也能对身份指涉作出贡献。小说《良心》写一个德国犹太士兵在一战中隐蔽的反战行为。这位叫卡尔的士兵和他的部队在战场僵持中,和对面壕沟里的俄国人——在和平时期他们同是受压迫的劳动者——有了心灵默契,互相奏起对方的歌曲。最后他把负责押送的弹药丢弃到了荒野中。这个犹太人现在也身处上海难民群中,在战争终于爆发的激动氛围中,他讲出了埋藏心底多年的这个故事。这可以看作英雄品质在普通人身上的体现。④ 甚至英语练习栏目也沾上了危机时刻对生存的激励色彩:"如果我们每期附上一两页'Little by Little',希望不要令尊敬的读者感到无聊。毕竟学会和驾驭英语关乎每个人的生存。"⑤《不光是美元汇率》看起来是在为《论坛》拉广告,说明恰恰在危机时期多做

---

① Alfred Dreifuss, "Offenbach", *Tribune*, No.4.
② "Scholom Alejchem. Ein Literarischer Gedenktag", *Tribuene*, No.5.
③ Alfred Dreifuss, "Friedrich Wolf. Ein Dichter — ein Kaempfer", *Tribuene*, No.7.
④ Kurt Lewin, "Das Gewissen", *Tribuene*, No.11.
⑤ "Little by Little", *Tribuene*, No.4.

广告的商业好处,但也是在鼓励难民对于经济景气的信心:"阻止我们鼓起必要的劲头的唯一因素,就是我们最近几年由于经历缘故所重负的灵魂颓丧。"①多做广告,就是鼓起信心的代名词,多向外界展示自我的潜在价值。

他者的对照

《论坛》也包括了移民对中国人的想象文本。初看这同身份建构无关,但其实,同他者对比是建立文化身份的基本程序。中国人和纳粹不同,他不是敌人,但却是新环境中的主导因素、代表环境陌生性的他者,建立一个移民文化身份,就必然要处理和他的关系。在我们看来,这个他者似乎被不公平地错置到真正的他者——纳粹——的位置上,可是这里的情况也最为复杂,这里有同中国人明白划界的暗示,也有在他身上寄托的自怜。

罗伯特·巴瑟尔的小说《狗》模拟一个比狗还悲惨的中国流浪汉的精神世界。叙事者借用一个陈套叙事技巧,说他通过一个懂中文的传教士,将他从一个死去的中国乞丐身上得到的几页文字译出,就形成了这个类似鲁迅《狂人日记》的文本。主人公"我"是一个在与生俱来被人唾弃驱赶的氛围中,彻底丧失了人的生存感觉、感官发生了紊乱的"中国人",他在那几页纸中陈述自己怎样为身份问题所困扰。他曾求助于自己寄居的破庙里的菩萨:"万能的神!请解除我的疑惑!为我找到谜底:'我是一个人吗?'"菩萨不能开口,于是他跑到市上,插了草标出卖自己,这至少能证明自己的身体多少有些价值,可谁也不买。连狗也不如的他羡慕狗的命运:"如果有人愿买我,我一定要像一条好狗那样忠实。"直到最后有一个高鼻子洋人一脚踢开了他,骂他是狗,才解决了他的困惑,让他无比感激地知道自己真是一只狗。这就发生了后来一天的故事,"狗"在街上看到了一个洋女人

---

① Robert Basil, "Es ist nicht nur der Dollarkur", *Tribuene*, No.8.

美丽的双腿,以为自己在她眼里也一定是真狗,于是冲上去,要依偎在她双腿间,等挨了一阵痛打的他苏醒来时,已经躺在牢房的四壁间。故事充斥着对中国人的传统幻象,比如对洋人的畏惧("我"特别注意到洋人这类"人"在"人"中占据的更高地位!),中国人无同情心、蔑视人的价值等等,就是这些构成了他者的符号结构,同时也就凸现了犹太人的人性观念。①

　　同一作者另一篇小说《鸦片》写一个鸦片鬼卖妻的故事。Chang Liu 的父亲在过世前用卖庄稼的钱为他买进了媳妇。女人强壮而勤劳,怀上了儿子后也带着身孕天天下地。Liu 却是整天在炕上抽大烟,一心想着好收成能带来叫他快活的钱。女人临盆前几天,Liu 目光呆滞地溜进了城,等他混了几天后回来,老婆又在地里忙开了,旁边多了个时时要喂奶的婴儿。Liu 照样每天躺着抽大烟,直到有一天存货告罄,像疯子般又窜到城里借钱。回家路上听孔老婆子讲,有个商人要租个女人传宗接代,他马上就同意了这笔交易。当女人从地里回来,正诧异是谁的花轿停在自家门口时,鸦片鬼 Liu 已经冲出来,凶神恶煞地将孩子从老婆手上夺下,扔在炕上,连打带骂把她赶出了门。结尾是这么一句:

　　　　过了十分钟,当 Chang 的第三口鸦片烟缭缭升起,他已经听不见折断了胳膊躺在身旁的儿子的哭声了。

文本中的想象可分为历史和现实两个维度,正表现了中国对象的传统和现实两方面。一是 Chang Liu 的父亲生前和朋友王的对话,王抱怨:"我老婆给我生了两儿两女,两个女儿的骨盆现在都已经像我老婆嫁我那会儿那样宽了(女人被化约成了生殖器官——笔者注),女儿是灾祸,光费钱",这显示了女人在传统中的地位;一是由情节显示出来的现实维度,女人在现代中国经济和道德衰败的情况下,就遭到了更残酷的待遇。②《论坛》涉及中国的文章大多出自巴瑟尔之手,

---

① Robert Basil, "Der Hund", *Tribuene*, No.2.
② Robert Basil, "Opium", *Tribuene*, No.4.

除了对孔子、中国文字风俗等的介绍外,负面报道居多(如《中国的人口买卖》),似乎他对避难国印象不佳。但如果我们想到,对卖妻农民的描写,不太可能出于蜗居虹口市区的犹太移民的亲身经历,就可知这种他者想象并不起到批判现实的作用——难民们又何暇顾及于此——而只是在文本内部起着差异制造的作用,从反面道出文本提倡的价值。在这类想象中,现实政治因素其实已被删除殆尽,中国人和日本人也被视为同一阵营同一种族,因为由惯常的西方想象出发,日本不过是中国文化/种族的变种而已。作为"欧洲人"的犹太人对眼前的占领者同样抱有文化优越感。巴瑟尔有一篇关于日本茶道的散文探讨了东西方文明关系,他这里完全是从欧洲人角度来俯视日本:"最引人注目的是,直到我们的发明(着重号为笔者所加):大炮和枪械,使日本得以在中国战场取得血腥的胜利后,我们才把日本看成一个文明国家。"① 在对中日的负面想象中,忽视人的尊严与女性低贱是两个重要方面,这同前面犹太英雄体现的精神正相对照。实际上,《鸦片》只是概念化地演绎了文化成见,小说的全知视角排除了读者批判性审视的必要。② 女性命运象征了"中国"的颓势,在中国他者无望地沉沦的同时,犹太人却以其信心实现了精神上的重生。但我猜测,这里的负面描述还有一层具体含义。上海当时的特殊环境,导致移民女性在融入当地经济生活方面比男子远为成功,在酒吧中服务是为数不多的就业机会之一,但这一职业严重动摇了犹太人的传统家庭观,在当时犹太报刊上引发了激烈争论。巴瑟尔本人在《论

---

① Robert Basil, "Lasst uns Tee trinken!", *Tribuene*, No.4.
② 事实上,这种看法在二十世纪上半叶的欧洲人中也并非唯一的,譬如卫礼贤就不认为中国的妇女地位像通常人想象的那样低,他反而称赞母性和父性力量在中国文化中维持着自然的平衡。在一篇 1929 年为德国《东亚舆论》写的关于中国艺术中的女性的介绍文章中,他开篇就说:"中国文化在外面形式上看是父权文化,但它却是在母系基础上建立起来的,也留有这种母系基础的清晰痕迹。在中国社会中妇女的地位完全不同于我们通常在极端父权文化中所见到的那样。妇女有一定的独立性,她绝不是奴隶。"(Richard Wilhelm, "Die Frau in der chinesischen Kunst", *Ostasiatische Rundschau*, No. 6, 1929, p.165)

坛》上就发表了讥讽吧女的许多"仿奥斯卡·王尔德"的《虹口格言》："女人们从前有沙龙,现在有——吧台","现在所有的已婚男人过得像单身汉,所有单身汉像男孩——只有有钱人过得像已婚男人",等等。① 犹太群体既然视女人做吧女如卖身一般,自然感到自尊受到极大挑战,对中国(还有日本)妇女地位的描述在某种程度上能起到心理补偿作用。不过我们还会有另一种读法:这种中国流浪汉和中国女人的无身份处境正是犹太人自身的间接写照。

身份或非身份——动摇作为身份认同的辩证法

同病相怜的感觉的确时有流露,库·莱文的诗歌《卖艺人》由酒吧中两个褴褛的中国卖艺人而想到:"我们也是街头卖艺人,/我们也须耗尽形神,/人们给我们施舍,一份苦涩命运。……我们也从一人走向另一人,乞求着,/我们是陌生的,在异族人中,在遥远国度,/正像这两人,我们必须流浪,/——来吧小个子中国人,把手伸给我。"②可见对照的功能除了区分也有合一,共同的苦难还能让移民同中国人认同。这种认同还扩展到了整个东方文明,巴瑟尔关于茶道的文章也同时承认了身份扩大的必要,既然西方接受了东方的茶文化,可见东西方也有融合的可能,因为茶道代表着整个东方的生活方式。这种复杂性反映了犹太人身份选择上的犹豫不决,这正是上海犹太难民生存状况中的一个极明显特征。围绕剧团的剧本选择问题,即哪一类符码更符合主体建构需要的问题,德莱福斯这位曾与沃尔夫、卓别林共事的剧评家兼导演,在《论坛》上同一些戏剧同人进行了激烈论争。剧目究竟以艺术性为准绳,还是以作者的犹太人身份为依据,究竟该采用更"犹太"的意地绪语剧本,还是不需因噎废食地

---

① Robert Basil, "Hongkew-Aphorismen, frei nach Oskar Wilde", *Tribuene*, No.5.
② Kurt Lewin, "Artisten", *Tribuene*, No.6.

将德语作品逐出舞台,这是意识形态也是文化身份选择的问题。认同美学标准,即是认同于欧洲文化共同体的标准,而非东欧犹太族群的地方主义。对于德莱福斯本人来说,被逐出德国并不意味着同德国传统的决裂,相反移民们全都为这样一种意愿,即"将德国文化圈所赋予我们的遗产庄严地保存并且加以发扬"所承负。①

库·莱文的小说《转变》反映了在上海的环境中身份实现的困难。雅可布是一个刚到上海四个月的犹太少年,对周围环境和人充满了极端不信任感,沉默寡言(语言的丧失是身份紊乱的表征)。富有同情心的拉赫曼博士想帮他走出非正常状态,带他到了自己工作的酒吧。在那里他邂逅了一个叫路特的酒吧女孩。路特告诉他,由于生活所迫,她会和她不喜欢的男人睡觉,这在单纯的雅可布听来就像是受难者的忏悔,他心头涌出了一种使命感,不但要用爱情去填平对方的情感生活,还要使她经济上自立。他情不自禁向她撒谎,说他在电车公司当钳工的收入能勉强维持两人的生活,她不用再向别的男人祈求施舍,明天他就给她送钱来。可是钱从哪里来呢?雅可布一夜未眠。实现这个诺言的强烈冲动令他丧失了理智,竟然偷了室友的手表去典当了15元,如约送到路特手中。在向警察自首后,他被判五个月监禁。路特收到他一封信,信上说,他换到一家新开的停车场工作了,如果对方以后收不到他的信,只是因为他太忙的缘故。②"转变"即是身份的转变。纳粹的迫害将雅可布由正常少年变为无语者,这是转变一;由拉赫曼博士的介入带来的转变是超越也是堕落,他转变成了损害难友的小偷;他试图去转变另一受难者,却缺乏基本的物质前提,拯救者自己进了监狱,不再能履行其义务。在文

---

① 转引自 Michael Philipp, *Nicht einmal einen Thespiskarren*, p.59. 德莱福斯(Alfred Dreifuss)博士,即上文中沃尔夫的介绍者,是当时文化活动的一个中心人物,他位于柏林艺术学院(Akademie der Künste, Stiftung Archiv, Abteilung Archive Darstellende Kunst, Sammlung Dreifuss)的私人收藏是目前上海流亡文献最重要的组成部分之一。作为没有公开身份的共产党员,他拒绝过分强调犹太人族群特性的立场,也和他本人对于国际政治性的要求相关——关键是反法西斯政治立场,而不是犹太非犹太的争执。

② Kurt Lewin, "Die Wandlung", *Tribuene*, No.7.

本的符号空间中,女性就是犹太身份本身(对女性的拥有是多数民族传统身份和家庭价值的象征),这一身份的维持和现实处境已成悖论关系,就像雅可布的宗教要求和盗窃行为间的矛盾一样。但在身份的不可能中已预示了何为理想,理想的拒绝现身又使追求成为一个不懈的过程。依违之间已标出了一个容纳变化生成的空间,这个有意味的虚空正如霍米·巴巴说的"时间留滞"(time-lag),它使变化、协商成为可能,使各种向身份的意向性——这种意向性就是身份的实质——都得以满足。动摇和非确定乃是身份认同在现实中的运作逻辑,也是《论坛》作为身份创作的超文本之具体情节。

《论坛》上有的文章中对于身份问题的深层思考让人想到今天后殖民主义的主张。譬如《海涅作为移民》一文可以说分析了移民身份的内在结构。这是一种分裂和边缘状态,但从这种分裂中最容易促发创造性的新事物。这种特性为所有欧洲人所分享,因为"所有各自区别的欧洲人都有灵魂冲突。所有人都是灵魂和精神上的混血儿",而尤其明显地体现在犹太人身上,海涅这位客居巴黎至死的流亡诗人正是犹太人命运的典范。[①] 库·莱文在一篇幻想散文《中国炉边的遐想》中以向自我倾诉形式讲述了一段遐想。一个绵绵阴雨天中,昏昏欲睡地蜷缩于不温不火的中国炉边,在他眼前幻出一系列奇异的人形。第一个人赤裸身体,以树叶遮羞,他说,他就是从伊甸园被流放到了地面的亚当,但他是"第一个人,而且是——第一个移民",他的移民正是人类史的第一步,流亡是为了独立地生存和建立一个以这种独立存在为基础的人类社会。接下来现身的是中国精神的代表孔子,他也是流亡者,他欢迎作者来到中国土地,劝告他利用好流放的时光,使真理在地球上获得胜利。然后是被流亡到圣赫勒那岛的拿破仑,他除了鼓励犹太人的团结:"一种语言将你们联结成一体,你们将成为整体的一部分",还保证,一旦自由的钟声在德国土地上响起,法国的大炮将撕碎中世纪的幽灵。最后一位黑衫形体却是出人

---

① R. Liepmann, "Heine als Emigrant", *Tribuene*, No.12.

预料的,他是希特勒过去的盟友、后来被逼逃亡的政敌斯特拉瑟(Gregor Strasser)。作者的意思不难理解:无身份就是身份本身,移民的"流散性"(diaspora)不仅成为犹太人的身份象征,而且代表了整个人类生存状况。结尾的感想是:"我们必须以更多的尊严来担当移民的命运,一当我们意识到,那些时代历史上的伟大移民如何以骄傲和使命感在承受他们的命运。"①不过纳粹政客也成了流亡英雄,只能说是以讹传讹的结果。

对结局的想象

不难发现,几位主要撰稿人在倾向上相当一致,可见这种文化价值的维护和主体意识的建构也属有意为之。《论坛》要移民把流散处境当作炼炉,在其中煅炼出新生来,就像德莱福斯的呼吁:"在这个我们移民被抛入其中的、称作上海的熔炉,有价值者有一天将会凝结而出,而无用者将会作为煤渣留下来。"②

那么,一种成功地融入了新环境,和他者达成一致的状态是什么呢?作为这个呼吁的实现,作为对流散生活终点的设计之一,《虹口1960……》是一篇对未来的憧憬:犹太移民在战后上海欢庆1959年末的除夕夜。在作者库·莱文的想象中,气派的虹口剧院坐落在倍开尔路和百老汇路拐角处,正在上演的哈里·豪普特曼(Harry Hauptmann)的轻歌剧《地上之天》象征着被建成了地上乐园的战后上海。引人注目的是,二十年前塑造了难民文化生活的艺术家和演员老当益壮地继续发挥作用,歌剧的男女主演伯丹(Karl Bodan)和哈耶格(Olga Hajegg)夫妇,丑角贝格(Walter Berg)和弗里德曼(Hilde Friedmann),都是在移民中耳熟能详的、也是《论坛》杂志

---

① Klewing, "Traeumerei am Chinesischen Kamin", *Tribuene*, No.6.
② Alfred Dreifuss, "Barfrauen. Offener Brief an den Herausgeber der 'Tribuene'", *Tribuene*, No.8.

登载的戏剧广告中常常现身的名字。这些人名是代表危机时奋斗精神的符码,它们的符号价值曾经被纳粹剥夺殆尽,但在"上海"这个蛮荒的狂野中,历经了艰苦工作,应有的价值得到了全额兑现——每个人成其为所是正是意识形态给出的身份许诺。剧院散场后,欢庆的人们乘各式豪华轿车驶向高级酒店。当年拥挤肮脏的华德路住所被原样保留作纪念,但移民的苦难已成了仅供人凭吊的辛酸往事。"过去了,过去了",现在的上海四处流溢着富足和安乐,凡是有力量挺过那些最艰辛岁月的人们,个个过得幸福惬意,而那些在第三帝国垮台之后匆忙赶回一片废墟的德国的人,由他们的来信看来,无疑处境不佳。

可有意思的是,在富足的上海,享用豪华轿车和高级酒店的人群仍是欧洲人,中国人在一旁殷勤服务。"优雅的中国侍者身着无可挑剔的燕尾服,将冒泡的香槟酒倒入精致的玻璃杯中",只因为"没有欧洲人乐意在餐馆做服务工作"。地上乐园恢复了东西方以往的等级秩序。尽管在经济上力求融入当地社会,犹太人的欧洲身份却难以割舍。叙述者谈到歌剧时有一句微妙评论:"只有一点让我感到意外——剧本用德语写成,因为观众不能迁就英文对白。"[1]德语的回归表明了老欧洲人地位的恢复,在未来的虹口乌托邦中,再不用为使用德语或意地绪语而争吵,谁也不能说讲德语是纳粹的专利,甚至也不需要为了生存而使用的商业国际语言英语——冲淡了的欧洲语言。对一个受难群体偶尔流露出的优越感,自然不必要去苛责,它仅仅证明了文化身份的未完成状态,但如果由"上海熔炉"熔炼而出的最终还是一个老欧洲人身份,那样一个结果未免有些乏味。

(原载《上海师范大学学报》2008 年第 3 期)

---

[1] Kurt Lewin, "Hongkew 1960 ...", *Tribuene*, No.8.

中国符号与荣格的整体性心理学
——以荣格的两个"中国"文本为例

一、心理学和汉学的接近

如何包容破碎的当代现实,修正片面的二元论思维方式,是二十世纪西方人文学者的共同课题。在此过程中,一些人将理想投射于"中国"这个异域符码,荣格就是其中之一。荣格将中国智慧称为"中国心理学",这种心理学乃是一种真正的整体心理学,因为它从人作为宇宙一分子、分享宇宙的节奏韵律的角度来理解个体心理的成因,而这一点也正是荣格的集体无意识概念所蕴藏的革命倾向。本文欲通过对荣格两个著名文本的分析,来探讨中国符号在荣格思想体系中的功能,追踪中国符号融入心理学场域的具体路径。这种语义上的转换生成,对未来的世界文化的发生模式无疑有所暗示。

心理学成为东方智慧和西方科学、"道与逻各斯"(张隆溪)的中介,亦属可想而知。从意识形态上说,心理分析以恢复被排斥意识为己务,东方正是西方历史上最大的被排斥者。从内容上说,东方的冥想即深层无意识的涌现,天人感应即人类意识中最深处的先在联系(《易经》天地人三才的互通),这种联系构成了人性的无意识基座。按照德国汉学家卫礼贤的说法,儒家无为和无言之教的秘诀就在于,通过有意识地和超意识(Überbewußtsein)连接、配合而达到对人人心中的下意识(Unterbewußtsein)的影响,因为超意识和下意识本来就同沐于宇宙潜流,两者不过是天与地的另一称谓而已。①

1920年,在沙龙哲学家凯热林的智慧学派开幕式上,荣格认识了卫礼贤,1923年又邀卫氏到苏黎世讲演《易经》,荣格对卫礼贤评价极高。荣格和弗洛伊德分道扬镳之后,处境孤立,经常引卫礼贤为支援,而实际上,这是一个由互文而达成的话语策应:卫礼贤希望由西方无意识研究强化"中国"理想的合法性;反过来荣格感到,"中国"实践为他的意识模型提供了佐证。荣格和卫礼贤最重要的相通之处,即对于"异"的委身。一般正统学者拒斥东方智慧,是因为占卜等神秘观念同科学信条相抵牾,可精神分析恰是一个极开放的学科,愿意聆听和理解在理性主义者看来荒诞不经的事情。荣格和弗洛伊德均视排拒(Verdrängung)为文明社会中精神疾病之源。但他又认为,弗洛伊德的无意识仅是被意识排拒的一部分,主要和性相关,还有一部分更加隐蔽、深沉的想象从来未曾达到意识层,也即他所谓的集体无意识,各民族的巫术鬼神就包含在集体无意识之内。

集体无意识和个人无意识暗示了两种解释学原则,如果说弗洛伊德是科学的、分析的,荣格就是浪漫的、综合的。像谢林那样,荣格视精神和物质为一体,在他的《艾翁:自性的现象学研究》(1951)中,清楚阐明了心和物相互参与、相互循环的整体性原则。② 在《论无意识心理学》(1917)中,荣格称自己的释梦方法为"综合建构法",以区别于弗洛伊德的"分解简化法",后者建基于"因果还原程序","将梦和幻想分解为某些记忆成分和某些潜在的本能过程",却不适用于集体无意识的意象。③ 弗洛伊德发现了个人的梦境,而荣格回溯至一个更广阔的语境,将弗洛伊德的原理由封闭的、笛卡尔式的语言系统发

---

① Richard Wilhelm, *Kungtse: Leben und Werk*, Stuttgart: Fr. Frommann, 1925, S. 121.
② 参见 Fritjof Capra, *The Turning Point: Science, Society, and the Rising Culture*, New York: Bantam, 1982, pp.359-360。
③ 冯川:《荣格的精神:一个英雄与圣人的神话》,海南出版社2006年版,第94—95页。

展为一种独特的文化符号学。由此,他体现了20世纪人文科学的一种潜在趋势,即由孤立的个体分析转向宇宙性的关切,在委身他者的过程中实现一种整体性。举个例子,霍米·巴巴、斯皮瓦克、萨义德等后殖民理论家突出被传统人文学者忽视的边缘文化、移民群体、底层,正是要实现一种包容一切偶然、不确定性的新的整体意识,用斯皮瓦克的话说,就是以"星球性"(Planetarity)扬弃理性化、工具化的全球性。而德里达、罗兰·巴特等后结构主义者的中心诉求乃在于,摒弃逻各斯中心而走向意义的外围和边缘。如果把荣格心理学对梦的探索视为对文本的解释,则罗兰·巴特在《书写阅读》中所言,又不啻为集体无意识理论的翻版:"……显而易见,在作者之外,这些规则来自一种叙事的千年逻辑,来自一种甚至在我们出生之前就建构了我们的象征形式,一句话,来自那个巨大的文化空间,在此空间中,我们的人格面具(personne)(作为作者或读者)不过是一种暂住之物(un passage)。"①荣格的符号意义同样不单单由童年创伤、俄狄浦斯情结这几个特殊标记所决定,而是在和整个历史时空中无数文化符码的相互作用中随时形成和转换,从而成为活生生的生命创化过程——认识自我最终是要呈现宇宙的全貌。

这正是东方智者走入西方知识分子视野的恰当时机:人和宇宙万有的和谐,是他们一致的渴求。荣格坚决不同意把中国思想看作形而上学,而主张作为心理学来对待,因为中国古代智慧是完全现实可触的形态,注意力也全在内在性一面,而心理学对荣格来说,就意味着可体验的、因而真实具体的内在性。荣格倾心于中国的整体性精神,乃基于一种新的文化意识。而荣格对中国文本所做的二度符号化操作,又是基于卫礼贤对中国文本的精神化。这一点在过去考沃尔德(Harold Coward)等人论荣格所受的中国影响的论文中,往往

---

① Roland Barthes, *Essais critiques IV: Le bruissement de la langue*, Paris: Seuil, 1984, p.35.

被忽视。①

二、"金花"的秘密

卫礼贤译《金花的秘密》(1929)中,荣格的"欧洲评论"占了近半篇幅。卫礼贤的底本为中国密教团体翻印的《长生术·续命方》,包括《太乙金华宗旨》或《慧命经》两种。他的翻译本身已是一种选择性的符号转换,将成分芜杂的中国养生秘笈化为一个普遍性的精神化文本。荣格在此基础上将其进一步心理学化,熔铸成一部全新作品,这才是《金花的秘密》畅销一时(前后共5版)的真正原因。显然,这里并不涉及误读与否的解释学问题,而是图像生长为意义、胚胎展开为理论的具体过程。

符号化的依据对荣格来说是本体论的,集体无意识概念先验地决定了中西互通的可能。在《金花的秘密》中,他再次强调:"……心理也拥有超越所有文化和意识差异的共同基础,我称之为集体无意识。"②而卫礼贤的依据看来是历史性的,他声称,吕祖的改革已将炼丹术符号变为心理过程的象征,密巫之书顿时具有了心理学和宇宙论意义。他也相信,金丹教的形成和景教有着密切联系,故吕祖的教导和基督教如此相似。③然而说到底,无论崇尚神秘的荣格还是前青岛传教士卫礼贤,都有一种潜在的宗教性冲动。宗教作为无限憧憬和真正自由的象征,意味着整体性的实现,也把东西方、汉学和心理学连成一体:整体性的和谐是中国长生术的秘密,也是治疗现代人精神疾患的最终药方;荣格的深层心理学要求克服理性的片面性、和生活本身合一(故也被称为整体心理

---

① 参见 Harold Coward, "Taoism and Jung: Synchronicity and the Self", *Philosophy East & West*, Vol.46, 4(1996), pp.477-495。

② Richard Wilhelm, C. G. Jung, *Das Geheimnis der goldenen Blüte*, 3. unveränderte Auflage, Olten: Walter, 1971, p.8.

③ Richard Wilhelm, C. G. Jung, *Das Geheimnis der goldenen Blüte*, pp.67-68.

学),同样,卫礼贤也体现了在西方重新燃起的综合理想对于汉学的影响。

在卫礼贤极具个人特色的译文中,中国养生术已演成一个典型的"施洗和重生"故事:中国圣人(吕祖)教导说,原初的整体就是道,道以魂和魄的形式现象化为个体。魂寓于目,是明亮的、轻清上浮的阳的力量,和"元神"相联系。魄居于腹,是阴的力量,代表身体和性的能量,和"识神"相联系。在自然情形下,能量由上往下流动,魂的理性能量为魄的激情意志所役,最终元精枯竭,归于死亡。禅坐修炼则是对生命过程施行"逆法",通过内观反照,将阴或魄的性能量转化为阳或魂的精神力。生命力不像平常那样消逝,而是在内化上升的过程中孕育了纯精神性的生命体。这一新的自我就是"元神",它制服了"识神",标志着自我从尘世纷扰中脱颖而出,达于身心两忘之境。从纯精神角度来看,这就是一个肉身消退、神体诞生的过程("心死神活"[①])。从荣格的心理学理论来说,就是放弃对自我和意识的执着,唤出一个新的生命中心,亦即自性(Self)。

1. "道"的概念

何为"道"? 是两位作者不约而同的问题。"道"就是"首"加"走",这是汉学家卫礼贤提供的语文学知识,可也是一个精神意义上的框架规定。卫礼贤说,"首"即开端,而在"首"和"走"之外,最初的字形还含有一个意为"静立"的部分。因而,"道"最初的本义就是,自身固定,而由开端直达终点的轨迹,道自身不动,却是一切动的根本。[②] 不动者成为运动的内在媒介,喻示着"道"这个中文符号本身已内涵了处理变和不变、一和多的复杂关系的原则。由道的基本配置自然可展开种种意义联想,譬如,儒家的不动的道,即所谓太极,由太极生出阴阳八卦。这就是罗兰·巴特所发现的神话的生成过程,随着"道"一词由第一系统(中文的语言系统)进入神话的第二系

[①] 卫礼贤:《金花的秘密》,邓小松译,黄山书社 2011 年版,第 120 页。
[②] Richard Wilhelm, C. G. Jung, *Das Geheimnis der goldenen Blüte*, p.70.

统(变和不变、一和多的哲学关系),原先的历史性、地域性意义变成了空的纯形式,成为新系统中的能指。① 心理学家荣格给这个形式赋予的独特内涵是,"首"作为基点就是意识,"首"加"走",即"有意识地"走一条道路,采取一种途径,以统一分离者、实现自我的完整,统一即谓"道"。意识(慧)和生命(命)的分离即心理分析所指的意识和本能的分离,意识的无根状态。和无意识的生活法则重新统一即明性,即达到金刚不坏身。② 荣格的心理学转述尽管如此离奇,却不出原初的精神框架。"道"本来就是无可名之道,有意味的空。之所以是有意味的空,因为它赋予你一个中心,由此中心出发,对立的极端才得以调和。所谓得道,就是走出个体的小我(ego)获得真正的中心。慧和命的统一,荣格认为就是全篇宗旨,太一的金花之谜。

事实上,如何实现极端的心理类型之间的平衡,是自始就困扰荣格的问题,这一问题将他引向了中国思想,也说明他是由自身的轨道而趋近卫礼贤。早在写作《心理学类型》的时期(从1913年到1917和1918年),荣格就十分关注"道"的概念。"道"是中国哲学中的统一性象征,即对立面之间的中点。他引用了多达十余段的《道德经》译文,对"道"的属性作了全面阐述。"道"就是"对立面的非理性联合,有和无的象征"③,是平衡对立者的冲突的"非理性的第三者"④,因为其非理性,故不能由意志的"有为"达到,而必须通过中国式的"无为"。荣格相信,"道"还带有些许的实体性,故而可以被译为"上帝"。⑤ 圣人和道合一,故能摆脱对立面的冲突,认清万物的联系变

---

① Roland Barthes, *Mythologies*, Paris: Seuil, 1957, pp.217-224.
② Richard Wilhelm, C. G. Jung, *Das Geheimnis der goldenen Blüte*, pp.17-18.
③ C. G. Jung, "Psychological Types", *The Collected Works of C. G. Jung*, Vol.6, Princeton: Princeton UP, 1971, p.215.
④ Ibid., p.217.
⑤ Ibid., p.214.

化,达到婴儿的纯真,获得天国的福乐。① "道"就是人和自然、天和地、男性和女性的和谐无间,它逐渐发展为荣格体系中的一个重要原型意象。

2. 魂和魄:道的分化

卫礼贤用阿尼姆斯(Animus)来翻译中国字"魂",用阿尼玛(Anima)来翻译"魄"。人死后,灵魂分为两部分,阳性的、较高级的魂向上升,归于神,阴性的魄向下沉,沦为鬼魅。② 阴阳、鬼神并无正邪之分,而是生命力的扩张和收缩两种形式。③ 荣格很欣赏卫礼贤的译法,因为它凸显了无意识的两大特征:① 人格;② 性别。阿尼玛和阿尼姆斯也是荣格的无意识中的两个原型人物,共同构成心灵的"内貌"。中国思想中阴、阳的法则,荣格同样不陌生,他的《心理学类型》提及:"根据道教的中心原则,道分为一对基本的对立者,阳和阴。阳代表温暖、光、男性,阴代表寒冷、阴暗、女性。阳也是天,阴则是地。从阳的力量中生出了神,即人的灵魂中天国的部分,从阴的力量中生出了鬼,即地的部分。人作为小宇宙,他是对立面的调和者。"④在《金花的秘密》中,荣格由他的治疗经验来说明,狂躁型男人往往具有女性特征,这一心理学事实印证了中国的"魄"的观念和他本人的阿尼玛概念,阴性名"阿尼玛"正好代表了男性意识的女性母型。而阿尼姆斯意味着女性中的男性母型,即是说,女性人格的本质恰是男性的,是一种较低级的精神/逻各斯。如果说,个人性的冲动成为阿尼玛的基础,则非个人性的群体的意见或偏见构成了女性心灵的原型阿尼姆斯。当时人指责说,荣格将无意识人格化的做法,使心理学沦为了神话学,但卫礼贤转写的中文词的人格特征,支持了荣

---

① C. G. Jung, "Psychological Types", *The Collected Works of C. G. Jung*, Vol.6, p.216.
② Richard Wilhelm, C. G. Jung, *Das Geheimnis der goldenen Blüte*, pp.72-73.
③ Ibid., p.223.
④ C. G. Jung, *Psychological Types*, *The Collected Works of C. G. Jung*, Vol.6, pp.216-217.

格这个观点。荣格相信,只有最彻底地承认无意识的人格性,才能从一个更高的立足点将其制服,"制魄"无非是精神对阿尼玛的统摄。

荣格不但由中国文本汲取了新的神话资源,还得到了理论上的印证。《太乙金华宗旨》将"识神"和"魄"相联系,"魄附识而用,识依魄而生。魄,阴也,识之体也"。① 卫礼贤译为:"阿尼玛作为意识的效用附着于意识。意识依赖于阿尼玛而得以诞生。阿尼玛为阴,是意识的基体。"② 荣格由此得出结论,东方人的心灵建立在无意识的基础之上,因为他们把意识看作是阿尼玛的效果。而西方人总是将心灵等同于意识,即便是弗洛伊德,也仅是将潜意识看作意识的产物。③ 反之,荣格不但坚持梦、神话、无意识的真实性,而且强调它们在人类心灵结构中的中心地位。

荣格进而建议,若要更清晰地揭示"魂"的理智/意识的阳性特质,不如用"逻各斯"来取代卫礼贤的"阿尼姆斯"译法。了解了荣格的基本立场,就不难理解他这一修正的用意。在荣格看来,中国哲学建立于男性世界的基础上,不需要像西方的心理学家那样关注这一概念在多大程度上适用于女性心理。但是,心理学家必须考虑女性独特的心理,他把"魂"译作"逻各斯",原因就在这里。逻各斯的表达包含了普遍性存在的概念,是非人格和超越个体的宇宙原则。而魂正是一种普遍的意识和理性光芒,来自作为宇宙生成原则的"性"(logos spermatikos),在人死后回归于"道"。这样,魂和魄的区别就更明显了,魄是以完全个人化的情绪来表达自身的个人性的魔鬼,正体现了无意识的人格特征,也是通往无意识的桥梁。④ 严格说来,"魂"对应于"性"(卫礼贤译为逻各斯),是区别性的认识,故而女性中的阿尼姆斯作为低级的逻各斯就是无所连属的偏见,或者全然脱离了对象本质的意见。"魄"对应于"命"(卫礼贤译为厄洛斯),是

---

① 卫礼贤:《金花的秘密》,邓小松译,第114页。
② Richard Wilhelm, C. G. Jung, *Das Geheimnis der goldenen Blüte*, p. 80.
③ Ibid., p.37.
④ Ibid., pp.34-35.

联系、交织,联系的功能由情欲而实现,故男性中的阿尼玛就是这样一种低级的情欲。在荣格的语言调谐中,魂和魄的区分成为了理性和无意识的区分。

3. 曼荼罗:道的象征

修行的目的是重返于"道"。然而,"道"不可道,对于"道"的需要,其实是对于象征物的需要,荣格非常清楚这一点。对他来说,对立面的统一,绝非理性或意志的事情,而是一个由象征物表达出来的心理过程,故而幻想总是围绕一些抽象图像产生。如果将内心的幻觉描绘出来,就是东西方都存在的曼荼罗图形。曼荼罗是一种围绕中心旋转的图像,显示了一种走向中心的心理过程,在此过程中,自性(Self)将内在和外在领域同时纳入自身。荣格认为,发现自身的曼荼罗对于自性的生成至为关键,因为它就是心理整体的密码。《金花的秘密》巩固了他对于自性、曼荼罗的观点:金花就是一种象征自性的卓越曼荼罗,在其中,无意识和意识得以统一。巫术的目的无非是要将注意力重新引到内在的神圣区域,这个区域是灵魂的起源和目标,包含了曾经拥有、又一度失落的命与慧的统一。

宗教的核心也是要借助象征的力量重现整体性之大道。在荣格看来,对意识的独尊就是宗教上讲的对神缺乏敬畏。现代意识排除神祇(即原始图像),被排除的神祇只能以恶魔的形式出现,即疾病。而荣格所理解的耶稣是认识到并实现了大道的高尚者,"人子"就是新生的精神体——金刚不坏之身或金花。事实上,在荣格眼里,阿特曼、道、金花、曼荼罗、基督都是整体的象征,其作用都是将内在的自性和宇宙的生命原则相调和。① 在他的独特的耶稣象征中,东西方汇聚一处,由东西方的联结而达到人类意识的高级发展阶段。西方习惯于从外部来看待中心的象征,故强调耶稣的肉身化,甚至耶稣的历史性,将其置于超越的上帝之下,而东方强调无始无终、内在于人的

---

① Harold Coward, "Taoism and Jung: Synchronicity and the Self", *Philosophy East & West*, Vol.46, 4(1996), p.486.

道本身。荣格相信,新教徒终将会让耶稣的外在象征内化于自身中,这一刻,亦是东方的神人、真人的心理状态真正为欧洲人领会之际。① 这实际上是在以整体性眼光塑造新的宗教意识。

三、《易经》和共时性

"道"意味着整体性。可是,"道"的具体运作形态、它和人的联系方式为何?正是在这个问题上,《易经》对于荣格具有了特别的价值。荣格很早就读到了英国汉学家理雅各的《易经》译本,但他认为理雅各未能触及中国心灵的深处,唯有卫礼贤才敞开了神奇世界的大门。② 1923年会议后,荣格委托他的美国女弟子贝恩斯把卫礼贤的《易经》德译文转译为英语。英译本历时20多年才完成,出版后风靡一时,而荣格为1950年《易经》英译本而作的序言也成为他最有影响的文本之一。

(一)《易经》:整体性之具体化

荣格眼中的《易经》乃是一个精巧的心理学系统,它组织原型间的互戏,沟通意识和无意识。它把占问者置于整体性的宇宙背景中,从而让现实情景的隐蔽意义得以凸显。在占卜过程中,占问者走出理性的自我,接受外在世界的偶然性——由揲蓍变易之数所代表——的侵入,又借助卦象重建和无意识之间的联系。这样一来,自我就让位于一个和宇宙相关联的自性,"个体化"(Individuation)的过程就实现了。换言之,《易经》成了包容意识和无意识的整体性的参照系,帮助个体在一个超越主客体的立场上认清自己所处的真实状态。

为了向读者形象地演示《易经》的效用,荣格把自己设想成是占

---

① Richard Wilhelm, C. G. Jung, *Das Geheimnis der goldenen Blüte*, p.50.
② C. G. Jung, "Foreword", Richard Wilhelm, Cary Baynes, trans., *The I Ching, of Book of Changes*, Princeton: Princeton UP, 1967, p.xxi.

卜者，《易经》则是他要叩问的人格对象。对于心理分析家来说，这个类似智慧老人的占问对象自然也是自性的投射。荣格占了两卦，但毋宁说，他讲述了两个关于无意识的故事，或演示了两次心理学的"积极联想"。荣格真实的目的，其实是要借助《易经》的象征模式去暗示整体空间中意识和无意识的具体交流情形。与其说荣格介绍《易经》，毋宁说在想象、体验整体。

首先，荣格要占问新译本在英语读者中的命运，他求得了《鼎》卦。按卫礼贤的精神化译解，此卦为文明和上层建筑之象，即精神性的营养。[1] 在荣格所得的《鼎》卦中，二、三爻为可变之阳爻，其意义对于吉凶判断尤为重要。《鼎》九二："鼎有实，我仇有疾，不我能即，吉。"荣格说，这是《易经》在示意，它包含了精神性营养，而妒忌者企图掠夺或毁坏它的意义，但终归没有得逞。《鼎》九三："鼎耳革，其行塞，雉膏不食，方雨，亏，悔，终吉。"卫礼贤评述道，这表明一个人受到社会的漠视，但只要坚守内在的精神财富，发挥作用的时机终将来临。[2] 荣格利用德文的构词特点，进一步缩短意识（西方）和无意识（中国）的距离。这里的关键是对"耳"的理解，卫礼贤译"耳"为"Henkel"，是"用来提起鼎之处"，[3] 贝娜司转译为英文"handle"，而荣格有意识地改译为"Griff"，从而在当下语言系统中造成了一个具有增殖能力的"耳"的衍生符号。"Griff"不仅和德文"Begriff"（概念）、"begreifen"（理解）相关联，而且经由拉丁文"concipere"（放到一起，综合）可联系到英文"concept"（概念）。这一符号是无意识和意识在《易经》的象征空间内协同作用的结果，这种协同作用体现在三方面：① 它来自无意识，因为它源于中文的语言系统，代表一种陌生的古老用具；② 它来自意识，因为它的生成受到西方概念系统的引导；③ 这种引导性意识本身又出自无意识，即西方的语言习惯。荣

---

[1] Richard Wilhelm, trans., *I Ging: Das Buch der Wandlungen*, München: DTV, 2008, p.186.

[2] Richard Wilhelm, *I Ging: Das Buch der Wandlungen*, p.188.

[3] Ibid., p.188.

格说,"耳"(Griff)就是鼎的可供把握之处,因此就是"概念"(Begriff)的本义,即人们关于《易经》的概念。概念随时代变迁发生了明显变化("鼎耳革"),以至于今天的人们不再能"理解"(begreifen)《易经》。我们失去了卦爻辞的智慧的支持,无法在命运的沼泽中寻得自己的道路。美好的精神粮食不被理解,就如废弃的鼎无人使用,但终将恢复其应有的尊严。可见《易经》在抱怨自己遭遗弃的命运,但它对前景充满信心。五、六两爻中的"鼎黄耳金铉""鼎玉铉",都意味着《易经》由新译本焕发新生,成为新的"概念",因为较之于意识、理性的僵硬态度,《易经》和无意识的关系显然更为亲密,而现在的英译者也恰是一位女性,给予它母性(无意识)的关怀。荣格总结自己的故事说,应答者把自身看作盛食物的容器,食物用来供奉无意识的力量。无意识力量被我们投射为神明,是让它们受到应有的重视,从而对个体生命发挥引导作用。①《鼎》二、三爻变为阴,就生成了《晋》卦。《晋》六二:"受兹介福,于其王母"。大母神或女性祖先在心理分析理论中代表着无意识,于是荣格将其转述为:女性心灵即男性的无意识原型,这意味着,《易经》即便被意识拒斥,也会受到无意识的接纳。②

  他的第二卦是占问自己作为评论者的行为本身,这一次得到了《坎》,六三为变爻。坎为水,为险,就是心理分析中的无意识深渊(精神病人的幻觉中往往有水的意象),荣格认为这正体现了他战战兢兢的危殆之感。可是危险中又含有希望,六三一变而为《井》。《坎》六三:"来之坎,坎险且枕,入于坎,窞勿用",《井》九三则为:"为我心恻,可用汲。"和《坎》中的水坑一样,井也指《易经》。井容纳了生命之水,但是人们没有适当的取水工具,即没有合适的"概念"(Begriff)去把握它。荣格说,这里仍是《易经》在言说自身,表明自身是生命的水源。《坎》描述偶然跌入水坑者的危险,他必须挣扎出来,然后发现那

---

① C. G. Jung, "Foreword", Richard Wilhelm, Cary Baynes, *The I Ching*, *of Book of Changes*, pp.xxvii-xxxi.
② Ibid., p.xxxii.

是一口废弃的旧井,为泥浆淤塞,但是完全可以加以疏浚使用。落入井中的人就是荣格,他陷入《易经》的迷宫,处境维艰,但终究领会到,这就是古老的生命之泉。①

占卜意味着以外在程序压制主体的意识强力,让个体透过潜意识这一存在的共同深渊去同他者交流。故这里不是通常的文本阐释,而是借助图像重新获得和无意识的联系。《易经》导言也是改变主客体交流模式的实验,这个改变的哲学基础在于,在整体背景下,主、客体之间只能是相互修正、补充的关系,因为它们各自的位置并非由对方操控,而是由第三个概念,即整个大宇宙系统以及宇宙运动的韵律所规定。

(二)共时性:宇宙性联系的法则

《易经》体现了一种新的思维原则,那就是非因果性的"共时性"。真实世界由偶然或几率而非因果律所决定。面对这一世界,更高明的态度是对于情境的模拟,这种模拟把主和客、意识和无意识都同时包容在内。荣格相信,《易经》是中国特有的、无法为西方科学的概念所把握的科学,却更符合现代物理学的最新进展。"共时性原则"(synchronistisches Prinzip)的概念,最早是他在1930年悼念卫礼贤的演讲中提出的。② 它成为荣格后期思想的一个关键词,用以说明生活中无处不在的巧合以及心灵感应等超自然现象。他还将同一原理用于原型概念,原型在外部世界以物质形态表现出来的同时,还能在内部以心灵形态表现自身。③ 荣格认为,这种思想在欧洲自从赫拉克利特以来就消失了,仅有蛛丝马迹残留于西方星相学中——诞生于某一时刻的人或事,也具有某一时刻的特性。

---

① Richard Wilhelm, Cary Baynes, *The I Ching, of Book of Changes*, pp.xxxv-xxxviii.
② Stephen Karcher, "Jung, the Tao, and the Classic of Change", *Journal of Religion and Health*, Vol.38, 4(1999), p.289. 另参见 Richard Wilhelm, C. G. Jung, *Das Geheimnis der goldenen Blüte*, p.XIV.
③ 参见荣格:《分析心理学的理论与实践》,成穷、王作虹译,三联书店1991年版。

显然,共时性并非由经验综合而来的结果,而是整体思维的必然表达。共时性即整体性,即道,荣格也说过:"我把道称为共时性。"[①]共时性意味着:① 一种现象的出现只是从表面上看是某种物理性的因之果,根本上却由宇宙整体所决定;② 时间并非抽象的、死的媒介,而是一个有机的连续体。某一时刻已经内在地包含了一系列性质和基本条件,这些性质和条件可以在这同一时刻展开于不同地点,这种基于"时势"的共时性体现了生命的同构。《易经》的卦爻(原型)能和成卦时的具体心理情境相契合,原因即在于此。共时性是内在和外在相联结的关键。由共时性的作用,原型才能被提升到意识层面,人格重心才得以由自我转移到宇宙性的自性。作为超越了物理性的因果联系的本体关联,它必然就是阴阳交替的"道"。共时性暗示,在理性的分析工具建立的因果网络之下,还有一个更深层、更宏大的操控网络,其作用无处不在,以同样强度、同样的不可抗拒性体现于最隐秘的角落,使得个体心灵哪怕最微妙的波动也是大宇宙的韵律的表达。这在先前的德国浪漫派那里成了自然和精神的类比的依据,精神世界和物质世界因为同源而可类比,这个可感而不可知的源头即荷尔德林所谓"存在之一般"(Seyn schlechthin)。在后来的罗兰·巴特那里,就成了基于语言性(这不过是继"世界心灵""宇宙自我"或"道"的另一说法)的社会、文化、文学、语言学的同构性。《易经》的作用,不过是再次提醒荣格回到世界的一体性原则。如果真能以共时性思考,则精神病问题已一劳永逸地得到了解决,因为这就意味着人和自然恢复了往日黄金时代的和谐。

四、中国符号和精神分析学的自我超越

"中国"在西方人眼里,历来就是整体性的代码,因为中国文化的终极理想是天人合一、物我交融,西方人有时称为"宇宙主义"(高延、

---

① 转引自 Stephen Karcher, "Jung, the Tao, and the Classic of Change", p.289。

福兰阁),有时称为"文化主义"(费正清)。早在 19 世纪初,黑格尔就清楚地看到了中国文化所推崇的精神与自然的直接合一。但对他来说,这就是不折不扣的混沌,混沌来自于理性的蒙昧未彰,因为理性意味着主客体的严格区分。于是中国(连同印度)被贬为自然实体精神,被踢出世界历史的进程之外。然而荣格视中国整体为最高级的调和,是从混沌到有序之后的无序之有序。西方人为了一个主体性的有序,付出了从精神到肉体的巨大代价,只有进入同时包容意识和无意识的新的整体性,才能将撕裂的伤口缝合。

按照一种简单化的"后殖民"思维,荣格的中国符号或许仍然是西方的权力意识的产物,亦即西方为确认自我身份而设立的对立面,于是荣格也将被归于"东方主义者"。但这种解读的弊病在于,它把符号完全看成是单义的主体意识的产物,而忽略了符号象征对于荣格的特别意味。按照荣格的理解,象征之所以为象征,首先在于它是意识和无意识的合一,而非单纯的意识的产物;其次,它总是超出了单一意义,为多种意义的并存提供了空间。荣格所诟病于弗洛伊德的,是后者将梦、心理异常仅仅视为意识的产物,被遮蔽的真相的征兆,而他要求把梦本身看作更高一级的真相,它超出了理性认知的范围,却是意识得以形成的基础。真正的符号如基督、金花、八卦乃是"基于最早的人类梦境和创造性幻想"[1]的集体无意识的积淀,产生于一个比意识形态、权力意识更为深广的层面。而文化的产生途径就是通过这样的符号来发展"异"的因素:"我们的意识的扩展不应以牺牲其他的意识形式为代价,而应通过发展那些我们心灵中与异域心灵中相似的因素来实现……"[2]换言之,真正的中国符号处于一切政治意识乃至可以探测的政治无意识都更深的层次上,它是整体性的集体无意识空间的隐喻。对于荣格来说,这一异域符号的引导作用

---

[1] C. G. Jung, Marie-Louise von Franz, ed. *Der Mensch und seine Symbole*, Olten: Walter-Verlag, 1987, p.55.

[2] Richard Wilhelm, C. G. Jung, *Das Geheimnis der goldenen Blüte*, p.53.

无疑是具体而真实的。正因为如此,他才称中国精神为一个足以改变西方的传统世界图像和心理态度的"阿基米德点"。①

荣格相信,治疗的根本就是生活本身。生活承认一切对立,新的生活的开始就是对"如此之在"(Sosein)②的承认。从意识和集体无意识的平衡来说,中国并非处于人类文明阶梯的开端,而恰是在未来。原始人完全依附于一些无意识图像(神祇),以此维持心灵的完整,可同时趋向于保守。更高一级的意识却倾向于自治,并回过头来反抗自己的旧神,力求摆脱无意识的原初图像。现代人独尊意识,现代宗教的实质是"一种意识的一神教","一种对于意识的痴迷",③可是这种"傲慢"(Hybris)也可能使人陷入失去本能的贫瘠状态,最终结果是像普罗米修斯那样缚于高加索山巅,万劫不复。荣格说,这就是中国的阴阳转换、物极必反之理。中国人的高明之处即在于,从未脱离中心,从不摒弃悖论和对立面。卫礼贤强调,《金花的秘密》中的修行方法乃至中国的全部哲学,都立足于一个前提:"宇宙和人遵循同样的法则,人就是小宇宙,没有任何固定的藩篱将他和大宇宙分隔开来。……心理和宇宙之间的关系就像是内在世界和外在世界。因此,人从本性上参与所有的宇宙事件,无论从内部还是外部都和宇宙交织在一起。"④因此,中国的"性"和"命"两个原则都是超越个体的。对于荣格来说,这就是关于中国整体性的权威看法,也是对他的整体性心理学最有力的支持。中国人视片面为野蛮,由天人合一的立场超脱了是和非、彼和此的对立,这正是《易经》以不变的宇宙框架,以各种原初的卦象包容天地间变化之深义。心理疾患者如果能被引导着超越一己的孤独与不幸,找到和整个人类命运相联系的方式(譬如与耶稣的苦难相比较),就会得到安慰。⑤ 而意识和无意识、阳和阴的双重存在,只有借助符号、宗教、神

---

① Richard Wilhelm, C. G. Jung, *Das Geheimnis der goldenen Blüte*, p.XIII.
② Ibid., p.50.
③ Ibid., p.30.
④ Ibid., pp.70—71.
⑤ 荣格:《分析心理学的理论与实践》,成穷、王作虹译,第112—113页。

话、艺术才能实现,心理分析则是这一存在形式的科学表达。由心理分析唤出的本能对智性的反抗,代表了西方文化在 20 世纪的巨大突破和对精神(Geist)的重新认识:"……精神是某种高于智性之物,因为它所包裹的不仅是智性,还有情绪。它是一个方向,一种生命的原则,此生命竭力向超人的、光明的高处奋进。"①

就心理分析所处的形势而言,一方面,形而上学在真实的生命之外设置一个无可经验的神性;另一方面,经验性的心理主义又走入另一极端,把自治的心理情结乃至神性通通归于机械的因果法则。荣格的心理学既是精神的又是物质的,既是形而上学又是经验科学,却模拟了真实世界的含混本相。似乎唯有借助中国符号,才能厘清这一切背后的真实意义,获得一个有效的解释框架——这就是"道"的总体框架和阴阳转换的宇宙流程。这种对异者的容纳却绝不意味着放弃自身的心理和感知传统,恰恰相反,越是忠实于自身在历史过程中累积起来的潜意识,就越能同异者沟通,因为无论自身的还是外来的神祇,无论基督、佛陀还是罗马诸神都是集体无意识这同一渊源的投射。所以荣格说过,能否接受东方的异质思维其实是一个内部的事情。中国的启示不在于提供了什么具体的东西,而仅仅是展示人的存在之深化和丰富如何可能,指示人们如何达到宁静和自足,由此而获得从内部去影响事物的力量。张隆溪的《道与逻各斯》出版后,批评者质疑他是否把两件从历史渊源和意识形式上南辕北辙的东西硬扯到了一处。然而,荣格、卫礼贤等中介者的具体经历表明,道和逻各斯的融合并非没有可能,因为无论东方的道,还是西方的逻各斯,都不是绝对不变的存在物,而是在无数次的引用和转述中随时变换更新自身,以便和当下世界形势相吻合,推动这种变换的力量,就是人类共同的无意识资源。

(原载《江汉论坛》2013 年第 6 期)

---

① Richard Wilhelm, C. G. Jung, *Das Geheimnis der goldenen Blüte*, p.6.

格里高尔的"抽象的法":重读《变形记》

一、阐释线索和前提

"法"(Gesetz)是卡夫卡的中心问题,不仅《诉讼》直接关系到"法",卡夫卡所有作品中都有"法"的影子,或者说都涉及"乡下人"如何进入"法律之门"的难题。而"法的抽象机器"是德勒兹和瓜塔里在《卡夫卡:为了一种小文学》中的说法,意思是卡夫卡的动物故事仍未摆脱抽象的隐喻策略,未真正呈现"法"的具相。他们认为,在《变形记》等以动物(或人变动物)为主题的短篇小说中,仍存在着主体与客体、欲望与法的秩序、板块与板块的分割对立,故一时的"去辖域化"(déterritorialisation)尝试总是被重新纳入既有秩序,自由终归无法实现。但在长篇小说中,主人公的行动投入社会系统运作,和无限的内在性场域融为一体,在持续运动中实现了真正的去辖域化,从而逃离了传统的主体性的束缚。在《诉讼》中,画家提托雷利为被告 K 揭示了三种出路,一是明确获释,二是表面的获释,三是无限期拖延。"法的抽象机器"的运作对应于其中第二种情形:

> 事实上,它可以定义为流(flux)的相对、极(pôles)的更替、阶段的相继——一次法的反流动回应一次欲望的流动、逃跑的一极回应压迫的一极、一个危机阶段回应一个妥协阶段。我们可以说,形式的法(la loi formelle)有时会撤回到超越性(transcendance)中,而暂时给欲望之物让出一片空地,但有时又会让超越性发射出

等级化的本质之物(les hypostases hiérarchisées),它们能够阻止和压制欲望。①

"法的抽象机器"大可以简称为"抽象的法",因为对德勒兹和瓜塔里来说,"法"本来就是作为"机器"(系统)而存在。由以上引文可以看出,法的抽象性是和欲望的现实性相对的,而抽象性源自超越性的诱惑。超越性导致了法(作为超越性的化身)和欲望的区分,也导致了法(作为本质之物)对于欲望的压制。有此区分和压制,欲望的流动才总是招来法的反向流动,而逃跑极和压迫极、危机阶段和妥协阶段看起来就像是不同事物。

德勒兹和瓜塔里的立场,上承本雅明1930年代对卡夫卡的开创性解读,又下接阿甘本的生命政治阐释。作为哲学家,他们有时会忽略语文学细节,造成主观性误读,但他们对卡夫卡的激进性和现代性的关注,也有助于我们跳出由浩如烟海的《变形记》阐释织成的密网,而重返卡夫卡思考的中心,即本文将要涉及的两个问题:① 权力如何压制身体?② 解放如何实现?如果将身体的彻底麻痹视为虚无,则两个问题可合并为虚无和反抗虚无的问题。沿此中心轴线,本文将重新检视《变形记》接受史上的几个争议点:如何理解格里高尔的失败?如何理解"Ungeziefer"的词义?如何理解主人公的死亡?如何理解妹妹格蕾特的角色?如何理解卡夫卡表示不满意的结尾部分?

本文的阐释线索首先来自几位哲学家:① 德勒兹和瓜塔里的"抽象的法"概念,构成破解《变形记》之谜的钥匙——悲剧的基础乃是对于"法"的错误理解;② 福柯、阿甘本的生命政治理论揭示了权力系统在《变形记》中的运作方式。系统强加给个体一套错误的认识工具,同时不让其察觉到这一点,由此实现管制的有效性。之所以无法察觉,是因为管制和"生活/生命"(Leben)融为一体;③ 本雅明和

---

① Gilles Deleuze, Félix Guattari, *Kafka. Pour une littérature mineure*, Paris: Minuit, 1975, p.94.

阿甘本对于抵抗虚无的设想,激发了对于变形者的解放路径的重新思考。管制既然彻底融入生活/生命,解放也只能透过生活/生命而发生。由此本文既反对基于道德形而上学立场的异化说,也反对把变形看成存在的本真显现。从生活/生命整体的角度来说,无论是从负面去批判异化机制,还是从正面赞扬变形者的回归存在本性,都是在理想和现实、存在和表象之间进行人为区分。而《致父亲的信》成为重要的互文参照,因为它不但代表了卡夫卡对于他和家庭关系的自我理解,而且和《变形记》具有"一致的无意识策略"(homologous unconscious strategies)①。

在正式解读之前,要提出两个阐释前提。其一涉及卡夫卡对于罪的态度。《致父亲的信》的中心命题是"我们俩的无辜"(unser beider Schuldlosigkeit)②,这意味着卡夫卡的故事和"罪"无关,所谓"统治者"和"受害者"都是无辜者。"罪""纯洁""羞耻"——信中反复出现的概念——属于道德和宗教范畴,而在真实的、既非道德也非宗教的生活/生命层面,一切都是无辜:"在这一点上,你虽然应该像我一样相信你的无辜,但应该通过你的本质和时代环境来解释这种无辜,而不是用外在因素来解释……"③同样本雅明所强调的,对于卡夫卡的阐释原则既不能是心理学也不能是神学,其根据正在于:卡夫卡关注的是作为系统的生活/生命整体。这个生活/生命整体,一方面比神话世界还要古老,④另一方面又平淡自明,无需任何阐释。生

---

① Robert Weninger, "Sounding Out the Silence of Gregor Samsa: Kafka's Rhetoric of Dys-Communication", in Harold Bloom, ed., *Franz Kafka's The Metamorphosis*, New York: Infobase Publishing, 2008, p.97.

② Franz Kafka, *Hochzeitsvorbereitungen auf dem Lande und andere Prosa aus dem Nachlaß*, Max Brod, ed., Frankfurt a.M.: Fischer Taschenbuch Verlag, 1983, p.155.

③ 叶廷芳编:《卡夫卡全集》第8卷,河北教育出版社1996年版,第265页。本文中卡夫卡作品译文均出自叶廷芳编《卡夫卡全集》,个别处为了突出德文原意,直接从德文译出。

④ Walter Benjamin, "Franz Kafka. Zur zehnten Wiederkehr seines Todestags", in Hermann Schweppenhäuser, ed., *Benjamin über Kafka. Texte, Briefzeugnisse, Aufzeichnungen*, Frankfurt a.M.: Suhrkamp, 1981, p.15.

活/生命的根本特性在于，它的起起落落、此消彼长使一切范畴区分都显得多余，故对于生活/生命整体的执着保证了"去辖域化"，也就是对一切概念性区分——主与客、内心与外界、个体与社会、罪与无辜——的解消，由此，卡夫卡的作品才成为德勒兹和瓜塔里所说的"超级现实主义"。①

其次，叙事的不可靠性。卡夫卡的叙事是不可靠的主人公视角的第三人称叙事，既不同于由第一人称叙事方式造成的完全的主观视角，也区别于由全称叙事造成的纯客观叙事。毋宁说，叙事的方式乃是要制造暧昧性，而暧昧性的原因，一是所模拟的对象——生活/生命世界——的暧昧，二是主体的认识功能的丧失。格里高尔是现代人问题的化身，而非寄托了理想的英雄。

二、格里高尔：失败的身体

《变形记》写一个人的挣扎和死亡，但确切地说，失败的是一个身体。格里高尔的身体在变形前，处于社会系统的全面管制下，内化了的条令无需任何中介，直接塑造和影响身体本身。但即使通过变形，也无法造成一个新的身体。管制照旧，效力无丝毫减弱。身体严格按照条令运作（错过了5点和7点的火车，就应该设法赶上8点的火车），也以系统指定的僵化规则应付变化了的现实世界。格里高尔胆敢放弃人的身份，却小心谨慎地背负着蜗牛的重壳，随时准备缩回这个庇护所，这构成了卡夫卡特有的喜剧意味。"虫"（Ungeziefer）一词精确标示了丧失了积极功能、无法适应环境的空洞身体。小说情节展开的三阶段即三次碰壁，第一次是职业算计的失败，第二次是性竞争的失败，第三次是精神超越的失败。一次比一次后果严重，整部作品表现为失败的阶段剧。

一、变形后的第一阶段，主人公仔细检验自己新获得的生理特

---

① Gilles Deleuze, Félix Guattari, *Kafka. Pour une littérature mineure*, p.127.

性,算计变形给个人带来的影响。然而,格里高尔的身体并不属于自身,变形虽说是一种讨厌的感觉,但实质性后果只能由工作情况来检验——要是能及时赶上火车,不耽误生意,就证明一切照常,今天的变故不过像偶尔的感冒一样无伤大雅。听到秘书主任驾到,他不顾一切滚下了床,要冲出门去,给上司一个圆满解释,他的想法既精明又幼稚:"他很想知道,那些现在如此渴望见到他的人一旦看见他时会说些什么。如果他们给吓住了,那么格里高尔就不再有什么责任,就可以心安理得。但是如果他们对这一切泰然处之,那么他也就没什么理由要大惊小怪,只要抓紧时间就真的可以在八点钟赶到火车站。"①其中的逻辑是,要么真变形了,也就是病了,那睡过了时间赶不上火车,"责任"(Verantwortung)就不在他,要么他就是在别人眼里一切正常,也不用为变形的怪事操心了。"责任"不过是系统条令的内化形式,是否能履行"责任",成为变形者认识自身状态的唯一标准。可见,在资本系统的全面控制下,格里高尔的身体机能早已失去了自主。

二、变形后第二阶段的中心事件是腾房间行动,以格里高尔被苹果砸成重伤而告终。一般认为,苹果是对于儿子的俄底浦斯反抗的惩罚。事实上,在现代资产阶级社会中,性也被视为身份竞争的一部分,是身体建构的主要因素,代表着身体和外界的直接沟通。②但是很明显,《变形记》的结局是性的失败,正如在之前不久完成的《判决》中,主人公以性为手段(向父亲展示婚姻计划)挑衅权威的失败。

格里高尔在变形前,以其赡养者的身份,一度成功地取代了父亲

---

① 叶廷芳编:《卡夫卡全集》第1卷,第115页。
② 日耳曼学家本德·诺依曼特别指出,卡夫卡、布罗德等当时布拉格犹太知识分子对于女性(尤其是雅利安女人)的痴迷,也是弱势族群寻求融入统治民族的间接路径。他的论文提到了"卡夫卡那时布拉格(犹太)知识分子中盛行的滥交和猎取女色"。Bernd Neumann, "Der Blick des großen Alexander, die jüdische Assimilation und die 'kosmische Verfügbarkeit des Weibes': Franz Kafkas letzter Roman *Das Schloß* als das Ende einer 'neuen Kabbla'?", *Deutsche Vierteljahrsschrift für Literaturwissenschaft und Geistesgeschichte*, 2(2005), p.329.

在家中的地位。被逐到边缘的父亲疲沓不堪,当儿子晚上从公司回来时,总是身穿睡袍坐在靠背椅里迎候他,却"压根儿就不太能站得起来,而是只抬一抬胳膊表示高兴"。① 而现在,父亲恢复了往日权威,他身板挺直,目光活泼而专注,一身银行仆役穿的笔挺蓝色制服,巨大能量让儿子惊奇不已。面对父亲的攻势,他只能节节后退,如果不是母亲的干预,肯定要被复苏了的父亲用苹果打死。以下这一幕结束了俄底浦斯冲突:

> 母亲抢在尖叫着的妹妹前头跑了过来,身穿内衣,因为为了在她失去知觉时好让她呼吸舒畅些,妹妹已经将她的衣服解开了,他还看到,母亲随后便向父亲奔去,在奔跑的路上她那已经解开的衣裙一件接着一件滑落到地上,绊着衣裙向父亲扑过去,抱住他,紧紧地搂住他……双手抱住父亲的后脑勺请求饶格里高尔一命。②

这里有一个细节,格里高尔在溃退中,竭尽力量保住了一幅剪下来的女人画像,即故事开始时提到的格里高尔房间里的画像,这是他和性世界的唯一联系。德国日耳曼学者芬格胡特认为,这一幕具有双重的性意味:一方面,他整个身体趴在画像的玻璃框上,粘得如此紧,简直都分不开了;另一方面,母亲为了保护儿子,冲向父亲,将他紧紧抱住,她甚至在那种保护性姿势中就出卖了儿子。在俄底浦斯争夺中,儿子只赢得一个象征性的性对象,而父亲作为胜利者展示了对母亲的实际支配。③ 双方地位的消长揭示了一个残酷事实,男性身体也是由这个功能社会构造出来的,经济功能的丧失导致了男性功能的离去。而此消彼长抹去了一切悲剧色彩,所谓压迫者和受害者不过

---

① 叶廷芳编:《卡夫卡全集》第1卷,第137—138页。
② 同上书,第139页。
③ 参见 Karlheinz Fingerhut, "Die Verwandlung", Michael Müller, ed., *Interpretation: Franz Kafka. Romane und Erzählungen*, Stuttgart: Reclam, 2001, pp.51-52。

是角色的交换。

三、最后一阶段中格里高尔不由自主爬出房门,去听妹妹拉琴的一幕,除了带乱伦色彩的性要求,还有精神超越的意味。过去他毫无音乐感受力,在工作过程中通过对他人的有用,通过赡养家庭证明自己作为人的身份,却不能感受到音乐。现在处在毫无用处的寄生虫状态,他反而感受到那种高级人性的召唤,那种不知名的食物的需要。然而,音乐梦想最终并未敞开"获取久盼的不知名的食物的途径",①为身体提供难得的滋养。表面的陶醉下盘踞着固有的意识结构,这一结构体现为:① 赤裸裸的占有欲;② 物化的占有欲又通过物质引诱而实现:

> 他不愿意再让她离开他的房间,至少只要他还活着就不愿意;……然后他就要向她透露,他已经打定主意要让她到音乐学院去学习,倘若不是横遭不幸,他早在去年圣诞节——圣诞节已经过了吧?——当众宣布这一计划了,任何反对意见他都将置之不顾。②

把妹妹送进音乐学校成为向妹妹提出权力要求的资本,反过来,音乐也并未阻止妹妹第一个提出和变形者划清界限。

失败的原因常常被归结为家庭成员或社会对于变形者的抛弃,但这只是表层的观察,并未涉及事情的实质。从文本中很容易读出家庭成员间的隔膜。父亲当年生意破产,为了帮助家人摆脱困境,格里高尔进入他不喜欢的旅行推销员职业,也因此进入一种社会性联系——即以货币为中介的联系。金钱的赋予和接受,成为他和家人的唯一交流渠道,这种关系下面有掩饰不住的冷漠。③ 更可怕的是,叙事者向我们透露,牺牲源自一个错误前提,因为格里高尔透过房门

---

① 叶廷芳编:《卡夫卡全集》第1卷,第147页。
② 同上书,第147—148页。
③ 如:"家里人也好,格里高尔也罢,大家都习以为常了嘛,人们感激地接过这钱,他乐意交付这钱,可是一种特殊的温暖之感却怎么也生不出来了。"同上书,第128页。

听到,父亲从破产的生意中抢救出来的财产,比告诉儿子知道的要多。换言之,是小资产阶级的悲观主义造成了山穷水尽的假象,使格里高尔承受了多年辛劳。

如果坚持第二个阐释前提,即叙事的不可靠性,就会产生如下怀疑:读者是否受到了误导?透露家庭的真实财政状况,让人认为格里高尔受了家庭的压榨,是不是对逃遁的自我辩解和对交流失败的责任推卸?要知道,即使在《致父亲的信》这样一份纯粹控诉中,也不难看出叙事者通过修辞手段为自身开脱的痕迹。儿子承认,对父亲的控诉是"一种自我维持的不中用的手段"。① 也是在推卸自身的责任:"你在生活上是不能干的;但为了把这一点解释得舒服、无须忧虑、无须自责,你证明是我夺去了你的所有生活本事,并塞进了我的口袋里。"② 换到父亲的立场,儿子的退缩和包容也是进攻的策略,他简直就是高明的"职业军人"(Berufssoldat)。③ 父子双方视角的补充构成了一种"矫正"(Korrektur),由此达到让双方都心安的"真相"(Wahrheit)。④ 这一矫正代表了卡夫卡的反思和交流能力,而《变形记》中没有视角的矫正,而是儿子的视角在主导叙事。考虑到这一点,就能从更深层面去理解格里高尔失败的性质。格里高尔惯于自欺,也不具备客观观察的能力,这是他三次失败的共同基础,也是失败的身体的深层含义。

首先,他夸大了家庭对于他的依赖程度(这当然是责任压迫的另一表现,格里高尔既为责任所苦,也为责任而骄傲)。变形后第一天晚上,他还沉浸在过去对家庭的贡献中,一面为自己能让父母亲和妹妹在这么好的住房中过上这样的日子而自豪,一面又充满羞愧,如果现在这一切都可怕地结束了,那可怎么办呢?然而,事实上家庭幸福

---

① 叶廷芳编:《卡夫卡全集》第 8 卷,第 251 页。
② 同上书,第 281 页。
③ Franz Kafka, *Hochzeitsvorbereitungen auf dem Lande und andere Prosa aus dem Nachlaß*, p.161.
④ Ibid., p.162.

并不完全依赖于他。家里人有条不紊地对付眼下的窘境,佣人辞退了,母亲自己做家务,父亲和妹妹都在外面工作,适应生活看来并不困难。

他拒绝接受已被排除出去这个事实,罔顾人和虫的巨大差别,这是因为,他过高地估计了自己在情感利益上赢得的份额。按照格里高尔的看法,妹妹体贴周到地照料着发生了不幸的哥哥,家里人至少妹妹是和他站在一起的。可是她的行动和姿态说出了另一种语言:

> 但是妹妹立刻惊愕地发现那只盆仍还是满的,只是在四周泼洒了一些牛奶,她立即把盆拿起来,不过不是直接用手,而是用一块破布,把它端走了。格里高尔极想知道,她会拿来什么替代的食品。……她考虑得很周到,她知道,格里高尔不会当着她的面吃东西,所以她急忙离去,甚至还转动钥匙,让格里高尔明白,他可以舒适安乐地随意进食。①

细心的读者自然会问,妹妹为什么不能直接用手,而非要用布裹着手端走盆子,为什么又用扫帚不光把他吃剩的,也把根本没碰过的食物扫成一堆带走,"仿佛这些没碰过的食物也不再可以食用了似地"。② 她一进房间,就直奔窗户,连用点时间把门关上都顾不到,"仿佛她要窒息了似地猛一把打开窗户"。③ 这些细节让读者得出一个完全不同的结论。

对于交流的放弃,更是失败的深层含义。格里高尔念念不忘责任,却忽略了自己对于参与和维持交流场应负的责任。变形者和家里人的关系中最引人注目的现象,是交流的缺失。家里人想当然地认为他应该听不懂他们的话,也没想过做进一步实验,去加以证实。但格里高尔也从未尝试去澄清这种误解。显然,这只特

---

① 叶廷芳编:《卡夫卡全集》第1卷,第125页。
② 同上书,第126页。
③ 同上书,第130页。

殊的虫是能理解人类语言的,只是缺乏积极交流的意志——这正是生命力枯竭的表现。美国日耳曼学者罗伯特·魏宁格认为,即便格里高尔的嗓音没有发生变化,交流仍然无可能,他举出《致父亲的信》中的一段话,证明在卡夫卡心目中,父亲的压制早就让他丧失了语言能力:

> 由于不可能进行平心静气的交往,于是另一个其实很自然的后果产生了:我把讲话的本领荒疏了。……最终我沉默不语了,首先是出于抗拒心理,再就是因为我在你面前既不能思想也不能讲话。①

这当然不能简单地理解为,父亲在客观上导致了儿子的失语(儿子并未失语)。毋宁说,这是一种强烈的失语意愿,这暗示我们,格里高尔不愿意说话,是基于他的先入之见:不可能实现有意义的交流("不可能进行平心静气的交往")。

其实,尽管格里高尔丧失了正常的语言能力,文本中仍存在某种交流的萌芽:

> ……因为连他由此而引起的那个小小的响声也让隔壁听见了,这响声竟让所有的人都沉寂了下来。"现在他又在干什么了?"稍过片刻父亲说,这话显然是对着门说的,随后这中断了的谈话才又渐渐恢复。②

他在腾房间行动中被重创后,出于无意识的补偿心理,家里人甚至一致同意("可以说这是得到全体应允的"③)作出了强化情感交流的姿态:每到傍晚时分,便打开起居室门,让他能从黑暗中看到家人的生活情况,可以倾听他们的谈话。格里高尔没有做出有效回应,是因为他以和"抽象的法"的交流代替和他人的交流,沉湎于自己制造的心

---

① Robert Weninger, "Sounding Out the Silence of Gregor Samsa: Kafka's Rhetoric of Dys-Communication", p.110. 引文见《卡夫卡全集》第8卷,第246—247页。
② 叶廷芳编:《卡夫卡全集》第1卷,第129页。
③ 同上书,第140页。

像，难以自拔。和《乡村婚事》中的拉班一样，格里高尔指望以变形摆脱日常的交流环境，这意味着，在家人抛弃他之前，他就抛弃了家人。而由于放弃了交流，板块分隔变得更坚固而僵化。故德勒兹和瓜塔里认为，逃跑意向虽由动物变形得到了暗示，但是并没有真正展开逃跑路线——"逃跑线"完全依赖于系统本身流动性的实现。①

三、抽象的法

格里高尔是谁？简单地说，是一副丧失了内在属性的纯粹身体，即一个中性的"它"(es)，其所有身份都是由外界附加的，故"格里高尔"并不是它。妹妹在愤激中道出了真相："你必须设法摆脱这样的想法，以为格里高尔就是它(den Gedanken loszuwerden suchen, daß es Gregor ist)。"②愚钝的老妈子也道出了真相："它完蛋了(es ist krepiert)。"③由此就能理解为何卡夫卡选择了"Ungeziefer"这一中性称谓。《乡村婚事》中的拉班——格里高尔的前身——欲变形为"Käfer"(甲虫)，而格里高尔的新形态却是"Ungeziefer"，字面意义都是"虫子"，内涵却完全不同。"Ungeziefer"不同于甲虫、鹿角虫、金龟子、屎壳郎，并非任何一种具体的虫子，而是无属性的虫子。在此意义上，它成为无属性的身体的"比喻"(Gleichnis)，这一身体非虫亦非人，而是"虫-人"的中间状态，它是系统暴力造成的最后结果，也代表了一切既定秩序和范畴的终点。正因为超出一切秩序和范畴，"虫-人"状态实际上无法以形象去描述，故而当沃尔夫出版社要为虫绘封面图时，卡夫卡表示了明确反对。

"虫-人"就是现代主体的真相，相当于阿甘本集神圣和卑贱于一身的"牲人"(homo sacer)。现代世界中，社会性的权力规则早已渗

---

① Gilles Deleuze, Félix Guattari, *Kafka. Pour une littérature mineure*, p.156.
② Franz Kafka, *Ein Landarzt und andere Drucke zu Lebzeiten*, Gesammelte Werke, Bd.1, Frankfurt a. M.: S. Fischer, 1994, p.150.
③ Ibid., p.153.

入私人生活的每一角落,其直接表达就是"责任"。责任让个体变得既神圣又卑贱,既是"主体"(Subject),又是"臣民"(subject)。责任和身体彻底融合,故无处可逃。格里高尔和拉班却都相信虫和人分离的可能性,德国日耳曼学者威廉·艾姆里希(William Emrich)的如下总结毋宁说是格里高尔自己的想法:"动物是对于所谓'人类'世界的绝对扬弃,尽管它其实是人'自身'。萨姆沙的生活世界和萨姆沙的甲虫形态之间的分裂,乃是'表象'和'存在'之间的分裂。"① 这一定义并不正确,动物并非"人'自身'",人自身只是"虫-人"。无论变形前后,格里高尔的真实身份都是"虫-人",他的意识却摆荡于抽象的"虫"和"人"两端。变形前,格里高尔以为自己是人,但人的身份意味着压抑性的社会和家庭责任。于是他想逃入虫的形态,② 变形为虫的意义就是《乡村婚事》中拉班的梦想:自己的身体和灵魂分离,灵魂以甲虫的形式获得不受感染的存在,而穿上衣服的身体被打发去乡下,去应付世俗责任。③ 然而他无法真正变为虫,他是虫的身体,人的思维,在新环境中处处碰壁。

困境源于对世界的深刻误解。首先,格里高尔误解了压迫的性质。现代世界中,压迫并非源于某一当局或某一社会形式,而是一种弥漫性的、无名的系统权力——索勒姆(Gershom Scholem)、本雅明和阿甘本都相信,卡夫卡作品中权力的本性为"毫无意义,却有强制力"(Geltung ohne Bedeutung)④。权力直接作用于身体,不经过任何中介。在此情形下,真正的反抗也应是直接的身体反抗,然而格里高尔选择了以变形形式超越整个系统——对他来说就是公司和家庭。可是,超越的幻象本身就是中介,它阻碍了身体直接面对环境和直接

---

① Wilhelm Emerich, *Franz Kafka*, Frankfurt a.M.: Athenäum, 1964, p.127.
② 芬格胡特也强调变形在心理学上的逃避意味:"中心剧本是家庭的场域,家庭的赡养者放弃了他的社会角色,因此被排斥出去,中心剧本也是资产阶级的工作世界,有人梦想逃离它,为此付出了代价。"Karlheinz Fingerhut, „Die Verwandlung", p.45.
③ 《卡夫卡全集》第1卷,第310—311页。
④ Giorgio Agambem, *Homo Sacer. Sovereign Power and Bare Life*, trans. Daniel Heller-Roazen, Stanford: Stanford UP, 1998, p.51.

抵抗系统,而所谓超越性理想,最终不过是旧的权力机制的变形——变形后的格里高尔激发生命感觉的手段,一是经济价值,二是性,两者都是资产阶级社会的价值激发器,反过来也是对他进行惩罚的媒介。

其次,格里高尔误解了家庭契约的性质。他之所以敢于逃离,是因为怀有美好家庭的幻想。变形之初,他毫不怀疑家里人会帮助他克服困难,适应新的环境。当笨重的身体让他无论如何也起不了床时,他就想:"如果有人来帮他一把,这一切将是何等的简单方便。两个身强力壮的人——他想到了他的父亲和那个使女——就足够了。"既然希望的落实无可置疑,他也就不急着落实,而是让它留在原地,充作默然的鼓励,"想到这一层,他禁不住透出一丝微笑"。① 然而,契约的实质是利益的调配,利益要求义务的履行。义务和权利密不可分,停止了义务,就不再有权利,家庭契约也不例外。这里涉及主体观念的变化。福柯指出,英国经验主义带来了利益主体的全新观念,主体的内涵不再是自由,不再是灵魂与身体的对立,不再基于原罪的观念,而是基于不可转让、不可化约的利益选择。② 世界在丧失了宗教的超越性而成为内在性的系统之后,主体只能以利益主体或经济人(homo œconomicus)的形态存在。格里高尔的心目中却残存着一个古典法学家所说的权利主体,其核心是一种天赋的自然权利。③ 类似地,批评家通常的"异化"视角设定了一个理想人性(自然权利)作为批判标准,格里高尔由此被视为物化机制的牺牲品。然而,天赋的自然权利只是"抽象的法"的幻象,依照福柯的观点,对于物化的批判毋宁说体现了典型的古典经济学立场,它把劳动者化约为以劳动时间计算的劳动力,却忽视了其生产性、创造性的一面,故而必然推导出对资本系统的单方面控诉。的确,格里高尔从来就不是单边地付

---

① 叶廷芳编:《卡夫卡全集》第1卷,第111页。
② 福柯:《生命政治的诞生》,莫伟民、赵伟译,上海人民出版社2011年版,第241—242页。
③ 同上书,第243页。

出劳动,他也在生产自己的安全感和自我意识,生产让个体满足的家庭和谐关系。变形前他和家庭的畸形关系,不能简单地归咎于经济或某一特定的生产关系,而毋宁说是不良的交流关系的外部症状。格里高尔严格说来并非异化的受害者,而仅仅是无法适应环境变化的利益主体(就像一个失败的微型企业),他的被迫害妄想症不应成为批判现实的客观依据。同样,他的隐遁并未超出利益机制,恰恰相反,他所要求的"无私的利益"乃是最大利益,是对从前履行的义务的最大补偿。

最后,格里高尔误解了罪和无辜的关系。他坚持罪和无辜的板块对立:工作世界是有罪的,家庭应该是无辜的。然而无辜和罪都属于受权力秩序支配的道德化范畴,在此范畴内没有逃跑可能,要么控诉他人,要么控诉自己。文本中,格里高尔不断以主观性的阐释来证明自己的无辜,来实现对他人的控诉;但同时,当反躬自省时,又成为自己的控诉者。父亲和妹妹所惩罚的并非格里高尔,而是虫或怪物。真正的惩罚还要由格里高尔自己来实现,是经济和性通过罪感的形式在施行惩罚,以至于最后判处身体的死刑。

德勒兹和瓜塔里一句话道出了谜底,格里高尔的悲剧是"再俄底浦斯化"的结果,"再俄底浦斯化"导致了他的死亡。[①]"再俄底浦斯化"即"再辖域化",即回到旧的秩序和范畴。变形表面看来是逃避家庭义务,实际上是以极端的方式回归家庭,希望恢复"无辜"的家庭关系。"无辜"体现于,能对于抽象主体(它无需说话,无需和外界交流)提供无条件支持。德勒兹和瓜塔里又不无夸张地说,格里高尔未选择精神分裂的兄妹乱伦(inceste-schizo),而是滞留于俄底浦斯的恋母乱伦,在脖子被毛皮领掩盖的照片中女人和脖子裸露的妹妹之间,他选择了前者(而妹妹由盟友变为敌人,就在这一刻)[②]。本德·诺伊

---

① Gilles Deleuze, Félix Guattari, *Kafka. Pour une littérature mineure*, p.66.
② Ibid., pp.121-122.事实上,德勒兹和瓜塔里的救赎希望即在于欲望的精神分裂式增生,和妹妹(以及女佣、妓女)的乱伦是欲望增生的象征性手段。

曼批评这一说法"纯属臆测",①却忽略了"乱伦"概念的隐喻性。去掉精神分析的术语迷障,何谓"恋母乱伦"?——一句话,格里高尔退回了旧秩序。用古旧的俄底浦斯的方式展开欲望,无法进入新型的人际交流、创造出新型的主体性。俄底浦斯幻想将欲望封闭、化简于和唯一能指"母亲"的关系,同样格里高尔也向往着在家庭"母亲"庇护下变得更幼稚,剪断一切社会、政治联系。

格里高尔的世界图式是抽象的静态理念,而非动态的交流过程。它其实是一个二元结构,包括一系列二项对立:公共对私密、外界对内心、形式对质料、肉体对灵魂、欲望对法,每一系列的后一项代表了超越的层次。显然这一结构不符合当代现实。当代现实是什么,这是卡夫卡的核心问题,也是领会格里高尔悲剧的关键。当代是以"内在性"(Immanence)为基本结构的系统运作,彻底的"内在性"破坏了一切二元的垂直结构,造成公共即私密、外界即内心、形式即质料、肉体即灵魂、欲望即法,《诉讼》《城堡》中描述的就是这一状态。当代现实的结构性即卡夫卡如此关注的"法"。何为法?德里达说,法就是延异。② 德勒兹和瓜塔里说,法就是欲望(尽管看上去和欲望对立)。要说得更直接的话,法就是世界,就是生活/生命整体。正因为"法"即世界本身,故"法"和乡下人本为一体,故永远可望不可及。但"法"的机制使法必须同时和乡下人相分离——以便让乡下人得到一个"法"的幻象从而展开追求,造成世界系统本身的运转。故"法"有抽象和具体之分。具体的法就是作为系统在运作的世界整体,就是流转中的生活/生命。抽象的法则是推演出的世界的本质("人"或"虫"都是本质的代表),但任何本质显然都只是法的幻象(本雅明称为对于真实事物的"谣言")。格里高尔——作为乡下人——眼中的法就

---

① Bernd Neumann, *Franz Kafka: Gesellschaftskrieger. Eine Biographie*, München: Wilhelm Fink, 2008, p.419.

② 参见 Jacques Derrida, "Before the Law", Jacques Derrida, *Acts of Literature*, Derek Attridge, ed., New York: Routledge, 1992, pp.202-203。德里达在那里提到"法的现时禁令并非是一个命令式限制意义上的禁令;它只是延异"。

是"无辜"的家庭关系,为了达到它不惜放弃人的身份,但他不知道的是,他自始至终都在法的系统之内,孜孜以求的美好家庭只是法的幻象。

格里高尔的行为倒像是宗教性的追求,宗教性体现为对世俗关系的彻底拒绝——他脱离了家庭去追求家庭。但也意味着,他的任何权利要求都显得不切实际,原因很简单,对家人来说,他已不再处于关系场之内。

四、死亡和生活/生命

格里高尔的死去是创造性匮乏的体现,因为空洞身体已丧失了一切创造能力。格里高尔第三次出房间,是为了和房客争夺妹妹的青睐,这是最后一次回归社会的努力——三个房客作为格里高尔三位亲人的投射和抽象,代表了总体社会环境。[①] 回归的失败意味着旧的可能性已然耗尽。在妹妹做出划清界限的声明的第二天,他就死去了,他意识到了自己给别人带来的痛苦:

> 他怀着深情和爱意回忆他的一家人。他认为自己必须离开这里,他的这个意见也许比他妹妹的意见还坚决呢。在钟楼上的钟敲响凌晨3点之前,他便一直处于这种空洞而平和的沉思状态中。窗户外面的朦胧晨曦他还经历着了。然后他的脑袋便不由自主地完全垂下,他的鼻孔呼出了最后一些微弱的气息。[②]

然而,抽象性同样体现在死亡结局上。格里高尔的死亡也是主体性意志的表达("他的意见"),它是意愿的具体目标,也是抽象的法的具体代表。问题是,通过死亡仍然不能得到神圣的法,死亡不能导致

[①] Fernando Bermejo-Rubio, "'Diese ernsten Herren ...': The solution to the riddle of the three lodgers in Kafka's Die Verwandlung", *Deutsche Vierteljahrsschrift für Literaturwissenschaft und Geistesgeschichte*, 1(2011), p.120.

[②] 叶廷芳编:《卡夫卡全集》第1卷,第152页。

"去辖域化",恰恰相反,死亡体现了"再辖域化",因为死亡意志停留在旧的范畴之中。死亡首先是为了在道德层面消灭"罪",为了证明"无辜"。其次,死亡显示了一种隐秘的怨恨,格里高尔通过死亡来对家人进行谴责。变形后的他并未置身于权力密网之外,他过度的软弱和周围人过度的进取无非是同一权力诉求的不同策略。死亡的双重权力意味在于,他以消灭自身身体的行为来达到:① 克服环境压迫,彻底解决认识能力和陌生环境之间的矛盾;② 以死亡来对抗他人的权力行为,不仅让他人的权力行为失去对象,还让其转而针对自身,引起内疚。有意思的是,无论社会系统还是格里高尔都漠视身体本身的权利。格里高尔对虫的身体的厌恶,间接反映了社会对身体的敌意。

由理想的抽象性角度,就能认清一向难解的结尾部分的功能。显然,格里高尔之死并非故事的结局,真正的故事没有结局,最后一部分的意图正是要打破"抽象的法",让抽象性融入生活本身。这一部分引人注目之处,一是新生的开始,二是妹妹的新变化。中心问题则是,"生活/生命"概念的内涵和妹妹在"生活/生命"中扮演的角色。如果"生活/生命"充当了"抽象的法"的对立面,而妹妹在其中扮演了重要角色的话,一向被视为负面性的妹妹和格里高尔的关系就处于新的光照下了。反之,由生活/生命的立场来看,格里高尔的自怨自艾显得过于片面。诺伊曼曾提出这样的猜测:"作者卡夫卡的确在考虑,也许对于市民日常生活的妖魔化——虽然鉴于格里高尔的可怕结局而显得如此合适——不过是写作者本人犯的一个视角错误。"[①]也许卡夫卡也在怀疑,在应付心理危机方面,究竟是格里高尔的悲剧性逃遁,还是家里人平庸的解决方案更好。

理解妹妹这个角色,首先要理解卡夫卡对于愚钝人物的态度。本雅明注意到卡夫卡生活中的一件轶事,在和布罗德谈到希望问题时,布罗德怀疑在当今这个堕落世界是否存在希望,卡夫卡却讳莫如

---

① Bernd Neumann, *Franz Kafka: Gesellschaftskrieger*, p.418.

深地说:"噢,有足够的希望,无穷多的希望——不过不是我们的。"①希望是谁的?本雅明代替卡夫卡作答:救赎的希望放在了"助手"(Gehilfe)一类愚钝人物身上。《失踪者》中的大学生、《城堡》中的信使、寓言中的桑丘·潘沙都属于这一类型。在给索勒姆的信中,本雅明详细解释了他的"希望无穷"命题,他说,在卡夫卡那里谈不上智慧,而只有智慧的两件残余产品,一是对于真实事物的"谣言",一是"愚钝"。这一愚钝"虽然不断在损害智慧所特有的内容,然而也保存了那份完全脱离了谣言的可爱和镇定",且"对于卡夫卡来说无疑是这样:首先,一个人要想能有所助益,必须是一个愚人;其次,只有愚人的帮助才是真正的帮助。"②"助手"能赢得世界,体现卡夫卡的"弥赛亚范畴",③是因为他们放弃了格里高尔等现代"大都市人"的"智慧"。他们从不通过算计或宗教憧憬——"抽象的法"的两种体现——逃避世界的虚无,而是和虚无完美结合,故而取代了、赢得了生活/生命——生活/生命是"绝对的具体",故呈现为无法呈现的虚无。本雅明相信,这就是卡夫卡的"欢乐"之源。

妹妹这一角色,通常被视为格里高尔的背叛者、冷漠的家庭环境的代表。反过来,有人提出,妹妹是家庭算计的下一个牺牲者,从开始的"不安的梦"到结尾父母的"新梦",形成恶的循环。④但也有一种意见是,妹妹体现了希望。德勒兹和瓜塔里将她视为去辖域化的象征,而脖子被毛皮领掩盖的照片中女人代表了旧的俄狄浦斯情结。

---

① Walter Benjamin, "Franz Kafka. Zur zehnten Wiederkehr seines Todestags", *Benjamin über Kafka. Texte, Briefzeugnisse, Aufzeichnungen*, p.4.

② Walter Benjamin, "Benjamin an Scholem, 12.6.1938", *Benjamin über Kafka. Texte, Briefzeugnisse, Aufzeichnungen*, p.87.

③ 弥赛亚范畴(messianische Kategorie)意为和救赎相关的范畴,本雅明相信:"卡夫卡的救赎范畴是'颠倒'(Umkehr)或'研究'(Studium)。"(Walter Benjamin, "Benjamin an Scholem, 11.8.1938", *Benjamin über Kafka. Texte, Briefzeugnisse, Aufzeichnungen*, p.78.)

④ Fernando Bermejo-Rubio, "Truth and Lies about Gregor Samsa: The Logic Underlying the Two Conflicting Versions in Kafka's *Die Verwandlung*", *Deutsche Vierteljahrsschrift für Literaturwissenschaft und Geistesgeschichte*, 3(2012), p.455.

柏林自由大学的日耳曼学教授彼得-安德烈·阿尔特认为她体现了"活力"和"美",和格里高尔的"沉沦"和"令人厌恶"相对照。① 英国日耳曼学者伊丽莎白·波阿认为,妹妹是格里高尔另一个自我,她拒绝成为后者幻想的妻子,却是"另一种走向的最清楚的路标","作为'新女性'承载了更多的未来"。② 在此基础上,本文进一步推测,妹妹可能迈入了"助手"行列。她虽然积极参与了之前的家庭施暴,但在格里高尔死后,又在某种意义上承载了解放的希望,她毕竟是格里高尔最亲近的家庭成员,正如奥特拉是卡夫卡最信赖的亲人。她面临着和格里高尔同样的危险,被社会暴力剥夺人的自然的规定性,但她并非后者的简单重复,她和格里高尔的区别在于:她是一副"年轻的身体"(junger Körper)。她的意识并不发达,只是凭本能应付生活的要求,故而能像《饥饿艺术家》中的小豹一样蓬勃生长。③ 变形是格里高尔抗议的方式,但是"羞耻"萦绕不去,意味着他无法摆脱责任的束缚。④ "羞耻"是本雅明早已发现的卡夫卡"最强烈的姿态",⑤《诉讼》最后一句即"羞耻似乎要在他死后继续存在"。这是一种形而上学的感觉,因为意识到绝对正确的"抽象的法",才会时时感到羞耻,习惯于通过别人的眼睛来观看自身,才会感到羞耻。而格蕾特从未受到"羞耻"袭扰,从无情地揭穿不幸者的真实属性"它"(Es)、要求和"它"划清界限,到见到格里高尔的尸体时动情地说出"你们看,他(Er)多

---

① Peter-André Alt, *Franz Kafka. Der ewige Sohn. Eine Biographie*, München: Beck, 2008, Aufl. 2, p.337.

② Elizabeth Boa, "Figurenkonstellationen: Väter/Söhne — Alter Egos — Frauen und das Weibliche", in Manfred Engel, Bernd Auerochs, eds, *Kafka-Handbuch. Leben-Werk-Wirkung*, Stuttgart: Metzler, 2010, p.472.

③ 和小豹的联系同样为伊丽莎白·波阿所指出。参见 Manfred Engel, Bernd Auerochs, eds, *Kafka-Handbuch. Leben-Werk-Wirkung*, p.472。

④ 在《变形记》中和责任相连的"羞耻"如:"妹妹17岁还是个孩子……难道要妹妹出去挣钱吗?只要一谈到这种出去做工挣钱的必要性,格里高尔便放开门,一头扑到门旁那张凉丝丝的沙发上,因为他羞耻(Beschämung)和伤心得浑身燥热。"见叶廷芳编《卡夫卡全集》第1卷,第129—130页。

⑤ Walter Benjamin, "Franz Kafka. Zur zehnten Wiederkehr seines Todestags", *Benjamin über Kafka. Texte, Briefzeugnisse, Aufzeichnungen*, p.28.

瘦呀。这么长时间里他什么东西也没吃"，①时隔仅一夜，没有任何过渡。妹妹的旺盛生命力和直截了当地应付问题的态度，让她在文中做到了一件懦弱的哥哥难以想象的事情，即（通过照顾格里高尔）和父母争夺权力。叙事者透露，促使妹妹提出腾房间要求的真实原因，是"孩子气的倔强"和"最近如此意想不到和含辛茹苦获得的自信"。她向父母挑战的底气就在于，除她以外，家里没有人敢进入格里高尔独霸的房间。② 还有一件事情虽然在文中没有发生，却已充分暗示了其可能性，即她将要结婚、拥有独立的家庭。③ 众所周知，这是卡夫卡本人的最高理想，而在妹妹奥特拉 1920 年和捷克人约瑟夫·大卫结婚时，卡夫卡写信告诉她：

> 我们俩都不应该结婚……由于我们俩当中你是更合适这样做的人，你替我们俩做了这件事……而我为我们俩保持独身。

换言之，卡夫卡把奥特拉的结婚看成一种代理行为。阿尔特认为，妹妹奥特拉的结婚除了要摆脱父母的束缚，也是要摆脱与哥哥卡夫卡的亲密关系，"格蕾特·萨姆沙已经长大，步入婚姻生活，而哥哥却孤独地留下"④——阿尔特明确地将现实中奥特拉的婚姻和小说中格蕾特的新生相联系。

事实上，结尾情节所展示的家人的新生活和妹妹的新生命，具有强烈的类型学意义。《判决》中，主人公的投水和父亲的猝死，淹没在代表生活的交通与人流的喧嚣中。《饥饿艺术家》中，艺术家黯然离世，旁边笼中的豹正处在生命力的上升阶段。一切个人的沦亡在生命流转中都是不足一提的必然环节，根本没有悲剧发生。卡夫卡的

---

① 叶廷芳编：《卡夫卡全集》第 1 卷，第 153 页。
② 同上书，第 134 页。
③ 萨姆沙夫妇发现，格蕾特已"长成一个美丽、丰满的少女了"。他们想到："现在已经到了也为她找一个如意郎君的时候了。当到达目的地时，女儿第一个站起来并舒展她那年轻的身体时，他们觉得这犹如是对他们新梦想和良好意愿的一种确认。"见叶廷芳编《卡夫卡全集》第 1 卷，第 156 页。
④ Peter-André Alt, *Franz Kafka. Der ewige Sohn. Eine Biographie*, p.545.

目光指向生活/生命本身,在此意义上成为真正的现实主义作家。卡夫卡对《变形记》结尾一再表示不满,[①]可能是因为新生和死亡的对照多少还带有人工的痕迹,故而让他感到不满足。

五、如何思考解放

格里高尔为"抽象的法"所惑,误以为"虫-人"状态(生活/生命)之后还会有一种更人性的境界(法)。然而,《变形记》的批评家也往往陷入这同一陷阱,把生活和法的人为分离看作救赎的途径。他们的共同点是,都设想了一种纯粹的虫或人的状态,以此理想层次为参照,来对格里高尔的非虫非人表示惋惜或进行批判。纳博科夫曾在课堂上,对学生们得意地宣布,这样一种甲虫应该属于有翅目,可是格里高尔就从未发现他背上的硬壳下有翅膀。[②] 言下之意,变形者的问题通过简单地"飞走"就能解决。可是,真正的"飞走"是遁入另一个(非人的)语言领域,如此一来,还有这一篇小说吗?换言之,这样一个"私密语言"对卡夫卡本人也不存在,因为卡夫卡和我们分享一个共同语言。而纳博科夫的隐喻所表述的,正是美国日耳曼学者索克尔(Walter H. Sokel)为格里高尔设计的救赎之路,那就是,顺从来自无意识的逃避愿望,抛弃一切社会责任,彻底地变成一只寄生虫:

> 由此可见,医治变形的办法是有的,这就是格里高尔顺应自己罪恶的欲望;然而他的良心却不容许他这样做。格里高尔对职责的忠诚和逆来顺受的性格,使他失去了自救的可能。[③]

索克尔认为,格里高尔不应该指望在无意识和社会要求之间达成和

[①] 《变形记》手稿于12月6日完成,但是作者对结尾不满意,故一直迟疑着,没有把副本寄给出版商沃尔夫。1913年10月20日和1914年1月23日的两次重读,结论都是一样,即结尾"无法卒读"。
[②] 纳博科夫:《文学讲稿》,申慧辉等译,上海:上海三联书店2005年版,第223页。
[③] 索克尔:《反抗与惩罚——析卡夫卡〈变形记〉》,收入叶廷芳编《论卡夫卡》,北京:中国社会科学出版社1988年版,第251页。

解。然而,不能达成和解不意味着能放弃任何一边,也许,非人和人的状态的直接并置(永远既是非人,又是人),才是现代人的真实宿命。按照索克尔准确的理解,外强中干的甲虫作为隐喻,聚集了反抗和惩罚两种情结,正是卡夫卡一生的心理写照。但这样一来,索克尔的乌托邦方案就显得自相矛盾:彻底委身于虫性的格里高尔就不再是永恒盘踞卡夫卡内心中的那只虫了。同样,艾姆里希的阐释也基于分离之上,他把虫视为存在,和现实世界的表象相对,因此变形就带有特殊的英雄意味,即通过回归本体,揭露人类世界的假象:"'如果你们自身变成比喻',真相就会显现。萨姆沙的'变形'即他的自我进入了比喻。在那里它变成了'真实',摧毁了人类世界的谎言。"①批评家认为有逃脱可能,是因为相信变形通向某种本质状态,这一本质状态是可认知的,这就重复了格里高尔对于"抽象的法"的徒劳追求,而忽视了格里高尔和卡夫卡在视角上的重要区别。②

卡夫卡很清楚,父亲是无辜的,所有人都是无辜的。卡夫卡创造格里高尔作为自身生活难题③的验证,并不代表他对后者的认同,恰恰相反,他是要揭穿格里高尔的自欺,从而打破自己的逃遁幻想。卡夫卡也始终渴望出逃,争取婚姻或反抗婚姻,移居柏林或巴勒斯坦,都是他计划出逃的形式。④ 然而他还是选择留在了家庭和公务员职业中,并非简单的性格软弱所致,认识上的原因也不可忽视:他能够

---

① Wilhelm Emerich, *Franz Kafka*, p.124.
② 正是因为自信能认识格里高尔的问题,德国日耳曼学者、卡夫卡专家哈特姆特·宾德尔才会批评卡夫卡1915年对于甲虫插图的反对:"像变形的格里高尔这样的生物当然可以描绘,也是可以从远处展示的,无法理解的首先是,卡夫卡为什么会拒绝对这样一只昆虫的画面呈现,同时又认为他的语言描述就是可能的。"参见 Hartmut Binder, *Kafkas "Verwandlung". Entstehung, Deutung, Wirkung*, Frankfurt a.M.: Stroemfeld, 2004, p.195。这一戏剧性姿态显然最大限度地展示了批评家和卡夫卡的视角差异。
③ 卡夫卡其时的主要问题包括:写作的突破和公务员职业的矛盾,和菲莉丝的恋爱造成的心理紧张,和父亲因为工厂义务的争执以及妹妹奥特拉在这件事上对他的指责。
④ 瓦根巴赫在其传记中列举了卡夫卡的两次逃离尝试,一是1914年和菲莉丝在柏林订婚,一是1915年和1916年申请应征入伍。详见瓦根巴赫《卡夫卡传》,周建明译,北京:十月文艺出版社1988年版,第六章第102—108页。

意识到,理想就是生活/生命本身。在《变形记》之前发表的小说《和祈祷者谈话》(1912)中有一段,已经揭示了卡夫卡的生活/生命的形而上学:

> 真的,您不相信吗?啊,听我说吧:当我还是孩子的时候,有一次,我睡了一会儿午觉,醒来后睡眼朦胧地听到我的母亲以自然的语调从阳台上向下问道:"您在干什么?我亲爱的。天气这么热。"一位妇女从花园里答道:"我在绿树下吃野餐。"她们不假思索地说,而且不太清楚,仿佛这是人人都该预料到似的。①

这段话是年轻的祈祷者对"我"说的。像邻居妇女吃东西这样一个再平凡不过的行为,在卡夫卡看来代表了世界的本质。故最后"我"承认,他也会说出同样的话作出同样的回答,"这种事情毕竟是完全自然的"。② 由这种对于绝对具体的追求,才能解释卡夫卡特有的对一切乌托邦方案——从工人运动到俄国革命到犹太复国主义——的拒绝。在《致父亲的信》中,卡夫卡准确地描述了生活的悖论:"这就有如有个人被囚禁了,他不仅怀着逃跑的意图(这也许是有可能实现的),而且还要同时把这座监狱改建成了一座避暑行宫,但如果他逃跑了,他就无法改建;如果他改建,他就无法逃跑。"③格里高尔无法忍受和悖论共处,而选择了退出生活(监狱)本身,这并非简单的资本主义异化的悲剧,也不是纯粹艺术家的个人悲剧,而更是认识和生活相分离造成的悲剧。在和《变形记》方向相反(动物变人)的变形故事《致科学院的报告》中,人猿红彼得给出了更符合卡夫卡本意的教训:没有真正解脱,只有暂时的出路。

"生活/生命"概念在本雅明、德勒兹和瓜塔里、阿甘本那里都扮

---

① 叶廷芳编:《卡夫卡全集》第1卷,第257页。
② Franz Kafka, *Sämtliche Erzählungen*, Paul Raabe, ed., Frankfurt a. M.: Fischer Taschenbuch, p.191.《卡夫卡全集》中译成"这种事情毕竟是非常符合人类天性的"(《卡夫卡全集》第1卷,第259页)。
③ 叶廷芳编:《卡夫卡全集》第8卷,第277页。

演了重要角色,而福柯的"经济人"分析的合理性,也正在于它符合生活/生命的内在逻辑。生活/生命成为克服"抽象的法"的关键,由此可以理解,为什么卡夫卡成为当代生命政治分析的重要参照。

从卡夫卡的作品中,本雅明看到在"律法"(Schrift)(相当于德勒兹和瓜塔里的"形式的法"或"抽象的法")之外,还有一个概念"生活/生命",它是超越了认识的律法:"不管学生是遗失了律法还是无法参透律法,都是一回事,因为没有相应的钥匙的律法不是律法,而是生活。"①他也意识到,卡夫卡的世界结构排除了一切"秩序与等级":"谁也没有其固定的位置、明确的和不可变换的轮廓;无人不是处于上下起伏之中;无人不可以同自己的敌人或邻居易位;无人不是耗尽了时间,却仍然不成熟;无人不是精疲力竭然而还处在漫长过程的开端。"②

如果生活/生命不容超越,就必须重新思考解放的路径。无论本雅明、德勒兹、瓜塔里或阿甘本都同意,解放的希望不在于分离,而是生命、欲望和法融为一体。本雅明不仅第一个发现了卡夫卡的乐观主义,还从卡夫卡发展出一种反抗虚无的策略。他认为卡夫卡的寓言故事包含了一种"颠倒"(Umkehr),而这一颠倒的意义在于将生命转化为律法。③ 同样地,他设想,我们身处其中的"非常状态"(Ausnahmezustand)虽说是当代社会的常态,却可以在未来转化为一种"真实的非常状态"(wirklicher Ausnahmezustand)。④ 受此启发,阿甘本进一步阐明了法和生活/生命的关系。现存的"非常状态"是律法变成生活/生命,从而造成"毫无意义,却有强制力"的权力形

---

① Walter Benjamin, "Benjamin an Scholem, 11. 8. 1934", *Benjamin über Kafka. Texte, Briefzeugnisse, Aufzeichnungen*, p.78.

② Walter Benjamin, "Franz Kafka. Zur zehnten Wiederkehr seines Todestags", *Benjamin über Kafka. Texte, Briefzeugnisse, Aufzeichnungen*, p.15.

③ Walter Benjamin, "Benjamin an Scholem, 11. 8. 1934", *Benjamin über Kafka. Texte, Briefzeugnisse, Aufzeichnungen*, p.78.

④ Walter Benjamin, "Über den Begriff der Geschichte", Tiedermann et al., eds., *Gesammelte Schriften 1.2*, Frankfurt a. M.: Suhrkamp, 1974, p.697.

势,"真实的非常状态"则是向另一个方向的融合,是生活/生命变成了律法,变成了书写文字。① 阿甘本由此找到了突破法的控制的另一种方案,既有别于格里高尔的色厉内荏,也不同于批评家的理想主义,这是一种激进的被动主义。他强调,乡下人屈服于看守,没有贸然闯入法律之门,而是在门前的苦守中耗尽一生。但苦守即斗争,看守最终为他而关闭了大门,从而解除了法的威力。这里的奥秘就在于,法的威力源于既敞开又不许进入的暧昧状态(即"毫无意义,却有强制力"),法律之门之所以无法进入,从而成为永恒禁令,正在于门本来就敞开着,而敞开者从本体上说是无法进入的。② 同样,"助手"们的共同点正在于,他们完全顺从了世界的诡计,而将它推向极致,最后导致了惩罚机器的自我解体。

为什么格里高尔不能像一些批评家期待的那样进一步变形?因为,"虫-人"状态就是现代人主体化进程的起点、生活/生命的本来面目。"飞走"不恰当地超越了故事本身,超越者和格里高尔一样,被"抽象的法"诱惑而逃避了虚无。可是对于格里高尔命运的切实思考,乃是留在故事框架之内,在不能飞走的前提下思考解放的可能性。换成社会学批评的术语,即是说,解放的路径不是超越物化,而恰是穿越物化,在物化内部实现人的自由,因为物化乃是现代人自己加于自己的命运。而格里高尔的悲剧在于没有意识到,在权力系统规定的责任之外,还有一种生活/生命的责任,这一责任的第一要求,是留在系统之内却能抵抗系统条令的管制。

(原载《外国文学评论》2015 年第 4 期)

---

① Agambem, *Homo Sacer*, p.55.
② 参见 Agambem, *Homo Sacer*, Part 1, Chapter 4 "Form of Law", pp.46-62。

图书在版编目(CIP)数据

从符号到系统:跨文化观察的方法/范劲著.—上海:复旦大学出版社,2019.4(2020.5 重印)
(比较文学与世界文学学术文库/张辉,宋炳辉主编)
ISBN 978-7-309-14177-1

Ⅰ.①从… Ⅱ.①范… Ⅲ.①比较文学-文学研究 Ⅳ.①I0-03

中国版本图书馆 CIP 数据核字(2019)第 033849 号

从符号到系统:跨文化观察的方法
范 劲 著
责任编辑/方尚芩

复旦大学出版社有限公司出版发行
上海市国权路 579 号 邮编:200433
网址: fupnet@ fudanpress.com http://www.fudanpress.com
门市零售: 86-21-65102580 团体订购: 86-21-65104505
外埠邮购: 86-21-65642846 出版部电话: 86-21-65642845
江苏凤凰数码印务有限公司

开本 890×1240 1/32 印张 9.25 字数 236 千
2020 年 5 月第 1 版第 2 次印刷

ISBN 978-7-309-14177-1/I·1132
定价: 45.00 元

如有印装质量问题,请向复旦大学出版社有限公司出版部调换。
版权所有 侵权必究